茅盾文学奖
获奖作品全集
典藏版

The Mao Dun Literature Prize

李自成

第六卷 燕辽纪事

姚雪垠 著

人民文学出版社

目 录

再攻开封

    （第 1—4 章）   1

燕辽纪事

    （第 5—8 章）   93

慧梅出嫁

    （第 9—12 章）   181

袁时中叛变

    （第 13—17 章）   279

李自成　第六卷　燕辽纪事

再攻开封

第 一 章

李自成和罗汝才率领义军主力,于十二月十三日到达许昌。路过襄城时,因为襄城已于上月投降,所以李自成下令不许将士入城,让城中官绅百姓各安生业,不必惊慌;只是接受百姓控告,派一小校率领二十名骑兵进城,将平日贪赃枉法的知县曹思正逮捕,带往许昌斩首。

大军到了许昌之后,因为李自成在路上患病,临时改变计划:大军停留在许昌一带,等候他的病愈,同时向附近州县征集骡马、粮食、豆料、柴草等项,并将一部分随军的老弱妇女和在南阳受重伤未愈的弟兄,暂时寄屯在许昌城南六十里远的临颍城内,命红娘子率健妇营和童子军(即孩儿兵)留驻临颍保护。过了数日,李自成才继续往开封进兵。

二十三日夜间,正是农历小年,李自成到了开封城外。按着事前商定的计划,他将老营驻扎在曹门正东大堤外的应城郡王花园,距曹门大约不到五里。曹操随后到达,将老营扎在城东南角三里外的繁塔寺,离禹王台很近。李自成到达应城郡王花园时,已是三更时候。高一功和李过是在黄昏后就到达的,已经预先在帐篷内烧起木炭,所以李自成一到,马上就召开军事会议。

一个月来负责刺探开封军情的是李侔。李侔在开封住过多年,情况比较熟悉,部下又多是杞县人,所以他担负起刺探军情的重任后,就不断派人进入开封,探明省城的各种动静。从许昌出发时,他奉闯王之命,率领两千人马先行。今日正午过后不久,他命李俊率领三百骑兵,绕道潜至应城郡王花园,埋伏在大堤外边;又单派七名骑兵飞驰曹门,在吊桥外的木栅上粘贴两张大元帅告示,晓谕城中军民,从速将周王和抚按众官扣押,献城投降。这七名骑兵贴好告示,并不急于离去,向曹门关外大街上的百姓大呼,说他们是闯王的人马,派来攻占开封,只杀贪官污吏、亲王郡王,不杀百姓。曹门关临街的两侧铺户,人人屏息,听他们说话,却没有人敢捉拿他们。等守曹门的官军追赶出来,他们便策马飞驰而去,转眼间到了大堤之外,无踪无影。同时,李俊又派人捉获了住在北关的三名小贩,是今日上午封闭城门之前才从城中出来的。向他们详问了北门一带的守城情况,然后放走。

当晚的重要军事会议一开始,李自成便向李侔询问开封的动静。李侔恭敬地站起来,说道:

"由于我们的游骑近三四天来出没于朱仙镇一带,朱仙镇的人常常看见我们的人马来来去去,因此城中以为我们大军将攻南门,就把守城的主要兵力都放在南门一带。守南门的是新任巡抚高名衡,他的副手是总兵官陈永福。陈永福的将士有一半驻扎在南门大街。城上滚木礌石摆得极多,百姓家家户户早晚轮流登城。"

李自成又询问了其他各个城门的防守情形。李侔将各城门担负镇守的官绅名字,一一说了出来,并把官兵的数目也说了个大概。对于城中所存的粮食、柴火约有多少,能支持多久,也都谈了自己的看法。

这是李自成第一次派李侔单独去完成这么重要的任务。听完李侔的禀报后,他频频点头,连说:"很清楚,很清楚。"接着又问道:"为什么要让祥符知县王燮镇守北门?"

李侔说:"让王燮镇守北门,不为别的,只为第一次我们来攻开封时,此人颇有胆略,年纪又轻,深得抚、按各封疆大吏的赏识,周王也很赏识。他本来已经升为御史,只因开封情况紧急,不得不暂时留下。现在让他镇守北门,是因他们认为北城外面的护城河无水,城墙稍低,容易受攻。虽有大官分守北门,并不得力,需要派一个真能做事的官员在那里督率军民守城才行。"

李自成点了点头,又问道:"城中百姓是否十分惊慌?"

李侔说:"百姓自然是人心惶惶,不过没有人想到投降。"

"为什么百姓跟官府如此一心?"

"官府造出谣言,说几个月以前,开封人射伤了大元帅的一只眼睛,我们的将士发誓赌咒:下一次攻进开封,不但活人要杀光,连死人也要剁三刀。"

大家听了都笑起来。闯王也笑着骂道:"他妈的!他们竟如此造谣煽惑,无怪百姓们要拼命守城。"

会议决定从明日起,按照预定方略,从宋门到曹门和北门,全面猛攻。各个大将重新分了任务,主要力量放在曹门和北门之间。会议之后,诸将退出。刘宗敏也退出了老营,到曹门外他自己的驻地,重新召集大小诸将,部署明日攻城事项。李自成留下牛金星、宋献策和李岩,又谈了很久,然后各自休息。

李自成十分困乏,坐到干草铺上,准备就寝,却看见高一功又走了进来,在火边坐下。自成问:

"你还有什么事儿?"

高一功说:"我们老营将士自来不许多饮酒,跟曹营不同。可是如今天气寒冷,又在黄河边上,尖风刺骨,号衣单薄,都冷得吃不住,所以各营都求我向你要求,像曹营一样发酒挡寒。"

"有酒么?"

"酒准备了不少,还可以继续准备。"

"好吧,发给大家酒喝,比曹营减半。可是一功,你替我严申军令,不管是谁,不许喝醉;有喝醉的严厉处罚!"

"是。我一定严申你的军令。"

高一功仍不马上走,嘴唇动了动,分明有什么话欲说又止。李自成问道:

"还有什么事儿?"

高一功笑一笑,说:"李古璧打今年春天回营,已经几个月啦。他总是暗中抱怨没有派遣他重要差事……"

自成截住说:"给他三百人照料粮草,这差事还不重要?"

一功说:"我也说很重要,可是他想带兵打仗,认为打仗容易立功,照料粮草使英雄无用武之地。"

李自成用鼻孔冷笑一声,问道:"他向你请求过给他另派差事?"

"他向我求过多次,我始终没吐口。"

自成说:"此人不可重用。你知道,他虽然也姓李,可是并非一族。他是清涧县人,上一代才搬到米脂城附近住。可是他平日对不知底细的人七吹八吹,说他是我堂兄弟,没出五服;背后同别人谈话,提到我就称'我二哥'如何如何,提到你姐就称'二嫂',也真糊弄住了不少人。他又喜欢吹从前的战功,吹我多么赏识他。真他妈的!"

高一功笑着说:"这些情况我全清楚,别人也清楚。人们说他是卖狗皮膏药托生的,所以不叫他李古璧,给他起个绰号叫李狗皮。"

李自成接着说:"他实际没有多大本领,却喜欢争功。做表面活儿他上前,有好处的事儿他把头削得像竹签子,遇困难活儿他托故向后缩,只恐怕派到他头上。潼关南原大战之前他掉队了,回到米脂家中,咱们破了洛阳之后,他又来了。像他这样人,怎么敢指靠他带兵打仗?"

高一功说:"他对我说,请你派他带兵打仗试试。如他不卖力,甘当军令。他还说,这一次攻打开封,他宁死也要为你出力。"

自成说:"真想出力打仗,也是好事,叫他找总哨刘爷去请求吧。小事何必问我?"

一功说:"他知道捷轩不喜欢他,所以不敢见捷轩,总是缠住我,请我在你面前说说。"

自成想了想,说:"把他派到谷子杰的营中吧。你告他说,他若犯了军规,可休想因为他姓李就宽容了他!"

高一功一走,李自成赶快睡觉。可是他刚刚脱去外边衣服,躺了下去,忽然听到远处杀声暴起。他重新披衣,奔出屋外,看见北门的方向有火光,又听见炮声、杀声也是从那儿传来。他不知出了什么事故,向身边的亲兵吩咐:

"赶快鞴马!"

丁启睿近些日子来总在奔波。本来奉了皇帝手诏,催他去救南阳,他已经过了唐河,只因畏怯避战,又退回河南和湖广交界地方。南阳失守后,他受到朝廷申斥,又奉诏来救开封。他虽然很害怕同李自成作战,可是开封又不能不救,这使他日夜都生活在忧患之中。他是河南永城县人,开封是河南的省会,也就是桑梓之地,首府所在。开封如果失去,他将国法难逃。为着自己的性命,也为着桑梓父老对他的期望,他不得不跟在闯王大军后面,往开封奔来。他本来是个胖乎乎的中年人,自从担任了督师,特别是奉命去救南阳和开封以来,变得面色黧黑,须发斑白,满脸憔悴与忧戚神色。他手下一共有两三万人,由于急着要奔进开封,所以只抽调了部分他认为可用的精兵,连同幕僚、亲将、亲兵、家丁、奴仆,一共约有三千五百人之谱,多是步兵,轻装赶路。

当李自成大军完全离开许昌以后,他隔了大半天才进入许昌。他的人马一进城,就到处掳掠、奸淫,无恶不作。

第二天,丁启睿的人马在黎明时离开许昌。他刚刚在行辕外跨上战马,忽然吴巡捕走到他面前,躬身禀道:

"启禀大人:照壁上有一张无名招贴。看来这城中显然仍有流贼。"

丁启睿一惊,问道:"招贴上如何写的?"

吴巡捕说:"请大人亲自过目。"

本来丁启睿只要把缰绳一提,或把镫子轻轻一磕,他的坐骑向前走上十步八步,他就可以亲自来到照壁前观看;但是多年来在官场养成的习惯,使他处处要摆出架子,所以他并没有驱动坐骑,只是威严地吩咐说:

"将招贴撕下来,呈给我看!"

吴巡捕不敢怠慢,赶快跑去撕照壁上的招贴。好在那招贴才贴上不久,糨糊尚未全干,他小心地撕下来,双手呈给督师大人。

丁启睿匆匆一看,原来是一首七言古体,写道:

> 伤心拄杖出门望,一夜之间变沧桑。
> 不见甍檐连街巷,空余瓦砾伴颓墙。
> 可怜魏家①宫阙地,悠悠千载同渺茫。
> 耳边唧唧居人语,道非贼毁为兵殃。
> 贼来不闻鸣铁马,贼去徒见兵鸱张。

丁启睿看了以后,又气又怕。气的是,写这招贴的人并非市井之徒,倒是读书人,看来读书人"从贼"已经成了一个风气。怕的是,他的人马到许昌后,确实纪律很坏,不如"流贼",万一父老百姓向朝廷控告,言官也在朝中弹劾,他身为督师,剿贼无功,反而受过,前途恐怕有点不妙。

但转念一想,目今也不仅是他的人马如此,天下老鸹一般黑,

---

① 魏家——指三国时的魏。建安时,洛阳残破不堪,曹操挟汉献帝建都许昌。曹魏建国虽都洛阳,但魏明帝仍在许昌大修宫殿。

连京营人马,有皇帝亲信的太监刘元斌率领,纪律比别的官军更坏,有什么办法呢?于是他觉得心头轻松了些,一把将无头招贴撕得粉碎,投到马蹄下,也没有说别的话,就把缰绳一提,镫子一磕,在亲兵亲将和幕僚的簇拥中向城门走去。

闯、曹大军离开许昌以后,沿着扶沟、鄢陵、尉氏分两路奔向开封。东西二三十里之内都有闯、曹的人马和游骑。丁启睿不敢同闯、曹的人马交战,但又急着要赶到开封。起初,他跟在闯、曹大军后面,后来觉得这样太慢,而且很危险:万一义军派出一支部队埋伏中途,他就会吃大亏。所以他后来改变了路线,从长葛以西向北方向走去,以急行军走了两天一夜路程,然后绕过中牟西边,继续向北,快到黄河南岸时,他才突然向东转去,预备抢在闯、曹大军到达之前,从北门进入开封。但是闯、曹大军走的路比较直,而且骑兵很多,当丁启睿的人马到达开封北关时,李自成已经在开封周围安下营寨,仅仅北门一路尚未合围。丁启睿一到北门,就发现情况十分不妙,万一闯、曹人马来攻,他的三千多人马必然溃于北门之外。于是他赶紧叫城,希望迅速进入城内。城里听说督师大人的人马已到,就打开城门,先将丁启睿和他的亲信幕僚以及两百名标营亲军放进去,然后再让他的大队人马入城。

正在这时,由袁宗第率领的一部分人马刚好来到北城,看见官军正在进城,认为这是大好时机,便随在官军后面,向城内拥去。官军见义军来了,更急着要进城逃命,不愿作战;义军想混进城去,也不同官军作战。双方都争先恐后地往瓮城内拥去。

镇守北门的王燮是个十分机警的人,他发现挤进瓮城的,既有丁启睿的官军,也有李自成的"贼军",瓮城门已经没法关闭,便立即下令将主城门关闭,而且用石头顶了起来;还怕顶不牢,又将事先预备好的沙包也垛在门内。他自己立在城头,俯视瓮城,指挥兵丁百姓向下射箭,投掷砖石。

这时进入瓮城的已有几百官军,还有几百义军,他们都拼命向城上呼喊,要他们打开城门。王燮不理,继续命人向下射箭、扔砖头和石头。瓮城外面的官军,看到这种情况,立刻崩溃,各自逃命。袁宗第的人马也开始动手,有的官军被杀死,有的跪下投降,只有少数逃脱。丁启睿的三千多名援军,只有二三百人进入城中,其余的没有经过战斗,就轻易地被消灭了。

丁启睿进城以后,下令将他的人马全放进城内。王燮置之不理。丁启睿非常愤怒,以督师的身份命令说:

"如不让我的人马进城,有皇上的尚方剑在,你这个知县休想逃避罪责!"

王燮无奈,一面指挥将士作战,一面派人向巡抚请示。高名衡立刻禀报周王。很快,周王就派一个内臣来北门传了周王的令旨:

守城要紧。一切军民,凡困在城外的,一律不许入城!

丁启睿这才不敢说话。同时,他也知道,留在城外的三千多官军已经不存在了。

袁宗第将瓮城外面的官军消灭以后,就专心指挥将士来抢夺瓮城。他的人马又有几百人冲进瓮城,一部分人不断地向城上放箭;一部分人抬来了云梯,靠在瓮城上。有几十个人登上了瓮城城墙,直向大城奔去,眼看就要夺得大城。王燮立即悬出重赏:凡是能将"流贼"打下城去的,赏元宝一锭。当时就有一个大汉,手持长棍,几棍子打下去几名义军。别的官军一拥而上,义军被打退回来,有的被打下城去,受了重伤;有的摔死;也有的被杀死在城上。夺城的战斗很短促,但十分激烈,城头的军民也死伤不少。

在义军被打退之后,王燮立刻命书吏将立功人员的姓名记下,每人发给一个元宝,大大地鼓舞了士气。他又悬出重赏:凡是能把瓮城城门堵塞住的,赏给重金。于是,守城军民纷纷抬着沙包,从瓮城城门上边向下投去。一个一个沙包将城门堵了起来。在这种情况下,义军只好赶快退出瓮城。王燮又命人点着火药和柴草,从大城上投下瓮城。霎时间,瓮城之内,又是火光,又是黑烟,加上弩箭齐下,砖石横飞,未及退出的义军和没有逃出的丁启睿的官军,一批一批地死在瓮城里边。单单丁启睿的官军就死了一二百人。

袁宗第看见北门攻不进去,又损失了一些弟兄,连连顿足。这时,李自成带着亲兵飞马赶到,看见这种情形,命令袁宗第停止进攻。他见袁宗第一脸懊恼,便笑着对他说:

"丁启睿的三千多人马都被你消灭了,你不过损失了一二百人,有什么好生气的?何况今天本来没有让你进攻北城,只是碰上偶然机缘,你想混进城去。既然这机缘没有用上,也就算了,还是准备一二日内攻城要紧。看来城中防守很严,苦战还在后边,你赶快休息去吧!"

十二月二十四日,闯、曹大军全数到达开封城外,各部队都按照指定的地方扎营,搭好了窝铺,立好了帐篷。那些距城门较近的营盘,还挖掘了壕沟,以防官军夜间出城来偷袭骚扰。

这一天,因义军需要做攻城准备,城周围几乎是平静无事,只偶尔互相打几炮,破一破紧张中的特殊沉寂。

午饭以后,李自成骑马出营,打算从北门外巡视到曹门和宋门,察看攻城部署,也看一看城上的防守情形。为着提防城上打炮,只能在离城二里以外的地方走。即使二里以外,仍是危险区域,因为当时的大炮,已经可以打得很远。可是如果他们走得离城太远,就不容易看清城头上守城军民的动静了。

随着他一起巡视的,有刘宗敏、田见秀、牛金星、宋献策、李岩、张鼐,还有丁国宝、牛万才、黑虎星马重喜等人。命张鼐和黑虎星马重喜跟着,是为了选择和布置攻城的炮兵阵地。命丁国宝和牛万才跟着,是因为这次攻城需要用掘城的办法。掘城的义军大部分是伏牛山的矿兵①,也有陕西来的善于挖窑的农民。这支掘城队伍分别交给丁国宝和牛万才二人率领。

李自成鉴于八个月前第一次攻开封失败,不再指望依靠奇袭成功,也不指望他的将士们能够用云梯爬上城头。半年来,他在军师宋献策的协助下筹划这一次进攻开封,曾做了充分准备。他当然很希望这一次能够成功,他认为成功的希望很大,但是他没有把事情看得很容易。从多次细作禀报,他知道开封城中的官绅军民自从他第一次攻城之后,一则有了守城经验,二则不断地增强了守城力量,决不可等闲视之。起义以来他身经百战,什么惨烈的战斗他都见过,但像这一次要进行的攻城战,他没有经验。他想着从明天起,就在他的面前,双方开始血战,炮声震天,硝烟盖地,他的将士们在炮声与喊杀声中,一批一批地在城墙下和城壕边倒了下去,一批一批地越过自己弟兄的尸体和鲜血冲向前去,而且什么时候他不挥动蓝旗,没人敢敲响锣声,攻城也不会停止,不管死伤有多么惨烈。他还想着,在这从来没有经见过的血战中,他也将在炮声和喊杀声中走向前去,立马壕边督战,很可能,他的亲兵爱将在他的身边纷纷倒下,许多匹战马倒下,连他自己和他的乌龙驹也有中炮和中流矢的可能。万一此战不能成功,岂不徒然死伤了众多将士?……这样想着,他忽觉心头紧缩起来了。

周围的人们,没人知道这位从战争中磨练出来的大军统帅此刻的沉重而激动的心情,但见他神色从容,缓辔徐行,当他认为需要仔细观察时便轻勒丝缰,暗示乌龙驹暂停前进。在一个地方,李自成立马沙丘,注目城头,左手揽辔,右手举鞭,用鞭子指指点点,与左右文武们交谈一阵。城头上有许多大炮和火铳露出城垛,还有不同颜色的大小旗帜在城头飘扬。守城的军民从一个个的城垛

---

① 矿兵——伏牛山中挖煤窑的人从军,称为矿兵。

缺口处露出头来,观察他们的动静;也有人指指点点。看来,守城的军民很多,大炮也不少,从旗帜可以看出来,他们的部伍整齐,决非临时凑集的乌合之众。

李自成勒马下了沙丘,继续一面走一面看,指点着地势,同宋献策等商量着什么地方最利于掘洞,什么地方最适宜安置大炮。张鼐、丁国宝、黑虎星等注意地倾听着闯王和军师、刘宗敏等的计议,牢牢地记在心中。

城头上忽然出现了一群骑马的人,后边还跟着许多步行的兵丁。这一群骑马的人是从北门上城,向东走来,很可能是因为听到城外有人察看地势,才登上城墙的。开封的城墙很厚,城头宽阔,有时武将们可以在上边骑马。那些人不断地向李自成这边张望,也是指指点点。骑马走在前边的是一条大汉,虽然看不清他的面孔,但从他的衣服、头盔,可以看出他是一个主要将领。他骑着一匹高大的枣红马,在下午的阳光下毛色闪光,显得特别威武。

这时,李自成故意让马走得离城近一点,想看清这个骑枣红骏马的将领。当相距一里左右时,双方都看得比较清楚了。宋献策忽然"啊"了一声,赶快告诉李自成说:

"这个骑枣红马的大汉就是总兵陈永福。他今日故意骑马巡城,显示威风。"

李自成凭直觉感到这人不是泛泛之辈,随即问道:

"可真是陈永福么?"

宋献策说:"我在开封时见过他几次,还被他请到镇台衙门,为他批过八字,看过相,对他很熟。林泉也见过他。林泉,你说,他难道会是别人?"

李岩说:"确是陈永福。我跟他不熟,可是也见过几次。"

李自成说:"他亲自登上北城,看来会猜到我们要从北城进攻。"

宋献策说:"是的,他现在正往东城去,分明是猜出我们要从北城和东城同时进攻。"

牛金星说:"既然他这么重视北城和东城,必会从南城移镇北城,看来南城倒会放松一点。"

宋献策摇头说:"按道理说应该这样,但陈永福这人颇有阅历,他也不会在南城露出多少漏洞。况开封兵民众多,不会使南城力量单薄。"

李岩说:"他们原以为我们从许昌来,进攻南城比较方便,所以陈永福亲自守南门。如今见我们把重兵放在北城和东城,而把曹营留在南城,就知道我们要从北城和东城进攻。倘若曹营在南城也能认真进攻,我们在北城和东城就比较容易得手。"

李自成听了没有说话,刘宗敏也不说话。对曹营的事情,大家都感到不是那么好办。

当李自成等人在城下议论的时候,陈永福一直在城上监视。因为距离不远,他很快从乌龙驹的毛色和那个人的蓝衣、斗篷、毡笠等装束特点,断定那中间骑马的人就是李自成,而在李自成右边的矮个子就是宋献策,还有那戴幞头、穿长袍的必是牛金星。他的身边有一个巡抚衙门的官员说道:"看来,流贼是要进攻北城和东城无疑。我们不妨夜间派兵从南门杀出,先杀溃曹营,然后全力防守北门和宋门,闯贼的进攻就不足忧虑了。"

陈永福回头望他一眼,摇摇头,说:"现在不谈此事,等我们到了曹门再商议。"

他有较多的打仗经验,在目前紧要关头,不敢作侥幸想法。他自己的人马只有数千,纵然城中可以出动的丁壮不少,毕竟不似他手下久经训练的官军。因此,出城作小的骚扰则可,要想打败曹操或给曹操以重创,如同做梦一般。

祥符知县王燮见李自成等仍在驻马观望,忽然计上心来,对陈永福说:"军门大人,何不趁此机会下令开炮,将闯贼一伙打死?"

陈永福笑笑,说:"我们的大炮现在并没有瞄准,他们离城又很近。我们炮口一动,他们马上就会散开逃走。开炮没有用,反而会打草惊蛇。我们可以置之不理,看他们如何窥探,就知道今夜或明天他们将会如何攻城。"

大家听了陈永福的话,都佩服他的老练和持重。可是,过了片刻,陈永福忽然有了把握,回头吩咐一个亲兵快奔往转角的地方,传谕那里的守城军官,快准备三四尊大炮,将炮口瞄准城外转角的路上,等李自成一干人到了转角的地方停留观看时,突然众炮齐放。

大家都称赞此计甚妙,对陈永福更加佩服。

李自成等继续策马前行。

他们也想到城上可能打炮,所以吩咐亲兵们密切注意城上炮口是否移动,一旦有炮口移动,不许大意。快到城墙转角的地方时,宋献策十分机警,远远地看见三四尊大炮正对着转角处的大路,猜到守城官军会在这里打炮,便对李自成说:

"请大元帅不必再看。我们往玉峰将军营中速议大事要紧。"

李自成会意,笑着点头说:

"好,不用看了。"

于是,他们绕过一片洼地,朝着应城郡王花园附近的一座营盘驰去。

陈永福来到转角地方,看见李自成等人已经改变方向而去,在心里骂道:

"狡贼,不该亡命!"

他在转角处的城头上停留了一阵,观察了城外地理形势,对王燮、黄澍等人说道:"应该把重兵和防守器械集中此处,东城有急,救援东城;北城有急,救援北城。这转角地方十分重要,要派得力人员指挥防守。"于是他指派一个最亲信的游击将军主持东北城角的防守诸事。指示以后,他们继续往曹门走去。

李自成一群人到了田见秀营中,将一般的将领留在帐外,然后几个人密商了一阵,便由宋献策带着少数亲兵策马向繁塔寺曹营奔去,传达闯王的决定。闯王一行随即离开田见秀的营盘,奔向应城郡王花园。

这时陈永福到了曹门,那里已经集中了一些重要将领和担负守城重任的地方官吏和士绅。文官中的大官都没有来,因为负责实际守城的不是大官,而是几个年轻力壮、精明强干的官吏,特别是祥符知县王燮、开封府推官黄澍等人。陈永福主持这次军事会议。会议一开始,他先说道:

"本镇奉抚台大人之命,从今天起移镇北门。从宋门经曹门到北门,这一段守城十分重要,看来李贼攻城必在这一段。只要有我陈永福在,决不使闯贼得手。本镇忝为河南镇将①,驻守省城,决不怕死;城存与存,城亡与亡。各位或世受国恩,或为现任官吏,或为本城绅衿,或出身名门望族,守城之事,责无旁贷。请各位与本镇同心协力,共守这一段城墙,打退流贼进攻,保全城官绅百姓与周王殿下平安无事。不知各位有何主张?"

一位官员说:"将军如此忠心,实是全城官绅士民之福。可是曹操精兵屯在繁塔寺,人马众多。如果曹操进攻南门,而军门不在南门,岂不危险?"

陈永福淡然一笑,说:"请你们各位放心。以本镇看来,虽然曹操也要在南门进攻,但他决不会真心死拼。闯、曹二贼同床异梦,人所共知。这次攻城定将死伤惨重,曹操决不愿使自己的人马为闯贼卖命。"

----

① 忝为镇将——镇将即总兵官或负责镇守一镇(军区)的副将。"忝"是谦词,有惭愧和不配的意思。

又有一人说道:"风闻他们每攻下一个城池,所掠子女玉帛,按四六分赃。开封如此繁华,曹操难道不会为了四六分赃,猛攻南城?"

陈永福摇摇头说:"曹操比我们圆滑得多,所以才叫曹操。他纵然不猛攻南城,只要闯贼从北门和曹门攻入城中,他同样可以四六分赃,何必让他自己的人马死伤惨重?人马是他的本钱,他不会做蚀本生意。"

大家觉得他的话很有道理,心情略觉宽慰。黄澍说道:

"我协守曹门,定当以一死报效朝廷。"

王燮说:"我守北门,只要镇台大人也坐镇北门,我想北门可以无虞。"

陈永福说:"两位老爷如此忠心,本镇自然也不甘落诸位之后。我无德无能,只因几个月前同大家一起打退了闯贼攻城,朝廷将我由副将擢升总兵。本镇深荷国恩,感激涕零,无以图报。此次流贼来攻开封,正是本镇报效朝廷之时,纵然粉身碎骨,也无丝毫犹豫。何况本镇在开封驻兵数年,将士们家眷多在开封。开封存亡不仅是官绅百姓性命所系,也是本镇数千将士及他们的家眷存亡所系。我说这话别无他意,只是深望诸位官绅能同我的将士们和衷共济,齐心协力。"

官绅们都说:"请镇台大人放心。别处官兵与绅民不和,我们不管,这开封城中却是军民一心,风雨同舟,共济时艰。"

陈永福又说:"据本镇看来,明日五更必有大战。闯贼这次纠合曹操一起围攻开封,志在必得。我们防守开封,不能有丝毫松懈。我们食君之禄,以身许国,要时时不惜为国捐躯,万勿存半点侥幸之心。要准备大战,准备苦战,准备久战。"

官绅们都感到心情沉重,默默不语,独有王燮说道:"请镇台大人放心,不管苦战多久,我们一定与敌周旋到底。"

黄澍也说道:"只要坚持下去,相信朝廷必来援兵。"

这时陈永福手下的一个年轻将领说道:"我们不指望援兵,丁督师的援兵没有打仗就全军崩溃。我们还是指靠自己一双手和军民齐心来保住开封。"

陈永福严厉地瞪了那个年轻将领一眼:"不要胡说!督师虽然三千人不战而败,可是今日督师驻在城内,也还是我们的依靠。"

大家听了心中暗笑,但都明白陈永福的苦衷,也就不再说下去了。

陈永福又说:"今日曹门会议,本镇是奉抚台大人之命前来主持。如今既然各位都有一片忠心,愿为皇上尽力守城,本镇备有薄酒,与大家同饮起誓如何?"

大家都说:"遵命!"

随即由中军将领端来一大盆酒和二十几只碗,又提来一只白公鸡,当场将公鸡杀死,鸡血洒在酒中。陈永福先舀了一碗酒,对天发誓:

"我陈永福深受国恩,誓愿以死相报。今日守城,倘若爱惜性命,天诛地灭!"说完以后,将酒一饮而尽。

然后各个文武官员和士绅都喝了酒,说了大同小异的誓词。

陈永福说:"今日会议到此为止,本镇还要去禀报抚台大人。周王殿下也在等候抚台大人的消息。我们各自干事去吧。"

大家怀着苦战的决心和紧张的心情离开了曹门城楼。

十二月二十五日,约摸四更过后,从黄河上刮来的阵阵寒风,像刀子一样刺痛了将士们的脸孔。大家的耳朵、鼻子都冻木了。天上堆着浓云,好像要下雪的样子。但偶尔移动的云块也出现破缝,乍然露出来几点寒星,不久隐去。夜色昏暗。城头上有很多火把和灯笼,因为城墙看不见,那望不尽的灯笼、火把就像是悬在空中。

这时,在夜幕的笼罩下,有一千多义军,分为两支,一支由牛万才率领,等候在东城的城壕外面,一支由丁国宝率领,等候在北城的城壕外面。他们带着镢头、锤子、铁钎子,肃立不动。尽管风冷如刀,他们却忘了严寒,心情振奋而紧张,等待着约定的动手信号。过了一阵,只见远处射出一支火箭,这两支人马同时飞奔,过了城壕,随即把背负的门板举起来,遮住头顶,迅速向城根跑去。到了城根,他们先用铁锤将铁钎子打进砖缝,将每一块砖的上下左右都打遍,然后再用铁钎子往外撬。砖与砖几百年互相挤压,当年修筑时又用石灰抹缝,结得石头一般,十分难掘。

他们刚刚开始掘城,城上的人们就拼命往下扔砖头和石头。砖、石有的落在门板上,有的直接落在人身上和头上,登时伤了许多人。与此同时,城上还抛下了火药包和"万人敌"[①]。最可怕的是"万人敌",抛下之后,一炸开,就会死伤一片。所以掘城的义军,一面掘城,一面有人准备好,将刚抛下的火药包和"万人敌"迅速拾起再抛向远处,这样虽然十分危险,但可以减少伤亡。

为了掩护掘城的部队,另有上万名义军将士站在城壕边上,向城头猛烈射箭。城上军民不断地中流矢死伤,使他们藏在城垛里边,不敢探出头来,所以他们抛掷的砖、石、火药包多数不很准确。他们也向城外射箭,但因为很难从城垛之间露出头来,只能从箭眼里边往外射,而在昏暗之中又看不清目标,射高射低,全无把握。城下的义军仰望城上,虽然也比较朦胧,可是城头的灯笼、火把,给了他们很大方便。在射箭的同时,双方都大声呐喊。城上城下,喊杀震天。

掘城的义军分成很多小队,每个小队大约二十人左右,负责掘

---

① "万人敌"——一种用泥土作外壳,晒干,内装火药和铁屑的土炸弹。用时将引线点燃,抛向敌人,爆炸后可以杀伤许多敌人。

一个洞。另外还有许多后备的小队埋伏在干城壕中,准备随时接替那些死伤的弟兄,并把死伤的弟兄尽可能拖回城壕外边。有的伤号刚拖出几丈远,就被城上的箭射死了。但是,不管城上的箭、砖、石和火药包多么猛烈,不管死伤多重,掘城的工作都不停止。

城上军民对于义军的夜袭十分警惕。他们对如何对付掘城,保护城墙,也做了各种准备。陈永福是一个很有经验的总兵官,王燮和黄澍都很精明强干。在第一次开封守城战中,李自成主要是用的掘城办法,使他们增长了许多经验。昨天白天,当义军在城外秘密准备时,城中官绅百姓也在加紧准备。城里的绅民早就料到李闯王必来报仇,特别是不久前南阳城破的消息传来,杀戮情形被夸张得很厉害。他们十分担心:万一闯王人马攻进城来,必会杀戮甚惨,妇女受辱,无人能够幸免。由于他们抱着这种心情来守护城墙,所以尽管守城的人不断被义军的箭射死射伤,他们还是不停地向城下投掷各种能够杀伤敌人的东西。

陈永福在二更时候,将南门守城的责任交给他的儿子、挂游击将军衔的陈德,自己移驻到铁塔旁边的上方寺。为怕曹操诡计多端,他到了上方寺后,又把陈德唤来,再三嘱咐他小心谨慎。陈德走后,陈永福不脱衣甲,坐在一把圈椅上,闭着眼睛假寐。他实在疲倦,正要昏昏入睡,忽被城头和城外的一片呐喊声惊醒。他双目一睁,心中骂道:"他妈的,果然来了!"随即带着一群亲将、亲兵、家丁,迅速奔上城头。

陈永福先上了东城,看见从曹门向北,很多地方都有义军掘城,情况十分危急。他从城垛中间探头下望,"嗖"的一声,一支箭正好射中他头盔的上部,把盔缨射下城去。一个亲将将他的袖子扯了一下,说:"大人,小心!"他没有理会,亲自抓起一块砖头,砸了下去。正在这时,又一支箭从他头上飞过,射中了他背后一个守城的壮丁。黄澍慌忙跑来,对他说:

"军门大人,目前东城、北城,到处都在掘城。下官守的这一段,共有十五六处正在掘,不管如何抛掷砖、石、火药,贼兵就是不退。"

陈永福对他说:"不要惊慌,要沉着,我自有办法。"

他立刻命令一名亲兵在城上传谕,说他亲自在城上督战,要将士和百姓们沉着杀敌,不要慌乱。这道口谕很快从东城传到北城,各处守城官绅军民听了,突然间勇气倍增,响起一片杀声。一个偏将跑来激动地向陈永福请求:让他带三百人缒下城去,赶走某处掘城的流贼。陈永福摇摇头,说:"不到时候。"然后他对黄澍和一个亲将说:

"命人快去取柴,越多越好,棉被棉絮都要,油也挑几担来。"

他这道命令一下,立刻有许多人跑下城去。在城下有许多专供守城军民睡觉用的窝铺。为着取暖和做饭,在窝铺旁堆放了许多干柴。这时,人们在紧急中不管三七二十一,把干柴纷纷运上城去,甚至把一些窝铺也拆了,将棉被、棉絮也抱上城头。又有人从上方寺取来了许多香油。陈永福命令把干柴点着,扔下城去,烧死掘洞的人。于是,干柴纷纷点着,对着掘洞的人扔了下去。有的干柴不点就扔了下去,然后再扔下在油里浸过的着火的棉絮,将干柴很快点燃,烧了起来。不一会儿,从曹门到北门,十五里路的城根,处处大火,活像一条火龙。陈永福又对一个亲将说:

"再传本镇口谕:本镇现在城上,与守城军民共安危,望军民协力杀贼,有敢擅自下城者斩!"

这道口谕又迅速地传遍了城头。人们知道陈永福在城上督战,又看见一条火龙在保护城根,都感到胆壮,士气振奋,于是,在喊杀声中夹杂着欢呼声、呼哨声、得意的谩骂声。

这时,李自成来到北城外边,立马在离城壕不到半里远的地方。刘宗敏从东城驰马赶来,同他立在一起,把东城掘洞的情形简单说了几句。他们又并马往城壕边走了一段路,在离城壕不到十丈远的地方,仔细观看城根的苦战。看见城上用火攻的办法杀伤义军,李自成心中十分激怒,恨不得立刻指挥大军用云梯爬城。但他并没有被自己的激怒搞得手忙脚乱。他很明白用云梯爬城的办法,对这样高而且又有这么多人守卫的城墙,是无济于事的,只会徒然牺牲大批将士。

他继续观看。在火光中,他看见他的将士一面继续挖城,一面用镢头将燃烧的木柴和棉絮推向远处。不断地有人倒下去,又不断地有人从城壕里边跳出来,飞奔前去,接替死伤的人。

在北城外负责指挥的李过跑到他的面前。他不等李过向他禀报,先问道:"还得手么?"他的语调十分平静,好像他很有把握。

李过回答说:"各个洞都已挖进去二三尺深,只是将士们死伤很重。"

刘宗敏对李过说:"补之,除非重伤,一个人不准退回,要死也死在城根。有擅自退回者,立即斩首!"

李过回答说:"我已经传令了。"

李自成问:"国宝呢?"

李过说:"国宝已经挂了两处彩,我派人换他下来,他不肯,仍在城根指挥掘城。"

李自成点点头,表示赞许,随即望了刘宗敏一眼,问道:"东城情况究竟怎样?"

"有几个洞挖进去了。将士死伤很多,没有一个后退。"

"牛万才呢?"

"受了重伤,已经将他背下来;换了人去,马上死了;如今又换上第三个人在指挥掘洞。"

李自成不再说话,带着吴汝义、李双喜和部分亲兵,策马奔到东城。他一边看将士们苦战掘城,一边倾听南城的动静。听了一阵,只听见有稀疏的炮声和呐喊声从南边传来,显然是曹操怕损伤自己的将士,没有用力牵制南城的守军。他没有流露出他的不满意。表面上他似乎专心在看东城的苦战,心中却狠狠地骂道:

"妈的,终究是两条心啊!"

在掘城开始之前,宋献策已经到了东城,同田见秀一起部署掘城。现在见闯王来了,他便策马来到闯王身边。

李自成问道:"献策,城上用火攻的办法杀伤我们许多将士,你看有没有什么破法?"

宋献策说:"我昨天下午已经猜到城内会用火攻办法对付掘城,派人在附近村庄找了五百把铁叉和桑叉,刚刚运到,如今正在派人分送各个掘城地方。他们有了铁叉和桑叉,就可以很容易地将木柴和棉絮掷到远处去。"

李自成又问:"我们的箭压不住守城官军,能不能沿城打炮试试?"

宋献策说:"炮火威力当然很大,可是如今洞只挖了两三尺深,还有大半将士不能进洞,打炮十分危险。炮打得高,越过城头,便没有效力;炮打得低,恰恰打上城头或城墙高处,崩下的砖头会打伤我们自己的将士;万一有几炮打得稍低,炮弹就会在城根落下,更增加我们的死伤,反而会动摇掘城将士的士气。所以目前不是打炮的时候,必须等天明之后,掘城将士都进入洞中,那时就好办了。"

李自成说:"好!那时再用大炮向城上狠打!"

李自成知道曹操在南城并不卖力进攻,就命令李双喜驰赴繁塔寺,要曹操一定派一万精兵来城东北角大沙堆处听候刘宗敏的调遣。他又命吴汝义速去寻找田见秀前来商议军事。

这时,田见秀正在曹门北边不远处。他没有骑马,站在城壕外同将士们一起向城头射箭。他身边的将士不断有人中箭倒地。他

自己外边穿的冬衣也被箭射穿了几个洞,好在内穿绵甲,未曾受伤。吴汝义来到近处,跳下马来,走到他身边说道:

"玉峰哥,请赶快退后一步!"

田见秀没有望他,说:"将士们处境都很危险,我不能后退!"他不晓得同他说话的是吴汝义,还以为是自己的亲将。像这样的话,他刚才已听到多次。

吴汝义大声说:"大元帅请你有紧急事儿相商!"

田见秀这才回头望了一眼,将督战的责任交给别人,跟着吴汝义走去上马。

天明以后,双方都看得很清楚,城上城下,互相打炮。在炮声中,守城军民和城外义军都不断死伤,但炮声不绝,愈打愈猛。

曹操不敢公然违抗李自成的军令,果然在天明前派他的亲信将领孙绳祖率领一万人马来到东北城角,听从调遣。刘宗敏将他们分为两支,五千人马去城东,五千人马去城北,参加攻城战。宗敏原来对于曹营夜间的表现十分气愤,这时在心中暗笑说:

"由不得你曹操圆滑,莫想高抄手坐山观虎斗!"

孙绳祖本人倒是一员猛将。他和他手下的将士,为要替曹操争面子,不管是参加掘城,参加炮战,或与城上对射,都很认真卖力,不避伤亡。这使刘宗敏十分满意,拍着孙绳祖的肩膀说:

"好!这才像个攻城的样子!"

二十六日这一天,有三十多处掘洞的工作都在艰难和不断死伤中继续进行。由于义军的大炮比较多,威力很大,给城上造成很大的威胁,城根的义军又有了铁叉和桑叉,可以随时把燃烧着的棉絮和柴火叉走,因此城上只能靠投掷砖、石、火药包和"万人敌"给义军造成伤亡,但没有什么有效的办法可以阻止义军掘洞。义军极为勇敢,不管多么危险,他们都奋不顾身地掘啊,掘啊,向纵深挖掘。

在曹门以北,接近转角的地方,已经掘了一个大洞。虽然死伤十分惨重,但毕竟是最成功的。二十六日下午,在几尺宽的洞口中已经向左右掘了两丈多宽,向里边掘了一丈多深,又向上掘了一人多高。从洞中刨出的碎砖和土块,与死尸一起,堆在洞口的左右两边,也有一人多高,像两座小山一样。

陈永福本想缒下一批人去抢夺这个大洞,但是他又一想:洞中已有二三十个义军,城外炮火又很猛烈,缒下的人少了,无济于事;人多了,会在着地以前就被炮火打中,或被箭射死,因此他放弃了这个打算。

整个下午,从宋门到北门,长达十五里的城墙上,硝烟一阵阵腾起,又慢慢散去,经过多次的硝烟腾起和散去,黄昏渐渐来了。野外流动着灰暗的暮霭。陈永福这时站在城垛背后,看见义军又从远处向城边运来新的大炮,少说也有十几尊。他传令城上的官兵和丁壮,一半留在城上,一半赶快去窝铺休息,但不许远离。他自己也随即下城,回到上方寺,召集亲信将领、幕僚和守城官绅,秘密商议。会开得不长。会后,各自去准备明日的大战和苦战。除他的十几个武将之外,那些守城的文官和士绅,在离开的时候,一个个面带沉重之色。大家担心:开封的命运也许就决定在明天了。

当陈永福在上方寺召集会议的时候,李自成同宋献策来到开封城外,巡视了几个要紧的地方。晚饭以后,他在应城郡王花园的老营中召开军事会议。除他自己的重要将领及牛、宋等人外,曹操和吉珪也到了。会议开得很久,把明日攻城的事商量妥帖,又商量了进城的事。什么人首先进城,如何占领城内各大衙门和重要街道,如何禁止将士们抢劫和伤害百姓,这些事项本来早就商量过,只是因为明日有可能破城,大家又商量了一遍,重新确定,一体遵守。

散会后,李自成留下宋献策,问他明日究竟能否将开封攻破。当日是丁卯日。宋献策掐着指头,小声喃喃自语,推算了干支,然后抬起头来,回答说:

"明日辰时猛攻,巳时破城。"

"巳时果能破城么?"

"虽然推算明日巳时可以破城,但卦理从易,易者变也,常常会有变化。倘若明日不能破城,那就要等到明年正月中旬才能攻破。"

李自成不再多问,打了一个哈欠,送走宋献策,和衣就寝。

次日,也就是十二月二十七日,黎明时候,大军开始行动。炮声阵阵响了起来,一直响到辰时。从宋门和曹门之间到北门,开始全线猛攻。首先在北城,义军用许多大炮猛轰城墙,将士呐喊,实际是迷惑官军,并没有真攻。

在曹门北边的大洞中,义军在黎明时已经退了出来。退出时,装了两万斤的火药,安下了引线。辰时整,将引线点着;不久,只听得震天动地一声巨响,火药爆炸了。趁着火药爆炸,大约有十五尊大炮,包括一部分从官军手中夺来的西洋大炮,同时对准大洞崩塌的地方猛轰。也有些炮打上城头,城垛一个一个被轰碎,转角处的敌楼也被打塌。守城的官军,有的死在敌楼中,有的逃了出来。大洞上面的城墙本已崩溃了一部分,在猛烈的炮火中又一块一块地塌下来,形成了一个缺口。

早在昨天黄昏以后,袁宗第、刘芳亮和郝摇旗已经集中了五六千精锐的步、骑兵,在距东北城角三里外扎下一座新的营盘,叫将士们好生休息。四更以后,都被叫醒,饱餐一顿。五更时候来到城外,骑兵、步兵分别摆好阵势。快交巳时,城墙已被大炮轰成了几丈宽的一个缺口。忽然间,所有的大炮都停止再向缺口轰击,只向缺口两边打去。刘宗敏将红旗一挥,郝摇旗和袁宗第率领的两支步兵便直向缺口冲去,准备从缺口处占领城墙。随即,刘芳亮的骑兵也来到干涸的城壕岸上,准备一旦步兵占领城墙,骑兵就越过城壕,从缺口冲进城去。

这时,对准缺口的地方已经没有守城军民。守城军民在缺口两边,相隔数丈,都被大炮打得无法抬起头来。陈永福和黄澍都在缺口附近,用斩首相威胁,强制守城军民抬起头来,向攻城的义军放箭,投掷火药和砖石。可是那些守城军民几乎一露头,就被打死和打伤。

陈永福眼看缺口很快就要被义军占领,他大声呼叫:

"我陈永福就死在这里,大家赶快杀贼!"

他率领自己的亲兵和家丁,亲自向攻城的义军射箭和燃放火器。突然有一杆火铳炸裂,火器手的手和脸被炸伤,引起一阵自乱,火器停止再放。但是陈永福的这些亲兵和家丁都是优秀射手。一阵箭射下缺口,十分凶猛,使攻近缺口的义军纷纷死伤。

别的守城军民看见总兵官这样不顾性命危险,也都勇气倍增。刚才几乎要崩溃的士气,被陈永福重新挽回。有的人向缺口扔下砖头,有的人扔下火药包,更多的人向缺口下边放箭。第一批已经攻上来的义军,纷纷死伤,滚了下去。随即第二批上来,又纷纷死伤,滚了下去。接着第三批又攻了上来。在紧张时候,有时忽然战场上变得奇怪的沉寂,只是拼死混战。忽然间呐喊声、战鼓声又震天动地。原来是郝摇旗发了性子,挥着宝剑,杂在将士们中间,向缺口攻去。就在这时,陈永福又带头探出身子,与官兵们一起猛烈射箭。郝摇旗的身上和腿上都中了箭伤,倒了下去。左右的人也纷纷倒下。这一次攻势又被打退。幸而袁宗第接着攻上来,把郝摇旗救走。

刘宗敏看见几次进攻都被击退,挥动蓝旗,锣声一响,进攻暂时停止。随即他吩咐张鼐把大炮掉转头来,重新向缺口猛烈打炮。

陈永福和黄澍等人不敢离开缺口太远,就伏在城头躲避炮弹。尽管如此,左右官兵仍不断死伤。趁着一颗炮弹刚刚在附近炸开,第二颗炮弹还未发出,满面硝烟和尘土的总兵官陈永福双目闪光,从躲避的地方爬起来,弯着腰跑到城上一个安置大炮的墩台上,又偷偷从侧面看了缺口的地势,用已经半嘶哑的声音吩咐火器手:速向缺口处暗暗地移动炮口,瞄准缺口外边。同时,他又命火铳手将火铳也向着那里瞄准。

正在这时,巡抚的一个随从爬到城上,告诉他,巡抚大人要上城督战。陈永福赶快说:"千万劝阻抚台大人,不要上城,请抚台大人就在城下督战。有我陈某活着,贼兵绝难进城!"巡抚的那个随从听了这话,赶快下城。

却说巡抚高名衡本来要上城督战,听随从回来一说,又被众官员一劝,就暂时来到离城很近的铁塔下边,坐在那里。他已经做好准备:如果城破,他就进入上方寺,在墙上题几句话,然后自尽。他不肯离开城下,一会儿坐在铁塔下边,一会儿又跑到城根,不断询问:"贼兵可曾又在爬城?"城外打来的大炮,多次越过城头,打到铁塔附近,也有些弹片落在高名衡左右。高名衡脸色苍白,腿脚无力,颓然坐在城根的一个窝铺旁边,心中想道:"不能离开这里,一离开便会动摇了守城的军心、民心。"有时城外打进来的炮弹发着隆隆响声从城头飞过,落到铁塔北面,距他不过二十丈远。他坐的地方因为有城墙掩护,反而平安。但是左右亲信们都没有炮战经验,不明白他们同巡抚坐的地方正是城外炮弹落不到的"死角",所以一个个吓得面无人色,频频劝巡抚速到别处躲避。高名衡一则明白外城的炮弹只能从头顶的高处飞过,二则他确实比一般大官员沉着一些,当左右劝他走时,他都置之不理。后来被劝得急了,他叹口气说:

"本院是封疆大臣,守土有责,安能贪生怕死!"

李自成和刘宗敏、宋献策下马立在城壕外一里处的一个大沙丘旁边,观看攻城,等待将士们攻进城去。李自成心情焦急地向右边不远处的架设大炮的堡垒处望望,看见张鼐、黑虎星正在亲自点炮,他们的面孔被硝烟熏黑,衣服也都破了,只是还没有负伤。他又看见很多义军将士倒在缺口下边,有的人还没有完全死去,正在那里挣扎。他的心中十分激动,传令再调来三尊大炮,猛烈轰打,一定要把开封攻破。突然,城上也打来一颗炮弹。刘宗敏看见城上火光一闪,赶快把李自成向土丘后边猛地一推,宋献策跟着把腰一猫,炮弹隆隆地从头上飞了过去。

转眼之间,张鼐们的炮声又停止了。袁宗第督率步兵,成群结队,向缺口冲去。到处是呐喊声和呼叫声,战鼓也猛烈地响了起来。许多人一面冲一面喊着:

"攻进去啦!攻进去啦!灌呀!灌呀!"

眼看着步兵冲上了缺口,刘芳亮的骑兵也做好了向缺口冲去的准备。人人都以为缺口要夺到手了。李自成连声说:

"好,好!快了,快了!"

忽然间,城上的炮声响了,一片硝烟腾起。那些快要爬进缺口的义军将士纷纷倒下,继续爬上去的也被炮弹打中,死的伤的一个压着一个。还有人继续向缺口冲去,但终于又被炮弹和火铳打中,滚落下来。这样冲了好几次,都未成功。李自成因将士死伤惨重,攻不进去,已有收兵之心,向宋献策问道:"收兵如何?"

宋献策也看出来城上有陈永福亲自督战,防守坚固,今天义军锐气已挫,不可能攻进城去,但是因为他说过"巳时破城"的话,没有立即回答,抬头仰望天空。李自成知道他是在望气,也跟着仰望天空。这时日色惨淡,城头上硝烟弥漫,但硝烟上有一片浮云受到炮火影响,微带赤色,而天空高处却有一缕薄云,十分洁白,慢慢向南移动。宋献策先从高空观望,随后又望低空云气,脸色严肃,默默点头,若有会心。闯王问道:"云气如何?"

宋献策说:"书上①说:'霄云精白者,其将悍,其士怯。'守城军民已经胆寒,本来可以攻进城去,但遇到陈永福是一员悍将,力挽败局,致我军死伤甚众,不能攻进城去。"他指着离城头不远的一片浮云,接着说:"请大元帅看,那一块罩在城头的云彩,正如书上所说:'其前赤而仰者,战不胜。'天象如此,且巳时已过,可以收兵,等十天以后破城。"

李自成看不清近城的一片浮云是否上仰,也不暇细看,对刘宗敏说:

"捷轩,收兵吧,不必再攻了。"他又对宋献策说:"军师,你同捷轩留在这里。"

他怀着沉重的心情,在大沙丘背后跳上乌龙驹,向东边大堤外集中受伤将士的一座村庄驰去。

刘宗敏吩咐张鼐用大炮向城缺口左右两边猛轰,同时对马世耀下一严令:立刻亲自带领一支步兵,将城下的受伤将士全数抢回。大约过了一顿饭时候,马世耀将所有躺在城下尚未死去的将士都抢回来了,他自己也受了两处伤,跟着他去的士兵也有死伤。刘宗敏等马世耀完成了任务以后,将一面蓝旗一挥,锣声一响,炮声停止了,在城壕半里处准备攻城的步兵有一部分留下,一部分缓缓后撤。骑兵全部撤退到三里以外。张鼐和黑虎星的火器营有一部分带着大炮和火药向大堤退去,一部分留下来掩护掘城的将士。掘城仍在继续,所以从曹门到北门仍不时有喊杀声。

在这一次攻城战中,义军损失惨重,单在主攻的大洞外边就死

---

① 书上——指《史记·天官书》和《汉书·天文志》。霄云在《史记》中作"稍云",《汉书》中作"捎云",都是借字。

一再加速掘洞不迟。

守城军民知道义军仍在继续掘洞,因此不敢放松,不时地向下边投去燃烧的干柴。但现在这办法已经没有作用了。义军已经深深地藏在洞中。

守城的军民按照第一次守城经验,在城根里侧,对着每一个正在掘洞的地方平放下一口空缸。这种缸又叫做瓮,瓮口朝外,经常有一个人去听一听。只要义军开始掘洞,就会从瓮口传出声音,掘深掘浅都能从声音辨别出来。守城军民根据从瓮口传出的声音判断,知道义军掘城并不急,又常常停顿,所以略觉放心。

崇祯十五年元旦这天,开封城内现任官吏除在城上守城不能离开的以外,文官七品以上都来到巡抚衙门大堂,布政使、按察使、知府、同知等都到了。武将因为军情紧急,来得较少,但陈永福和河南都指挥使也都到了。

他们都按品级穿着朝服,在鼓乐声中进入大堂。由赞礼官赞唱,向供奉在中间的皇帝牌位行五拜三叩头礼,然后由高名衡跪着朗读贺正旦的表文。表文前面是几个领衔的封疆大吏的名字,后面是正文:

兹遇正旦,三阳开泰①,万物咸新。恭维我皇上神文圣武,勤政爱民。……

刚刚念到这里,忽然从北城和东城方面传过来连续炮声,有的炮弹显然是从城外飞入城内,隆隆声响得震耳。高名衡不由地停一停,然后继续念下去,无非是老一套歌功颂德、"再见中兴"的话。在今日这个不同往年的元旦早晨,开封城正在被围攻之中,大家都担心李自成的下一步行动,听见从北城和东城传来的阵阵炮声,谁

---

① 三阳开泰——旧时祝贺一年开始的吉祥语。年年使用,但一般人都不究其义。泰是《易经》的一个卦名。据说正月是泰卦,乾下坤上,三阳生于下,冬去春来,阴消阳长,有吉亨之象。

也无心去听这一年一度的应景文章。好在这颂词只有十几句,很快就在鼓乐声和炮声中结束了。

按照往年惯例,向皇帝牌位行过贺正旦礼以后,趁着这机会,大家要向巡抚拜年,然后稍进点心,由巡抚和布、按二使率领,同去朝拜周王贺年。但今天很特别,高名衡读完表文后,抢先向众官躬身作了一揖,说道:

"今日省城被围,情势吃紧。守城军民,露宿城上,浴血对敌。我们或为文臣,或为武职,值此艰危时日,正要我辈竭忠尽虑,与军民同甘共苦,为皇上保此一座危城,保此数十万生灵。官场中拜年之事,今日全免了吧。"

大家默默相看,不敢说出异议。布政使梁炳事先知道高名衡的这个主张,附和说:"免了吧!免了吧!"

高名衡又说:"昨晚周王殿下命内臣来向学生传谕:省城危急,务望文武众官用心守城,不必进宫朝贺。既然殿下已有此谕,我们只好谨遵。请各位回去,各守职责,不可疏忽大意。"

众文武正在退出,忽然从东北城角又传来一阵密集的炮声,好像又开始攻城了。高名衡忙向院中问道:

"城上有何动静?"

随即巡抚衙门的一个巡捕快步进入大堂,在巡抚面前跪下,说:"禀大人:城上尚未来人禀报。不过百姓都在哄传,说今日李自成要再一次大举攻城,比二十六日那一天还要猛,扬言今日非攻进城中不可。"

高名衡心头狂跳,腿脚发软,但表面上仍竭力保持镇静。他向布、按二使及尚离未去的官员们看了看。众文武一个个大惊失色,相顾无言。他转向陈永福徐徐问道:

"陈将军有所闻乎?"

陈永福说:"此是无根谣言,请抚台大人和各位大人、各位老爷不必听信……"

布政使梁炳截住问道："将军何以知是谣言？"

陈永福回答说："城内城外隔绝，消息不通，果真闯贼今日攻城，城内百姓如何晓得？何况前日闯贼攻城受挫之后，掘洞已经缓慢，昨天夜间也没有看见在城外调集更多的大炮，不像是要在今日大举攻城的模样。"

高名衡仍觉放心不下，说道："陈将军所见甚是，但今日不可不加倍小心，请王知县和黄推官马上辛苦一趟，分头到北城和东城看看。"

王燮和黄澍同时躬身回答："是，大人。"

天明时候，守城的人们望见北城外不远处有不少义军正在向一个沙丘方向运送木料。有的木料用牛车运送，有的用人抬，四个人抬一根或六个人抬一根。这沙丘离城壕只有一里多路，所以从城上看得十分清楚。那些木料都是柏树，有的柏枝还没有砍掉，分明是从各处村庄的坟园中砍伐来的。

大家正在观看，纷纷议论，忽然有两名义军的骑兵从沙丘附近飞驰而来，到了城壕外边，轮流向城上喊话：

"今日过年，互不相犯。倘若城上打炮，老子十倍奉还！"

他们声音高亢，带着陕北口音，喊叫几遍之后，也不等城上回答，勒转马头，扬鞭而去。

城上守军明白义军运送木材是要在沙丘那里修筑高的炮台。他们商量是否要向那里打炮。有人主张打几炮，因为相距不远，准能打死一批义军。有人反对，因为城外许多地方都有义军的大炮，他们也会向城上打来，何苦惹麻烦呢？正在争论不休，有一个小伙子冒冒失失地点了一炮。只听轰隆一声，炮弹打了出去，一片硝烟腾起，但是炮口偏低，刚刚打过城壕，炮弹就落了下去。

这一炮打过之后,义军的大炮从不同方位纷纷打来,有不少城垛被打坏,一些守城军民中炮,有的当场死在城头,有的带了伤。有一颗炮弹越过城头,打进城内,落在上方寺西南的空场上,幸而没有伤人。义军打了一阵,又高声叫骂,问城上还敢不敢打炮。

城头上的人互相抱怨,说:"我们何苦惹是生非,今天大家在城头安安生生地过个年吧。"

火器营头目不敢勉强大家,只好点头。于是有三尊大炮,火药装了一半就不再装了;还有一尊大炮,火药虽然装满了,但没有撞实,也没有装炮弹,就停了下来。炮手们都各人找一个地方躲起来。城头上很冷,大家冻得脸色乌青,浑身瑟缩。

早饭以后,王燮奉高名衡之命,从北门登城,一路巡视过来。快到转角地方,他看见义军正在搬运木料,准备修筑高的炮台,责问管火器的头目为什么不向城外打炮。众人不敢说实话,心想,反正伤不了城外的人,瞒官不瞒私,瞒上不瞒下,打几炮应应景,打发王知县走开算了。于是大家装作十分听话的样子,匆匆忙忙将引线点着。奇怪的是,连点三尊大炮,都没有响声,只听见"出——"了一阵,喷出硝烟。还有一尊大炮,虽有响声,也将城头震得一动,可是铁子打出去只有十几丈远,落在干城壕中。

王燮心中大怒,严厉地扫了管火器的头目和炮手们一眼,喝道:

"拿绳子捆起来!"

一时间气氛紧张,人人失色,不敢做声,一起跪在他的面前。随同王燮来的衙役头目一面大声嚷叫"拿绳子",一面向衙役们使眼色,又向众炮手使眼色,要他们不要惊慌。他在王燮面前跪下一条腿,说:

"请老爷息怒,说不定我们的炮被邪气魇了。"

王燮也失悔自己不该此时暴怒,向火器头目厉声问道:"是不是被魇了？快说！"

火器头目吞吞吐吐地说："老爷不提醒，小人一时想不起来，果然我们这几尊炮都被邪气魇了。天色麻麻亮时，小人看见贼兵押了十来个妇女，来到城壕外约二三百步远处，脱光裤子，对着城上叫骂。打这以后，我们的炮就打不响了。"

一个炮手接着说道："宋献策善于奇门遁甲，这准是用的阴门阵。"

王燮问："什么叫阴门阵？"

炮手答道："这炮可是神物，要是有妇女脱光裤子对着炮口站一阵，这炮就点不着了；纵然点着也不会响了，炮弹也打不出去。"

王燮半信半疑，他正想借楼梯下台，又问道："如何破法？"

火器头目胆大起来，说道："回禀老爷，不必发急。这阴门阵破之不难，只用阳门阵就可破它。"

"何谓阳门阵？"

"找几个和尚，拉到城头上来，将他们衣服裤子脱光，对着城外照样骂一顿，我们的炮就可打响，这叫做以阳克阴。"

"有这个办法么？"

"自来都听说用这个办法可以破阴门阵，使炮打响，我们不妨试一试。"

王燮又问："哪里有和尚？"

众人答道："下边铁塔前的上方寺就有和尚。"

王燮忽然想到上方寺的方丈跟他来往颇密，怎么好去抓他庙里的和尚呢？当时没有说话，寻思找和尚的办法。衙役头目看他低头不语，明白他的心思，马上说道：

"请老爷放心，这事交小人去办。"

王燮沉吟说："上方寺长老是一位高僧，在官绅中颇有脸面，不可对他无礼。"

衙役头目笑着说:"何用上方寺长老出来,连稍有头面的和尚也不需要。寺中有好多粗使和尚,有挑水的、磨面的、打杂活的、做豆腐的、种菜的,随便拉十个八个来就够了。有头面的和尚一个不敢惊动。"

王燮点头说:"快去找来。"

当下衙役头目带着几个衙役,加上守城兵丁,下城飞奔而去。到了上方寺,他们没有进入后院,就在大门口和前院捉到十来个做粗活的和尚,不管三七二十一,只说"县太爷找你们上城有事",就推推拉拉地往城上带去。和尚们莫名其妙,但不敢反抗。一个管事的和尚听说以后,从内院赶了出来,询问是怎么回事。衙役头目赔笑说:

"让他们到城上帮帮忙,马上回来,请师父不要操心。"

十来个和尚被拉到城上以后,果然看见知县老爷在城头站着,就赶快躬身,双手合十,问有什么吩咐。有一个和尚说:

"我是挑水的。老爷叫我念经,我可不会。"

王燮说:"你们听他们吩咐。他们叫你们怎么做,你们就怎么做。做完马上放你们回去。"

和尚们就问衙役头目,要他们做什么。这时旁边的炮手和衙役们一起嚷起来:"快脱衣服!快脱裤子!"

于是不容分说,大家上来七手八脚地把和尚们的袈裟解开,脱了下去,然后又叫他们自己脱里边的衣服和裤子。和尚们不断地双手合十作揖,说天气太冷,会冻坏的。但那些衙役兵丁根本不听,一面骂一面威胁:

"快脱裤子,脱光再说!"

有几个和尚觉得不好意思,抵死不肯。有一个兵丁上去就要动手打人,被别人劝住。和尚们害怕,只好都把下身脱得精光,在冷风中冻得上牙磕着下牙。这时兵丁们又过来把他们推到城头缺口处,命他们面朝城外,对着义军叫骂。在这滴水成冰的天气,和尚们本来已经冻得浑身打战,哪里还叫得出来?嘴巴一张,舌头就硬了,勉强叫骂了几声,引得周围一阵哄然大笑。大家帮他们向城外叫骂,骂得十分肮脏,然后一边对他们取笑,一边叫他们赶快穿裤子,穿衣服。穿好以后,一个个脸都青了,嘴唇乌紫,哆嗦得不能说话,还有人连连咳嗽,清鼻涕流出很长。

衙役头目过来对他们说:"你们的事完了,赶快回去吧,好好烤一烤火,烧点姜茶喝下去,免得真的冻病了。"

和尚们觉得自己被耍了一顿,又气愤又羞愧,跟跄地下城而去。他们都是些没有脸面的小和尚,平时天天受气,干粗活,伺候大和尚,什么利益都摊不到他们身上,今天又无缘无故被弄到城上来,冻得要命,还要出丑。他们一肚子难过和不平,闭着嘴谁也不说话,向上方寺走去。

当和尚们被脱光衣服在城上叫骂的时候,城外的义军忽然望见了,起初还莫名其妙,后来就笑了起来。有人来到城壕附近,张弓搭箭,高声骂道:"我们都是男子汉,你们这样出丑,真是不要脸的秃驴!"然而和尚们的事情已经完了,走了。义军骂了几句,不敢停留,随便放几箭就走了。

王燮向炮手们问道:"现在放炮如何?"

火器营头目赶快回答:"回老爷,现在我们用阳门阵破了敌人的阴门阵,大炮准能放响了。"

他一声吩咐,炮手们赶紧装药装弹,把药装得满满的,撞得很结实,然后告诉王燮说:

"请老爷退后几步,现在就要点炮。"

果然点了几炮,都发出震耳欲聋的声音,炮弹射得很远。

王燮微笑点头。

衙役头目在一旁凑趣说:"我就知道阴门阵非阳门阵破不行,

要不,我们的炮还是打不响的。"

王燮心中明白这些人都在捣鬼,可是如今开封危急,他不好拆穿,只得点头说:

"你们做得好,做得好,要不断向流贼打炮,不能让他们把炮台修好。"

说了以后,他又巡视了一段城墙,赶快下城,骑马去向巡抚禀报城上情况。

城外义军见城上打来几炮,起初还不怎么理会;后来见炮弹打得很远,直向沙丘打来,一个头目便将小旗一挥,登时十几尊大炮连续向城上打去,使城上大炮不敢再放。

过了不久,李自成、罗汝才带着刘宗敏、宋献策、牛金星、吉珪和几员大将出现在沙丘附近,引起城上守军纷纷猜测。城上人都知道,今天早晨城中哄传,昨夜某郡王宅中扶鸾,吕洞宾降坛,预言今明两日内李自成将再一次猛攻开封。如今李自成同这么多文武大员到城边巡视,必与攻城有关。

黄澍正在东城巡视。当他走到东北城角时,看到李自成等一大群人正在城外很近的地方立马察看。他感到奇怪:"莫非闯贼下一次就从这一段猛攻么?"过了一会儿,他又在心中说道:"开封存亡,决定于一二日内,可得小心哪!"

三天前对开封猛攻过后,李自成同他的帐下文武两次密商对策。在二十九日晚第二次会议之后,仍然没有商议出好的办法。李自成为此事十分揪心,原来他也知道开封防守坚固,非其他城市可比,但没有料到竟然如此顽强。在二十九日的会议之后,他独自整夜筹划,几乎不曾睡眠。昨天是年三十,他叫高一功亲自给曹操送去五千两纹银,供他新年犒赏将士之用。另外因孙绳祖一营人在二十六日到二十七日的攻城战中出了力,有不少伤亡,特别赏赐一千两银子。今天大清早,罗汝才率领手下重要文武数十人,来应城郡王花园给大元帅拜年。自成留下罗汝才和吉珪吃早饭,顺便商议攻城之事。

饭后,李自成、曹操率领一大群文武大员一起来城边察看,在东城看了一阵,又转往北城察看。然后罗汝才、吉珪回繁塔寺去,李自成同刘宗敏、牛金星和宋献策回应城郡王花园,其余重要将领和李岩等也各回各营,准备攻城诸事。

应城郡王花园大半已经荒废,但往年修建的小巧的亭台楼阁还没有毁坏。李自成、牛金星和宋献策就住在花园里边。花园旁边是一个村庄,有几十户人家,都是应城王府的佃户。这个村庄,老百姓称作王庄。围绕着这个村庄大约有二三百大小不等的军帐,住着大元帅的标营亲军。另外还搭有许多马棚。李自成领着众人走进花园厅堂。坐下以后,他向大家望了望,一边烤火,一边问道:

"你们昨天回去之后,是否想出好的主意?"

大家沉默,都望着宋献策,等候他先开口。宋献策好像昨夜曾经深思熟虑,所以他胸有成竹地说道:

"围攻开封之战,只可速胜,不可久屯坚城之下。从敌人方面看,守城颇有准备。我们停留日久,城中准备就更为充分。这是因为,开封有人口数十万,十分富裕。如果是弹丸小城,人力物力都很容易消耗完,可是像开封这样的城市,即使围上一月两月,人力物力仍然充足,反而使我们师老兵疲。古人说:一鼓作气,再而衰,三而竭。所以久屯坚城之下对我军颇为不利。何况开封是河南省会,又是周王藩封之地,朝廷必然要派救兵来,那时我们既要同救兵作战,又要防备城中出兵,腹背受敌,难免不有失着。所以我们必须在救兵到来之前速战取胜,不可拖延过久。"

自成问道:"下次攻城应在什么时候?前两天军师曾说,二十七日如不能破城,就要等待中旬了,难道非到中旬才能破城么?"

宋献策说:"按卦理,中旬破城比较有指望。但事在人为,倘在最近几天攻破开封,也不是全无可能。打仗的事情瞬息万变,总要时时刻刻存着胜利的念头,才好下定决心。"

刘宗敏问道:"你看用什么办法可以早日破城?"

宋献策说:"目前我军从宋门到北门已经掘了三十多个地洞,大小深浅不等。我的意思是今日让弟兄们休息一天,从明日起继续加紧掘城。等到城洞全部掘好,运进火药,同时放进,使守城军民顾东不能顾西,处处防守,处处慌乱。我们事先把兵力准备好,只要有两三处城墙轰塌,火器营众炮齐放,步兵拼死夺占缺口,就容易攻进城去。"

刘宗敏接着说:"我估计了城中的兵力,陈永福是个强敌,现在他专力守曹门至北门一段,不可轻视。要迅速攻破开封,必须使用调虎离山之计,将陈永福调离北门。"

李自成问道:"如何用调虎离山之计?"

刘宗敏说:"请大元帅严令曹营先从南面进攻,不惜死伤,将陈永福逼得去救南城。"

牛金星问道:"南城城壕有水,城墙又高,恐怕陈永福不会害怕南城有失。"

刘宗敏说:"只要曹营肯出力,事情就好办。如今冬季水枯,又有厚冰,将士攻城,可以踏冰而过。或者还有一个办法,让每一个将士背一个土袋,两千将士就有两千个土袋,在城壕中可以垫出三四条大路,不怕城壕挡住攻城。"

牛金星又说:"城高也是个困难。"

刘宗敏冷冷一笑,说:"打仗的事,怕死怕伤就不能取胜。曹营可以先用大炮打得城头上站不住人,然后有二三十架高的云梯靠上城墙。下一道严令,命将士一鼓作气,奋勇爬城。前面人倒下来,后面人立刻补上去;一批批倒下来,一批批补上去。另外命数千弓弩手站在城壕岸上,齐向城头射箭,保护将士爬城。爬城将士有功的受重赏,畏缩不前者立时斩首。将领们必须不怕死伤,亲临城下督战。这样,纵然攻不进城,也会吓得陈永福分兵来救。等陈永福分兵救南城的时候,北城开始猛攻。这样南北夹攻,纵然陈永福有天大的本领,也会顾南不能顾北,顾北不能顾南。再说,城中知道曹营也在拼命攻城,定会人心惊慌,军心动摇。我们再在北城多摆一些大炮,二十尊、三十尊,甚至四十尊大炮,集中一段城墙,猛轰不止,不愁开封拿不下来!"

刘宗敏越说越激昂,不停地做着手势,语气坚定有力。倘若这是在平时对众将说话,一定会使听者动容,群情振奋。可是今天他的听众是李自成、宋献策、牛金星,三个人没有一个对他点头,更没有说出附和的话。他的话只是引起一阵沉默。过了一阵,牛金星才轻轻摇了摇头,说了一句:"我看曹大将军未必会如此认真卖力吧?"又沉默了。

李自成从火盆前站起来,在屋里踱来踱去。

这时,从曹门到北门,传来稀疏的炮声。忽然,随着一阵西南风,又传来锣、鼓、铙钹、胡琴和梆子的声音,隐隐约约还可听到人们的喝彩声和哗笑声。大家感到奇怪。李自成唤了一个亲兵进来,问道:

"什么地方在唱戏?"

亲兵回答说:"从宋门到南门,城头上有几个地方都在唱戏。曹营将士站在城壕边上看戏,看入了迷。城上城下互不放箭,也不打炮,谁也不伤害谁。城上唱的多是酸戏①,逗得曹营的将士们常常忍不住大笑起来,大声叫好。"

李自成听了以后,挥手使亲兵退出,对大家苦笑一下说:"竟有

---

① 酸戏——淫戏。

这样打仗的！一边炮火连天,互相杀伤；一边敌我同欢,共度佳节！"

宋献策笑着摇头说："我平日留心古今战史,还没有在书上见过像今日这样打仗的！"

刘宗敏接着说："说不定曹操也会立马城下看戏,叫几声好哩。"

李自成说："我昨夜也反复想过,命曹营从南边攻城以牵制守军兵力,是一个好办法,但此计万不可行。"

刘宗敏问："为什么万不可行？"

李自成皱着眉头,又沉默一阵,徐徐说道：

"曹操虽然奉我为主,可是并不愿为我出力。我们要睁只眼合只眼,不可逼他过紧。如今天下未定,曹操举足轻重；如果逼他太紧,他或则投降朝廷,或则离我们而去,重新与敬轩合伙,都于我们大大不利。听说敬轩不久前用计攻破了庐州府,声势大振。曹操一天在此,不管怎么说,都比离开我们好得多。纵然他不卖力打仗,朝廷也不能不有所顾忌,好比我们平添了十万人马。倘若他一旦离开我们,不是给朝廷添了力量,就是给敬轩长了声势。因此我昨夜想来想去,宁肯曹操不卖力气,也不能逼他过紧,化友为敌。"

宋献策说："大元帅所虑甚深。对曹操,既不能不用他,也不能当成一般部将来用。逼得过紧,他会另谋出路。只有不逼他,让他自己卖力,方才稳妥。"

刘宗敏说："不逼他,他能卖力？"

宋献策说："让他不惜死伤,猛攻南城,那是办不到的。不过我想,下次攻城,请他多出一二万精兵,倒不为难。"

李自成点头说："我也是这么打算,下次攻城可以请他多出一二万人马。今日曹操已经率领他手下文武前来给我拜年,我不能亲自回拜,请捷轩、献策现在就到繁塔寺曹操老营去,代我和闯营文武给大将军拜年,顺便看看曹营情形。攻城出兵之事,倘若方便,你们也不妨先同他当面谈谈。"

刘宗敏和宋献策走出花园,同亲兵们骑上马,向繁塔寺奔去。

牛金星仍留在火盆旁边,向闯王问道:"大元帅整年辛苦,今日新春佳节,夫人又不在此地,打算如何消遣?"

李自成说:"我已经打算好啦,午后听你讲《通鉴》一段,便是最好消遣。"

牛金星说:"我已料到,果然不错。此大元帅之所以非他人可比也!"说罢哈哈大笑。

牛金星的笑声刚刚停止,李双喜匆匆进来,向李自成小声说道:

"禀父帅,刚才我去给二虎叔拜年,恰巧他那里出了事。他正在暗中部署兵力,叫我回来向父帅禀明。"

闯王一惊,问:"出了什么事?"

"有人告密,那新降的两千多官军正在密谋哗变。"

"什么人告的密?"

"降兵中有人告密。"

"你二虎叔如何处置?"

"他马上就要来向父帅亲自禀报。"

闯王向牛金星说:"三天前我军攻城不克,这两千多该死的畜生就认为我军受挫,起了哗变的心!"

牛金星说:"请大元帅不必生气。此系小事,容易消弭于乱萌。等德洁一来,便知究竟。"

一阵马蹄声向老营奔来。双喜说:"一定是二虎叔来了!"随即迎了出去。李自成和牛金星不再说话,一齐向外望去。

午饭以后,李自成听牛金星讲《通鉴》。他命高一功、李过、双喜都来听讲。今天讲的是第一百九十三卷中唐太宗与房玄龄、萧瑀①评论"隋文帝何如主也"这一节。因为李自成在前代帝王中最佩服唐太宗李世民。前几天他嘱咐牛金星多讲一讲李世民如何使用人才和善于纳谏的事迹,所以今日牛金星就选了这一段讲给他听。

按照往日惯例,牛金星将整节文字串讲一遍,稍作发挥,然后进行讨论。所谓讨论,就是由闯王说出他自己的评论,往往联系到当前和今后的一些问题;旁听的人们也可随时插言,互相议论。今天他们正在讨论的时候,吴汝义匆匆走了进来,闯王见他分明有急事模样,便停下了自己的议论,问道:"子宜,有事么?"

吴汝义说:"投降官军密谋哗变的事,我同二虎已经遵照大元帅的意思办了,只杀了有牵连的三十多个人,然后把全部降兵分散编入各营效力……"

李自成看出他还有别的事,没等他说完,就问道:

"没有别的事儿?"

吴汝义接着说:"刚才得到细作禀报,左良玉率领十多万人马来救开封……"

李自成赶快问:"可靠么?"

"消息看来很可靠,已经派人继续打探。"

李自成又问:"左良玉不是在麻城和商城一带对革、左四营和老回回作战么?"

吴汝义说:"据细作禀报,他接到崇祯的火急手谕,命他火速来救开封。他不敢怠慢,立刻把人马整顿一下,就往开封而来。"

高一功问:"现在到达何处?"

吴汝义说:"据说已经到了光州以北,可是我们的探马又走了三天路程,所以实际上恐怕已经过了光州,至少有一二百里。"

---

① 房玄龄、萧瑀——当时房玄龄是左仆射,萧瑀为御史大夫。

李自成望着牛金星说:"原来料定朝廷必要救开封,可是没料到左良玉受老回回、革里眼的牵制,竟会来得这样快。"

高一功说:"对左良玉不可轻视。他这几年总在同敬轩作战,敬轩不是他的对手。他的人马众多,也较精锐。我们必须全力对付。"

李自成点点头说:"他现在确实和一般大将不同,自从他受封为平贼将军,已经不是原来总兵官的地位了。他手下有好多总兵、副将,人马超过了十万之众。过去当总兵官时,他的公公婆婆多,常常受总督、总理①、督师这班文臣掣肘,如今他可以更多地按自己的意思作战。此人行伍出身,颇有阅历,有勇有谋,善于笼络将士。我们不怕他来,不过也不可轻敌。目前必须准备好赶快攻破开封,然后专力对老左作战。打败了老左,在中原就不会再有劲敌啦。"

李过说:"对付老左,现在就需要着手准备。"

牛金星说:"对,对,必须未雨绸缪。依我愚见,目前就抽出一支精兵,开赴陈留附近,或陈留与通许之间,以逸待劳,使左军不能直达开封城外。这样我们才能够放心攻城。"

李过又说:"要立即派人到临颍去,通知夫人和红娘子,火速将临颍的人马撤来开封。"

李自成点点头,略微想了片刻,说道:"补之,这到通许和陈留的事交给你了。今晚我从攻城人马中抽出一万五千人,至少要抽出一万二千人,让你带去。曹营的孙绳祖,也让他带一万人马随你前去,受你节制。明天白天准备一天,夜间暗暗启程,不要惊动各营将士。到了陈留、通许之间,你们要占好地势,深沟高垒。左军来到,只可死守,不可出战。只要能够拖延十天八天,使他不能直到开封城外,你们的事就算成了。"

他转过头又吩咐吴汝义:"你派人去火药厂,让做火药的工匠

---

① 总理——崇祯年间,为着对农民军作战方便,特设总理官职,类似总督。

们从今日下午就开工,不要休息了。对他们多多赏赐。我们带来的火药,前几天打炮用了很多。猛攻开封,必须有几十万斤火药才能够用,要日夜不停地制造火药。各种材料都有吧?"

吴汝义回答说:"我们到开封以后,在附近村镇和邻县到处搜罗硫磺炭[1]硝,还有干的柳木[2],一车一车不停地往这里拉,看来差不多够用了。"

李自成点点头说:"你派人火速往临颍去,传我的话,命临颍人马火速回来,一切粮食军资,不许抛掉。"

吴汝义说声"遵命",退了出去。

李自成又对李过说:"你去准备吧,一功同你一起去商量一下。商量以后,夜里来向我禀明。"

李过和高一功也站起来走了。

牛金星问道:"我们精兵抽掉一万多,孙绳祖的人马也被派去,攻城兵力岂不单薄了么?"

李自成说:"这个,须得你去走一趟。你去把这情况向曹操说明,也把调动孙绳祖跟补之一起去防备左军的事告诉他,请他另外派两万或一万五千精兵参加攻城。今天夜间请他来这里商议重大军事。"

牛金星说:"好,我现在就去。献策、捷轩还没有回来,可以一起在那里同大将军谈一谈。"

牛金星离开应城郡王花园,上马而去。

李自成带着双喜和亲兵们前往医治受伤将士的村庄和火药厂去。在路上,他心中问道:

"十天之内能够攻破开封么?"

---

[1] 炭——指木炭。明末制造各种火药,几乎都离不开将木炭研碎,掺入硝、磺,配方多寡略有变化。特殊用的火药,另加别的配料。
[2] 柳木——有的火药需要加入极干的柳木屑或柳木炭。

第 三 章

经过二十六日到二十七日上午的血战,守城军民虽然也死伤惨重,但因为杀退了李自成的一次猛攻,保住了城墙,增加了勇气和信心。到了正月初二,李自成新修的几座炮台已经完成。这些炮台用柏木架成,长约十几丈,宽约五丈,高约三丈。因为架在土丘上边,连土丘加炮台,高过城墙很多。城上守军见了,感到威胁很大,赶快也在城上架起高三丈的炮台,用大木料架成,比义军的炮台又高出很多。那时的炮战,人们还不能利用抛物线的原理向目标瞄准,不能使炮弹准确地落上城头。李自成的部队必须在高处架起炮台,这样,炮弹才能顺利地打到城头上,但有时也越过城头,远远地打入城内。守城部队也必须居高临下,才能有效地打毁义军的炮台。

从初一到初二,双方都在抓紧架筑炮台,寻找办法摧毁对方的炮台,实际上是一场争夺制高点的战斗。城上的高台搭成以后,立即同义军进行炮战。义军的炮台虽然用比较坚固的柏木搭成,又压上沙袋,但毕竟受不了大炮的轰击,还没有发挥威力,就被打毁,死伤了不少人。同时城上的高炮台也就没有什么特别的用处了。虽然双方都不再利用高炮台,但炮战仍在断断续续地进行。城中军民很明白:李自成正在准备下一次猛烈攻城,时间就在几天之内。

初三日,阴云密布,天气十分寒冷。守城军民望见大约有二十尊大炮从曹营驻扎的禹王台一带运出来,经过宋门的东边向北运去。城中谣言纷纷,说李自成下次攻城将比上次猛烈数倍。李自成的大炮一年来增加了很多,包括一些西洋大炮,有些是从傅宗龙、杨文岳手中夺来的,有些是从南阳夺来的。总之,李自成每打一次大的胜仗,每到一地,遇着好的铳、炮,都要收集来充实张鼐的火器营。守城军民通过十二月二十六、二十七两天大战,对于李自成的炮火已经深深领教,现在看见曹营的大炮也运到宋门以北使用,更增添了恐惧。另外,义军的掘城工作并没有停止,还在继续深挖,也许在几天之内,城洞一个一个都将挖好,那时放进火药,轰塌城墙,大炮同时猛烈施放,守城就会十分困难。

明朝时候,开封城内的巡抚衙门、布政使衙门、按察使衙门、都指挥使衙门,还有道、府、县衙门,都集中在周王府西南一带。在布政使衙门西街路北有一座高大的牌坊,上书"总宪"二字。进入牌坊,过了一箭之地,正北有大门三间。中间一块竖牌,写着"河南等处提刑按察使司";左边有一块牌子,上书"拿问贪酷官吏";右边也有一块牌子,上书"伸理冤枉军民"。这就是俗称的臬台衙门。

今日是正月初四,漫天大雪,使衙门显得更加气象森严。巡抚高名衡先从侧门进入臬台衙门,随后又有许多官员包括总兵陈永福和布政使、知府等人都陆续来到。绅士中也有不少人来了。由于今日风雪严寒,文官、绅士们都乘着暖轿。只有陈永福要显出武将风范,不肯乘轿,骑着战马。随从他的武官和亲兵也都骑着战马,在风雪中蜂拥而来。

臬台衙门的大堂后边,过了一进院落,便是二堂。二堂除中间大厅之外,两边还有暖阁,也就是聚会议事的地方。今日巡按大人任浚就在东边的暖阁里同守城官绅密商军事。自从李自成攻城以来,任浚还比较有勇有谋,敢于任事,所以高名衡和别的封疆大吏逐渐对他增加了信任和尊重。

今日这会没有在巡抚衙门召开,而请任浚在他的巡按衙门召开,就是对巡按表示尊重和依赖的意思。主要的官绅都到了以后,任浚仍请高名衡主持会议。高名衡自从前几天守城激战之后,劳累过甚,又受了惊骇,加上风寒,咳嗽感冒,喉咙发哑,精神委顿,今日是勉强莅会。这时他竭力振作,慢慢地用嘶哑的声音说道:

"今日大家商议守城之事,十分吃紧。流贼有几十万人马,围攻省城到今日整整十天了。我们早已知道闯贼攻南阳不是他的真正用意,而是声东击西,用意在迷惑我们。我们已经几次向朝廷飞奏,请求派兵援救开封,也给左昆山将军和保督杨大人发了十万火急的文书,请他们火速驰援,然而现在各路救兵毫无消息。"说到这里,他忍不住连连地咳嗽几声,向痰盂里吐了一口浓痰,轻轻摇摇头,然后接着说,"估计在数日之内闯贼必将第二次大举攻城,较上次更为猛烈。城中人心已经有些浮动。开封存亡,是我们官绅的职责所在,断不能使朝廷封疆重镇失于我辈之手。为了上报朝廷,下救一城生灵,我们必须打退流贼,保省城万无一失。请诸位各抒高见,以便未雨绸缪,做好迎敌准备。"

众人互相看了一看,还没有来得及说话,忽然听见外边有一个仆人传禀:

"祥符知县王老爷、开封府理刑厅黄老爷来到!"

听见这一传禀,大家索性暂不发言,等待着他们来到。高名衡也正盼望着他们来禀报今日城上情况。有的人不觉向门外望去,只听见他们两人在廊下由仆人打去帽上和袍子上的雪花,他们自己又跺去靴上的积雪,还有不知是黄澍还是王燮,擤了一把鼻涕,甩到阶下。

陈永福趁他们还没有进来,对高名衡说道:"抚台大人说的很是,我们必须不惜肝脑涂地,保住开封。以敝镇看来,要鼓励民心士气,加强东、北二城的守御,眼下最吃紧的是……"

他的话没有说完,仆人打开帘子,王燮和黄澍进来,简单地向各位上官行了礼。高名衡命他们赶快坐下,随即问道:"你们二位巡视情况如何?"

黄澍欠身说道:"贼兵掘城甚急,共掘了三十六个洞,愈掘愈深,情况十分吃紧。以下官看来,一二日内就会掘成大洞,到那时他们将火药运进洞中,轰塌城墙,事情就糟了。我们一定要火速想出办法,非破敌掘城之计不可。"

陈永福说:"我刚才正要同各位大人说到此事,决不能让流贼掘城成功。"

王燮接着说:"军心民气,一定不能懈怠。开封能不能固守,要看军心民气是否能固。如今城上风雪很大,冷得刺骨,看来军民在私下已有怨言。"

巡按任浚问道:"有何怨言?"

王燮说:"当然下官不会自己听到,可是卑职手下有人听到。如今在城上的都是贫家小户的丁壮;有身份的都不在城上,住在城下的窝铺里边,只偶尔派人上城问一问,看有没有什么动静。所以城上百姓发出怨言,说他们在城上受风雪寒冻,做官的、为宦的、有钱有势的却住在家中烤火取暖。这话是人们常听到的,也是可以想得到的。要说怨言,这就是怨言,流露了有些人心中的忿忿不平之气。据下官看来,如今巩固民心军心,更为吃紧,不知列位上宪钧意如何?"

任浚又问:"如何救此紧迫情势?"

王燮说道:"眼下最急迫的是赶快征集毡和被子两万条,送到城上,让东城和北城守城的人都有一条被子或羊毛毡披在身上,可以略御风雪。"

知府知道这事要落在他的身上,就说:"如今仓促之间……"

话还没有说完,黄澍望望坐在附近的一位绅士李光壂,对巡按和知府说道:"事在燃眉,非本城有声望士绅不能赶办出来。"

知府恍然明白,赶快向李光壂说道:"熙亮先生,此事须由你来想法了。"

任浚也说:"李总社①,此是急事,须烦足下设法。"

李光壂站起来说:"事关守城的军心民气,光壂自当尽力筹办,然而情势如此紧迫,倘若逐户寻找,缓不济急。如要立时办到,恳请抚台大人或巡按大人严饬总社立办。有了大人牌示,今日上午办妥不难。"

任浚赶快点头说:"好,好,马上就给足下牌示!"随即唤来一个仆人,吩咐数语,仆人赶快退出。

高名衡向陈永福问道:"陈将军,有何法破贼掘城?"

陈永福尚未回答,街上传过来一阵锣、鼓、唢呐、鞭炮之声,好像有什么吉庆之事。大家都觉诧异,侧耳倾听。陈永福好像不大关心街上喜事,说道:"只要军心稳,民气固,纵然流贼掘城甚急,破敌不难。"

他这话是回答巡抚的,但巡抚并没有认真去听,因为那锣声、鼓声、唢呐和鞭炮之声越来越近,已经到了巡按衙门外边。任浚向外问道:"街上何事如此热闹?"

一个仆人从外边奔跑进来。他是从街上奔来的,到了台阶上边,连连地跺去脚上干雪,又拍去身上干雪,这才喘着气走进屋来,跪下说道:

"禀大人,外边有大大的好消息,许多绅民都在说,省城不要紧了。这真是意外的好消息!众绅民来报喜,已经到这儿来了!⋯⋯"

任浚问:"什么好消息?慢慢说,不要慌。"

仆人接着说道:"原是今早南门修城挖土,没想到从土中挖出

---

① 李总社——当时城内基层组织分为八十四坊,每坊成立一社。八十四社分属五门总社。李光壂是曹门左所总社社长,被称为李总社。

两尊大炮,还有一块很大的青砖,砖上刻了两句话。"

知府忙问:"刻了两句什么话?"

仆人说:"我亲自前去看了看,两句话刻的是:'造炮刘伯温,用在壬午春。'"

众人听了,皆大惊喜。一位绅士说:"哎呀,刘青田①果然是未卜先知,能够预算几百年的事,如今可不正是壬午春么?哎呀,有这么神妙的事儿,可见得数由天定,开封断不会失守的!"

仆人接着说:"守南门的高守备老爷,看见了这两尊大炮和青砖,立刻约同守南门的众官绅,将两尊大炮抬放在牛车上,青砖也放在牛车上,用红绸包着,敲锣打鼓,前来报喜。他们听说抚台大人、藩台大人、臬台大人和列位大人、老爷都在这里,所以牛车就径直往这里拉来,已到了牌坊下边,马上就要进来叩见列位大人。"

众官绅越发惊喜过望,纷纷议论,说开封有神保佑,万无一失;况刘伯温确是能够后看数百年,既然他留下两尊大炮,可见他在二百几十年前就知道开封壬午春天有流贼围城,需要用大炮杀退贼兵。因恐开封火器不足,特留下大炮两尊备用,今日从地下掘出来,实是天意。

高名衡立即吩咐:"唤高守备速速进来。"

仆人立刻退出,随即听见二堂外一声传呼,前院里、大堂外接着传呼,洪亮的声音一直传出大门:

"抚台大人传谕,请高守备进见!"

在众官绅兴高采烈的时候,李光壂心中有些疑惑。他偷偷瞟了陈永福一眼,看见陈永福拈着短须,面带微笑,这微笑好像是高兴,又好像是嘲笑。他不明白陈永福到底如何想法,只好随着众士绅恭敬地站起来,向抚台、藩台、臬台贺喜,特别加了一句:

"此乃周王殿下洪福,也是合城官绅军民之福啊!"

---

① 青田——明朝开国功臣刘基(伯温)是浙江青田人。

守备高尚智匆匆进来,向巡抚跪下磕头。高名衡问他是如何掘出大炮的,他就把刚才那个仆人所说的经过重新禀报一番,接着说道:

"不仅南门掘出大炮,刚才听说西门内关帝庙的道士们也在神像后找到几担铁子,卑职已命人用牛车拉往北城。可见得不惟刘伯温助开封军民守城,关圣帝君也在此时显圣,恩赐铁子数担。"

大家越发高兴。高名衡拈着胡须,频频点头,对高尚智说:"你做得好!做得好!"他心中也有怀疑,觉得这事情未免太蹊跷了,但他不肯向下猜去,立即命令将大炮周游全城,使官绅百姓人人知道。

高尚智磕下头去,连声说道:"遵命,遵命。"又向藩、臬和总兵各文武大员磕头,然后恭恭敬敬地退出。

这时巡按的虎头牌已由师爷们办好送来,上面写着简单的官衔,下面接着写道:

> 仰总社即刻取棉被毡条两万件,为守城兵民御寒。倘若迟误,定以军法从事!

下面是年、月、日,在年、月上盖了关防。李光壁双手捧着牌子,躬身退出。

高名衡正想接着同陈永福谈破敌之策,忽然巡抚衙门的刘巡捕躬身进来,向高名衡跪禀:

"禀大人,保定总督杨大人有蜡丸书送到!"

众官绅猛然吃惊。这意外的消息使大家不觉愣了起来。

高名衡接过蜡丸,破开来取出字条,匆匆看了一眼,连声说好,随即向大家读出书中的话。有人激动得流出眼泪。有人哽咽得说不出话。有人说:

"这就好了!不过数日之内,救兵必可来到!"

高名衡向刘巡捕问道:"下书人何在?"

刘巡捕恭敬地答道:"下书人如今在巡抚衙门。我把他安置在那里休息,赶快跑来向大人禀报。"

高名衡问道:"他是怎样来到开封的?"

刘巡捕说:"他绕道躲开了流贼的巡逻,一直绕到中牟县境,由城西二十里外,乘黄昏以后往西门悄悄走来,中途几次迷失了道路,幸而后来遇到一个百姓替他引路,才在天明时候到了西门附近。流贼平时对西门一带巡逻不严,加上昨夜天气寒冷,开始落雪,巡逻队更为稀少,所以他到了西门外边,就向城上呼喊。城上看他只有一人,把他系了上来,已经冻得浑身麻木。如今正在让他烤火,喝热酒取暖。"

高名衡又问:"你没有问他杨中丞现在何处?"

刘巡捕说:"杨中丞现在到了陈州,不日即从陈州北来。"

"有多少人马?"

"据下书人说,约有二三万人马,骑兵也有两千。"

"你好生款待下书人,多多赏赐他。也不必让他急于回去,万一被流贼捉到,会泄露军机。就让他住在巡抚衙门等候,我今天还要传见问话。"

刘巡捕磕了个头,起身退出。

高名衡望着大家说:"杨中丞仅有二三万人马,未免兵力单薄了。左平贼①何以尚无消息?"

陈永福立刻说道:"请大人且不管救兵如何,应速将蜡丸书的消息向守城军民宣布,鼓舞士气。"

高名衡点点头,转向王燮,说:"王知县,这事情……"

王燮不等他说完,躬身回答:"如此重大消息,宜由抚台大人、藩台大人或臬台大人亲自登城宣布,更能振奋人心。"

因为高名衡身体不适,今日是勉强莅会,以安众心;而布政使

---

① 左平贼——指左良玉,他于崇祯十二年受封为"平贼将军"。

又年老体弱,守城之事并不依靠他。所以巡按任浚赶快说道:

"请抚台大人不必操心,藩台大人也不必冒雪登城,由学生去向守城军民宣布吧。除学生登城宣布之外,也要出一告示,使全城官绅军民,咸知此事。"

陈永福说:"我同臬台大人一起登城吧。"

大家都表示赞同。有人说:"这样好,既有封疆大吏,又有军门大人,文武同上城头宣布,更能鼓舞守城军民士气。"

任浚吩咐一位掌管文案的幕僚去起草安民告示,自己便去内宅更换衣服。高名衡乘机带着陈永福转入内间,挥手使一个跟在身边伺候的仆人退去,小声问道:

"陈将军,贼兵在城下掘了三十六个洞,无法阻止。倘有一两处轰塌城墙,则一城生灵不堪设想。你我辈文臣武将一死不足惜,奈朝廷封疆与亲藩[①]何!将军有无御敌之策?"

陈永福说:"请大人不必担忧,敝镇已有御敌之策。今日需要挑选一两千敢死之士,做些准备,过了明日,与敌争夺地洞,使流贼无机会放进火药轰城。"

"这样的敢死之士容易征集么?"

"俗话说,重赏之下,必有勇夫。"

高名衡点头,又问:"你看,杨中丞果能于数日之内来救开封?"

陈永福轻轻摇头,微微一笑,说:"大人,请恕敝镇直言。以目前情势看,纵然全城望救心切,不过是望梅止渴而已。杨中丞于数月前败于项城,畏贼如虎,实不敢前来相救。纵然前来,无济于事,白给闯贼送份厚礼。我看他是被朝廷催逼太急,敷衍一下,必不敢真来相救。"

高名衡心中一凉,沉默片刻,又问:"平贼将军何以竟无消息?"

陈永福说:"大人,目前求人不如求己。只要军民上下齐心,不

---

① 亲藩——一般指封在各处的亲王,此处指开封的周王。

怕死伤,血战杀敌,省城必可保全。"

高名衡不再说话,几天来一切望救的心思都被这位阅历较多的将军拿冷水浇灭了。

巡按已经换好衣服出来。高名衡和陈永福也走出里屋,随即向大家宣布:

"今日会商到此为止。"

说毕,高名衡同众官员一起走出二堂。大家先送他上轿起身,然后纷纷进了各自的暖轿,离开按察使衙门。送走了众官员以后,任浚坐进绿色大暖轿,陈永福骑上马,在一群兵丁和奴仆的簇拥中冒雪往曹门而去。

事先得到传知,守东城的文武官员和士绅都齐集曹门城楼等候。关于从南门内地下掘出两尊大炮和西门内关圣庙找出数担铁子的事,正在守城的军民中到处哄传,人心振奋。刚才又听说杨文岳有蜡丸书到,救兵不日前来,更是喜上加喜。本来战场上礼仪从简,如今破了常例,不断有兵丁将登城的砖阶和城楼前边扫出一条宽路。雪花不断飘,兵丁打扫不停。巡按任浚虽然穿的官便服,却不失封疆大臣派头,和前几天战争吃紧时的狼狈相大不相同。他穿着狐䐉官便服红罗袍,外罩半旧青缎面紫羔披风,耳戴出风暖耳,软脚幞头上加一顶红缎貂皮风帽,帽前缀一块长方碧玉,由仆人搀扶着走上城头。守城的官绅们一齐在城楼的前边迎接。

任浚与陈永福拱手还礼,走进城楼。任浚面向西,立在正中,背靠神桌。陈永福在他的右边并肩而立。城楼中站满了东城的守城官绅。任浚和所有人的表情都非常激动,只有陈永福表情严肃而冷静,似乎在想着什么心事。任浚从袖中取出所谓蜡丸书的小字条,激动得声音打颤地念道:

保督杨传知豫抚高及开封守城官绅共鉴:本督克日亲统大军

驰援,望坚守勿懈,以待解围。

壬午元日

众官绅有的听清了,有的没有听清,纷纷请求重读一遍。任巡按提高声音重读一遍。有人流泪,有人哽咽,有人说出感谢上苍的话。有人偷看陈永福,认为他的守城担子轻了,为他高兴。

陈永福望着大家,面带微笑,却无激动神情,眉宇间仍有忧郁神色。

任浚又向众官绅勉励数语,下城上轿,转往北门。

陈永福晚走片时,在曹门城楼向几位比较负责的守城官绅详细询问了今日义军掘城情况,然后下城,骑马回他的镇台衙门。

刚吃毕午饭,黄澍、王燮和李光壂同来求见。李光壂向他禀告,两万件毡、被已经办足,正在向城根运送。他们三位官绅因义军今日掘城较快,十分焦急,特来商量如何破敌。

陈永福说:"办法我已经想好了。我们不能坐等流贼用火药轰城,非夺占诸洞不能救此危城。"

王燮和黄澍同时问:"如何夺洞?"

陈永福说出他的打算,王燮等一齐点头。陈永福将大手用力一挥,说道:

"事不宜迟。请诸君今日帮本镇准备,明日血战!"

今日是破五。

天明以前,雪已经停止了。随着黎明到来,云彩慢慢消散,太阳出现在东方,像车轮一样大,红得像熔化的铁汁那样鲜艳耀眼,慢慢地从树梢上升起来,照得城头上、房坡上、旷野里一片银光。从城头向东、向北瞭望,是无边无际的茫茫白雪,但在十里之内,到处有义军的宿营地。因为帐篷内生着火,所以帐篷上的雪随下随化。在茫茫雪原里,这里那里一片片军营,一座座灰白色的帐篷散布在高高洼洼的地方。义军将士纵然在下雪的时候也没有完全休息。特别是城东北角,离城大概五六里远,有一大片庙宇和房屋,是制造弓箭和火药的作坊。那里日夜不停地从各地运来制造火药的材料。还有三个碾盘,用驴子牵着,碾碎柳炭;有许多义军在那儿"咚、咚"捣碎灰烬,还有许多义军在筛灰烬,筛出细的黑色的粉末。又有人按着规定的比例,在柳木灰中加进硫磺、硝等东西,制成火药。稍远处,骑兵小队在雪地上不断地巡逻。

连日来李自成为攻城的事心情焦急。昨天晚上,又同牛、宋和重要将领们会商下一步攻城之计,直到深夜。今天早晨天不明,他乍一醒来,心情就十分烦躁。他很清楚:开封城中对于守城之事准备得十分充分,上自封疆大吏和总兵陈永福,下至众多军民,都在尽力守城,上下齐心,这和洛阳、南阳完全不能相比。起床之后,他想读一阵书,就把《资治通鉴》翻出来,打算将前几天牛金星对他讲的那一段重新再看一遍。但看了几行,心情很乱,看不下去。正想出外去看看将士们如何,高一功走了进来。高一功因为总负着全军的军资供应,所以对许多困难比别人更为清楚。他进来以后,坐在火盆旁边,一面烤火,一面对闯王说道:

"大元帅,这次攻城,能够攻下就好;万一攻不下,不能长久在此屯兵。"

闯王点点头说:"我明白,左良玉的人马正在往这里来,我们不能一边屯兵坚城之下,一边与左良玉对阵。"

高一功说:"这只是一个方面。开封附近,一片黄沙平川,平常老百姓就靠着庄稼秆子烧火,没有木柴。如今我们几十万大军来到这里,把所有的树差不多都砍光了,老百姓的柴火垛也差不多烧完了,有些地方只好拆房子烧。这样下去,不惟老百姓的日子十分困难,我们大军烤火做饭也十分困难,不是长久之计。眼下天气很冷,点水滴冻。大军必须烤火,不烤火就冷得不能忍受。现在不说做饭,光每天烤火的柴火也十分不易张罗,再过半个月,还不知怎么困难呢。"

李自成说:"我们原指望十天八天就可以把城攻破,没料到开封如此坚固。二十六日那一天,城墙已经炸了一个缺口,可是城内拼命抵抗。像这样双方不顾死伤地鏖战,十几年来还是第一次。幸而我们军纪很严,士气很高,换了别家义军,经过二十六日那一战,军心士气就不能保持了。"

高一功说:"虽然我们士气很高,军纪很严,可是将士们有时也有抱怨的话。"

李自成心中暗暗吃惊,问道:"将士们有什么抱怨的话?"

高一功说:"我们搭了几座炮台,又高又大,每座炮台都可容纳百把人。将士们搭炮台可不容易啊,附近几十里内的柏树都锯光了,运到开封城下也不容易。原指望攻城便利,不料城上也架起了炮台,我们的炮台一个一个被城上打毁,白白死伤了许多弟兄。所以弟兄们都抱怨军师计虑不周,离城这么近,怎么能搭炮台呢?"

李自成沉默片刻。对于宋献策建议在那里搭炮台,张鼐曾说过离城太近,别的将领也说不妥。但宋献策说:"我们的炮火猛,可以打得城上抬不起头来,如果城上打炮,我们就对准他打炮的地方放炮,把他的炮台打毁。"没想到城上的炮也不少,而且打得很准,结果义军吃了大亏。李自成也看出来宋献策的许多想法并不是亲身经验的,但他不肯在任何人面前露出他对宋献策的不满。于是他对高一功说:

"这事情责任在我身上,是我嘱咐献策在那个地方搭炮台的。你要告诉将士们,不能抱怨军师半句话。什么事情都难免有差错。连诸葛亮还有失误的时候,何况别人。"

高一功明白李自成的苦心,没有再说话,站起来出去了。

过了一阵,李自成吩咐备马,然后带着双喜和二十几个亲兵先往制造火药的地方察看一番,又来到医治受伤将士的村庄,先问老神仙药够不够。好在老神仙已经配好了许多医治炮火创伤和火药烧伤的药,暂时没有什么困难。而且过去每攻开一座县城,就有些贫苦的医生从军,老神仙从中挑了些年轻的医生,教他们如何治烧伤、金创,如今医生也不很缺了。然后闯王进入军帐探望彩号,他每到一个地方,都向大家问寒问暖。将士们十分感动,大家在心里说:

"一年来闯王人马不断增多,想同闯王见面都很不容易了,如今地上这么大的雪,天气这么冷,闯王不在帐中烤火,却早早地跑来看望咱们,闯王毕竟还是闯王。"

有一个重伤号,当闯王问他疼不疼的时候,他若无其事地淡淡一笑,说:"不疼,不疼。再过几天我还要去攻城呢!"

闯王听了,也很感动。周围的将士更是感动,有人知道此人活不成了,不禁感动得流出了眼泪。

约摸近午的时候,闯王同刘宗敏、宋献策带领少数亲兵,骑马来到曹门以北,离城壕半里处察看。他们不敢在一个地方久站,看一下,立刻转一个地方,看了几处以后,又来到北城外察看。有几次城上守军向他们立马的地方打炮,但不知道他就是李闯王,所以炮火并没有集中打来,而且他们总在移动地方,炮火也没法瞄准。在近城处察看后,他们退到城东北四里左右的一个村庄,进入刘宗敏指挥作战的军帐中,一面烤火,一面商议。

城上和城外仍在继续稀疏的炮战,但互相都不能作大的伤害。

军帐中,李自成向刘、宋问道:"今日城头情形与往日不同,你们看清了么?"

刘宗敏说:"大清早我就到城边看了一趟,看见有人在城头扫雪,有人好像在堆土袋,将城垛的缺口堵实,这些地方正是我军在下面掘洞的地方,可是后来就没有动静了。我看,必是想破坏我军掘洞的事,到黄昏时就可以明白了。"

李自成将目光转向军师,等他说话。

宋献策说:"去年我们第一次攻开封,守城军民从城头挖洞,杀伤我洞中弟兄。如今必是仍用这个办法破我掘城。去年我军尚无火器,故敌人大白日在城上向下挖洞,并不怕我,如今他们白天不动,黄昏后用力挖,不到一夜工夫,即将与我军在城下所掘之洞相通。看来恶战将从明日黎明前开始。"

李自成也正是这么猜想,宋献策的判断证实了他的想法。他尽管暗中担心,表面上却十分冷静,问道:

"献策,有何办法?"

宋献策说:"我军已经掘了三十余洞,敌人要想一个一个将我军逐出,岂是容易的事?只要我军手中能够保留一半地洞,继续掘大,一齐放进,就可以将城墙炸开几处缺口。当然,如今守城军民人心尚固,决心死守,又有陈永福指挥,不可轻视。况且敌人在头上,我军在脚下,对我掘洞之兵十分不利。但我们一定要鼓励掘洞将士,寸步不让,使敌人每攻入一洞必死伤枕藉。我掘洞将士一定要洞存身存,洞亡身亡,有轻易离洞逃出者斩勿赦!"

刘宗敏接着说:"如今守城军民把城中大炮都运到宋门到北门这一段城上,好的弓弩手也都派在这里。我们白天向各洞增援很难,暂且不忙。黄昏以后,开始向各洞增援,送进干粮、开水,到那时传下严令:不许丢失一洞,丢洞者惟小头目是问!"

李自成点头,正要说话,忽见吴汝义策马来到,直到帐外,迅速下马,分明有紧急事儿。自成等他进帐,问道:

"子宜,有何急事?"

吴汝义说:"夫人差塘马前来飞报,左营前队人马离临颍已经很近,只有一天路程。留在临颍的粮食和彩号正在向开封撤退,她率领健妇营、童子军、临颍的义勇百姓守城,等粮食和彩号撤退完毕,她就离开临颍。"

自成惊问:"没有请我派骑兵前去迎接?"

吴汝义说:"没有。"

刘宗敏说:"她知道我们这里攻城不利,不肯说出要我们派人马接济的话。我们必须立刻派一支骑兵,星夜奔往临颍,将夫人接回,万万不可失误。"

宋献策说:"夫人差人来时说左营距临颍只有一天路程。临颍到此地,骑兵最快得两天,一般得三天,想来左营已经于前天到达临颍了。倘若左营前队人马众多,夫人退兵不及,在城外御敌或在路上被敌人追上,必将吃亏。纵然退守城中,无奈临颍弹丸小邑,城墙不高,城壕窄浅,又无大炮助守,亦甚危险。请大元帅立即派骑兵前去接应,使夫人与健妇营能够保护老弱妇女与彩号平安撤回。"

李自成问:"捷轩,派谁去合宜?"

刘宗敏说:"派二虎去如何?他的心里窟眼儿多,不是个有勇无谋的人。"

李自成说:"好吧,命他将手下的一千二百骑兵全数带去,步兵留下攻城。再从曹营抽调五百骑兵,随同前往,听从他的将令。"

刘宗敏说:"为着赶快启程,我一面告诉曹操,一面径直从协助玉峰攻打东城的曹营人马中抽调数百骑兵随往。"

李自成思索一阵,摇头说:"还是不抽调曹营的骑兵,免得汝才多心。只是帮助从临颍撤退,光用二虎的骑兵就够啦。捷轩,你将二虎叫来,当面下令。我同军师回应城郡王花园,召集玉峰等重要将领商量商量,做好血战准备。你吩咐过二虎以后,也速去行辕议事。"

李自成同宋献策上马走了。

当天夜间,李自成在行辕中得到禀报,果然从黄昏开始,守城军民从城头上向下挖洞很急。到了三更左右,进展更快。

城上挖洞,都是先挖一个大洞,直径至少一丈,然后逐渐缩小,最后缩小到直径二三尺,人往下跳可以不受阻碍。

李自成骑马到了东城,将东城指挥掘洞的将领丁国宝叫来,详细问了情况,嘱咐他们做好争夺地洞的准备,然后回到行辕休息。

忽然,李过派飞骑前来禀报:谣传临颍发生战争,不知胜败,他已派李友率八百骑兵前往增援,保护高夫人从临颍撤退。

李自成听了这个消息,确实吃惊:如今临颍义军人马不多,而左良玉的目的,显然是要俘虏桂英和老营眷属并救出他的养女,所以人马轻装疾进,十分迅速。到底吉凶如何,李过所作的禀报并未说清。

他嘱咐吴汝义留在行辕,自己带着双喜又到了曹门北的城壕外边。在他看来,不管临颍多么吃紧,有高夫人率领健妇营和孩儿兵,还有少数亲兵在那里,二虎和李友又分头带了两千骑兵驰援,估计不会被俘。他必须把全副心思用在开封这边,力求早日破城。这时夜色昏黑,北风刺骨。他立马沙堆旁边,正对着"心"字楼①。田见秀也在那里。

李自成问道:"玉峰,有什么情况?"

田见秀说:"敌人从上边挖洞很急,不到天明就会挖透,从上边攻打我兵。"

李自成问:"有无办法保护地洞?"

田见秀说:"所有的地洞都换上了得到休息的精兵,准备一边死守,一边向左右继续掘大。在洞中再坚持一天,就可装满火药,轰塌城墙。"

李自成又问:"能不能保住地洞?"

---

① "心"字楼——"心"是星宿名称,叫做心星。开封城上,按照二十八宿建筑敌楼。

田见秀说:"至少可以保住'心'字楼下的大洞。这个洞里面掘得很大,有两间房子那么大,已经进去了四五十人。"

李自成想起了丁国宝,问道:"国宝在哪里?"

田见秀说:"国宝亲自进入'心'字楼下的大洞里边。"

李自成沉思片刻。正在这时,吴汝义骑马找来,请他进田见秀的帐中,有要事密禀。李自成点点头,对田见秀说:

"现在北城掘洞的事交给白鸣鹤在指挥,东城掘洞的事全交国宝指挥,他不应当只在一个洞中。"

田见秀明白闯王还有一层不肯说出的意思,即不想使丁国宝过早阵亡,于是说道:

"我马上叫国宝出来,商议要事。"

李自成同吴汝义进入田见秀帐中,屏退闲人,只留双喜站在一边。吴汝义向闯王小声禀报:今日黄昏,李过的游骑先后捉到两名细作,搜出两封密书,如今飞马送来。

闯王先看左良玉的蜡丸书,上面只说他"奉旨率大军驰援开封,约于本月十五日左右可到。望城中整备兵马,内外夹击,以奏肤功。"随即又看杨文岳的书信,那是藏在细作棉衣中的一张字条,内容是:

元月二日已与左帅在陈州会师,克日北来,左帅已派轻骑驰赴临颍,倘能俘获闯、曹两营眷属,则流贼军心必乱。彼如回师救临颍,则汴围自解。

李自成看完后,将两张字条放在烛上点着,烧毁,没有说话。吴汝义问:

"要不要往临颍再派一支人马?"

闯王略一停顿,说:"不用了。从今夜五更开始,三四天之内,攻开封之战将见分晓,精兵不能再分了。火药准备得够用么?"

吴汝义说:"我问了,火药够用,仍在日夜赶制。"

闯王点点头,说:"我再去东城外察看一下,你回行辕去吧。"

吴汝义先出帐篷。闯王若有所思。双喜小声问道:

"父帅,不派大军驰援,临颍不要紧么?"

闯王说:"左良玉正想分我兵力,我为什么要按照他的想法走棋?"

第 四 章

正月初七日早晨,争夺城洞的战斗开始了。

守城官绅特别害怕曹门北"心"字楼下的巨洞。黄澍和李光壂整夜都在城上"心"字楼附近,鼓励军民,拼死将竖洞挖通,以便破坏城下的大洞。当时他们还没有考虑将大洞夺到手中,只希望从上边将洞中的义军赶出,至少使义军不能继续顺利地向内深挖,也不能将火药送进洞中。到黎明时候,城头的竖洞已经同城下义军的大洞接通。竖洞是一层一层往下缩小的,最上层的直径有一丈开外,上面可以站立许多人,往下变成八尺,再往下变成六尺、四尺,到最下面与大洞接通的地方,最初的直径只有一尺。这时竖洞就十分难挖了。义军在大洞里面抵抗很凶,同上边互相对打。城上不断地向下投掷石头,又用长枪向下戳;而下边也准备了弓箭手,向上边放箭。后来城上用很长的把子装着铁锹,人站得远远的,从洞周围将土铲下去,终于使洞继续扩大,可以自由地跳下去人。到这时,城上才考虑到如何派兵夺取地洞。由于这个地洞特别大,估计里边有几十个义军,城上人跳下去,还没有站稳脚步,就会被义军杀死。因此,尽管竖洞已经挖好,却没有人愿意下去送死。

这个大洞里面的义军头目名叫王成章,原是豫西伏牛山中的挖矿人。崇祯十三年李自成驻军得胜寨的时候,他率领几十个煤黑子前来投军。后来投军的人越来越多,就编成了一支矿兵,由丁国宝率领,他成了丁国宝手下的重要头目。他还有一个副手,名叫尹黑牛,也是挖矿的煤黑子。去年二月第一次进攻开封的时候,他俩率领一群矿兵,在开封西门的南边挖了一个大洞,当时城上人也是从高处向下挖洞。矿兵们一面挖洞,一面同城上战斗,已经有了不少经验。正在向前掘进,不料遇着成排的大石磙,只得半途而废。现在,根据去年二月边挖洞边战斗的经验,王成章事前准备了六个弟兄。三个弟兄拿着弓箭,吩咐他们站成鏊子脚形①,专等上边的洞挖通后随时向上射箭。另外三个弟兄一面同大家一起向里挖洞,一面随时准备着替换那三个射箭的弟兄。还有几个弟兄也站在附近,准备随时将上面扔下来的火药包或"万人敌"迅速扑灭。

竖洞挖通后,上面开始向下扔石头,但因为下边洞大,对下面的义军威胁不大;用长枪往下戳,也戳不到什么人。有一次,长枪刚戳下来,尹黑牛眼疾手快,猛然一夺,反而把长枪夺了下来。上边持枪的人身子一晃,扑到洞口上,被下边一箭射死。以后,在微弱的灯光和星光下,只要看见上边有人影晃动,下边就立刻射箭。他们看不清自己的箭是否射中对方,但从上边发出的声音可以明白一切。当他们的箭射出后,上边常常传来一声"我的妈呀!""不好!""唉哟!"每逢这种时候,下边就发出快活的骂声。

王成章和他的弟兄们都知道这个大洞的重要,所以下了决心,不管死伤多么严重,也不停止他们的挖洞工作。他不断地鼓励大家说:

"好好挖,赶快挖,等到装进上万斤火药,引线一点,城墙轰塌,到那时候,咱们的人马像潮水一样涌进城去,这一座东京汴梁就拿下来了。弟兄们,快挖!快挖!"

城上的守军发现扔石头、砖头都毫无效果,用长枪戳反而吃了大亏,便开始向下边扔火药包。王成章突然看见从上边扔下一个包子,燃烧的引线在黑暗中发出一点红光,并发出哧哧的声音。他

---

① 鏊子脚形——三角形。河南的烙饼鏊子有三条腿。

大叫一声："倒！"两三个弟兄迅速将撮箕里的碎土倒在火药包上，将引线压灭。然后王成章一个跳步，用一只脚踏住引线，双手抓起火药包，扔出洞外。城上知道这个火药包无效，就连着点了两个火药包扔进洞中。王成章连叫两声："倒！""快倒！"两个火药包都被碎土压灭了引线。城上原指望两个火药包中会有一个奏效，会有一些义军被烧伤，另一些逃出洞外，已经准备了弓弩手从城头将逃出洞外的义军全部射死。现在投下的火药包竟然没有作用，感到很奇怪。他们又同时扔下了三个火药包。这一次果然有一个火药包没有扑灭，突然火药燃烧，烧伤了两三个义军。这个教训使王成章赶快想了新的主意。洞中本来有水桶，里边存着凉开水。这时他赶紧把水桶提在手里，当上边又投下三个火药包时，他大叫一声："倒！"几只撮箕的土同时倒下去。王成章仔细地看着，发现有一根引线的火未被扑灭，立刻浇了一点水，火马上熄灭了。城上的人感到惊奇，他们围在最下边的洞口议论，想弄清楚下边怎么竟如此眼疾手快地把全部引线扑灭。这最下边的洞口，土层只有四尺厚，他们议论的声音虽然不大，王成章却听得清清楚楚，而且看到洞口有黑影晃动，知道上面有人在偷偷向下察看。本来洞中点有两盏小灯笼，这时他命令将灯光完全吹熄。挖洞人凭着经验、凭着感觉，继续进行。同时他暗暗地把昨晚带进洞中的一支鸟铳拿到手中，偷偷地将铳口对准洞口。他的右手拿着纸煤，已经点燃。为了不使上边发觉，他将右手藏在身后，只用左手举着鸟铳。这鸟铳中装满了火药，火药上面是一把黄豆大的铁沙。当他感到时机正好的时候，突然将拿纸煤的右手从背后转出，很快点着了火门上两寸长的引线。王成章双手将铳瞄准洞口，只见火门外红光一闪，从铳口冒出火光，照得头上的暗洞猛然一亮，同时听见了一声巨响，随即又听见上边惊叫："我的妈呀！"一个人从洞口上边头朝下栽了下来。下边的一个矿兵一弯腰将他拖到一边，用腰刀连剁两刀，一脚将死尸踢到洞外。洞上还有几个人显然也受了伤,一面叫着,一面没命地爬上城头。这时天色已经微明,王成章吩咐弟兄们赶快掘洞,不要耽误。

刘宗敏知道城上在破坏各处城洞,天不明就来到城外观看。后来他到了"心"字楼附近,将战马藏在一个沙丘背后,他只带着大约二十几个亲兵亲将,立在城壕外半里远的地方。这样的距离最为危险,随时都得小心城头上打炮,所以他和亲兵们都穿着铁甲,戴着铜盔。他们左后方二十丈外摆着三尊大炮,右后方一里外也摆着三尊大炮。张鼐立在他的背后,随时等候他的吩咐。另外,近城壕的地方散立着数百名弓弩手,都有挡箭的盾牌。从宋门到北门十几里远也都有弓弩手,但不似"心"字楼的城壕外这样密集。

丁国宝知道"心"字楼下的地洞战斗激烈,骑马从别处奔驰而来。他在刘宗敏面前下了马,请刘宗敏赶快后退,说天色已亮,不要被城头的敌人望见。刘宗敏微微露出冷笑,没有后退,急问他各处战况如何。他禀报说,从宋门到北门的全部地洞都在争夺,每个地洞的上边都被敌人挖了竖洞,与地洞接通。只有"心"字楼附近的一个大洞,因为洞口曲折,转向左边,所以敌人不曾觉察出来。

刘宗敏问道:"'心'字楼下的地洞十分要紧,谁在里边指挥?"

丁国宝说:"头目是王成章,副手是尹黑牛。"

刘宗敏点点头,有些放心了。去年二月攻开封的时候,他已经认识了这两个矿工出身的头目,当时对他们的作战忠勇十分称赞。他说:

"你派人去告诉王成章,今日白天不管敌人如何从城头猛攻,不能离开地洞一步!"想了一下,他又说,"你速速派二十个弟兄去洞中增援。我想洞里边定有死伤,把受伤的弟兄们想办法抬回来,死了的暂时不管。"

丁国宝立刻派二十名矿兵站在城壕东岸。这时谷英也来了,他是负责从宋门到北门这一段掩护掘洞的主将。他将手中的三角小红旗一挥,城外的弓弩手立刻向城上连续射箭,火铳也猛烈地向城上打去。趁着这股攻势,二十名矿兵越过城壕,向城洞奔去。"心"字楼上和附近城头,立刻有乱箭射下,并有砖石乱飞。二十个人尚未奔到城根,已经倒下去三分之一。刘宗敏向张鼐看了一眼,命令说:

"把'心'字楼给我打塌!"

张鼐立刻退到左后方安设大炮的地方,亲自瞄准,亲自点炮。连点了两炮,第三炮还没有点,已经把"心"字楼打塌了。楼中兵丁有许多受伤,也有被打死的。受伤的一哄逃出。趁这个时候,增援的一小队人进入"心"字楼下的地洞。

恰在这时,李自成派一名亲兵来见刘宗敏,请他速去高一功帐中议事。刘宗敏点点头,走去沙丘后边上马,同时向两个亲兵吩咐:

"你们分头传谕,就说我有严令:将士们务要拼死保住各洞,准备今夜送进火药,明日五更一齐放进,有失去地洞者斩!"

城上开始受了一点挫折,但没有泄气。官绅军民都知道地洞非争夺不可,守城胜败系于地洞。一阵慌乱过后,黄澍同李光壂决心将一个"万人敌"从洞口投下去。原来他们也曾经害怕将"万人敌"投入洞中,会使城墙受损伤太大。现在是万不得已,只得如此。于是他们就从守城百姓中挑选了两个勇敢的人。黄澍亲自吩咐:

"你们一定要胆大心细,药线一点着,立刻投下去,必须投准。万一投得不准,'万人敌'在洞口上边爆炸,我们这些人就要同归于尽。只要你们投得准,投下之后炸死炸伤许多流贼,就是你们立下了大功,我会重重地赏你们!"

这两个人一个抱着"万人敌",一个拿着火绳,蹲在最下层的洞边,向洞下偷看一眼,紧张地等候命令。黄澍吩咐:

"点引线!"

那个拿火绳的人立刻把引线点着。

黄澍说:"投!"

那个抱"万人敌"的人立刻对准洞口,将"万人敌"投了下去。

黄澍连声叫道:"好!好!好!"

他和许多人都露出了紧张和高兴的表情,等候着下边轰然一声,将大批敌人炸死炸伤。

却说王成章昨天遵照宋献策的指示,事先在地洞中挖了一些可以躲人的地方。他听见上面的响动和说话声,明白敌人要将"万人敌"投下来,不禁骂了一句:

"他妈的,要使用杀手锏了!"

他督促大家赶快躲起来,只留下他自己和尹黑牛。他将弟兄们准备好的一大撮箕细土提在手中,眼睛朝上望着,聚精会神地等候。看见头顶的洞口一暗,他立刻将撮箕提高,右手托住了撮箕底部。"万人敌"咚的一声落了下来,向前滚动,引线上的一点火光,迅速燃烧。在这千钧一发之际,王成章准确地将一撮箕细土倒了下去。几乎同时,尹黑牛扑过去,将仅剩二指长的引线拔掉。他们两个的动作是那么麻利,神情又是那么沉着,连躲在暗处的一些义军都看得呆了。等尹黑牛将"万人敌"抛出洞外,他们都从躲的地方跑了出来,高兴地说着俏皮话。王成章叫大家赶快继续挖洞,他和尹黑牛又站回原处,准备随时头顶上再有"万人敌"投下来。他抬头叫道:

"城上的好汉们听着:把你们的法宝都摔下来吧!老子们在等着呢。告诉你们的周王和巡抚,明天在城里同你们算账!"

昨夜三更以后,李自成接连得到两处来的军情急报,知道了左良玉人马的确实行踪:主力大约有十万人马,已经过了陈州向北来,直趋太康,看来第一步是要占领杞县,第二步再从杞县援救开封。杞县自古是开封附近的军事重镇,兵家必争之地。救开封必须首先在杞县站稳脚跟。另外,左军还有三千人马向西北直奔临颍,算作一支偏师,目的是要袭占临颍,夺取义军的家属和部分辎重。特别是高夫人和重要将领的夫人都在临颍,他自己的养女也在临颍,所以这一支偏师虽然只有三千人,却都是他的精兵,骑兵也不少。前日高夫人已经从临颍向北撤退,临走时设下埋伏,又得到临颍百姓帮助,消灭了左军的尖队数百人。临颍百姓关起城门,抗拒左军。左军如今正在围攻临颍。

等刘宗敏赶到应城郡王花园高一功的军帐时,李自成同高一功、牛金星、宋献策、李岩等已经商量了一阵。不待吃早饭,自成就偕同牛、宋、李岩往繁塔寺找曹操议事去了。

高一功将四更以前得到的紧急军情告诉了刘宗敏,并说大元帅决定再派去两万人驻扎陈留附近,李过移驻朱仙镇附近,两军互为犄角,对左军以逸待劳。

高一功还转达了闯王对刘宗敏的嘱咐:首先是要总哨刘爷赶快休息。他已经一天一夜不曾睡觉,务必在早饭之后好生休息一阵,再去城边指挥作战。另外,今夜一定要运火药进洞,明早各洞一起放进,炸毁几处城墙,至少"心"字楼下的城墙要炸开缺口。不管如何困难,要在三天以内攻破开封,如果不顺利,也必须在五天以内破城。一旦破了开封,大军全力去打左良玉,就不难把他包围消灭。

刘宗敏说:"今日城上必将出死力争夺地洞,我不能片刻休息。好了,一功,我也不回自己帐中,就在你这里用早饭吧。用过早饭,还得马上赶回城边。一功,如今要紧的是大军粮草,你是总管,粮草情况如何?"

高一功轻轻摇摇头,低声说:"粮食很困难。这里一片黄沙地,土地不好,所有大军用粮用草都是从附近各县征集运来。柴火也欠缺,弟兄们有时没有柴火烤火,已经有不少人冻伤了手脚。至于喂骡马的干草……"

刚说到这里,吴汝义匆匆来到,随即挥手使闲人退出。高一功看见吴汝义的不平常的神情,赶快问道:

"子宜,有什么紧急事情?"

吴汝义说:"总哨在此很好,我向你们两位禀报吧。刚刚从西安来了我们的一个坐探,向我禀报了西安的消息。"

刘宗敏忙问:"西安有什么重要消息?"

吴汝义说:"陕西、三边总督汪乔年很快就要率领人马出关,来救开封。"

刘宗敏冷冷一笑:"子宜,这已经算不得重要消息了。汪乔年来河南,就同傅宗龙一样,不会有更好的下场。他送上门来,还免得我们去找他,岂不省事?"

高一功也笑着说:"汪乔年顶多率领贺疯子、郑嘉栋、李国奇这三个总兵,而这三人都是败军之将,加上他们人心不齐,士无斗志,纪律败坏,根本不堪一击。"

吴汝义又压低声音说:"还有一个消息,我先向你们二位禀明,是否就让大元帅知道,请你们二位斟酌。"

高一功见吴汝义神色凝重,不觉奇怪,忙低声问道:

"还有什么重大消息? 子宜,快说!"

吴汝义又向帐外望一望,低声说:"汪乔年奉崇祯密旨,下令米脂县边大绶这个昏官,将大元帅的祖坟全都掘了。"

高一功大吃一惊:"这事可真?"

吴汝义说:"我们从西安来的坐探说得千真万确。此事在西安已经传得家喻户晓,有人在汪乔年的制台衙门看到塘报,确是将李家祖坟全都掘了,撒骨扬尘!"

刘宗敏将脚一跺,骂道:"他妈的,打仗打不过我们,却下此毒手!"

吴汝义说:"朝廷也知道这一手并不光彩,所以崇祯下的密旨,不许外传。可是西安城中人人都知道是崇祯下的密旨,汪乔年遵旨奉行。崇祯眼看着我们李闯王要得天下,所以赶快挖了李家祖坟,泄了李家祖坟上的王气,斩断了龙脉,这样好保住他的江山不被李家夺走。"

高一功说:"你把坐探叫来,我亲自问个明白。"

吴汝义出去片刻,带进一个小商人模样的男子来。那男子向刘宗敏、高一功行过礼后,站在他们面前。高一功问了他的姓名和在西安的营生,他都一一回答清楚。高一功对义军在西安的坐探的姓名记不甚清,但在什么商号、什么衙门有义军的坐探,大体是知道的。听了以后,他点点头,问道:

"汪乔年如何掘了李家祖坟,照实说来吧。"

据坐探说,汪乔年奉旨掘李闯王的祖坟。米脂知县边大绶找到一个叫做艾昭的人,也是双泉堡附近人氏,叫他密访李家祖宗的葬地。可是哪是闯王父亲和祖父的坟,所有李家的人都宁死不说,连小孩都不肯说。边大绶亲自前去,也问不出来。一共掘了十六个坟墓,才算找到一个祖坟,据说是李家的世祖,掘了以后,把骨头乱扔地上。后来传说世祖坟里有一盏铁灯,灯光还没有熄灭,灯前一块木牌上写了一行字:"此灯不灭,李氏长兴。"边大绶把灯吹灭了。又传说棺盖撬开后,看见尸体遍体长了长的黄毛,脑骨后有一小洞,有铜钱那么大,里边盘了一条小赤蛇,约有三四寸长,长着两只角,飞了出来,飞了一丈来高,向着日光吐着舌头,连吐几次,又落下来死了。边大绶腊干了小蛇,连头颅骨送到西安。汪乔年又派人秘密送往北京。别的坟中的骨头都被抛散,有的被焚烧,有的被撒上猪屎猪尿,再扔到各处。现在这事已经在西安哄传开来,人人皆知。

刘宗敏听了以后,恨恨地骂道:"崇祯实在可恶,这个汪乔年也可恶万分。老子有朝一日抓到此人,必将他碎尸万段!"

高一功和刘宗敏都感到这消息实在重要。在那个时代,不仅掘祖坟是不共戴天的仇恨,而且更重要的是这关乎一家一族的命运,如果李自成的祖坟中真点着一盏灯,还有一条小赤蛇,如今灯被吹灭了,赤蛇被弄死了,又被汪乔年送往北京,这龙脉岂不是斩断了?这想法他们都不敢说出口来,但心里都感到可怕。高一功对西安来的坐探严厉地说:

"这件事你不能漏出一个字。漏出了,你休想活命!"

刘宗敏也说:"汪乔年要出兵来河南的事,可以向闯王禀报。至于掘祖坟的事,你不许向闯王说出,更不许对别人漏出一个字。你漏出一个字,我总哨刘爷会剥了你的皮。你记清楚!"

坐探连声说:"小人记清楚了,决不敢泄露一字。"

刘宗敏还不放心,又对吴汝义说:"这不是小事情。要是他说出一个字,我就找你算账。"

吴汝义说:"请刘爷放心,我不会让他露出一个字。"

高一功说:"好,你给他安顿一个地方,让他随军一道,好生休息。带他走吧。"

吴汝义将坐探带了出去。

高一功望望刘宗敏。刘宗敏不想再说话,心里很沉重,随即说道:

"快拿东西来,我吃了以后,好去准备攻城的事。"

到了下午,守城官绅看见要夺取地洞的努力很不顺利,而义军在各个地洞中一边抵御一边继续向深处和宽处挖掘。大家十分害怕,都担心这样下去,要不了多久洞就会挖成,义军会趁着上半夜月色朦胧,将火药运进洞中,也可能在下半夜月亮下去后,在昏暗的星光中运进火药,而到明天一齐放进。

巡按御史任浚负责守曹门,"心"字楼正是在他的防守地段之内,所以他特别害怕。现在他勉强保持着表面的沉着,带着随从来到"心"字楼城墙里边,亲自侧着头将耳朵对准空瓮,听一听掘城的声音。他听见掘城的声音很急,而且显然有许多人在同时挖掘。那种沉闷的"咚、咚、咚"声音,一声声吓得他心惊胆战。昨天他也曾来听过,而今天的声音比昨天更响,分明又挖近了许多。他不动声色地问旁边的人:

"你们都听见了么?"

大家恭敬地说:"听见了。"

他冷静地说:"你们不要害怕,本院自有破敌之策。"

回到上方寺后,任浚命人将陈永福、黄澍和李光壂请了来。他把自己的担心告诉大家,要大家赶快出谋献策,先将"心"字楼下的大洞夺到手中,至少得把洞中的义军杀伤,使他们不能继续掘城。黄澍和李光壂相互看看,都想不出好的办法。黄说:

"要是派人跳下洞去,恐怕脚还没有落地,就会被贼兵杀死。"

李光壂也说:"我们一次只能跳一个人,而洞中现在估计有几十个贼兵,我们是一个一个往下跳,而贼兵准备好,就会一个一个将我们的人杀死。"

任浚点头说:"这不是办法。我也想过了,不能一个一个往下跳。"他转眼望着陈永福:"陈将军阅历甚深,必有破敌之策。据你看,如何才能将大洞夺到手中?"

陈永福胸有成竹地说:"夺洞不难;夺了洞,守洞更不难。但有一条:需要悬出重赏。俗话说:'重赏之下,必有勇夫'。在这样生死关头,谁不怕死?但有重赏,就会有人卖命。"

任浚说:"赏钱我不心疼。现在官库里边还有钱,巡抚衙门、布政使衙门也有银子,何况开封府有钱的大户甚多,谁家不可出钱?倘若贼兵进城,玉石俱焚,有钱又有何用?只是光有重赏,没有善策,也是不行。刚才已经说到,我们的兵只能一个一个往下跳,而贼兵站在下边等待,下去一个,杀死一个。这却需要有办法对付才好。"

陈永福说:"我也想官库银子很多,开封又有众多富豪大户,如今正是需要大家出钱的时候,只要大人说出一句话,事情就好办。"

任浚说:"陈将军请放心,赏赐的事由我主持,也不须禀明巡抚。请将军赶快说出夺洞之计。"

陈永福先不说办法,却先说了左军北来的消息。这消息本来大家都知道,尚在半信半疑。现在据他看来,必是左良玉接到皇上严旨,不能不来。而左军北来的事,李自成必然也很清楚。所以李自成要赶在左军到来之前攻破开封,一二天之内情势最为危急。今日倘能将各个洞夺到手中,敌人要想破城就办不到了。说到这里,陈永福停了一停,神情更加严重,接着说:

"这是一场生死血战,胜负决于一二日内。我守城军民既有地利,又有人和,必能取胜。如今夺取地洞最为重要,最为重要。"

大家很少看到陈永福脸色如此严厉,口气如此果断。他们的心情更觉沉重,想着全城官绅百姓的生死存亡都决于城下地洞,互相交换眼色,默默无言地等着他继续往下说。

陈永福用威严的目光示意几个在旁伺候的仆人退出,然后把声音放得很低,开始说出他的办法。其实如今即使公开谈论也不会有人将他的话传到城外,只不过他多年为将,养成了一种习惯,遇着重要军事计议,决不许闲杂人听见。

任浚和黄澍等听了他的办法,都纷纷点头,说:"好,这办法好!陈将军果然经验丰富!"

陈永福说:"我的办法也是别处用过的,按台大人悬出重赏后,如有人揭榜,说不定还有更好的办法。"

任浚当即派一名官员到城上传谕:有能夺地洞者,赏银一千两。一时城上议论纷纷,都说一千两银子不算少,可是谁也不敢试一试,因为都晓得大洞中敌人很多,跳下去等于送死。人们互相观望,轻轻摇头。大约到了吃午饭的时候,仍然没有人敢出头揭榜。那个派去传谕的官员奔回上方寺,向巡按作了禀报。任浚满心忧愁地问陈永福:

"陈将军,一千两银子不算少了,可是没有人鼓勇夺洞,如何是好?"

陈永福说:"一千两银子在平时确实不能算少,但在今日不能算多。这是生死交关的事情,请大人不妨再出重赏。"

黄澍和李光壂都建议巡按加倍赏赐。黄澍说:"一城安危要紧,银子究竟是身外之物。"李光壂也说:"反正羊毛出在羊身上,暂时银子由巡按衙门拿出,马上就可从富商大户处收回。"

任浚考虑片刻,提起朱笔,写了一张手谕:"有夺此洞者,赏银二千两。"随即交给那个官员,让他再到城上传谕。

黄澍说:"如今光有大人钧谕恐未必济事,最好立刻派人到衙门中取二千两纹银,摆在城头,以示决不食言。"

任浚心中也明白,官府往往失信于民,光有他的牌谕,人们未必相信。于是他立即命人骑马回到衙门,取来了二千两银子,连同他的牌谕都送到城头。

本来,在第二次传谕之前,人们已经在纷纷商议,想出各种主意。等到第二次传谕和二千两银子送到城头以后,很快地有一个三十多岁的军官走到牌子前,将任浚的手谕揭下,拿在手里,回头对大家说:

"我朱呈祥包下了!"

周围的人先是一惊,随即投来敬佩的目光。这一带守城的军民都知道这朱呈祥是陈永福手下的一个把总,从十八岁开始当兵,很有阅历。

朱呈祥在揭榜之前,已经同他的亲信商量过,这时他不在城上多耽误,就带着揭下的巡按手谕大步流星地走下城去。来到上方寺后,他向任浚、陈永福跪下说:

"卑职愿意夺取'心'字楼下大洞,已将巡按大人钧谕揭下。"

任浚还未说话,陈永福先问道:"你用什么办法夺洞?"

朱呈祥把他的办法说出后,陈永福笑着点头说:"正合我意。你一定能够夺洞成功。所有你需要的东西,我立刻吩咐人帮你准备。你打算挑选多少人随你下洞?"

朱呈祥说:"太多也用不着,请军门大人给我一百个精壮弟兄。有五十个下去就行了,另外五十个准备好,随时需要,随时下去。占据大洞之后,贼兵必来争夺,那时还要准备厮杀、伤亡,所以另外准备五十个弟兄是不能少的。"

陈永福说:"好吧,我给你一百个弟兄。你可以随便挑选。除你手下人之外,你愿挑什么人就给你什么人,只等你马到成功。"

任浚也鼓励他说:"你的为国忠心十分可嘉,只要夺洞成功,除银子赏赐之外,叙功时一定将你破格提升。你赶快准备去吧。"

朱呈祥磕了头起来,匆匆退出。然后他一面将人员挑选好,一面做好夺洞的准备工作,大约花了不到一个时辰。在这段时间内,任浚和陈永福一直在上方寺等候,不时地派人到城头询问、察看。最后,只听朱呈祥一声令下,就有两三个弟兄把一捆柴火扔下洞口,当柴火还未完全落下的时候,又把大包烘药①扔到柴火上,随即又将一捆柴扔了下去。洞中顿时着起了大火。烘药也发了威力,整个洞中一片黑烟弥漫,还有令人窒息的硫磺气味。因为是用大捆柴火加上大包烘药,洞中义军用原来的办法不能扑灭,加上柴火

---

① 烘药——起燃烧作用的火药,以硝、硫磺、木炭粉三种原料配合研磨制成。

和烘药还在不断地投下,洞中火光熊熊,浓烟滚滚,硝和硫磺熏得人不能呼吸。义军无处躲避,有的被烧伤,有的被熏得倒地,一部分弟兄冲着洞口的大火逃了出来。城上趁这时候扔下砖石砸伤逃出洞外的人。

这样,经过一顿饭的时候,城上估计洞中已经没有敌人,纵然还有没逃出的人,也一定被烧死或熏死了。朱呈祥向他的一百个弟兄一挥手,大家立刻将准备好的水一桶一桶倒下地洞。洞中浓烟慢慢地浇熄了。随后硝和硫磺的气味也淡了。朱呈祥首先跳下洞去,在下边吹个唿哨,五十名弟兄一个一个跟着跳下去,把大洞占了。

洞中很昏暗,看不清楚,只看见那没有逃出洞的义军,大部分已经被烧死,少数没有被烧死的,也已经昏迷过去。朱呈祥和他的兵丁不管三七二十一,看见一个义军就砍一刀,扔出洞口。

突然,一个官军大叫一声,倒了下去。大家一看,发现在那官军身旁有一个义军,一只手撑在地上,另一只手拿着一柄宝剑,剑上滴着鲜血。大家正在愕然,说时迟,那时快,只见那个显然受了重伤、刚刚苏醒过来的义军,右手一挥,又砍断了身旁另一个官军的一条腿。朱呈祥和几个兵丁一拥而上,乱刀砍死了这个义军。朱呈祥将他的头颅割下来,连死尸扔出洞外。

这个义军就是王成章。

朱呈祥见洞中再也没有活着的义军,便向上大声呼喊道:"请上边的人代我禀报总兵大人和巡按大人,此洞已经被我占领,洞中没有逃出的贼兵已全部杀死。"

城头上响起一片喝彩声,有人敲锣打鼓,有人放起鞭炮。

这时,丁国宝正站在城壕外。他明白大洞已经被官军占领,立即挑选了三十个弟兄,将被子浸了水,蒙在头上。他自己跑在前边,三十个弟兄跟着他,一边呐喊着,一边跑过了城壕,直向大洞奔去。

城上见义军来夺大洞,立即弓弩齐发,砖石乱飞,还扔下一个"万人敌",正在丁国宝的脚边爆炸。他被炸成重伤,倒在地下。他身边的人死了一片。没有死的人把他背了回来。夺洞失败了。

经过这一仗,守城军民顿时士气高涨,各个地方都仿照朱呈祥的办法夺洞。不过半日时间,三十六个地洞都陆续被夺到官军手中,挖洞的义军死伤惨重。

当争夺地洞的时候,李自成、刘宗敏、宋献策、田见秀、谷英等立马城外,却没有一点办法。李自成的脸色阴沉,考虑着新的打算。他考虑一阵,策马回应城郡王花园,临走时对刘宗敏说:

"不必争夺洞了。我们用另外办法攻破开封,免得弟兄们白白死伤。"

费了半个月的时间,好不容易掘了三十六个洞,在半日之内都被守城军民夺去,这件事使第二次进攻开封又遇到很大挫折,也使李自成和他的将领们大为失意。但李自成并没有撤离开封的打算,据他和宋献策估计,左良玉十三日才能到达杞县一带;到达杞县后未必敢贸然向开封逼近。何况他已经命李过率领闯营和曹营的两万人马移驻朱仙镇和水坡集附近,昨日又派刘芳亮率领两万人马去陈留附近驻扎。这两支人马足以挡住左良玉,使他不能逼近开封。他们想,只要能在元宵节以前攻破开封,左良玉不但无能为力,而且非赶快逃走不可,不然的话,义军以得胜之师直趋杞县,左良玉就招架不了。这些看法李自成同曹操和吉珪也谈过,大家都觉得合乎道理,所以就决定再一次猛攻开封,只是必须采取另外一种办法,这办法他们已经想好了。

初八这一天,李自成下令全部攻城将士都在城外休息。近城壕处的义军为躲避城上的大炮,也为了抵御寒冷,不是住在帐篷中,而是在近城壕半里处挖了四尺多深的壕沟,里边铺些干草,上边盖着木板,木板上铺着高粱秆子,高粱秆子上又压了一层土,大家就住在里边,帐篷都不用了。

初八日夜间三更时候,开始下起了鹅毛大雪。李自成偕同刘宗敏和宋献策来到火药厂,督促工匠们加紧制造各种火药。他们黄昏后一直在开军事会议,三更时将领们散去了,曹操和吉珪也回繁塔寺老营去了,他们不肯休息,便来观看制造火药的情形。根据宋献策择的日子,在十二日黎明攻城,需要很多火药,而一旦攻下开封,还要同左良玉大战,那时也需要火药,因此李自成深感此事不能疏忽。他一面看,一面鼓励工匠们多多制造,同时又派亲兵回去告诉老营总管,送一些酒肉到这里来,让大家夜间消寒。

正在观看之时,忽然听见城边发出来一阵阵喊杀声音,他们猜到必是敌人趁着黑夜出城偷营。但他们没有将这事放在心上,继续巡视,过了好久,才离开制造火药的地方,转到制造炮弹的作坊中巡视。那时李自成的部队还不会制造开花弹,只能制造实心的铅弹和铁弹,也制造供小铳用的铁子儿。

他们看完以后,已经交五更了。刚回到应城郡王花园,谷可成骑马来到,向他们禀报敌人偷营的经过。原来,敌人趁着雪夜,从曹门旁边的水门派出五百兵丁,越过城壕偷袭义军兵营。义军发现之后,偷营的人迅速退走。义军追过城壕,那五百人沿城而走,向水门奔去。义军不知是计,继续追赶。快到水门时,那五百人突然回头抵抗,而占据各个城洞的官军也纷纷出来,有的从中间冲杀,有的从背后掩杀。义军情况不熟,又遇着大雪,弄不清官军有多少人马,一时之间退避不及,死伤了好几百人。

李自成听过禀报,心中十分恼怒,但是事已如此,无可奈何,恨恨地叹了口气,说道:

"越发增添了城中的气焰!"

天明以后,雪停了,天晴了,一轮红日照着城头。守城军民在夺得三十六洞之后,昨夜又用计杀死杀伤了数百义军,这是围城以来的空前大捷。但他们也看得出来,义军并无退走模样,这使他们在高兴之余不得不上紧加固城防。首先要多备柴草,以便城上将士御寒,同时还准备再用火攻,于是下令在全城收集柴草,一天之内就收集到十几万担干柴。另外,因为东城从曹门到转角之间有一段地方城墙较薄,需要赶快加厚,附近民宅几天来已经拆光,所以巡按下令,将上方寺拆去一部分,观音寺拆去大部分,用拆下的砖石加厚城墙。

从初九到十一日,城内天天紧张地准备;城外义军也在准备,但多在夜间活动,白天按兵不动。城内官军知道在离"心"字楼不远的地方,义军挖了一个大的地洞,洞口是从城壕里岸挖进去的,而且挖得很长,据估计有十丈以上,因此用原来的火烧办法,已经没有效果。连着两三天来,义军每天夜间在朦胧的月色中或在后半夜昏暗的星光下,将火药背过城壕,运进洞中。由于义军事先做了很好的准备,到处埋伏了弓弩手,城上稍有动静,立即有成千支箭一起射来,因此守城兵丁无法阻止他们运送火药。十一日这天夜间,城中十分惊慌,据他们估计,连着三天来义军已经向洞里边运进几十担火药,很可能在十二日黎明时开始放进,轰塌城墙。

十一日夜三更以后,情况更加紧急了。城上军民听见东城外曹门以南、宋门以北义军人声嘈杂,马蹄声不断,这显然是攻城前的人马部署。周王在宫中如坐针毡,向天地许愿,又向祖宗许愿。巡抚、布政使、巡按使也都向天地和关圣爷许愿。官绅们不断会商,寻求对付办法。陈永福将他的主要兵力调在东城等候,准备一旦城被炸开缺口,就在缺口处拼力血战。义勇大社也调来许多精健丁勇,在上方寺附近守候,一旦紧急,立刻登城。

十二日黎明来到了。从城上可以望见城壕外半里处,有很多义军步兵已准备好攻城,还有骑兵分列两翼,部伍整肃。

过了一阵,天色更亮了一点。守城的人们又看见有许多大炮摆在城壕外步兵的前边。一共分三个地方,中间约有六七十尊大炮,两边相离几十丈远,各有二十多尊大炮,总数约在一百尊以上。大家这才恍然大悟:今日不是用火药炸毁城墙,而是用炮对着去年二十六日攻城的地方猛轰。那一次曾把城墙炸开一个缺口,现在虽经修复,到底不太坚固,所以李自成选择了这个地方,打算用群炮轰毁城墙。

城上人正在纷纷议论,忽然义军阵地上一面红旗一挥,几尊大炮响了。接着炮声越来越密,震天动地,三个地方的大炮,不断燃放。铁的炮弹,铅的炮弹,从炮口射出,有很多打在城墙上,有一些从空中越过城头,射进城内。炮弹互相交织,发出令人丧魂失魄的声音。更多的炮弹打在原来缺口的地方,城墙不断颓倒,成为一个陡坡,又变成慢坡。

打过一阵大炮之后,义军的步兵蜂拥出动,跃过城壕,沿着慢坡向上冲。城上拼命向外边打炮,施放弩箭,投掷砖石,但是义军决死进攻,毫不退避,死了一批,又爬上一批。攻了一阵,义军在城墙缺口处死伤很多,暂时停止冲杀,退到城壕下边。一百多尊大炮趁这时候又一齐向城上打来,很多炮弹继续打在缺口地方。城上也用炮火还击,但没有城外的炮火厉害。打了一阵之后,城外的炮火又忽然停止,伏在城壕下的义军步兵又像潮水般汹涌而上。

这时双方都在争夺缺口。有几十个义军已经爬上缺口,到了城头,又被守城的官军杀死。眼看着义军死不后退,城上怎么用砖石打,用弓弩射,都无济于事,官军只得用大炮向义军的后续部队打去。但是城上的大炮已经有三尊炸裂了,炸死炸伤了一些自己人,而城外义军的大炮忽然又响了起来,炮弹飞上城头,向左右打守城的人。城垛一个一个被打得粉碎,守城的人一批一批死伤。中间缺口处,双方仍在肉搏交锋,死伤惨重,都不退让。

陈永福眼看形势越来越危急,城快要守不住,就大声呼喊:"放炮!放炮!"可是守城兵勇因为连着炸裂了三尊大炮,不敢再放,只用弓箭和砖石向敌人射去、打去。陈永福跳上一尊大炮,骑在炮上,又大声喊道:

"忠臣不怕死。你们快点炮,我和炮一起炸碎!快点!"

他的亲兵将他猛一拉,拉下大炮。同时铜炮也被点燃了,轰然一声,打到义军中间,接着几尊大炮都响了,加上万弩齐发,义军几乎在同一个时间倒下去几百人。这时城外一声呼叫,所有攻城的步兵暂时都伏了下去,大炮又向城上猛烈轰击,炮弹交织在城头上。趁这个时候,陈永福大呼:

"将城墙缺口堵起来!"

城内连日来已经准备了几百扇大门,一部分从周王宫中运来,一部分是寺庙的大门。这时守城军民赶紧用这些大门将被义军轰开的缺口重新堵住。

可是突然间大炮停止,攻城的义军又呐喊着向城上爬来。陈永福又用大炮、弓弩抵挡。有些炮弹越过城壕,打到义军排列在城壕外的骑兵和步兵阵上。有的步兵中炮倒下,有的骑兵中炮后连人带马倒下去。但是旁边的步兵和骑兵如同不曾觉察,挺立不动。他们只等待一声令下,就要向缺口冲去。这样,许多在城壕外摆着阵势的步、骑兵被白白地打死,但阵势始终不乱。

将近中午的时候,义军又发起多次猛攻,将士们奋不顾身地冲向缺口,在缺口处进行白刃交锋,双方互相对砍,人挤得密不透风。城上用门板将缺口堵了七次。义军死伤惨重,守城军民死伤也很重。鲜血沿着缺口处的慢坡流得像河一样,尸首滚在城下,一堆连着一堆。城头上也堆满了死尸,运送不及。

后来闯王看见攻城很难得手,徒然死伤了许多精兵和将领,而摆在城外预备的步兵和骑兵也白白地中炮死伤。于是他下令停止进攻,队伍退到离城壕二里以外。城上的守军早已精疲力竭,这时也赶快休息,只留下部分人修补缺口。双方的炮都有被敌炮打坏的,有自己炸毁的,没有炸毁的也都发热烫手。虽然炮战还在继续,却是稀稀落落,最后连稀稀落落的炮战也停止了。双方各自救死扶伤,整顿兵将。义军方面指挥炮战的两个将领,黑虎星阵亡了,张鼐受了伤。虽然张鼐的伤势不重,却被震晕了,不省人事。李自成看见那么多将士死伤,心中感到痛苦,跳上战马,驰回老营,吩咐人们将受伤的将士抬回去尽心医治,又亲自嘱咐了老神仙几句话。

刘宗敏没有回自己帐中,只带四名亲兵到各处巡视,为的鼓舞已经受挫了的士气。不管他到什么地方,都不让将士迎送,嘱大家好生休息。对作战出力的人,他都亲切慰问。后来他经过一群军帐,看见帐中的弟兄都因为疲劳已极,呼呼大睡,却从一座军帐中传出来说话声音。他叫身后的亲兵停下,自己下马,走到帐门口。军帐中为保持充足明亮,向南的帐门开着。刘宗敏探头一望,不料看见李狗皮正拿着骑马冲锋的架势,叫一个画师替他画像,他的身后画许多弟兄呐喊跟随,对面城墙露出缺口,硝烟滚滚。李狗皮看见刘宗敏,脸色刷地灰白,一时手足无措,也不知说什么好。画师也慌张万分,退后几步,躬身屏息而立,等候挨骂。如今老府中三教九流的人物来了不少,刘宗敏认识这个破南阳后新来的画师,对他说:"我猜到是他叫你画的。你走吧,不干你的事!"画师走后,刘宗敏一把抓起那幅将要完成的画,将李狗皮叫到帐外。李狗皮一出帐就双膝跪下。宗敏骂道:

"李狗皮,你想在众人前冒充英雄,拿这张画儿到处传名么?死不要脸!"他一把将画撕得粉碎,抛在李狗皮的脸上,接着说:"围攻开封至今,许多将士阵亡,许多将士受伤,你可流过一滴血?几次攻城最激烈时我都看不见你,啊,原来你是躲在帐篷里装英雄!"

他向亲兵们点头示意,命令说:"来,打他四十鞭子!"

李狗皮伏地求饶,但刘宗敏只是冷笑。许多将士都来观看,却没人敢替李狗皮讲情。看着打过鞭子以后,刘宗敏又说:

"我打你是为着处罚你。你想带兵打仗,我仍然让你带兵打仗,等着立功赎罪。你日后立了功,我照样赏你!"

刘宗敏不再耽搁,骑上马走了。

黄昏以后,张鼐从矇眬中醒来,睁开眼睛,忽然看见慧梅立在他睡觉的地铺前边。他以为自己在做梦,却听见一个亲兵站在铺边说:

"小张爷,慧梅姑娘来了。刚才你没有醒,不敢惊动你。她在这儿站了一大阵了。"

张鼐想说话,一时却不知说什么好,想了半天,方说道:

"慧梅,慧剑的哥哥阵亡了。"

慧梅噙着眼泪,说:"我已经知道了。慧剑还不知道哩。"

张鼐问道:"你怎么来了?"

慧梅本来是自己向红娘子请求,要来看张鼐受伤情形的,可是她没有说实话,却说:"夫人听说你受了伤,命我来看一看。要是不要紧,我得赶快向夫人禀报,免得她为你操心。"

张鼐一听说是高夫人特地派慧梅来看他的,感动得流出眼泪,说:"感谢夫人,你回去向她回禀:我的伤势不重,只是两天来忙得不曾睡觉,今天又不断地点炮,被大炮震晕了。"停了一会儿,他又问:"夫人现在哪里?"

慧梅说:"我们的人马已从临颍撤回来,现在朱仙镇北边扎营。夫人到了应城郡王花园,在同闯王叙话。我同红娘子姐姐率领少数健妇也来到应城郡王花园,所以夫人命我来看你。"

半个多月来她一直在想念张鼐,没想到在张鼐受伤时见面,一

时感情激动,几乎流出眼泪。她害怕被张鼐的亲兵们看见,所以一面说话一面低下头去。说完以后,又马上添了一句:

"我走了。既然你伤势不重,夫人就可以放心了。你好生养伤吧,明天夫人也许会亲自来看你的。"

张鼐想起来送她,可是头脑一阵晕眩,又躺下了。慧梅头也不回,快步走出帐外。张鼐忽然想唤她回来再说几句话,可是帐外响起一阵马蹄声,分明是慧梅和她的亲兵们已经策马而去。

张鼐心里有一种说不出的幸福感觉。可是后来,他想到黑虎星,想到火器营许多阵亡将士,又一阵难过,眼眶中充满热泪,却未滚出。过了很久,他才重新闭起了眼睛,朦胧睡去。等他又一觉醒来时,已是第二天早晨,忽然听到天崩地裂的一声巨响,他一跃而起,问是怎么回事。亲兵告诉他说:

"一定是我军放迸,炸毁了城墙。"

张鼐不顾身上疼痛,喊道:"备马!"

他的马一时备不及,就拉过一匹亲兵的马,跳上去直往东城轰毁城墙的地方飞奔。他的亲兵们也纷纷上马,随在他的背后飞驰而去。

可是等他们来到城外时,却看到一幅奇怪的景象。原来刚才义军点了引线后,猛然间火药爆发,十来丈的城墙,顿时炸开了口子,砖石横飞,垫在城下的一些磨盘也被炸成小块。可是偏偏这些砖石和磨盘碎块都向城壕外飞来,而留下城里边薄薄的一层墙,兀立不动。砖石和磨盘碎块打死打伤了不少准备向城内冲去的步兵和骑兵。有些骑兵和战马一起被打死,有些骑兵被打死后,受惊的战马驮着死人向旷野狂奔。

当火药放迸的时候,闯王、曹操和许多大将都在一里外立马等待攻城,也几乎被飞起的砖石砸伤。看见这种情况,闯王对刘宗敏说:

"今日收兵吧,不要攻城了。"

李岩策马到闯王前边说:"大元帅,城墙只剩薄薄一层了,趁此机会,调动数十尊大炮猛打,很容易把城墙打开缺口,我军就可以冲进城去。"

闯王摇摇头说:"昨日我军死伤很多,今日砖石都向城外飞来,又平白地打死了很多将士,看来这一次天意不让我们攻进开封,算了吧。"

曹操也附和说:"看来天意确实如此,过几个月再来攻取开封吧。"

于是闯王和曹操怀着失望的心情,策马而去。刘宗敏命人鸣锣收兵。

城上守军正准备等义军炸开缺口后进行血战,看见这种奇怪现象,起初大为诧异,后来觉得这是神在冥冥中相助,于是乎满城人奔走相告,烧香敬神,鞭炮声响彻了各处街道。

辰时以后,双方面只进行稀疏的炮战。义军的大炮深深地打进城内,射程有的达到十里以上。铁弹和铅弹有的打塌了房屋,有的将墙壁打出大洞,有的打断了树木。

到了十五日五更,李自成和曹操的老营先走。攻城的人马留在城外暂时不动。快到中午时候,义军的骑兵飞奔传呼,催促各营快走,于是大股大股的义军,绕过南城,向西南而去,浩浩荡荡,黄尘蔽天。经过朱仙镇时,稍作休息。朱仙镇上有经验的人在路边一面供应茶水,一面暗暗地数了数,发现重伤的有二千八百七十三人,都用方桌抬着。

到了十六日,巡按任浚命总社打开城门。李光壂遵命率人打开了城门。于是由李光壂在前引路,黄澍、王燮、周王府的方太监、丘太监,还有几个士绅,一起骑马出城巡视义军老营驻扎的地方。

他们先到繁塔寺,看见曹操驻兵的地方,约有八里宽,二十里长。寺内是聚粮之所,留下的粮食约有三尺深。牛、驴的头、皮、肠子和肺,还有人的尸首,到处都是。营内营外,十分肮脏。还有许多准备宰杀的耕牛,退走的时候来不及带走,留在繁塔寺。此外还留下很多被掳掠来的妇女,一共有三千多口,走散一部分,到中午时候还剩二千二百余口。李光壂命人将她们送到南门的月城内暂且收容。

他们又一起到了应城郡王花园来看李自成的老营,发现那里一切静悄悄的,地也扫得很干净,既没有驴、牛遗留下来,也没有妇女遗留下来,和曹操的老营完全两样。大家感到十分惊奇。有人在心中感叹说:

"李自成果然不凡!"

虽然省城解围了,但是看来李自成还会再来,局势不容开封的官绅军民放心。这几十万大军究竟往哪里去了?左良玉如今在哪里?李自成是不是要去同左良玉作战?

这是城中正在纷纷议论的问题,大家都在等待着细作探明消息。

李自成　第六卷　燕辽纪事

燕辽纪事

第 五 章

崇祯十五年二月十八日晚上,月亮刚升上皇极殿的琉璃甋棱①。

崇祯皇帝心烦意乱,六神无主,勉强耐下心看了一阵文书,忽然长嘘一口闷气,走出乾清宫,在丹墀上徘徊。春夜的寒意侵人肌肤,使他那发涨的太阳穴有一点清爽之感,随即深深地吸了一口凉气,又徐徐地将胸中的闷气呼出。他暗数了从玄武门上传过来的云板②响声,又听见从东一长街传来的打更声,更觉焦急,心中问道:"陈新甲还未进宫?已经二更了!"恰在这时,一个太监轻轻地走到他的身边,躬身说道:

"启奏皇爷,陈新甲在文华殿恭候召见。"

"啊……辇来!"

上午,陈新甲已被崇祯帝在乾清宫召见一次,向他询问应付中原和关外的作战方略。陈新甲虽然精明强干,无奈明朝十多年来一直陷于对内对外两面作战的困境,兵力不足,粮饷枯竭,将不用命,士无斗志,纪律败坏,要挽救这种危局实无良策,所以上午召见时密议很久,毫无结果。崇祯本来就性情急躁,越是苦无救急良策就越是焦急得坐立不安,容易在宫中爆发脾气,吓得乾清宫中的太监们和宫女们一个个提心吊胆,连大气儿也不敢出。晚膳刚过,他得到在山海关监军的高起潜来的密奏,说洪承畴在松山被围半年,

---

① 甋棱——宫殿转角处的瓦脊。
② 云板——乐器的一种。明代在紫禁城的玄武门上,以鼓声报时,云板声报刻。

已经绝粮,危在旦夕,并说风传清兵一旦攻破松山,即将再一次大举入关,围困京城。虽然松山的失陷已在崇祯的意料之内,但是他没有料到已经危在旦夕,更没有料到清兵会很快再次南来,所以高起潜的密奏给他的震动很大,几乎对国事有绝望之感。高起潜在密奏中提到这样一句:"闻东虏仍有议和诚意。倘此事能成,或可救目前一时之急。国事如此,惟乞皇爷圣衷独断。"崇祯虽然不喜欢对满洲用"议和"一词,只许说"议抚"或"款议"①,但是他的心中不能不承认实是议和,所以在今晚一筹莫展的时候并没有因为高起潜的用词不当生气。关于同满洲秘密议和的事,他本来也认为是目前救急一策,正在密谕陈新甲暗中火速进行,愈快愈好,现在接到高起潜的密奏,不觉在心中说道:"起潜毕竟是朕的家奴,与许多外廷臣工不同。他明白朕的苦衷,肯替朕目前的困难着想!"他为辽东事十分焦急,不能等待明天,于是命太监传谕陈新甲赶快入宫,在文华殿等候召对。

　　崇祯乘辇到了文华殿院中。陈新甲跪在甬路旁边接驾。崇祯将陈新甲看了一眼,不禁想起了杨嗣昌,心中凄然,暗想道:"只有他同新甲是心中清楚的人!"龙辇直到文华前殿的阶前停下。皇帝下辇,走进东暖阁,在御座上颓然坐下,仿佛他感到自己的心情和身体都十分沉重,没有精力支持。陈新甲跟了进来,在他的面前跪下,行了常朝礼,等候问话。崇祯使个眼色,太监们立即回避。又沉默片刻,他忧郁地小声说:

　　"朕今晚将卿叫进宫来,是想专商议关外的事。闯、曹二贼猛攻开封半个多月,因左良玉兵到杞县,他害怕腹背受敌,已经在正月十五日撤离开封城下,据地方疆吏奏称是往西南逃去。左良玉在后追剿,汪乔年也出潼关往河南会剿。中原局势眼下还无大碍,使朕最为放心不下的是关外战局。"

---

① 款议——关于外番前来归服的谈判。

陈新甲说:"关外局势确实极为险恶。洪承畴等被围至今,内无粮草,外无救兵,怕不会支持多久。祖大寿早有投降东虏之意,只是对皇上畏威怀德,不肯遽然背叛,尚在锦州死守。倘若松山失陷,祖大寿必降无疑。松、锦一失,关外诸城堡难免随之瓦解。虏兵锐气方盛,或蚕食鲸吞,或长驱南下,或二策同时并行,操之在彼。我军新经溃败,实无应付良策。微臣身为本兵,不能代陛下分忧,实在罪不容诛。"

崇祯问道:"据卿看来,松山还能够固守多久?"

"此实难说。洪承畴世受国恩,又蒙陛下知遇,必将竭智尽力,苦撑时日,以待救援。且他久历戎行,老谋深算,而曹变蛟、王廷臣两总兵又是他的旧部,肯出死力。以微臣看来,倘无内应,松山还可以再守一两个月。"

崇祯问:"一两个月内是否有办法救援?"

陈新甲低头无语。

崇祯轻轻叹了口气,说:"如今无兵驰往关外救援,只好对东虏加紧议抚,使局势暂得缓和,也可以救洪承畴不致陷没。"

陈新甲说:"上次因虏酋对我方使臣身份及所携文书挑剔,不能前去沈阳而回。如今马绍愉等已经准备就绪,即将动身,前往沈阳议抚。全部人员共九十九人,大部分已经暗中分批启程,将于永平会齐,然后出关。"

"马绍愉原是主事,朕念他此行劳苦,责任又重,已擢升他为职方郎中①,特赐他二品冠服,望他不负此行才好。"

陈新甲赶快说:"马绍愉此去必要面见虏酋,议定而归,暂纾皇上东顾之忧,使朝廷得以专力剿灭流贼。"

崇祯点头,说:"卿言甚是。安内攘外,势难兼顾。朕只得对东

---

① 职方郎中——兵部衙门分设四司,其一为职方清吏司,简称职方司,主管官称郎中,正五品。

房暂施羁縻之策,先安内而后攘外。朕之苦衷,惟卿与嗣昌知之!"

陈新甲叩头说:"皇上乃我朝中兴英主,宏谋远虑,自非一班臣工所能洞悉。然事成之后,边境暂安,百姓得休养生息,关宁铁骑可以南调剿贼。到那时,陛下之宏谋远虑即可为臣民明白,必定众心咸服,四方称颂。"

崇祯心中明白陈新甲只是赞助他赶快议和,渡过目前危局,至于这件事是否真能使"众心咸服,四方称颂",他不敢奢望,所以他听了陈的话以后,脸上连一点宽慰的表情也没有,接着问道:

"天宁寺①的和尚也去?"

陈新甲回奏:"天宁寺和尚性容,往年曾来往于辽东各地,知道房中情形。且东房拜天礼佛,颇具虔诚,对和尚与喇嘛亦很尊重,所以命性容秘密随往。"

崇祯又问:"马绍愉何时离京?"

陈新甲说:"只等皇上手诏一下,便即启程,不敢耽误。"

"这手诏……"

"倘无陛下手诏,去也无用。此次重去,必须有皇上改写一道敕书携往,方能使虏酋凭信。"

崇祯犹豫片刻,只好说:"好吧,朕明日黎明,即命内臣将手诏送到卿家。此事要万万缜密,不可泄露一字。缜密,缜密!"

陈新甲说:"谨遵钦谕,绝不敢泄露一字。"

"先生请起。"

陈新甲叩头起立,等候皇上问话。过了一阵,崇祯忽然叹道:"谢升身为大臣,竟然将议抚事泄于朝房,引起言官攻讦,殊为可恨。朕念他平日尚无大过,将他削籍了事。当时卿将对东房暗中议抚事同他谈过,也是太不应该的。不过,朕对卿恩遇如故,仍寄

---

① 天宁寺——在北京广宁门外,相传创建于隋朝,原名弘业寺;唐开元年间改名天王寺;明正统年间始改名天宁寺,为京师名刹之一。

厚望。既往不咎,以后务必慎之再慎。"

一听皇帝提到谢升的事,陈新甲赶快重新跪下,伏身在地。他对于崇祯的多疑、善变、暴躁和狠毒的秉性非常清楚,尽管他得到皇帝倚信,却无时不担心祸生不测。他明白皇上为什么这时候对他提到谢升,感到脊背发凉,连连叩头,说:

"谢升之事,臣实有罪。蒙皇上天恩高厚,未降严谴,仍使臣待罪中枢,俾效犬马之劳。微臣感恩之余,无时不懔懔畏惧,遇事倍加谨慎。派马绍愉出关议抚之事,何等重要,臣岂不知?臣绝不敢泄露一字,伏乞陛下放心。"

崇祯说:"凡属议抚之事,朕每次给你下的手谕,可都遵旨立即烧毁了么?"

"臣每次跪读陛下手诏,凡是关于议抚的,都当即亲手暗中烧毁,连只字片语也不敢存留人间。"

崇祯点头,说:"口不言温室树①,方是古大臣风。卿其慎之!据卿看来,马绍愉到了沈阳,是否能够顺利?"

"以微臣看来,虏方兵力方盛,必有过多要求。"

"只要东虏甘愿效顺,诚心就抚,能使兵民暂安,救得承畴回来,朕本着怀柔②远臣之意,不惜酌量以土地与金银赏赐。此意可密谕马绍愉知道。"

"是,是。谨遵钦谕。"

崇祯又嘱咐一句:"要救得洪承畴回来才好!"

召对完毕,陈新甲走出文华门,心中七上八下。他深知道皇上对东虏事十分焦急,但是他不能够预料这议和事会中途有何变化。忽然想起来昨日洪承畴的家人到他的公馆求见,向他打听朝廷是

---

① 口不言温室树——西汉时长乐宫中有温室殿。孔光是汉成帝的大臣,为人十分周密谨慎,每次回家休息,兄弟与妻子在一起闲话,一句不谈及朝中政事。或有谁问他:"温室殿院中种的是什么树?"他默然不应,或答以他语。

② 怀柔——招来远方异域,使之归附,古人把这种政策叫做"怀柔"。

否有兵去解救松山之围,于是他的耳边又仿佛听见了皇上的那一句忧心忡忡的话:

"要救得洪承畴……"

同一天晚上,将近三更时候。

洪承畴带着一名中军副将、几名亲兵和家奴刘升,登上了松山北城。松山没有北门,北门所在地有一座真武庙,后墙和庙脊早已被清兵的大炮打破,有不少破瓦片落在真武帝的泥像头上。真武帝脚踏龟、蛇,那昂起的蛇头也被飞落的瓦片打烂。守北城的是总兵曹变蛟的部队。将士们看见总督大人来到,都赶快从炮身边和残缺的城垛下边站立起来。洪承畴挥手使大家随便,用带着福建口音的官话轻声说:"赶快坐下去,继续休息。夜里霜重风冷,没有火烤,你们可以几个人膀靠膀,挤在一起坐。"看见将士们坐了下去,他才抬起头来,迎着尖利的霜风,向城外的敌阵瞭望。

几乎每夜,洪承畴都要到城上巡视。往年带兵打仗,他都是处于顺境,和目前完全两样,这使他不能不放下总督大臣的威重气派,尽力做到平易近人,待士兵如对子弟。长久被围困于孤城之内,经历了关东的严冬季节,改变了他在几十年中讲究饮食的习惯。他熟知古代名将的所谓"与士卒同甘苦"是非常可贵的美德,能获得下级将官和广大士卒的衷心爱戴,但是他从来不能做到,也从来没有身体力行的打算。被围困在这座弹丸孤城以后,特别是自经严冬以来,城中百姓们所有的猪、羊、牛、驴和家禽全都吃光,军中战马和骡子也快杀完,粮食将尽,柴草已完,他大致上过着"与士卒同甘苦"的生活。如今在他的身上还保持着大臣的特殊地方,主要是多年养成的雍容、儒雅和尊贵气派,以及将领们在他的面前还没有失去敬意。另外,他平生爱好清洁,如今虽受围困,粮尽援绝,短期内会有破城的危险,别的文武大官都无心注意服饰,但是他的罩袍仍然被仆人洗得干干净净。别的官员们看见他这一点都心怀敬意,背后谈论他不愧是朝廷大臣,单从服饰干净这一点也可以看出来他身处危城,镇静如常,将生死置之度外。今晚城上将士们看见总督大人神情仍然像过去一样安闲,对目前的危急局势就感到一点安心。曹变蛟的部队过去在明军中比较精锐,又因为完全是从关内来的,全是汉人,所以处此危境,都抱着一个血战至死的决心。这种最简单的思想感情压倒平日官兵之间的深刻矛盾,连他们同洪承畴之间的关系也变得亲近起来。

　　一连几天,敌营都很平静,没有向街上打炮。这平静的局面使洪承畴觉得奇怪,很不放心。他猜想,清兵可能正在做重大准备,说不定在两三天内会对松山城进行猛攻。如今敌人对松山城四面层层包围,城中连一个细作也派不出去,更没有力量派遣人马进袭敌营,捉获清兵,探明情况。城中不仅即将断粮,连火药也快完了,箭也快完了。倘若敌人猛力攻城,要应付也很吃力。他没有流露自己心中的忧虑,继续瞭望敌营。在苍茫的月光下,他望不见敌营的帐篷和营地前边的堡垒、壕沟,但是他看见二三里外,到处都有火光。有很长一阵,他默默地向北凝望。大约有四里远近,横着一道小山,山头上火光较多。小山北边,连着一座高山,火光很少,山影昏暗,望不清楚。这浅山和高山实际是一座山,就是松山;松山堡就因为这座山而得名。登上那座高山,锦州城全在眼底。今夜因洪承畴预感到情况十分危急,所以望着这一带山头更容易逗起来去年兵败的往事,仍然痛心,不禁在心中感慨地说:

　　"唉,我可以见危授命[1],死不足惜,奈国家大局何!"

---

[1]　见危授命——遇到危险时献出自己的生命。语出《论语·宪问》。

他正要向别处巡视,曹变蛟上城来了。曹变蛟驻在不远地方,听说总督上了北城,匆忙赶来。洪承畴见了他,说道:

"你的病没好,何必上城来?"

曹变蛟回答说:"听说大人来到北城,卑镇特来侍候。患了几天感冒,今日已见好了。"

洪承畴向曹变蛟打量一眼,看清楚他的脸上仍有病容,说道:"你赶快下城,不要给风吹着。明天上午你去见我,有话面谈。城上风紧,快下城吧。"

"是,是,我就下城。明天上午到大人行辕,听大人吩咐。大人,你看,那个火光大的地方就是虏酋四王子去年扎营的地方,现在是敌军攻城主帅豪格在那里驻扎。就是那座小山头①!去年八月,四王子驻西南那座山下,立营未稳,卑镇已经杀进虏酋老营,不幸身负重伤,只好返回。过几天,四王子就移驻这座小山上,我军就无力去摸他的老营了。要是那一次多有一千精兵前去,截断敌人救兵,活捉老憨这个鞑子,死也瞑目。如今,嗨!"曹变蛟向洪承畴叉手行礼,车转身,走下城头。

洪承畴走到真武庙前,向沉默的全城看看,又看看东、南两面山头和山下的敌营火光。城内全是低矮的、略带弧形屋顶的灰白色平房,还有空地方的旧军帐,在月色下分不清楚,一片苍茫。他随即转往西城巡视。西门外地势比较开阔、平坦。北往锦州和南往杏山、塔城、宁远,都得从西门出去。由总兵王廷臣陪着,他站在西城头上看了一阵,望着原野上火光不多。但目前已经无力突围了。

走下寨墙,他回到坐落在西街向左不远的一家民宅中。这里

---

① 小山头——皇太极在松山的小山头上驻扎的地方有几块大石头,如今当地人称那个地方为憨王殿。当时必有较大的黄毡帐篷,称为殿,实际上应该称为帐殿,就是古书上说的黄幄。

从围城时起就成了他的行辕。他的枣骝马拴在前院的马棚里。马棚坐西向东,月光照在石槽上和一部分马身上。在被围之前,洪承畴很爱惜他的骏马,曾在一次宴后闲话时对左右幕宾们说过一句话:"骏马、美姬,不可一日或离。"掌牧官为这匹马挑选最好的马夫,喂养得毛色光泽,膘满体壮。行辕中有两位会做诗的清客和一位举人出身的幕僚曾专为这一匹骏马赋诗咏赞;还有一位姓曹的清客原是江南画师,自称是曹霸①之后,为此马工笔写真,栩栩如生,堪称传神,上题《神骏图》。但现在,这马清瘦得骨架高耸,腰窝塌陷,根根筋骨外露。

洪承畴顺便走进马棚,看看他的往日心爱之物。那马无精打采地垂头立在空槽边,用淡漠的眼光望望他,好像望一个陌生的人,随即又将头垂了下去。洪承畴心中叹息,走出马棚后回头对掌牧官说:

"不如趁早杀了吧,让行辕的官兵们都吃点马肉。"

掌牧官回答说:"为老爷留下这匹马以备万一。只要我和马夫饿不死,总得想办法让它活着。"

洪承畴刚回到后院上房,巡抚邱民仰前来见他。邱是陕西渭南县人,前年由宁前兵备道升任辽东巡抚,驻节宁远城中。洪承畴奉命援锦州,他担负转运粮饷重任。去年七八月间大军溃败时他同洪承畴在一起,所以同时奔入松山城中。洪承畴知道今夜邱巡抚来见他必有要事商量,挥手使左右亲随人一齐退出。他隔桌子探着身子,小声问道:

"长白兄,可有新的军情?"

邱民仰说:"今日黄昏,城中更加人心浮动,到处有窃窃私语,并有流言说虏兵将在一二日破城。谣言自何而起,尚未查清。这

---

① 曹霸——唐开元、天宝年间的著名画家,尤长于画马。因为他做过左武卫将军,故又被称为曹大将军。

军心不稳情况,大人可知道?"

洪承畴轻轻点头,说:"目前粮草即将断绝,想保军心民心稳固,实无善策。但学生所忧者不在房兵来攻,而在变生肘腋。"

"大人也担心城中有变?"

"颇为此事担忧。不过,两三日内,或不要紧。"

邱民仰更将头向前探去,悄声问:"大人是担心辽东将士?"

洪承畴点点头。

邱问:"有何善策?"

洪承畴捻须摇头,无可奈何地说:"目前最可虑的是夏承德一支人马。他是广宁①人,土地坟墓都在广宁。他的本家、亲戚、同乡投降建虏的很多;手下将士也多是辽东一带人,广宁的更居多数。敌人诱降,必然从他身上下手。自从被围以来,我对他推心置腹,尽力笼络,可是势到目前,很难指望他忠贞不变,为国捐躯。另外,像祖大乐这个人,虽然手下的人马早已溃散,身边只有少数家丁和亲兵相随;可是他还是总兵身份,又是祖大寿的兄弟,在辽东将领中颇有声望。他们姓祖的将领很不少,家产坟墓在宁远,处此关外瓦解之时,难免不怀有二心。夏承德虽非他的部将,可是他二人过往较密,互为依托,使我不能不疑。足下试想,外无救兵,内无粮草,将有二心,士无斗志,这孤城还能够支撑几日?"

邱叹道:"大人所虑极是。目前这孤城确实难守,而夏某最为可虑。我们既无良法控驭,又不可打草惊蛇,只好听其自然。"

洪说:"打草惊蛇,不惟无益,反而促其速降,献出城池。我打算明日再召祖大乐、夏承德等大将前来老营议事,激之以忠义,感之以恩惠,使此弹丸孤城能够为朝廷多守几日。倘若不幸城陷,我身为大臣,世受国恩,又蒙今上知遇,畀以重任,惟有以一死上报

---

① 广宁——今辽宁省北镇。金和清为广宁府,明为广宁卫。

皇恩！"

邱民仰站起来说："自从被围之后，民仰惟待一死。堂堂大明封疆大臣，断无偷生之理。民仰将与制台相见于地下，同以碧血上报皇恩，同作大明忠魂！"

洪承畴说："我辈自幼读圣贤书，壮年筮仕①，以身许国，杀身成仁，原是分内之事。"

将邱民仰送走之后，洪在院中小立片刻，四面倾听，听不到城内外有什么特别动静。他回到屋里，和衣就寝，但是久久地不能入睡。虽然大臣为国死节的道理他很清楚，也早已将生死置之度外，但此刻他的心情仍不免有所牵挂。原来心中感到丢不下的并不是老母年高，也不是他的夫人，更不是都已经成人的子女（他明白，当他为国殉节以后，皇上会对他的家人特降隆恩，厚赐荫封）。倒是对留在北京公馆中的年轻貌美的小妾陈氏，尚不能在心中断然丢下。他凝望着窗上月色，仿佛看见了她的玉貌云鬟，美目流盼，光彩照人。他的心头突然一动，幻影立刻消失，又想到尽节的事，不觉轻叹一声。

就在这同日下午，将近黄昏时候，清朝皇帝皇太极从叶赫②回到了盛京。他是在十三天前去叶赫打猎的。虽然不是举行大的围猎，却也从八旗中抽了两千骑兵，另外有三百红甲和白甲巴牙喇③在皇帝前后护卫。去的时候，皇太极出盛京小北门，直奔他的爱妃博尔济吉特氏即关雎宫宸妃的坟墓看了看，进入享殿中以茶、酒祭奠，并且放声痛哭，声达殿外；过了一阵才出来重新上马，往叶赫进发。今日回来，又从宸妃的坟墓经过，下马徘徊片刻，不

---

① 筮仕——开始做官。
② 叶赫——在今辽宁省开原旧城东北，吉林省四平市之南。
③ 巴牙喇——巴牙喇是满洲语，为皇帝的亲军，比较精锐。各固山额真之下也有巴牙喇。清朝入关之后，巴牙喇成为护军之前身。

胜怅惘哀思。到了城外边,两千随驾打猎骑兵各回本旗驻地,留下诸王、贝勒、贝子、公和固山额真等亲贵以及巴牙喇,护驾进城。进了地载门,清帝命朝鲜世子回馆所①休息。于是随驾出猎的朝鲜世子李溰、次子凤林大君李淏,几位朝鲜大臣质子,以及朝鲜世子和大君的大小侍臣下马谢恩,等清帝过去稍远,重新上马,和奴仆共一百多人,由武功坊穿文德坊,回大南门内的馆所。皇太极一行到了大清门②外下马,被跪在御道两侧的亲贵和文武大臣们迎进宫院。他的眉毛上和皮靴上带着征尘,先到崇政殿接受亲贵和群臣朝见。人们望见他的眼皮松弛,眼睛里流露着疲倦神情。因为宸妃之死,他的心中常常痛苦和郁闷,只好借打猎消愁。这次去叶赫地方打猎,本来预定二十天,携带了足够的粮食和需要物品。但是他一离开盛京往北,就挂心着锦州等地的战事消息,尤其挂心的是围攻松山的军情。四天前他在围场中接到了指挥松锦一带清兵的多罗肃郡王豪格等的飞骑密奏,说明朝守松山的副将夏承德在夜间将一个姓蔺的卖豆腐的人缒下城墙,传出愿意投降的意思,此事正在暗中接头,数日内可见分晓。接到密奏之后,他匆匆停了打猎,驰回盛京。等朝见礼毕,他用满洲语向王、公、大臣们问道:

"松山有消息么?"

内院大学士范文程跪下去用满洲话回答:"松山方面尚无奏报。"

皇太极不再问话,暗中担心夏承德献城投降的事会遇到波折。他吩咐诸亲王、郡王、贝勒、贝子和公们都留下,等一会儿到清宁宫去,随即走下御座,往后宫去了。

后宫的规模很小,和并不壮观的崇政殿合在一起,是一个简

---

① 馆所——简称馆,俗称高丽馆。
② 大清门——盛京的皇宫大门。

单而完整的建筑群,还不如江南大官僚地主的府第富丽堂皇。原来,爱新觉罗·努尔哈赤这一家族只是中国境内女真民族中的一个部落,尽管从永乐年间以来就不断接受明朝封号,但是力量衰微,从努尔哈赤的兴起到现在也只不过三十多年的历史。从辽阳迁都沈阳,改称盛京,也只有十七年,宫殿建筑的简陋正是反映着一个文化落后的民族正当国家草创时期的特色。在较早时候,满洲人不懂得应该把这一较大的建筑群称做王宫或皇宫。他们一代代和汉族接触,认为管理国家事务和统治百姓的地方叫做衙门,而这一建筑群要比一般州、县衙门占地要大,权力要大,所以就叫它为"大衙门"。然而在汉族文臣的影响下,所有主要建筑都仿照汉族的宫殿取了名称。这座建筑群的第一道大门名叫大清门,是仿照北京的大明门,内宫的大门名叫凤凰楼,是来自唐朝的丹凤楼。凤凰楼进去是一座简单的天井院落,既无雕梁画栋,也无曲槛回廊。坐北向南的主要建筑是皇帝和皇后居住和祭神的地方,名叫清宁宫,好像北京的坤宁宫。东边两座厢房叫做关雎宫、永福宫,西边两座厢房叫做麟趾宫、衍庆宫。这四座宫住着皇太极的四个有较高地位的妃子,其余的那些所谓"侧妃"和"庶妃"都挤在别处居住。

这清宁宫俗称中宫,东首一间占全宫四分之一的面积,是皇帝和皇后住的地方,又分前后两间,各有大炕。其余四分之三的面积是祭神的地方。宫门开在东南角。南北各有两口很大的铁锅,一年到头煮着猪肉。接着大锅是大炕。按照满洲风俗:神位在西边,坐人处南边为上,北边为下。南炕上的鹿角圈椅是准备皇上坐的,北炕上的鹿角圈椅是准备皇后坐的。靠西山墙的大炕是供神的地方,摆着祭神用的各种法物。山墙上有一块不大的木板,垂着黄绸帷幔,名叫神板。神板前边的炕上设有连靠背的黑漆座,上边坐着两个穿衣服的木偶,据说是蒙古神祇。神板两边墙上悬挂着彩色画轴:释迦牟尼像、文殊菩萨像、观世音像、七仙女像(即吞朱果的仙女佛库伦①在中间,两个姐姐和别的仙女夹在左右),另外还有枣红脸、眯缝双眼的关法玛②像。各神像画轴,不祭祀的时候都卷起来,装进黄漆或红漆木筒。墙上还挂着一支神箭,箭头朝下,尾部挂着一缕练麻;另一边挂着盛神索③的黄色高丽布袋。清宁宫门外东南方不远处有一个石座,遇到祭天的日子,前一日在上边竖着一根一丈三尺长的木杆,称做神杆,上有木斗。今日不祭天,所以石座空立,并无神杆。

当皇太极穿过凤凰楼,走进后宫时候,各宫的妃子都在两边向他屈膝恭迎,而永福宫庄妃的身边有一个五岁的男孩,也就是他的最小和最钟爱的儿子,汉语名叫福临④。皇太极因为心中有事,只向他看一眼就走过去,被皇后迎进清宁宫了。

太阳完全落去。清宁宫点了许多蜡烛。有的牛油烛有棒槌那么粗,外边涂成红色。香烟、烛烟、灶下的木柴烟,从大肉锅中冒出的水蒸气,混合一起,使清宁宫中的气氛显得朦胧、神秘、庄严。皇太极已经听皇后说今日挑选的两头纯黑猪特别肥大,捆好前后腿,抬进清宁宫扶着它们朝着神案,用后腿像人一样立着。等萨玛跳神以后,将热酒灌进它的耳朵,它挣扎动弹,摇头摆耳,可见神很高兴领受。皇太极正在期待松山的好消息,听了皇后这么一说,心中也觉高兴。他洗过手,同皇后从东间走出来,开始夕祭⑤。夕祭的

---

① 佛库伦——满洲人传说长白山下有池名布尔湖里。一日天女姊妹三人,大的叫恩古伦,二的叫正古伦,小的叫佛库伦,到池中洗澡。洗毕,有神鸟衔朱果放在佛库伦衣上。佛库伦将朱果含在口中,不觉入腹,生一男孩就是满洲人的始祖。
② 关法玛——即关老爷。法玛是满洲语老爷的意思。
③ 神索——用黄、绿色棉线捻成绳索二条,夹系各色绸片,代表幸福。经过求福祭祀,萨玛将一条神索给皇帝悬挂,一条给皇后悬挂。过了三天,夕祭之后,皇帝、皇后将神索解下,交萨玛放回袋中。
④ 福临——即后来的顺治皇帝。
⑤ 夕祭——清宁宫每日祭神二次,分朝祭、夕祭。北京的坤宁宫是按照满洲祭神需要而改造和布置的。

时间本来应该在日落之前,因为等候皇帝打猎回来,今日举行迟了。

他面向西,对着神像跪下行礼。然后皇后行礼。他们行礼以后,在大炕上的鹿角圈椅中坐下。五岁的福临也被叫来行礼。随后,萨玛头戴插有羽毛的神帽,腰部周围系着腰铃,摇头摆腰,手击皮鼓,铃声鼓声一时俱起,边跳边唱诵祝词①:

> 上天之子。年锡之神。安春。阿雅喇。穆哩。穆哩哈。纳丹。岱珲。纳尔珲。轩初。恩都哩。僧固。拜满。章京。纳丹。威瑚哩。恩都。蒙鄂乐。喀屯。诺延。……

萨玛诵祝至紧处,若癫若狂。诵得越快,跳得越甚,铃声和鼓声越急。过了一阵,诵祝将毕,萨玛若昏若醉,好像神已经凭到她的身上,向后踉跄倒退,又好像站立不住,要向后倒。两个宫中婢女从左右将她扶住,坐在椅子上。她忽然安静,装做瞑目闭气的样儿。婢女们悄悄地替她去了皮鼓、神帽、腰铃,不许发出一点响声。又过片刻,萨玛睁开眼睛,装做很吃惊的神情,分明她认为对着神座和在皇上、皇后面前坐都是大大无礼。她赶快向神叩头,又向皇上、皇后叩头,然后恭敬退出。

皇太极和皇后博尔济吉特氏又向诸神行礼,然后命人传谕在外等候的亲王、郡王、贝勒、贝子和公等进来。

今晚被叫进来的都是贵族中较有地位的人。他们鱼贯而入,先向神行礼,再向皇帝和皇后行礼。御前侍卫给每人一块毡,让他们铺在地上。他们在毡上坐下以后,侍卫在每人面前放一盘白肉、一杯酒、一碗白米饭、一碗肉汤。当时关外不产大米,大米是向朝鲜国李氏朝廷勒索来的。各人从自己的腰间取出刀子,割吃盘中猪肉。虽然贵族们将皇帝赐吃肉看成莫大荣幸,但是又肥又腻的

---

① 祝词——满洲人早期用的祭神祝词和祷词,许多话到乾隆年间已经没人懂得。

白猪肉毕竟难吃。幸而御前侍卫们悄悄地在每位大人面前放一小纸包的盐末,让他们撒在肉上,自然他们事后得花费不少赏银。

吃肉完毕,贵族们怀着幸福的心情谢恩退出。皇太极同皇后回到住宿的东间屋中。他本来出外打猎十几天,感到疲倦,应该早点睡觉;但是正要上炕,忽然从松山送来了豪格的紧急密奏,说夏承德投降献城的事已经谈妥,定于十八日五更破城。皇太极突然跳起,连声叫道:"赛因!扎奇赛因!"("好!好哇!")他立刻发出训示:破城之后,如洪承畴被捉到,无论如何要留下他的性命,送来盛京。对其他明朝大批文武官员的处置他来不及思考,要豪格等待他以后的上谕。飞使出发以后,他仍然很不放心。因为飞使需要两天的时间才到达松山军营,万一洪承畴被杀,那就太可惜了。

将近三更时候,防守松山南城的明军副将夏承德亲自照料,将他的弟弟夏景海和他的十七岁的儿子夏舒缒下城去。几天前由那个卖豆腐的老蔺向清营暗通了声气之后,就由夏景海三次夜间出城,与清营首脑直接谈判投降条件和献城办法。清方害怕万一中计,要夏承德送出亲生儿子作为人质。现在距约定向清兵献城的时间快要到了。

夏景海护送侄儿夏舒下城之后,过了城壕不远,向一个石碑走去。清营的一个牛录额真带领四个兵在石碑旁边等候,随即护送他们到三里外的多铎①营中。多罗肃郡王豪格、多罗郡王阿达礼②,还有罗洛宏③等,都在多铎营中等候。夏舒叔侄向满洲郡王和贝勒等跪下叩头,十分恭敬,深怕受到疑惑,使投降事遭到波折。多铎

---

① 多铎——努尔哈赤第十五子,后封豫亲王。清朝入关后担任从潼关进攻李自成和从扬州下江南的统帅。
② 阿达礼——代善(努尔哈赤第二子)的孙子。他的父亲名叫萨哈璘,是代善的第三子。皇太极死后,他与其叔硕托阴谋拥护多尔衮继承皇位,同被处死。
③ 罗洛宏——或译作罗洛浑,代善的孙子,岳托的长子。

询问了夏舒的年龄、兄弟行次,并无差误;又将一个去年八月被俘投降的明兵叫来。他原在夏承德的部下,见过夏舒,证明确系夏副将的次子。随即他们被带进另一座毡帐,派几名清兵保护,给他们东西吃。正是三更时候,清军开始行动。

清兵原来在城壕外不远处准备了云梯和登城的将士,现在趁着天上起云,月色不明,左翼云梯一架和右翼云梯一架走在前边,八旗云梯八架紧紧跟随。十架云梯静悄悄地靠上南城。夏承德和他手下的守城将士探头向下望望,没有做声。清军总怕中计,事前挑选了两名不怕死的勇士,靠好云梯以后,首先爬上城头。他们回身望下边一招手,众人才利用十架云梯鱼贯上城,迅速地上去了一千多人,占领了夏承德防守的南城和东城的一小段,而大部队还在继续上城。曹变蛟和王廷臣的守城部队开始察觉,但由于在城上的人数不多,又都长期饥饿,十分虚弱,在匆忙中奋起抵抗,经不住清兵冲杀。东城很快地被清兵占领,而东门和南门也被打开,准备好的两支清兵蜂拥入城。曹变蛟和王廷臣听见城头喊杀声起,赶快上马,率领各自的部下进行巷战,同时通知洪承畴速从西门逃走。

洪承畴听见杀声陡起,知道清兵入城,赶快骑上瘦骨嶙嶙的坐骑,在一群亲兵、亲将、幕僚和家丁的簇拥中奔到街上,恰遇着曹变蛟和王廷臣派来的人催他从西门逃走。他早已考虑过临危殉节的问题,所以这时候确实将生死置之度外,还能够保持镇静。他问道:"邱抚台现在何处?"左右不能回答,但闻满城喊杀之声。他在行辕大门外的街心立马片刻,向东一望,看见曹变蛟正在拼死抵抗清兵。他知道自己未必能够逃走,要自刎的念头在他的心上一闪。忽然王廷臣来到他的面前,大声说:

"制台大人快出西门!西门尚在我们手中,不可耽误。我与曹帅在此死战迎敌,请大人速走!"

洪说:"我是国家大臣,今日惟有与诸君死战到底,共殉此城!"

"大人为国家重臣,倘能逃出,尚可……"

王廷臣的话未说完,看见曹变蛟已抵敌不住,清兵从几处像潮水般杀来,同时西城上也开始混乱。他大叫一声:"大人快走!"随即率领随在身边的将士向来到近处的一股敌兵喊杀冲去。洪承畴立马的地方也开始混乱,他被身边的亲兵亲将簇拥着向西门奔去,幕僚多被冲散。有一股清兵突然从一条胡同里冲出来,要去夺占西门。洪承畴的一个亲将带领十几个弟兄冲了上去,同时王廷臣的一部分将士也赶快迎击敌人,在西门内不远处发生混战。仆人刘升见主人的马很不得力,就在马屁股上猛拍一刀。

把守西门的将士看见总督来到,赶快打开西门,让洪承畴出城。他们不再去关闭西门,也向前来夺占西门的清兵杀去,投入附近街上的混战漩涡。

出松山城西门几丈远,地势猛然一低,形成陡坡①。洪承畴从西门奔出后,不料瘦弱的枣骝马在奔下陡坡时前腿一软,向下栽倒,将他跌落地上。仆人刘升把他从地上搀起,刚刚跑了几步,那埋伏在附近的清兵呐喊而出,蜂拥奔来,砍死刘升,将他捕获,并杀散了保护他突围的少数将士。敌人当时就认出他来,用满洲语发出胜利的欢叫:

"捉到了!捉到了!洪承畴捉到了!"

---

① 陡坡——松山城西门外的陡坡地形一直保持到解放初未改。公社化以后因为要通汽车,才将高处铲低,低处垫高,变成缓坡。

第 六 章

二月二十一日午后不久,突然盛京八门击鼓,声震全城,距城十几里全都听见。随即全城军民人等,都知道松山城已于十九日黎明前攻破,俘获了洪承畴等明朝的全部文武大员。

皇太极在接到围守松山的多罗肃郡王豪格、多罗郡王阿达礼、多罗贝勒多铎、罗洛宏等自军中来的联名奏报以后,立即将赍送奏报的一个为首官员名叫安泰的叫进清宁宫问话,同时命人传谕八门擂鼓,向全城报捷。他详细询问了夏承德的投降和破城经过,将送来的满文奏报重看一遍,心中感到满意。他原来担心洪承畴会在混战中被杀或在城破时自尽,现在知道不但洪承畴被活捉了,而且明朝的辽东巡抚邱民仰,总兵王廷臣、曹变蛟、祖大乐,游击祖大名、祖大成,总兵白广恩的儿子白良弼等,全被活捉。清兵入城后杀死明朝兵备道一员、副将十员、游击以下和把总以上官一百余员,以及士兵三千零六十三名。这些官员和士兵都在城破后进行巷战,英勇不屈;后来巷战失败,溃散到各处住宅,继续进行零星抵抗,坚不投降。有一部分人身带重伤,被俘之后,仍然骂不绝口,直到被杀。另外有一千多城中百姓包括少年儿童因同明军一起抵抗,也被杀死,但奏报中只是轻描淡写地提到一笔,另外提到俘获了妇女幼稚一千二百四十九口。皇太极用朱笔抹去了满文奏报中关于明朝军民进行巷战和坚不投降的情况,然后问道:

"洪承畴捉获之后,有意降么?"

安泰回答说:"憨王!你不用想他投降,那是决不会的!奴才听说他被捉到以后,把他拉到多罗肃郡王爷的面前,他很傲慢,是个硬汉,宁死不跪;也不答话,只是乱骂。那个姓邱的巡抚、姓王的总兵、姓曹的总兵,也都跟他一样,在王爷前毫不怕死,骂不绝口。这两个总兵都是受了几处重伤,倒在地上,才被捉到的。还听说那个曹总兵原就有病,马也无力,马先倒下,他又步战了多时才倒了下去。"

皇太极挥手使跪在面前的安泰退出宫去,心里说道:"幸而明朝的武将不都像王廷臣和曹变蛟一样!"

关于如何处置洪承畴等人,在皇太极的心中一时不能做最后决定。倘若照他原来想法把洪承畴留下,那么邱民仰和王廷臣、曹变蛟等人怎么处置?他召见了范文程等几位大臣,也没有一致主张,于是他暂且派人传谕松山诸王:将俘获之物酌量分赐将士,一应军器即于松山城内收贮,洪承畴等人暂羁军中候命。

到了三月初四,皇太极得到围攻杏山的多罗武英郡王阿济格自军中来的奏报,知道明朝派来的议和使者即将来到,杏山和锦州很快就会投降,他想着只有留下洪承畴最为有用,便派人往谕驻在松山的多罗肃郡王豪格、多罗郡王阿达礼、多罗贝勒多铎等:将明总督洪承畴和祖大寿的堂兄弟祖大乐解至盛京;将明巡抚邱民仰、总兵王廷臣和曹变蛟处死;将祖大寿的另外两个堂兄弟祖大名、祖大成放回锦州,同他们的妻子完聚,并劝说祖大寿赶快投降。果然到了三月初十,祖大寿献出锦州投降,杏山也跟着投降,只有塔山一城不降,经过英勇苦战失守,全城军民包括妇女在内,几乎全部战死或被俘后遭到残杀。

三月十日,虽然锦州投降的奏报尚未来到盛京,但是皇太极知道锦州已经约定在初十投降,他谕令朝廷即做准备,择定明日去堂子①行礼,感谢上天。十一日辰刻,陈设卤簿②,鼓吹前导,皇太极率

---

① 堂子——满族皇帝祭天的地方。
② 卤簿——皇帝的仪仗。

领礼亲王代善①、多罗饶余贝勒阿巴泰②、朝鲜世子、大君和文武诸臣,出了抚近门③,前往坐落在大东门内偏南的一座庙院。到了堂子的大门外边,汉族大臣、朝鲜国的世子、大君和他们的陪臣以及满族的一般文武官员都不能入内,只有被皇帝许可的少数亲贵和满族大臣进去陪祭。这是保存满族古老风俗和原始宗教最浓厚的一座庙宇,因为汉族和一般臣民不能进去一看,所以被认为是满洲宗教生活中最为神秘的地方,连敬的什么神也有各种猜测和传说。其实,如今清朝皇帝率领少数满族亲贵们进去的地方只有两座建筑,一座四方形的建筑在北边,名叫祭神殿,面向南,是皇帝祭堂子时休息的地方,并且存放着祭神的各种法物;另一座建筑在南边,面向北,圆形,名叫圜殿,就是所谓堂子。祭堂子就是在圜殿里边,而里边既不设泥塑偶像,也没有清宁宫那些神像挂图。圜殿的南院,正中间有一个竖立神杆的石座,其后又是石座六行,为皇子、王、贝勒等致祭所用。

皇太极在祭神殿稍作停留,祭堂子的仪式开始了。满洲和蒙古的海螺和画角齐鸣,那些从汉族传进来的乐器备而不用。皇太极在海螺和画角声中进入圜殿,由鸣赞官赞礼,面向南行三跪九叩头礼,少数陪祭的满族亲贵大臣分左右两行俯首跪在他的后边。虽然使用鸣赞官赞礼和三跪九叩头都是接受汉族文化的影响,但面向南祭神却保持着长白山满洲部落的特殊习俗,不但和汉族不同,也不同于一般女真族的习俗④。在他行礼之后,四个男萨玛头戴神帽,身穿神衣,腰间挂着一周黄铜腰铃,一边跳舞,一边用满洲语歌唱古老的祝词,同时或弹三弦,或拍神板,或举刀指画,刀背上响动着一串小铃,十分热闹而节奏不乱。

---

① 代善——努尔哈赤的次子,皇太极的哥哥。
② 阿巴泰——努尔哈赤的第七子。
③ 抚近门——盛京内城东门之一,即南边的东门。
④ 一般女真族的习俗——金朝是面向东祭神。

拜过堂子,皇太极走出圜殿,为着他的武功烜赫,又一次获得大捷,面向南拜黄龙大纛。虽然皇家的旗纛用黄色,绣着龙形图案,是接受的汉族影响,但祭旗纛不用官员鸣赞,仍用萨玛祝祷,也是一代代传下来的满族旧俗。

祭拜完毕,皇太极仍由仪仗和鼓吹前导,返回宫中。朝鲜国世子和大君在进入抚近门后,得到上谕,就返回他们的馆所去了。

第二天,多罗饶余贝勒阿巴泰率领固伦额驸祈他特①、巴牙思护朗②、朝鲜国世子李溰以及满洲、蒙古、汉人诸臣上表祝贺大捷,汉文贺表中称颂皇太极"圣神天授,智勇性成,运伟略于寰中,奏奇勋于阃外"。过了四天,洪承畴解到盛京,被拘禁在大清门左边不远的三官庙③中。皇太极一面命文臣们代他拟出诏书,满、蒙、汉三种文字并用,将松、锦大捷的武功大加夸张,传谕朝鲜国王李倧和蒙古各部的王和贝勒知道,一面命汉族大臣设法劝说洪承畴赶快投降。但是两天之后,劝说洪承畴投降这一着却失败了。洪承畴自进入盛京以后就不断流泪,不断谩骂,要求赶快将他杀掉。过了三天,洪就绝食了。皇太极在清宁宫心中纳闷,如何能够使洪承畴不要绝食,也不要像张春④那样宁教羁留一生,也坚不投降。用什么法儿使洪承畴这个人回心转意?

洪承畴在两三个月前就断定朝廷再也无力量派兵为松、锦解围,松山的失陷分明难免,而他的尽力坚守也只是为朝廷尽心罢了。由于他心知孤城不能久守,所以早已存在城亡与亡的决心。当城上和街上喊声四起的片刻间,他正要悬梁自尽,不意稍一犹

---

① 固伦额驸祈他特——蒙古科尔沁部达尔汗亲王的从子,清太宗皇太极的女婿。按清制:皇后所生的女儿称固伦公主,驸马称额驸。
② 巴牙思护朗——蒙古科尔沁部土谢图汗巴达礼的儿子,也是固伦额驸,皇太极的女婿。
③ 三官庙——清朝入关后改建为太庙。
④ 张春——陕西同州人。崇祯四年八月奉命监总兵吴襄、宋伟两军,驰救大凌河,与清兵激战于长山,兵败被擒,拒不投降,被拘禁多年,至死不屈。

豫，竟被一群亲将拥出行辕，推扶上马，后来又在亲兵亲将的簇拥中冲出西门。在马失前蹄之前，他也曾在刹那间产生一线希望：倘能逃出，就奔回山海关收集残众，继续同敌人周旋。被俘之后，他深深后悔松山失陷时不曾赶快自尽，落得像今天这样身为俘囚，只有受辱一途。在被解来沈阳之前，他同邱民仰曾被关押在一座帐篷里边，二人都能将生死置之度外，以忠义相勉。过了一段日子，三月初，在豪格派一满洲将领来宣布清朝皇帝上谕，要将洪承畴解往盛京和将邱民仰处死时候，邱民仰镇定如常，徐徐地对清将说：

"知道了。"转回头来对洪淡然一笑，说："制台大人，民仰先行一步。大人此去沈阳，必将与文文山①前后辉映，光照史册。民仰虽不能奉陪北行，大骂虏廷，但愿忠魂不灭，恭迎大人于地下。"

洪承畴说："我辈自束发受书②，习知忠义二字。身为朝廷大臣，不幸陷于敌手，为国尽节，分所当然。况学生特荷皇上知遇，天恩高厚，更当以颈血洒虏廷，断无惜死之理。"

邱民仰不顾清将催促，扶正幞头，整好衣襟，向西南行了一跪三叩头礼，遥辞大明皇帝，起来又向洪承畴深深一揖，然后随清将而去。洪承畴目送着邱民仰被押走以后，心中赞道：

"好一个邱巡抚，临危授命，视死如归，果然不辱朝廷，不负君国！"

洪承畴被解往盛京途中，清将为怕他会遇到悬崖时从马上栽下自尽，使他坐在一辆有毡帏帐的三套马轿车上边。车前，左边坐着赶车马的士兵，右边坐着负责看守他的牛录额真。车前后走着大约三百名满洲骑兵，看旗帜他明白这是正黄旗的人马。洪承畴并不同那位牛录额真和赶车的大兵说话，而他们也奉命不得对他

---

① 文文山——文天祥号文山。
② 束发受书——指男孩子开始将头发束扎起来，入学接受读书教育。按古人对束发的年龄并无一定说法，大约指六七岁以后。

无礼。多半时候，洪承畴闭起眼睛，好像养神，而实际他的脑海中无一刻停止活动，有时像波浪汹涌，有时像暗流深沉；有时神驰故国，心悬朝廷，有时又不能不考虑着到了沈阳以后的事，不禁情绪激昂。当然他也不时想到他的家庭、他的母亲（她在他幼年就教育他"为子尽孝和为臣尽忠"的道理）、他的夫人和儿女等等亲属。特别奇怪的是，他在这前往沈阳赴死的途中，不仅多次想到他的一个爱妾，还常常想到两个仆人，一个是在松山西门外被清兵杀死的刘升，另一个是去年八月死于乱军之中的玉儿。每次心头上飘动玉儿的清秀姣好的面孔和善于体贴主人心意的温柔性情，不禁起怅惘之感。然而这一切杂念不能保持多久，都被一股即将慷慨就义的思想和感情压了下去。

他自从上了囚车就已经在心中决定：到了沈阳以后，如果带他到虏酋四王子面前，他要做到一不屈膝，二不投降，还要对虏酋破口大骂，但求速杀。他想象着虏酋可能被他的漫骂激怒，像安禄山对待张巡那样，打掉他的牙齿，割掉他的舌头，然后将他杀掉。他想，倘若那样，壮烈捐躯，也不负世受国恩，深蒙今上知遇。他又想到，也许虏酋并不马上杀他，也不逼迫他马上投降，而是像蒙古人对待文天祥那样，暂时将他拘禁，等待很久以后才将他杀掉。如果这样，他也要时时存一个以死报国的决心，每逢朔、望，向南行礼，表明他是大明朝廷大臣。有时他睁开忧愁的眼睛，从马头上向前望去，看见春色已经来到辽东，河冰开始融化，土山现出灰绿，路旁向阳处的野草有开始苏醒的，发出嫩芽，而处处柳树也在柔细的枝条上结满了叶苞，有的绽开了尖尖的鹅黄嫩叶。洪承畴经过漫长的秋天和冬天被围困，忽然看见了大地的一些春色，在心头上便生出来一缕生活的乐趣，但是这种乐趣与他所遭遇的军败身俘，即将慷慨殉节的冷酷现实极不调和，所以片刻过去，便觉得山色暗淡，风悲日惨，大地无限凄凉。他再一次闭起眼睛，在心中叹道：

"这辽阔的祖宗山河,如今处处破碎,一至于此!"

锦州城已经投降,再也听不见双方的炮声。当锦州投降之前,清朝大队人马不敢从离城两三里以内的大路经过,害怕城上打炮,也害怕误中地雷。如今押解洪承畴的三百骑兵和一辆马车从小凌河的冰上过去,绕过锦州继续前进。因为知道是经过锦州,正是他曾经奉命率大军前来援救的一座重要城池,所以他不能不睁开眼睛一望。他望见了雄峙的不规则的城墙,稍微被炮火损伤的箭楼,特别使他注目的是那座耸立云霄的辽代八角古塔,层层飞檐,历历入目。忽然,一阵冷风吹过,传来隐约的铃声。他怔了一下,随即明白了这是从塔上来的铃声,觉得一声声都含着沧桑之悲。

过了锦州,囚车继续向前奔驰。他的心情十分单调、忧闷,总是想起来邱民仰临刑前的镇定神态和对他说的几句话,也时时在心中以文天祥自诩。他在最苦闷时就默诵文天祥的《过零丁洋》①诗,越默诵心中越充满了慷慨激情。他虽然不是诗人,但正如所有生活在唐、宋以来的读书人一样,自幼就学习做诗,以便应付科举,并且用诗来从事交际应酬,述志言情。因此,对于做诗一道,他不惟并不外行,而且对比较难以记熟的诗韵,他也能不翻阅韵书而大体不致有误。默诵了几遍《过零丁洋》诗以后,他趁着囚车无事,感情不能抑制,在心中吟成了《囚车过锦州》七律一首:

万里愁云压槛车②,
封疆处处付长嘘。
王师已丧孤臣在,
国土难全血泪余。
浊雾苍茫就死地,

---

① 《过零丁洋》——零丁洋在今广东中山县南。文天祥被元兵所俘,舟过零丁洋,做七律一首,慷慨悲壮,末二句为:"人生自古谁无死,留取丹心照汗青。"
② 槛车——古代押解犯人的车子,四面有围栏。此处借用。

慈颜凄惨倚村间。
千年若化辽东鹤①,
飞越燕山恋帝居。

从松山出发走了四天,望见了沈阳城头。自从望见沈阳以后,他的心情反而更加镇定,只有一个想法:"我是天朝大臣,深蒙皇上知遇,任胡虏百般威逼利诱,决不辱国辱身!"他判定皇太极定会将他暂时拘留,不肯杀害,命大臣们向他轮番劝降,甚至会亲自劝他,优礼相加。他也明白,自来临阵慷慨赴死易,安居从容就义难,所以必须死得愈快愈好。为着必须赶快为国尽节,他决定一俟到了沈阳拘留地方,必须采取三项对策:一是谩骂,二是不理,三是绝食。这么想过之后,他在心中冷笑说:

"任你使尽威逼利诱办法,休想我洪某屈膝!"

皇太极并不急于看见洪承畴,也不同意有些满、汉大臣建议,将洪杀掉。他吩咐将洪拘留在大清门外的三官庙中,供用好的饮食,严防他自尽,同时叫汉人中的几个文武官员轮流去劝洪投降。三天以后,他知道劝说洪承畴投降的办法行不通,不管谁去同洪谈话,洪或是谩骂,或是闭目不理,一言不答,还有时说他不幸兵败被擒,深负他的皇上知遇之恩,但求速速杀他。他在提到他的皇上时,往往痛哭流涕,悲不自胜,而对劝降的汉人辱骂得特别尖刻。这时,有人建议皇太极将洪杀掉,为今后不肯投顺的明臣作个鉴戒。皇太极对这样的建议一笑置之,有时在心中骂道:"蠢材!"到第四天洪承畴因见看守很严,没有机会自缢,开始绝食了。不管给他送去什么美味菜肴,他有时仅仅望一眼,有时连望也不望。经过长期围困,营养欠缺,他的身体本来就很虚弱,所以到第五天,绝食

---

① 辽东鹤——古代神话:有个辽人名叫丁令威,学道千年,化为白鹤,飞返家乡,后又飞到天上。

仅仅一天多,他的精神已经显得相当委顿,躺在炕上不起来了。

洪承畴一连绝食三天,使皇太极十分焦虑。在他继承努尔哈赤的皇位以来,已经使草创的满洲国家大大地向前发展。他用武力征服了朝鲜,又用文武两种手段臣服了蒙古各部,下一步目标就是将他的帝国版图扩展到长城以内,直到黄河流域,全部恢复金朝极盛时期的规模。努尔哈赤所建立的国号本来是后金,到皇太极崇德元年(1636年)改国号为大清。清与金音相近,却避免刺伤汉人的民族感情。就此一事,也可以说明他的用心之深。为着这一宏图远略,他十分需要吸收汉族的文化和人才。凭着自己以往的经验,他深知明朝的武将容易招降,惟独不容易使文臣投降。过去他曾经收降了耿精忠和尚可喜,目前收降了祖大寿等一大批从总兵、副将到参、游的明朝将领,而且还在加紧招降明朝的宁远总兵吴三桂。他已经给驻守锦州诸王、贝勒们下一道密谕,叫他们速从祖大寿部下挑选一些忠实可靠、有父母兄弟在宁远的人,放回宁远。祖大寿是宁远人,如今他的妻子也在宁远。祖氏家族活着的武将共有三个总兵官,从副将到参、游有十几人,全部降顺,所以从他们部下放一批人回宁远,对招降吴三桂和吴的部将大有作用。他打算过不久就亲自给吴三桂送去劝降诏谕,也叫祖大寿等新旧降顺的武将,都给吴三桂去信劝降,看来吴三桂的归顺只是迟早的事。可是倘若没有明国的重要文臣投降,要恢复金朝的旧业就不容易。何况,倘若洪承畴为明国绝食尽节,受到明朝朝廷褒扬和全国赞颂,会大大鼓励明朝的文臣与大清为敌,而光靠兵力决不能征服和治理明朝的土地、人民。他在清宁宫中越想越焦急,感到对洪承畴无计可施。尽管近来他的身体不如以前,今天又感到胸口很闷,有时胸口左侧有些疼痛,应该躺下去休息或叫萨玛来跳神念咒才是,但是他忍着病痛不告诉任何人。晚上,约摸已经一更天气,他命人去叫内院大学士范文程来见。

自从努尔哈赤开始建国不久,就注意招降和任用一些汉人为他工作。到了皇太极继位,更重视使用有才能的汉人。今晚因洪承畴已经绝食三天,躺在炕上等死,精神很是委顿,所以皇太极考虑汉人中文武群臣只有范文程可以解此难题,便连夜将他叫进清宁宫来。

当时清朝的君臣礼节远不像入关以后完全学习汉人,搞得那么森严和繁琐。皇太极等范文程叩头以后,命他在对面坐下,用满洲语忧虑地问道:

"洪承畴坚不归降,已经绝食三天啦。你看这事怎办?"

范文程立即起身用流利的满洲语答道:"请陛下不必过于焦虑。洪承畴虽然身体原就虚弱,今又绝食三日,情况不佳,但他每日饮开水数次,看来一两天内尚不至绝命。以臣看来劝他回心转意,尚非毫无办法。"

皇太极问道:"别人都去劝说他投降,你为何不去劝他?"

范文程说:"前几天凡是去劝他的都被他无礼谩骂,臣因此违背陛下旨意,未曾前去。"

皇太极心中不快,问道:"为着国事,你何必计较他骂你几句?"

范文程躬身微笑说:"臣为陛下开拓江山,不辞粉身碎骨,自然不在乎洪承畴的辱骂。但臣是清国大臣,暂不见他,也不受他的辱骂与轻视,方能留下个转圜余地。据微臣看来,这转圜的时候快到了。"

"倘若你能使洪承畴回心转意,归我朝所用,正是我的心愿。我近来常读大金太宗①的本纪,想着建立太宗的事业不难,要紧的是善于使用人才。洪承畴在明国的大臣中是很难得的人才,只是

---

① 金太宗——金朝第二代皇帝,本名完颜吴乞买,汉名改为完颜晟。在位十二年(1123—1135),对于扩大金朝的武功和版图起了重大作用。在他统治时期,灭了辽国,臣服了西夏和高丽,占领中原,俘虏了北宋的徽、钦二帝,一度打到杭州,迫使宋天子称为侄皇帝,贡纳岁币,处于臣服地位。皇太极曾命汉族文臣将《金史》中的《太宗本纪》译为满文,供他阅读。

明国皇帝不善使用,才落到兵败被俘的下场。如今他已绝食三天,你怎么知道他能够回心转意?"

范文程回答说:"陛下用兵如神,臣即以用兵的道理为陛下略作剖析。洪承畴原来确不愿降顺我国,他必然会将他解来盛京看成是最后一战。古人论作战之道,曾说临阵将士常常是一鼓作气,再而衰,三而竭。洪承畴初到盛京,对前去劝降的我国大臣或是肆口谩骂,或是闭目不理,其心中惟想着慷慨就义,以完其为臣大节,名垂青史,流芳百世。这是他一鼓作气。后来明白陛下不肯杀他,他便开始绝食。但绝食寻死比自缢、吞金难熬百倍,人所共知。正因绝食十分难熬,所以洪承畴绝食到第二天,便一日饮水数次,今日饮水更多。往日有满人进去照料,洪偶尔一顾,目含仇恨之色。今日偶尔一顾,眼色已经温和,惟怕不给水饮。这是再而衰了。此时……"

皇太极赶快问:"此时就能劝说他回心转意么?"

范文程摇头说:"此时最好不要派人前去劝说。此时倘若操之过急,逼他投降,或因别故激怒了他,他还会再鼓余勇,宁拼一死。"

"那么……"

"以臣愚见,此时应该投之以平生所好,引起他求生之念。等他有了求生之念,心不愿死而自己不好转圜,然后我去替他转圜,劝他投降,方是时机。"

"你知道他平生最好的是什么?金银珠宝,古玩玉器,锦衣美食,我什么都肯给他,决不吝惜。"

范文程微笑摇头。

皇太极又问:"他多年统兵打仗,可能像卢象升一样喜爱骏马?"

范文程又微笑摇头。

皇太极默思片刻,焦急地说:

"范章京,到底这个人平生最爱好的是什么?"

范文程回答说:"松山被俘的文武官员中,不乏洪承畴的亲信旧部,有一些甘愿投降的来到盛京。臣从他们的口中,得知洪承畴平生只有一个毛病,就是好色。他不但喜爱艳姬美妾,也好男风。"

"什么?"

范文程尽力将男风一词用满语解释得使皇太极明白,然后接着说:"近世明国士大夫嗜好男风不但恬不为耻,反以为生活雅趣,在朋友间毫不避忌。福建省此风更盛,甲于全国。洪是福建人,尤有此好。他去年统兵出关,将一俊仆名唤玉儿的带在身边,八月间死于乱军之中。自那时起,洪氏身处围城之中,无从再近美女、佼童。目前洪深为绝食所苦,生死二念必然搏斗于心中。此时如使他一见美色,必为心动,更会起恋生怕死之念。到那时,为他转圜,就很容易,如同瓜熟蒂落。"

皇太极问:"美女可有?"

"臣今日正在派人暗中物色,尚未找到。此时并非将美女赏赐洪承畴,侍彼枕席,仅是引动他欲生之念耳。"

皇太极说:"盛京中满汉臣民数万家,美女不会没有。另外有朝鲜国王去年贡来的歌舞女子一队,也有生得不错的。"

范文程说:"有姿色的女子虽不难找,但此事绝不能使臣民知道,更不能使朝鲜知道。此系一时诱洪承畴不死之计,倘若张扬出去,传之属国,便有失上国体统。"

"何不挑一妓女前去?使一妓女前去,也不会失我清国体统。"

"臣也想到使用妓女。但思洪承畴出身名族,少年为宦,位至尚书,所见有姿色女子极多。盛京妓女非北京和江南的名妓可比,举止轻佻,言语粗俗,只能使洪承畴见而生厌。"

皇太极说:"洪承畴在松山被围日久,身体原已虚弱,经不起几天绝食。明日一定得想出办法使他回心转意,不然就迟误了。"

范文程躬身回答："臣要尽力设法,能够不拖过明天最好。"

皇太极沉吟片刻,叫范文程退了出去,然后带着疲倦和忧虑的神色又坐了片刻,想起了庄妃博尔济吉特氏。自从她的姐姐关雎宫宸妃死后,在诸妃中算她生得最美,最得皇太极宠爱。她能说汉语,略识汉字,举止娴雅,温柔中带着草原民族的刚劲之气,所以近来皇太极每次出外打猎总是带她一道。今夜皇太极本来想留在清宁宫住,但因为心中烦闷,中宫皇后对他并没有什么乐趣,便往庄妃所住的永福宫去。

上午,天气比较温和,阳光照射在糊着白纸的南窗上。洪承畴从昏昏沉沉的半睡眠状态醒来,望望窗子,知道快近中午,而且是好晴天。他向窗上凝望,觉得窗上的阳光从来没有这样可爱。他想到如今在关内已是暮春,不禁想到北京的名园,又想到江南的水乡,想着他如今在为皇上尽节,而那些生长在江南的人们多么幸福!今天,他觉得身体更加衰弱,精神更加委顿,大概快要死了。昨天,他还常常感到饥肠辘辘做声,胃中十分难熬,但今天已经到第四天,那种饥饿难熬的痛苦反而减退,而最突出的感觉是衰弱无力,经常头晕目眩。他平日听说,一般强壮人饿六天或七天即会饿死,而他的身体已经在围困中吃了亏,如今可能不会再支持一二日了。于是他在心中轻轻叹道:

"我就这样死去么?"

因为想着不久就要饿死,他的心中有点怆然,也感到遗憾。但是一阵眩晕,同时胃中忽然像火烧一般的难过,使他不能细想有什么遗憾。等这阵眩晕稍稍过去,胃中也不再那么难过,他又将眼光移到窗上。他多么想多看一眼窗上的阳光!过了一阵,他听见窗外有轻轻的脚步声和人语声,但很久不见有人进来。他想从他绝食以后,头一天和第二天都有几个清朝大臣来劝他进食,他都闭目不答。昨天也有三个大臣来到他的炕边劝说,他依然闭目不答。过去三天,每次由看管他的虏兵送来饭菜,比往日更丰美,他虽然饥饿难熬,却下狠心闭目不看,有时还瞪目向虏兵怒斥:"拿走!赶快拿走!"他很奇怪:为何今日没有虏兵按时给他送来肴馔,也不来问他是不是需要水喝?为何再没有一个人来劝他进食?忽然他的心中恍然明白,对自己说:

"啊,对啦,虏酋已经看出我坚贞不屈,对大明誓尽臣节,不再打算对我劝降了。"

他想着自己到沈阳以来的坚贞不屈,心中满意,认为没辜负皇上的知遇之恩,只要再支持一二日,就完了臣节,将在青史上留下忠义美名,传之千秋,而且朝廷一定会赐祭、赐谥、立祠、建坊、厚荫他的子孙。想着想着,他不禁在心中背诵文天祥的诗句:

　　读圣贤书,
　　所学何事?
　　而今而后,
　　庶几无愧!

背诵之后,他默思片刻,对自己已经做到了"无愧"感到自慰。他想坐起来,趁着还剩下最后的一点精力留下一首绝命诗,传之后世。但他刚刚挣扎坐起,又是一阵眩晕,使他马上靠在墙上。幸而几天来他都是和衣而卧,所以背靠在炕头墙壁上并不感到很冷,稍有一股凉意反而使他的头脑清爽起来。挨炕头就是一张带抽屉的红漆旧条桌,上有笔、墨、纸、砚,每日为他送来的肴馔也是摆在这张条桌上。他瞟了一眼,看见桌上面有一层灰尘,纸、砚上也有灰尘,不觉起一股厌恶心情。他平生喜欢清洁,甚至近于洁癖。倘若在平时,他一定会怒责仆人,然而今天他只是淡漠地看一眼罢了。他不再打算动纸、笔,将眼光转向别处。火盆中尚有木炭的余火,但分明即将熄灭。他想着自己的生命正像这将熄的一点余火,没人前来过问。他想到死后,尽管朝廷会给他褒荣,将他的平生功绩和绝食殉国的忠烈宣付国史,但是他魂归黄泉,地府中一定是凄凉、阴冷,而且是寄魂异域,可怕的孤独。他有点失悔早入仕途,青云直上,做了朝廷大臣,落得这个下场。忽然,从陈旧的顶棚上落下一缕裹着蛛网的灰尘,恰落在他的被子上。他看一眼,想着自己是快死的人,无心管了。

洪承畴胡乱地想着身后的事,又昏昏沉沉地进入半睡眠状态。他似乎听见院中有满洲妇女的小声说话,似乎听见有人进来,然而他没有精神注意,没有睁开眼睛,继续着半睡眠状态,等候死亡。好像过了很久,他的精神稍稍好了一些,慢慢地睁开眼睛,感到奇怪,不相信这是真的,心中自问:"莫非是在做梦?"他用吃惊的眼光望了望两个旗装少女,一高一低,容貌清秀,静静地站立在房门以内,分明是等候着他的醒来。看见他睁开眼睛,两个女子赶快向他屈膝行礼,而那个身材略高的女子随即走到他的炕边,用温柔的、不熟练的汉语问道:"先生要饮水么?"

洪承畴虽然口干舌燥,好像喉咙冒火,但是决心速死,一言不答,也避开了她的眼睛,向屋中各处望望。他发现,地已经打扫干净,桌上也抹得很净,文房四宝重新摆放整齐,火盆中加了木炭,有了红火。他的眼光无意中扫到自己盖的被子上,发现那一缕裹着尘土的蛛网没有了。他还没有猜透这是什么意思,立在炕前的那个女子又娇声说道:

"这几天先生吃了大苦,真正是南朝的一大忠臣。先生纵然不肯进食,难道连水也不喝一口么?"

洪承畴断定庄妃已对他无计可施,只好使用美人计。他觉得可笑,干脆闭起了眼睛。过了一阵,洪承畴听见两个满洲女子轻轻地走了,才把眼睛睁开。盆中的木炭已经着起来,使他感到暖烘烘的;他的心上还留有她们的影子,那种有礼貌的说话态度和温柔的眼神使他的心头上感到了一股暖意。自从被俘以来,那些看守他的清兵,有时态度无礼,有时纵然不敢过分无礼,但也使他起厌恶之感。今天是他第一次看见了不使他感到厌恶的人。他知道清宫中没有宫女,只有宫婢,猜想她们定然是庄妃派来的宫婢,但仔细一想,又不像是用美人计诱他复食。这两个女子并没有劝他复食,只是简单地劝他饮水,也不多劝,而且丝毫没有在他的面前露出故意的媚态。他心中暗问:

"这是什么意思?下边还有什么文章?"

他虽然猜不透敌人的用意,却断定必有新的文章要做。想着自己已经衰弱不堪,再撑一二日便可完成千秋大节,决不能堕入敌人诡计,在心中冷笑说:

"哼,你有千条计,我有一宗旨,惟有绝食到底而已!"

为着不使自己中了敌人的美人计,他拿定主意:倘再有女人进来,他便破口漫骂,叫她们立刻滚出屋子。

忽然,房门口脚步响动,他看见刚才那个身材稍矮而面孔特别白嫩的宫婢掀开门帘,带一个美丽的满洲少妇进来,后边跟随着刚才那个身材稍高的苗条宫婢,捧着一把不大的暖壶。洪承畴本来准备辱骂的话竟没有出口;想闭起眼睛,置之不理,但是一股强烈的好奇心使他不能不注视着在面前出现的事情,特别有一股不可抗拒的力量使他要看看进来的满洲少妇。虽然这进来的少妇也是宫婢打扮,却带着一种高贵神气,并不向他行屈膝礼,直接脚步轻盈地走到他的炕前,用不很纯熟的汉语说道:

"先生为明国大臣,不幸兵败被俘,立意为明国皇上尽忠,绝食而死,令我十分钦敬,特意送来温开水一壶,请先生喝了,减少口干之苦。"她亲手接过暖壶,送到洪的面前,又说:"这温开水不能救先生的命,只能略减临死前的痛苦,请赶快喝下去吧。"

洪承畴坚决不理,闭起双眼。房间里片刻寂静。一股名贵脂粉的异香和女人身上散出的温馨气息扑入他的鼻孔,一直沁入心肺。他心中奇怪:"她不像宫婢。这是谁?"随即告诫自己:"不要理她!不要堕入庙酋诡计!"忽然他又听见那清脆而温柔的声音问道:

"先生不是要做南朝的忠臣么?"

洪承畴不说话,也不睁眼。那富有魅力的声音又说:

"我愿意帮助先生成为南朝忠烈之臣,所以特来劝先生饮水数口,神志稍清,以便死前做你应做的事。先生为何如此不懂事呀?"

洪承畴睁开双眼,原想用怒目斥骂她快滚出去,不料当他的眼光碰到她的眼光,并且望见她的眼神和嘴角含着高贵、温柔又略带轻视的笑意时,他的心中一动,眼睛中的怒气突然全消,不自觉换成了温和神色。这位满洲女子接着说道:

"不是今天,便是明天,你为南朝尽节的时刻就到。倘不投降,必然饿死,或是被杀,决不能再活下去。你是进士出身,又是大臣,不应该在糊涂中死去。我劝你喝几口水,方好振作精神,趁现在留下绝命诗或几句什么话,使明国朝野和后世都知道你是如何为国尽节。说不定还有重要的事儿在等待着你,需要你坚强起来。快喝水吧,先生!"

洪承畴迟疑一下,伸出苍白的、衰弱的、微微打颤的双手,接着暖壶,喝了一口,咽下喉咙,立时感到无比舒服。他又喝了一口,忽然一怔,想吐出,但确实口渴,喉干似火,十分难过,终于咽下,然后将壶推出。满洲女子并不接壶,微笑问道:

"先生为何不再饮了?"

洪承畴简单地说:"这里有人参滋味。我不要活!"

满洲女子嫣然一笑,在洪的眼睛中是庄重中兼有妩媚。他不愿堕入计中,回避了她的眼睛,等待她接住暖壶。她并不接壶,反而退后半步,说道:

"这确是参汤,请先生多饮数口,好为南朝尽节。听说憨王陛下今日晚上或明日就要见你。倘若先生执意不降,必然被杀。你到了憨王陛下面前,如果十分衰弱无力,别人不说你是绝食将死,反而说你是胆小怕死,瘫软如泥,连话也不敢大声说。倘若喝了参汤,有了精力,就可以在憨王面前慷慨陈词,劝两国罢兵修好,也是你替南朝做了好事,尽了忠心。听说南朝议和使者一行九十九人携带敕书,几天内就会来到盛京。你家皇上如不万分焦急,岂肯这样郑重其事?再说,倘若你不肯投降被杀,临死时没有一把精力,如何能步往刑场,从容就义?"停一停,她看出洪承畴对她的话并无拒绝之意,接着催促说:"喝吧,莫再迟疑!"

洪承畴好像即将慷慨赴义,将人参汤一饮而尽,还了暖壶,仰靠壁上,闭了眼睛,用斩钉截铁的口气说道:

"倘见老憨,惟求一死!"

他听见三个满洲女子开始离开他的房间,不禁将眼睛偷偷地睁开一线缝儿,望一望她们的背影。等她们完全走出以后,他才将眼睛完全睁开,觉得炕前似乎仍留下脂粉的余香未散。他心中十分纳罕,如在梦中,向自己问道:

"这一位丽人是谁?"

他感到确实有了精神,想着应该趁此刻写一首绝命诗题在墙上,免得被老憨一叫,跟着被杀,在仓猝间要留下几行字就来不及了。但是他下炕以后,心绪很乱,打算写的五言八句绝命诗只想了开头三句便不能继续静心再想。在椅子上坐了一阵,他又回到炕上,胡思乱想,直到想得疲倦时矇眬入睡。

直到下午很晚时候,没有人再来看他,好像敌人们都将他遗忘了。自从被俘以来,他总是等待着速死,总是闭目不看敌人,或以冷眼相看。现在没有人来看他,他的心中竟产生寂寞之感。到了申牌时候,他心中所称赞的那个"丽人"又带着上午来的两个宫婢飘然而至。她用温和的眼光望着,分明给他的心头上带来了一丝温暖。但是他没有忘记他自己是天朝大臣,即将为国尽节,所以脸上保持着冷漠神色。那位神态尊贵的满洲少妇从宫婢手中接过暖壶,递到洪承畴的面前,嘴角含着似有似无的微笑,说道:

"先生或生或死,明日即见分晓,请再饮几口参汤。"

洪承畴一言不发,捧过暖壶,将参汤一饮而尽。满洲少妇感到满意,用眼色命身边的一个宫婢接住暖壶。她的眼神中多了几分嘲讽的味道,但是她的神态是庄重的、含蓄的,丝毫没有刺伤洪承畴的自尊心。她问道:

"憨王陛下实在不愿先生死去。先生有话要对我说么?"

洪承畴回答说:"别无他言,惟等一死。"

她微笑点头,说:"也好。这倒是忠臣的话。"随即又说:"先生既然神志已清,我以后不再来了。从今晚起,将从汉军旗中来一个奴才服侍你,直到你为南朝慷慨尽节为止。"

洪承畴问道:"你是何人?"

满洲女子冷淡地回答:"你不必多问,这对你没有好处。"

望着这个神气高贵的女子同两个宫婢走后,洪承畴越发觉得奇怪。过了一阵,他想着这个女子可能是宫中女官,又想着自己可能不会被杀,所以老憨命这三个宫中女子两次送来参汤救他。但是明天见了老憨,他决不屈膝投降,以后的事情如何?他越想越感到前途茫然,捉摸不定。他经此一度绝食,由三个女子送来参汤救命,希望活下去的念头忽然兴起,但又不能不想着为大臣的千秋名节,皇上的知遇之恩,以及老母和家人的今后情况。他左思右想,心乱如麻,不觉长叹。过了一阵,他感到精神疲倦,闭起眼睛养神。刚刚闭起眼睛,便想起劝他喝参汤的"丽人"。他记起来她的睛如点漆、流盼生光的双目,自从督师出关以来,他没有看见过这样的眼睛。他记起来当她向他的面前送暖壶时,他用半闭的眼睛偷看到她的藏在袖中的一个手腕,皮肤白嫩,戴着一只镂花精致、嵌着几颗特大珍珠的赤金镯子。他想着满洲女子不缠足,像刚才这个"丽人",步态轻盈中带着矫健,不像近世汉族美人往往是弱不禁风,于是不觉想起曹子建形容洛神的有名诗句:"翩若惊鸿,婉若游龙。"他正在离开死节的重大问题,为这个"丽人"留下的印象游心胡想,忽闻门帘响动,随即看见一个姣好的面孔一闪,又隐在帘外。门外有一阵细语,然后有一个满洲仆人装束的青年进来。

进来的青年仆人不过十八九岁,身材苗条,带有女性的温柔和腼腆表情。他走到洪承畴的炕前跪下,磕了一个头,起来后垂手恭立,躬身轻叫一声:"老爷!"说的是北方普通话,略带苏州口音,也有山东腔调。洪承畴将他浑身上下打量一眼,问道:"你是唱戏的?"

"是的,老爷。"

"你原来在何处唱戏?"

"小人九岁时候,济南德王府派人到苏州采买一班男孩和一班女孩到王府学戏,小人就到了德王府中。大兵[①]破济南,小人被掳来盛京,拨在汉军旗固山额真府中。因为戏班子散了,北人也不懂昆曲,没有再唱戏了。"

洪承畴又将他打量片刻,看见他确实眉目清秀,唇红齿白,眼角虽然含笑,却分明带有轻愁。又仔细看他脸颊白里透红,皮肤细嫩,不由地想起来去年八月死于乱军中的玉儿。他又问:"你是唱小旦的?"

"是,老爷。老爷的眼力真准!"

"你来此何事?"

"这里朝中大人要从汉人中挑选一个能够服侍老爷的奴才,就

[①] 大兵——指清兵。清兵于崇祯十一年十月第三次入长城南侵,深入畿辅、山东,于次年正月破济南,掳德王。

把小人派来了。"

洪承畴叹息说:"我是即将就义的人,说不定明天就不在人间,用不着仆人了。"

"话不能那样说死。倘若老爷一时不被杀害,日常生活总得有仆人照料。况且老爷是大明朝的大臣,纵然明日尽节,在尽节前也得有奴仆照料才行。像大人这样蓬头垢面,也不是南朝大臣体统。大人不梳头,恐怕虱子、虮子长了不少。奴才先替大人将头发梳一梳如何?"

洪承畴的头皮早已痒得难耐,想了一下,说:"梳一梳也好。倘若明日能得一死,我还要整冠南向,拜辞吾君。你叫什么名字?"

"小人贱姓白,名叫如玉。"

洪承畴"啊"了一声,心上起一阵怅惘之感。

如玉出去片刻,取来一个盒子,内装梳洗用具。他替洪承畴取掉幞头、网巾,打开发髻,梳了又篦,篦下来许多雪皮、虱子、虮子。每篦一下,都使洪承畴产生快感。他心中暗想:倘若不死,长留敌国,如张春那样,消磨余年,未尝不可。但是他忽然在心中说:

"我是大明朝廷重臣,世受国恩,深蒙今上知遇,与张春不同。明日见了房酋,惟死而已,不当更有他想。"

如玉替他篦过头以后,又取来一盆温水,侍候他洗净脸和脖颈上的积垢。一种清爽之感,登时透入心脾。如玉又出去替他取来几件干净的贴身衣服和一件半旧蓝绸罩袍,全是明朝式样的圆领宽袖,对他说:

"请老爷换换内衣,也将这件罩袍换了。这件罩袍实在太脏,后襟上还有两块血迹。"

洪承畴凄然说:"那是在松山西门外我栽下马来时候,几个亲兵亲将和家奴都抢前救护,当场被虏兵杀死,鲜血溅在我这件袍子上。这是大明朝忠臣义士的血,我将永不会忘。这件罩袍就穿下去吧,不用更换。我自己也必将血洒此袍,不过一二日内之事。"

"老爷虽如此说,但以奴才看来,老爷要尽节也不必穿着这件罩袍。老爷位居兵部尚书兼蓟辽总督,身份何等高贵,鲜血何必同亲兵家奴洒在一起?请老爷更换了吧。听说明日内院大学士范大人要来见老爷。老爷虽为俘囚,衣着上也不可有失南朝大臣体统。"

"不是要带我去面见老憨?"

"小人听说范大人来见过老爷之后,下一步再见憨王。"

"你说的这位可是范文程?"

"正是这位大人,老爷。他在憨王驾前言听计从,在清国中没有一个汉大臣能同他比。明日他亲自前来,无非为着劝降。同他一见,老爷生死会决定一半。务请老爷不要再像过去几天那样,看见来劝降的人就破口大骂或闭起眼睛不理。"

洪承畴严厉地看仆人一眼,责斥说:"你休要多嘴!他既是敌国大臣,且系内院学士,我自有应付之道,何用尔嘱咐老爷!"

"是,是。奴才往后再不敢多言了。"

如玉侍候他换去脏衣,并说今晚将屋中炭火弄大,烧好热水,侍候他洗一个澡。洪承畴没有做声,只是觉得这个仆人的温柔体贴不下死去的玉儿。过一会儿,如玉将晚饭端来,是用朝鲜上等大米煮的稀饭,另有两样清素小菜。洪承畴略一犹豫,想着明日要应付范文程,跟着还要应付辏酋四王子,便端起碗吃了起来。他一边吃一边想心思,心中问道:

"对着范文程如何说话?"

第 七 章

　　民间有句俗话:祸不单行。这不是迷信,常常是各种具体因素在同一个时间内,促成不同的倒霉事同时出现。从表面看来是偶然,实际一想也并不偶然。崇祯连做梦也不会想到,在同一天里,他在乾清宫中接到了两封飞奏:上午收到河南巡抚高名衡奏报,陕西、三边总督汪乔年在襄城兵败,李自成于二月十七日攻破襄城,将汪乔年捉到,杀在城外。下午收到宁远总兵吴三桂的飞奏,说松山城于二月十九日失守,洪承畴生死不明,传闻死于巷战之中,又云自尽。

　　几天以前,崇祯知道左良玉同李自成在郾城相持,汪乔年要到襄城和左良玉夹击李自成。没有料到,他会失败这么快,竟然死了。不明白:左良玉到哪里去了?汪乔年的人马到哪里去了?在襄城一战溃散了么?倘若在往年,他得到这奏报会十分震惊,震惊后会到奉先殿痛哭一阵。然而自从杨嗣昌死后,他在内战中已经习惯于失败的打击,只觉得灰心,愁闷,忧虑,而不再哭了。几个月前得到傅宗龙的被杀消息,他也没有落泪。另外,傅宗龙和汪乔年这两个总督,在他的心目中的分量较轻,压根儿不能与杨嗣昌、洪承畴二人相比。

　　当得到吴三桂的飞奏后,他却哭了。他立刻命陈新甲设法查清洪承畴的生死下落,他自己也给吴三桂下了手谕,要他火速查清奏明。

　　自从松山失守的消息传到北京后,北京朝野就关心着洪承畴的下落,一时间传说不一。有的说他在松山失守时骑马突围,死于乱军之中。有的说他率领曹变蛟和王廷臣诸将进行巷战,身中数伤,仍然督战不止,左右死伤殆尽,他正要自尽,敌人拥到,不幸被俘,以后生死不明。过了几天,又有新消息传到北京,说邱民仰、曹变蛟和王廷臣都被杀了,其余监军道员十余人、大小将领数百人,有的战死,有的被俘后遭到杀害,而洪承畴被俘后一看见"敌酋"就骂不绝口,但求速死,已经被解往沈阳。

朝廷命宁远总兵吴三桂"务将洪承畴到沈阳就义实情,探明驰奏",同时崇祯也叫在山海关监军的高起潜探明洪承畴是否果真不屈,已经就义。

到了四月下旬,吴三桂和高起潜的奏报相继来到,而洪承畴在北京的公馆中得到的消息更快。首先是洪承畴老营中的一个士兵,被俘后从沈阳逃了回来,说他临逃出沈阳时确实在汉人居民中哄传洪承畴绝食身死,是一个大大的忠臣。随后高起潜密奏,说闻洪承畴确实自缢未遂,继以绝食,死在沈阳。

吴三桂给兵部衙门的一封秘密塘报说,洪承畴确实到沈阳后,对劝降的满洲官员骂不绝口,每次提到皇上知遇之恩,便痛哭流涕,惟求速杀。塘报最后说:

> 闻洪总督已绝食数日,一任敌人百般劝诱,只是不理,闭目等死。房方关防甚严,不许消息外传。洪总督是否已死,传说不一。一俟细作续探真确,当再飞报。须至塘报者![1]

京师士民连日来街谈巷议,都认为洪承畴必死无疑。那班稍有历史知识的人们都把他比做当今张、许[2];甚至少年儿童,也都知

---

[1] 须至塘报者——这是明代塘报最后一句话,成为定式。它的原意是对办理和递送塘报的官员说的。
[2] 张、许——张巡和许远。唐朝安禄山叛乱时,二人坚守睢阳,被围数月,城陷被执,骂贼不屈而死。

洪承畴是一位为国尽节的大忠臣。朝廷之上,纷纷议论,都是赞许的话。有的人在朝房中说:"唉,当世劳臣①,强敏敢任,志节之坚,殉国之烈,孰如洪氏!"那些平日弹劾过他的言官,或因门户之见平日喜欢说他短处的同僚,这时都改变腔调,异口同声地说:

"古人说盖棺论定,洪亨九大节无亏,可谓死得其所!"

恰在这时候,洪府的管事家人陈应安等因京师朝野如沸,洪府故旧门生都在关心朝廷荣典,大少爷尚未回京,事情不能再等,便共同给皇帝上了一道奏本,陈述洪承畴确已就义,其中有这样感人的话:

去岁八月战溃,家主坐困松城。城中粮绝,杀马饷兵,忍饥苦守。不意逆将夏承德暗投胡房,开门献城。家主犹督兵巷战,大呼杀敌,血染袍袖;迨家主身负重伤,左右死亡枕藉,乃南向叩头,口称"天王圣明,臣力已竭"。被执之后,骂不绝口,惟求速死。后以房兵防守甚严,自缢不成,绝食毕命。从来就义之烈,未有如臣家主者也!

崇祯皇帝将这道奏本看了两遍,深深地叹了口气。乾清宫的管家婆魏清慧轻轻地掀开半旧绣龙黄缎门帘,走进暖阁,本来有事要向他启奏,但是看见他在御案前神色愁惨,双眉紧皱,热泪盈眶,便吓得后退半步,不敢做声,也不敢退出。过了片刻,崇祯转过头来,望她一下,问道:

"你去承乾宫刚回来?"

魏清慧躬身回答:"是,皇爷,奴婢刚从承乾宫回来。"

"田娘娘今日病情如何?"

"田娘娘仍然每日下午申时以后便发低烧,夜间经常咳嗽,痰中带血。她自觉浑身无力,不思下床。她经常想着自己的病症不

---

① 劳臣——为国事辛苦有功的臣。

会治好,又思念五皇子,心中总是郁郁寡欢,还时常流泪。这样一天一天下去,病情只有加重的份儿。"

崇祯骂道:"太医们每日会诊,斟酌药方,竟然如此无能,全是饭桶!"

魏宫人说:"太医们虽然悉心为田娘娘治病,巴不得田娘娘凤体早日痊愈,早宽圣心。可是他们只能在行经、清脾、润肺、化痰、止咳上用心思,能够用的药都用了,无奈对田娘娘的病都无效应。如今田娘娘的病确实不轻,经血已经有几个月不来了,人也一天比一天消瘦。以奴婢看来,不能专靠太医,也需要祈禳祈禳才是。"

崇祯点点头,用眼色命宫女退出。随即一个御前太监进来,启奏说兵部尚书陈新甲奉召进宫,在乾清门外等候召对。崇祯忧郁地问道:

"那个张真人还在京么?"

御前太监回奏:"听说张真人因奏恳皇上特降隆恩,按照衍圣公为例,将真人改为二品俸禄,并在京城中赐官邸一处。此事尚未蒙皇爷恩准,所以仍留京师,住在长春观中,未曾回龙虎山①去。"

崇祯说:"他请求的这两件事,朕已批示礼部衙门详议。后据礼部衙门复奏,本朝无此故事②,碍难同意。礼部衙门的意思很是,张真人为何还在京城滞留?唉,且不管这些小事,你今日替朕传旨:命张真人就在长春观中建醮,为皇贵妃的病虔心祈禳。你再传谕僧道录司,京师各有名寺观,都要为皇贵妃诵经祈禳三日。南宫中的僧道,还有英华殿、大高玄殿等地方,不管是名德法师,或是习道礼佛宫女,从明天起都为皇贵妃诵经祈禳七天。"

太监叩头说:"遵旨!"

---

① 龙虎山——在江西贵溪县西南。东汉张道陵在此修炼,为后来道教起源。其后人世居龙虎山,元末封为天师,明洪武初改称真人,世袭至民国年间。

② 故事——前例。

崇祯想着国事和家事如此不幸,不禁摇头叹气,随即命传谕陈新甲进来。他近来因为对李自成作战着着失败,已经对这位兵部尚书很不满意,只是遍观朝臣,没有一个比陈新甲做事更干练的人,加之同"东虏"秘密议和的事正在依靠此人,所以他的不满意并没有表露出来。等陈新甲进来行过一跪三叩头礼以后,他望着跪在地上低头等待问话的兵部尚书问道:

"洪承畴为国尽节的事,卿可有别的消息?"

陈新甲回答说:"臣部别无新的塘报。洪宅家人陈应安昨日曾到臣部见臣,说洪承畴确已慷慨尽节,言之确凿,看来颇似可信。"

崇祯说:"朕也见到陈应安等奏本,所以将卿叫进宫来商量。既然洪承畴为国尽节,实为难得的忠烈之臣,朝廷应予褒荣,恤典从优。卿可知道洪承畴在京城有何亲人?他的儿子现在何处?"

陈新甲说:"洪承畴长子原在京城,一个月前因事离京。昨天据陈应安等对臣面禀,彼已星夜赶回,大约一二日内即可来到。洪家在京城如何发丧成服①,如何祭奠,如何受吊,都已准备就绪,只等洪承畴的长子回京主持。"

崇祯的思想已经转往别处,沉默片刻,突然发问:"马绍愉是否已经到了沈阳?"

"按日期算,如今可能已到沈阳。"

崇祯叹息说:"目前流贼未灭,中原糜烂。长江以北,遍地蝗旱为灾,遍地饥民啸聚,遍地流贼与土寇滋扰。凡此种种,卿身当中枢重任,知之甚悉。虏势方张,难免不再入塞。内外交困,如之奈何!"

陈新甲知道皇上要谈论议和的事,赶快叩头说:"微臣身为本兵,不能为陛下安内攘外,实在罪该万死。然局势演变至今,只能对东虏暂时议抚,谋求苟安一时,使朝廷全力对付中原危局,剿灭

---

① 发丧成服——向亲友宣布丧事,开始穿孝。服指丧服。

闯贼。舍此别无善策。马绍愉已去沈阳,必能折冲虏廷①,不辱使命。望皇上放心等候,不必焦虑。"

"朕所担心者虏事未缓,中原已不可收拾。"

"河南方面,微臣已遵旨檄催各军驰赴援剿。至于东虏方面,只怕要求赏赐过奢。臣已密嘱马绍愉,在虏酋面前既要宣扬皇上德威,启其向化之心,也要从我国目前大局着想,不妨稍稍委曲求全。臣又告他说,皇上的意思是只要土地人民不损失过多,他可以在沈阳便宜行事;一旦有了成议,火速密报于臣,以释圣念。"

崇祯心情沉重地说:"但愿马绍愉深体朕之苦衷,将抚事办妥;也望虏酋不要得寸进尺,欲壑无厌,节外生枝。朕欲为大明中兴之主,非如宋室怯懦之君。倘虏方需索过多,朕决不答应。只要土地人民损失不多,不妨速定成议,呈朕裁定,然后载入盟誓,共同遵守,使我关外臣民暂解兵戎之苦。"

陈新甲说:"是,是。皇上圣明!"

"马绍愉如有密报来京,万不可泄露一字。"

"是,是。此等事自当万分机密。"

"朕已再三嘱咐,每次给卿手谕,看后即付丙丁②。卿万勿稍有疏忽!"

陈新甲说:"臣以驽钝之材,荷蒙知遇之恩,惟望佐皇上成为中兴英主,所以凡是皇上此类密旨,随看随焚,连一字也不使留存于天壤之间。"

"先生出去吧。关外倘有消息,即便奏朕知道!"

陈新甲连声说"是",随即叩头辞出。

几天以后,礼部关于洪承畴的各项褒忠荣典已经题奏皇帝,奉

---

① 折冲虏廷——在敌方朝廷上进行外交谈判。
② 即付丙丁——立即用火烧掉。按五行说法,丙丁是火。

旨火速赶办。这些荣典事项,包括赐谥忠烈,赠太子太保,赐祭九坛,在京城和洪的福建家乡建立祠堂。礼部与工部会商之后,合奏皇帝,京城的祠堂建立在正阳门月城中的东边。明朝最崇奉关羽,敕封协天大帝,全国到处有关帝庙,建在正阳门月城中的西边的关帝庙在京城十分有名。如今奉旨在月城中的东边建一"昭忠祠",分明有以洪氏配关羽的意思。

祭棚搭在朝阳门外、东岳庙附近,大路北半里远的一片空地上,坐北朝南。面对东关大路,贫民房舍拆除许多,很是宽大。临大路用松柏枝和素纸花扎一牌坊,中间悬一黄绸横幅,上书"钦赐奠祭"。牌坊有三道门,中门是御道,备皇帝亲来致祭,所以用黄沙铺地。从牌坊直到一箭之外的祭棚,路两旁竖着许多杆子,挂着两行白绸长幡和中央各衙门送的挽联。路两旁三丈外搭了四座白布棚,每边两座,三座供礼部主祭官员及各衙门陪祭官员临时休息之用,一座供洪氏家人住宿休息。还有奏乐人们的小布棚,设在祭棚前边,左右相对。其余执事人员,另有较小布棚两座,都在祭棚之后。祭棚门上悬一黄缎匾额,四边镶着白缎,上有崇祯御笔亲题四个大字:"忠魂不朽"。祭棚内就是灵堂,布置得十分肃穆庄严。灵堂内正中靠后设一素白六扇屏风,屏风前设有长几,白缎素花围幛,上放洪承畴的灵牌,恭楷写着"故大明兵部尚书、蓟辽总督、太子太保、赐谥忠烈、洪公之灵位"。前边,左右放着一对高大的锡烛台,中间是一个白铜香炉。紧挨灵几,是一张挂有白围幛的供桌。灵堂四壁,挂着挽幛、挽联。灵堂门外和松柏枝牌坊的门两旁都有对联,全是写在白绸子和细白葛布上。所有对联和挽联,都称颂洪氏忠君爱国,壮烈捐躯。京城毕竟是文人荟萃的地方,遇到皇帝为殉国大臣赐祭的难得机会,各大小衙门,各洪氏生前故旧,以及并无一面之缘的朝中同僚,有名缙绅,都送挽联,自己不会做挽联的就请别人代做,各逞才思,各显书法,真是琳琅满目,美不胜收。且

看那牌坊中门的一副楹联,虽然不算工稳,却写出了当时的朝野心情:

　　十载汗马,半载孤城,慷慨忠王事,

　　老臣命绝丹心在;

　　千里归魂,万里悲风,挥涕悼元老,

　　圣主恩深恤典隆。

如今且放下朝阳门外的"赐祭"地方不去详述,让我的笔尖转到热闹非常的正阳门。在正阳门月城内,正在日夜动工,为洪承畴修建祠堂。这项工程,由礼部衙门参酌往例,议定规制,呈请皇帝钦定,批交工部衙门遵办,然后由工部衙门的营缮清吏司①掌管施工,限期建成。该司原有工役多调作别用,乐得将工程交给最有面子和愿意出较多回扣的包工商人承建,趁机伙同分肥。尽管层层剥削,木匠和泥瓦匠仅仅至于不饿着肚皮,大批徒工是白干活儿,但是大家干活的劲头从来没有这样高过。洪氏的"壮烈殉国"的传说深深地打动了大家的心,连平日喜欢偷懒的人也不好意思偷懒了。由于这祠堂是皇帝"敕建"的,又是建在正阳门的月城之内,所以每天前来观看的人很多。有些人看过后心情激动,回去后吟诗填词,一则颂扬洪氏忠义,一则借以寄慨。据说有许多佳作,都是有名气的文人写的,后来都自己烧掉稿子,不曾有一篇收入文集,甚至对曾经做过这样的诗词也讳莫如深。

五月初四按历书是黄道吉日,也是择定的昭忠祠正厅上梁的日子。上午巳时整,正阳门月城中放了一阵鞭炮,随即奏起鼓乐,工部衙门营缮司派一位七品文官行礼上香,另一位八品官员跪读了上梁文,然后焚化。尽管有五城兵马司派兵丁弹压,驱赶拥挤的人群,但看的人还是将路边围得水泄不通。许多上了年纪的人,想

---

① 营缮清吏司——简称营缮司,掌管修建宫殿、陵寝、城郭、牌坊、祠庙等事项。

着从前几个经营辽东的大臣,如王化贞、熊廷弼、袁崇焕三个人,都落个被朝廷诛戮的下场,如今洪承畴却是困守孤城,城破被擒,骂敌不屈,绝食而死,忍不住小声议论,赞叹不止。

当昭忠祠上梁时候,崇祯皇帝正在平台召见群臣。他坐在御座上,脸色忧愁,眉头紧皱,白眼球因过分熬夜而网着血丝。臣工们看见他的双脚在御案下不住踩动,知道他常常因心情焦急上朝时都是这样,所以大家捏了一把汗,屏息无语,等候问话。他将御案上的一叠军情文书拿起来又放下,轻声叫道:"陈新甲!"

兵部尚书陈新甲立刻答一声,走到御案前跪下去叩了个头。但崇祯没有马上问话,又叫了礼部尚书和工部尚书到面前跪下。有几件要紧事情他都要向大臣们询问,但是他的心中很乱,一时不知道先问哪一桩好。停了片刻,他又将户部尚书也叫到面前跪下。他将御案上的文书看了一眼,然后向陈新甲问道:

"自从汪乔年在襄城兵败以后,两个月来闯贼连破豫中、豫东许多州、县,连归德府也破了,风闻就要去围攻开封。卿部有何援剿之策?"

陈新甲叩头说:"臣已檄催丁启睿、杨文岳两总督统率左良玉等总兵,大约有二十万之众,合力援剿,不使流贼窥汴得逞。"

崇祯对丁启睿、杨文岳的才干并不相信,也不相信左良玉会实心作战,叹口气,又问道:

"倘若援剿不利,还有兵可以调么?"

陈新甲回答说:"陛下明白,目前兵、饷两缺,实在无兵可调。倘若万不得已,只好调山西总兵刘超、宁武总兵周遇吉驰援河南。另外,陛下将孙传庭从狱中放出,命他总督陕西、三边军务。他已经于一个月前到了西安,正在征饷集粮,加紧练兵。倘若能在短期内练成数万精兵,也可救援开封。"

崇祯转向新任户部尚书傅淑训问道:"筹饷事急,卿部有何善策?"

傅淑训战战兢兢地回答说:"目前处处灾荒,处处战乱,处处残破,处处请赈、请饷,处处……"

崇祯几年来听熟了这样的话,不愿听下去,向工部尚书刘遵宪问:"为洪承畴设祭的地方可完全布置就绪?"

刘遵宪回答:"前几天就已经完全就绪。因为陛下将亲临赐祭,又将附近几家贫民破旧房屋拆除,加宽御道,铺了黄沙。"

崇祯又问:"命卿部在正阳门月城中为洪承畴修建祠堂,工程进行如何?"

"工程进展甚速,今日已上梁矣。"

崇祯转向礼部尚书:"明日开祭,烦卿代朕前去。数日之后,朕必亲临致祭。子曰'祭如在'。《礼记》云'祭祀主敬'。望卿与陪祭诸臣务须斋戒沐浴,恪尽至诚,献飨致祭,感格忠魂。昨日朕看到承畴的儿子所刻承畴行状①,对承畴殉国经过叙述较详。朕看了两遍,深为感动。"崇祯热泪盈眶,喉头壅塞,停了片刻,接着说:"朕为一国之主,没有救得承畴,致有今日!……"

皇帝突然热泪奔流,泣不成声。大臣们都低下头去,有的也陪着皇帝落泪。过了一阵,崇祯揩干眼泪,向大家问道:

"你们还有什么话需要面奏?"

礼部尚书林欲楫赶快奏道:"臣部代陛下所拟祭文,已进呈两日,不知是否上合圣心?如不符圣心,如何改定,伏乞明谕。"

崇祯说:"朕心中悲伤,几乎将此事忘了!卿部所拟祭文,用四言韵语,务求典雅,辞采亦美,然不能将朕心中欲说的话说得痛快,实为美中不足。朕今日将亲自拟一祭文,交卿明日使用。"

林欲楫叩头说:"臣驽钝昏庸,所拟祭文未能仰副圣衷,殊觉有罪。陛下日理万机,旰食宵衣,焦劳天下,岂可使陛下为此祭文烦

---

① 行状——叙述死者爵里和一生行事的文字。

心？臣部不乏能文之士,请容臣部另拟一稿,进呈御览。"

崇祯说:"不用啦。承畴感激朕知遇之恩,临难不苟,壮烈殉国,志节令名①光照史册。朕为他亲拟祭文,以示殊恩,也是应该的。"

陈新甲说:"陛下为忠臣亲拟祭文,实旷代所未有之殊恩,必能使天下忠君爱国的志士咸受鼓舞。"

崇祯没再说话,起驾回乾清宫去了。

二更过后,崇祯坐在乾清宫的御案前改定祭文。当时,翰林中有不少能文之士,宫内秉笔太监也有一两个可以代为拟稿的,但是他平日不大相信别人,习惯于"事必躬亲",尽管他要处理许多重要文书,还是亲自动笔写祭文稿子。晚饭前他已经将稿子写成,晚饭后因东厂提督太监曹化淳进宫来向他禀奏一些事情,包括一些朝臣的家庭阴私琐事。通过曹化淳当面密奏,他知道洪家所刻的洪承畴行状在京城散发极广,有些人与洪家毫无瓜葛,没有资格收到行状,也要想法借到一份,誊抄珍藏。曹化淳还说,京师臣民因听说皇上将亲写祭文并将亲临东郊致祭,人人为之感动,口称圣明,都说有这样圣君,故有洪承畴那样忠臣。崇祯平时自认为是英明之主,对曹化淳并不完全相信,惟独今晚对他的密奏句句信以为真。曹化淳走后,他本来已很疲倦,但不肯休息,将祭文稿摊在御案上进行最后修改。他首先默诵一遍,精神集中,心情激动,疲倦全消。

这篇祭文不长,在下午写成后就经过两遍修改,所以现在只改了几个字,便成定稿。对着这篇改定的祭文稿子,他噙着两眶热泪,用悲痛的低声读了一遍:

---

① 令名——美名。

维大明崇祯十五年五月,皇帝遣官致祭于故兵部尚书、都察院右都御史、蓟辽总督洪承畴之灵前而告以文曰:

呜呼!劫际红羊①,祸深黄龙②。安内攘外,端赖重臣。昊天不吊③,折我股肱。朕以薄德,罹此蹇剥④,临轩洒涕,痛何如之!

曩者青犊⑤肆虐于中原,铜马⑥披猖于西陲,乃命卿总督师旅,扫荡秦、蜀。万里驰驱,天下知上将之辛劳;三载奋剿,朝廷纾封疆之殷忧。方期贼氛廓清,丽日普照于泾、渭;讵料虏骑入犯,烽火遍燃于幽、燕。畿辅踩蹦,京师戒严。朕不得已诏卿勤王,星夜北来。平台召见,咨以方略。蓟辽督师,倚为干城。海内板荡⑦,君臣共休戚之感;关外糜烂,朝野乏战守之策。卿受命援锦,躬亲戎行;未建懋功,遽成国殇。呜呼痛哉!

自卿被围,倏逾半载。孤城远悬,忠眸难望一兵之援;空腹坚守,赤心惟争千秋之节。慷慨誓师,将士闻之而气壮;擂鼓督战,夷狄对之而胆寒。大臣如此勇决,自古罕有。睢阳义烈⑧,堪与比拟。无奈壮士掘鼠,莫救三军饥馁,叛将献城,终至一朝崩解。然卿犹督兵巷战,狂呼杀敌;弱马中箭,继以步斗;手刃数虏,血满袍袖;两度负伤,仆而再起;正欲自刎,群虏涌至,遂致被执。当此时也,战鼓齐喑,星月无光,长空云暗,旷野风悲,微雨忽零,淅沥不止,盖忠贞格于上苍,天地为之愁惨而陨泣!

闻卿被执之后,矢志不屈,蓬头垢面,骂不绝口。槛车北去,日近虏庭,时时回首南望,放声痛哭。迨入沈阳,便即绝食。虏酋

---

① 红羊——即迷信所谓红羊劫,谓国家遭受厄运。
② 黄龙——即黄龙府,在今吉林省农安县,金初国都。今吉林全境及辽宁省北部均其辖地。
③ 昊天不吊——上天不肯怜悯。
④ 罹此蹇剥——遭到倒霉运气。《易经》中蹇卦和剥卦都不吉利。罹音 lí。
⑤⑥ 青犊、铜马——王莽时两支农民起义军名称。此处泛作农民起义军的代称。
⑦ 板荡——《板》和《荡》都是《诗·大雅》的篇名,本是写周厉王无道的诗,后世引申沿用,成为世乱的代词。
⑧ 睢阳义烈——唐张巡与许远共守睢阳,对抗安禄山,殉国甚烈。

百般招诱,无动卿心。佳肴罗列于几上,卿惟目闭而周视;艳姬侍立于榻前,卿惟背向而怒斥。古人云:慷慨赴死易,从容就义难。慷慨与从容,卿兼而有之矣。又闻卿绝食数日,气息奄奄,病不能兴,鼓卿余力,奋身坐起,南向而跪,连呼"陛下!陛下!"气噎泪流,欲语无声,倒地而死,目犹不瞑。君子成仁,有如是耶?呜呼痛哉!

年余以来,迭陷名城,连丧元臣,上天降罚,罪在朕躬。建祠建坊,国有褒忠之典;议谥议恤,朕怀表功之心。卿之志节功业,已饬宣付史馆。呜呼!卿虽死矣,死而不朽。死事重于泰山,豪气化为长虹;享俎豆①于百世,传令名于万年。魂其归来,尚飨!

崇祯将祭文改好之后,又忍不住反复小声诵读,声调凄苦,热泪双流。关于洪承畴如何进行巷战,负伤被俘,以及如何绝食而死,他都是采自洪家所刻的行状,不过在他的笔下写得特别富于感情。祭文中有些话因为有"潜台词",在执笔者自己诵读时,比旁人更为感动。对于那些打动自己感情的段落,他往往在诵读时满怀酸痛,泣不成声。

玄武门鼓打三更了。一个宫女用托盘端来一碗银耳汤和一碟虎眼窝丝糖放在他的面前,躬身轻声说道:

"皇爷,已经三更啦。请用过点心就休息吧,明日一早还要上朝呢。"

崇祯叫一个太监将祭文送到司礼监值房中连夜誊缮,天明时送交礼部。喝了银耳汤,便去养德斋就寝。但是刚刚睡熟不久,就做了一个凶梦,连声呼叫:

"嗣昌!承畴!……"

他一乍惊醒,尚不知是真是幻,倾听窗外,从乾清宫正殿檐角传过来铁马丁冬。一个值夜太监匆忙进来,躬身劝道:

---

① 俎豆——俎(zǔ)和豆都是古代祭祀用的器皿,引申为祭祀之意。

"皇爷,您又梦见洪承畴和杨嗣昌啦。这两位大臣已经为国尽忠,不可复生。望皇爷不要悼念过甚,致伤圣体。"

崇祯叹息一声,挥手命太监退出。

在洪承畴开始吃东西的第二天,范文程到三官庙中看他。范文程同他谈了许多关于古今成败的道理,说明明朝种种弊政,必然日趋衰亡,劝他投降。但是他很少回答;偶尔说话,仍然说他身为明朝大臣,决不投降,惟求速死。为着保持大臣体统,他对范文程来时不迎,去时不送。范文程对他的傲慢无礼虽不计较,但心中很不舒服。同他见面之后,范文程去清宁宫叩见皇太极,面奏劝说洪承畴投降的结果。

皇太极问道:"洪承畴仍求速死,朕自然不会杀他。你看,他会在看守不严的时候用别的法儿自尽么?"

范文程说:"请陛下放心。以臣看来,洪承畴不会死了。以后不必看守很严,让他自由自在好了。"

皇太极面露笑容,问道:"你怎么知道他不会再自尽了?"

"洪承畴被俘之后,蓬头垢面,确有求死之心。昨晚稍进饮食,即重有求生之意。今日臣与他谈话时虽然他对臣傲慢无礼,仍说受南朝皇帝深恩,惟愿速死,但适有梁上灰尘落在他的袍袖上,他立刻将灰尘掸去。洪承畴连袍袖上的清洁尚如此爱惜,岂有不自惜性命之理?"

皇太极哈哈大笑,说:"好,这话说得很是!"想一想,又说:"他一定会降,但不要逼他太紧,不要催他剃头。缓些日子不妨。"

几天以后,洪承畴已有愿意投降表示。清朝政府就给他安置到有两进院落的宅子里,除曾在三官庙中陪伴他的颇为温柔体贴、使他感到称心的姣仆白如玉仍在身边外,又给他派来两个仆人、一个马夫、一个管洗衣做针线的女仆、一个很会烹调的厨师,还有一个管做粗活的仆人。一切开销,都不用他操心。日常也有官员们前来看他,但他因身份未定,避免回拜。他有时想起老母和家中许多亲人,想起故国,想起祖宗坟墓,尤其想到崇祯皇帝,心中感到惭愧、辛酸,隐隐刺痛。但是近来在平常时候,有满洲官员们前来看他,他倒是谈笑自若,没有忧戚外露。有时忠义之心,忧戚之感,重新扰乱他的心中平静,但是他强颜为欢,不想在满洲臣僚面前流露这种心情。他对于饮食逐渐讲究,对于整洁的习惯也几乎完全恢复。

几天前他风闻张存仁曾经给清国老憨上了一道奏本,建议将祖大寿斩首,将他留用。随后有人将张存仁原疏的抄件拿给他看,关于留用他的话是这么说的:

> 洪承畴虽非挺身投顺,皇上留之以生,是生其能识时势也。……洪承畴既幸得生,必思效力于我国,似不宜久加拘禁。应速令剃发,酌加任用,使明国之主闻之寒心,在廷文臣闻之夺气。盖皇上特为文臣归顺者开一生路也。且洪承畴身系书生,养于我国,譬如孤羊在槛阱之中,蝇飞无百步之力耳。纵之何所能?禁之何所用?此恩养之不宜薄者也。

张存仁的这几句话,充分说明了清方必欲使他投降的深心,就是要他为明朝文臣树立一个投降清朝后受到优养和重用的榜样。他对自己自幼读圣贤之书,受忠义之教,落到这个下场,感到羞耻,不禁发出恨声,不断长叹。然而奇怪的是,这时如果他有心自尽,很容易为国"成仁",然而他根本不再有自尽的想法了。

今天午饭后不久,正当崇祯在乾清宫为洪承畴写祭文的时候,范文程差一位秘书院的官员前来见洪,告他说明天上午皇上要在大政殿召见他同祖大寿等,请他今天剃头,并说一应需用衣帽,随后送到。虽然这是洪承畴意料中必有的事,却仍然不免在心中猛然震动。这位官员向他深深作揖致贺,说他必受到皇上重用。他赶快还礼,脸上的表情似笑似哭,喃喃地不能回答出一句囫囵的话。刚送走这位官员,就有人送来了衣、帽、靴、鞋,并来了一个衣服整洁、梳着大辫子的年轻剃头匠。那剃头匠向洪承畴磕了个头,说:

"大学士范大人命小人来给大人剃头。"

洪承畴沉默片刻,将手一挥,说道:"知道了。你出去等等!"

剃头匠退出之后,洪承畴坐在椅子中穆然不动,过了好长一阵,仍然双眼直直地望着墙壁。虽然他已经决定投降,但剃头这件事竟给他蓦然带来很深的精神痛苦。这样的矛盾心情和痛苦,也许像祖大寿一类武将们比较少有。他在童年时候就读了《孝经》,将"身体发肤,受之父母,不敢毁伤"的话背得烂熟。如果是为国殉节,这一句古圣贤的话就可以不讲,而只讲"尽忠即是尽孝"。但如今他是做叛国降臣,剃头就是背叛了古圣先王之制,背叛了华夏之习,背叛了祖宗和父母。一旦剃头,生前何面目再见流落满洲的旧属?死后何面目再见祖宗?然而他心中明白:既然已经投降,不随满洲习俗是不可能的,在这件事情上稍有抗拒,便会被认为怀有二心,可能惹杀身之祸。他正在衡量利害,白如玉来到他的身边,凑近他的耳朵低声说:

"老爷,快剃头吧。听说范大人马上就要来到,与老爷商量明日进见憨王的事。"

洪承畴嗯了一声,点一下头。白如玉掀开一半帘子,探出头去,将手一招。随即满洲剃头匠把盆架子搬了进来,放在比较亮的地方。这架子,下边是木架子,有四条腿,都漆得红明红明的;上边放着铁炉,形似罐子,下有炉门,燃着木炭,上边接一个约有半尺高的黄铜围圈。他端来盛有热水的、擦得光亮的白铜脸盆,放在黄铜围圈上。脸盆背后的朱红高架旁挂着荡刀布,中间悬着一面青铜镜。剃头匠本来还有一只特制的凳子,同盆架子合成一担,可以用扁担挑着走。因为洪承畴的屋中有更为舒服的椅子,所以不曾将那只凳子搬进屋来。剃头匠将一把椅子放在盆架前边,请洪承畴坐上去,俯下腰身,替他用热水慢慢地洗湿要剃去的头发和两腮胡须。洪承畴对剃头的事完全陌生,只好听从剃头匠的摆布。洗过以后,剃头匠将盆架向后移远一点,取出刀子,在荡刀布上荡了几下,开始为洪剃头。刀子真快,只听刷刷两下,额上的头发已经去了一片,露出青色的头皮。洪承畴在镜中望见,赶快闭了眼睛。剃头匠为他剃光了脑壳下边的周围头发,剃了双鬓和两腮,又刮了脸,也将上唇和下颔的胡须修剪得整整齐齐,然后将洪承畴留下的头发梳成一条辫子,松松地盘在头上。洪对着铜镜子看看,觉得好像比原来年轻了十年,但不禁心中一酸,赶快将眼光避开镜子,暗自叹道:

"从此'生为别世之人,死为异域之鬼!①'。"

洪承畴正要起身,剃头匠轻声说:"请老爷再坐一阵。"随即这个年轻人用两个大拇指在他的两眉之间轻巧地对着向外按摩几下,又用松松的空拳轻捶两下,转到他的背后,轻捶他的背脊和双肩。捶了一阵,又蹲下去捶他的双腿,站起来捶他的两只胳膊。剃头匠的两只手十分轻巧、熟练,时而用实心拳,时而用空心拳,时而一空一实,时而变为窝掌,时而使用拳心,时而变为竖拳。由于手式变化,快慢变化,使捶的声音节奏变化悦耳,被捶者身体和四肢感到轻松、舒服。洪承畴以为已经捶毕,不料剃头匠将他右手每个指头拉直,猛一拽,又一屈,使每个指头发出响声,然后将小胳膊屈起来,拉直,猛一拽,也发出响声。再将小胳膊屈起来,冷不防在肘弯处捏一下,使胳膊猛一酸麻,随即恢复正常,而酸麻中有一种特殊快感。他将洪的左手和左胳膊,同样地摆弄一遍。剃头匠看见洪承畴面露微笑,眼睛半睁,似有睡意,知道他感到舒服,便索性将

---

① 生为……之鬼——出自西汉投降匈奴将领李陵的《答苏武书》。此书可能是伪托。

他放倒椅靠背上,抱起他的腰举一举,使他的腰窝和下脊骨也感到柔和,接着又扶着坐直身子,在他肩上轻捶几下,冷不防用右手大拇指和食指在他的下颏下边按照穴位轻轻一捏。洪承畴蓦然昏晕,浑身一晃,刹那苏醒,顿觉头脑清爽,眼光明亮。剃头匠又替他仔细地掏了耳朵,然后向他屈了右膝打千[①],赔笑说:

"老爷请起。过几天小人再来给老爷剃头刮脸。"

洪承畴刚起身,白如玉就将一个红纸封子赏给剃头匠。剃头匠接到手里,猜到是一两银子,赶快向洪承畴跪下叩头,说:

"谢老爷的赏! 要不是老爷今日第一次剃头,小人也不敢接赏。这是讨个吉利,也为老爷恭喜。老爷福大命大,逢凶化吉;从此吉星高照,前程似锦;沐浴皇恩,富贵无边。"

白如玉等剃头匠走后,用一绸帕将剃下来的长发和以后不会再用的网巾包起来,放进洪承畴床头的小箱中,然后侍候主人更换了衣服。洪承畴平日认为自己生长在"衣冠文物之邦",很蔑视满洲衣帽,称之为夷狄之服。他常骂满洲人的帽子后边拖着豚尾,袍袖作马蹄形,都是自居于走兽之伦。现在他自己穿戴起来,对着镜子看看,露出一丝苦笑,正要暂时仍旧换上旧服,外边仆人来禀:内院大学士范大人驾到。洪承畴赶快奔出二门外相迎,心里说:

"幸好换上了满洲衣帽!"

洪承畴本来要迎出大门,但看见范已经进到大门内,就抢到范的面前深深作了一揖,说道:"辱承枉顾,实不敢当!"范文程赶快还揖,赔笑说:"九老是前辈,今后领教之处甚多,何必过谦。"并肩走到二门阶下,洪又作了一揖,说声"请!"范还了一揖,登阶入门。到了上房阶下,洪又同样礼让;上了台阶以后,到门口又作揖,让范先

---

① 打千——满洲风俗,男子向人请安行礼的一种姿势,名叫打千,即左膝前屈,右腿后弯,上体稍向前俯,右手伸直下垂。

走一步,到了上房正间,洪又作揖,请范在东边客位坐下,自己在西边主位坐下。仆人献茶以后,洪承畴稍微欠欠身子,赔笑说:

"学生以待罪之身,未便登门拜谒,务请大人海涵。"

范文程说:"不敢,不敢。老先生来到盛京,朝野十分重视。皇上恩情隆渥,以礼相待,且推心置腹,急于重用。明日召见之后,老先生即是皇清大臣,得展经纶①矣。"

随即他将明日朝见的礼节向洪承畴嘱咐一番。正说话间,一个仆人匆匆进来,向洪承畴禀道:

"请老爷赶快接旨!"

洪承畴不知何事,心中怦怦乱跳,赶快奔出迎接。范文程趁此时避立一边。那来的是一位御前侍卫,手捧黄缎包袱,昂然走进上房,正中面南而立。等洪承畴跟进来跪在地上,他用生硬的汉语说:

"皇上口谕:洪承畴孤身在此,衣物尚多未备,朕心常在念中。目前虽然已交五月,但关外还会有寒气袭来。今赐洪承畴貂皮马褂一件,以备不时御寒之需。"

跪在地上的洪承畴呼叫:"谢恩!"连叩了三个头,然后双手捧接包袱,恭敬地起身,将包袱放在八仙桌后的条几正中间,又躬身一拜。

御前侍卫没有停留,随即回宫。洪承畴送走了御前侍卫,回进上房,对范文程说:

"皇上真乃不世②之主也!"

这天晚上,洪承畴的心情极不平静,坐在灯下很久,思考明天上午跪在大清门外如何说自己有罪的话,然后被引到大政殿前跪下,大清皇帝可能问些什么话,他自己应该如何回答。虽然他做官

---

① 经纶——治国的学问、本领。
② 不世——非常的、少有的。

多年,身居高位,熟于从容应对,但是明天是以降臣身份面对新主,不能说半句不得体的话,更不能有说错的话。当他在反复考虑和默记一些重要语言时候,虽然不知崇祯皇帝正在反复诵读修改好的祭文而哽咽、饮泣,终至俯案痛哭,但是他明白大明皇帝和朝野都必以为他已慷慨尽节,所以他的心中自愧自恨。白如玉每到晚上就薄施脂粉,在他们这种人叫做"上妆",别人也不以为奇。这时他轻轻地来到洪承畴的身边,小声说:

"老爷,时候不早了,您快上床休息吧,明日还要上朝哩。"

洪承畴长叹一声,在白如玉的服侍下脱衣上床。但是他倚在枕上,想起来一件心事,便打开床头小箱,取出那张在"槛车"上写的绝命诗稿,就灯上烧了,又将包着网巾和头发的小包取出,交给如玉,说道:

"你拿出去,现在就悄悄烧掉。"

如玉说:"老爷,不留个念物么?"

洪承畴摇摇头,语气沉重地说:"什么念物!从此以后,同故国、同君亲、同祖宗一刀两断!过去种种譬如昨日死!"

当白如玉回到床边坐下时,洪承畴已经将灯吹熄,但仍旧倚在枕上胡思乱想。如玉知道他的心中难过,小声劝慰说:

"老爷,大清皇上很是看重您,今日赏赐一件貂皮马褂也是难得的恩荣。老爷应该高兴才是。"

洪承畴紧抓住白如玉的一只柔软的手,小声说:"玉儿,你不懂事。旧的君恩未忘,新的君恩又来,我如何能不心乱如麻?"

"是的。老爷是读书人,又做过南朝大臣,有这种心情不奇怪。"沉默一阵,如玉又说:"过几天,老爷可奏准皇上,暗中差人回到南朝,让家中人知道您平安无恙。"

"胡说!如今全家都以为我已尽节,最好不过。倘若南朝知我未死,反而不妙。从前张春被俘之后,誓死不降,被南朝称为忠臣,遥迁①右副都御史,厚恤其家。后来张春写信劝朝廷议和,本是好意,却惹得满朝哗然,就有人劾他降敌,事君不忠。朝廷将张春二子下狱,死在狱中。我岂可稍不小心,连累家人?"

白如玉又说:"听说老夫人住在福建家乡,年寿已高,倘若认为老爷已尽节死去,岂不伤心而死?"

"不,你不知道老夫人的秉性脾气。老夫人知书明理,秉性刚强。我三岁开始认字,就是老夫人教的。四岁开始认忠孝二字,老夫人反复讲解。倘若她老人家知道我兵败不死,身事二主,定会气死。唉,唉!……"

洪承畴想着老母,不禁抽泣。过了一阵,他轻轻推一推白如玉,意思是要他到小炕上去睡。白如玉用绸汗巾替他揩去脸上的纵横泪痕,站起来说:

"事已至此,请老爷不必过分为老夫人难过。好生休息一夜,明日要起早梳洗穿戴。第一次见大清皇上,十分要紧!"

---

① 遥迁——升官叫做迁。因张春被满洲所俘,所以给他升官叫做遥迁。

第 八 章

次日五月端阳,辰牌时候,正当北京城朝阳门外,明朝的礼部尚书林欲楫代表崇祯皇帝,偕同兵部尚书陈新甲和文武百官,在庄严悲凄的哀乐声中向洪承畴的灵牌致祭时候,在北京东北方一千四百七十里的沈阳城中,举行隆重的受降仪式,一时间八门击鼓,大清门外响起来一阵鼓声和号角之声。然后从大清门内传出来一派皇帝上朝的乐声。随着乐声,满、汉群臣,在盛京的蒙古王公,作为人质的朝鲜世子和大君兄弟二人以及世子的几位陪臣,都到了大政殿前,向坐在大政殿内的清朝皇帝皇太极行礼,然后回到平日规定的地方,只有满、蒙王公和朝鲜世子、大君可以就座,其余都肃立两行。大清门外,跪着以明朝蓟辽总督洪承畴为首的松、锦降臣,有总兵祖大寿、董协、祖大乐、已经革职的总兵祖大弼,副将夏承德、高勋、祖泽远等,低着头等候召见。当时清朝的鸿胪寺衙门尚未成立,有一礼部汉人官员向大清门的降臣们高声传宣:

"洪承畴等诸文武降臣朝见!"

洪承畴叩头,高声奏道:"臣系明国主帅,将兵十三万来到松山,欲援锦州。曾经数战,冒犯军威。圣驾一至,众兵败没。臣坐困于松山城内,粮草断绝,人皆相食。城破被擒,自分当死。蒙皇上矜怜,不杀臣而恩养之。今令朝见。臣自知罪重,不敢遽入,所以先陈罪状。许入与否,候旨定夺。"

礼部官将洪承畴请罪的话用满语转奏清帝之后,皇太极用满语说了几句话。随即那位礼部官高声传谕:

"皇上钦谕:洪承畴所奏陈的话很是。然彼时尔与我军交战,各为其主,朕岂介意?朕所以宥尔者,是因为朕一战打败明国十三万人马,又得了松、锦诸城,全是天意。天道好生,能够恩养人便合天道,所以朕按照上天好生之心意行事,留下你的性命。尔但念朕的养育之恩,尽心图报,从前冒犯之罪,全都宽释不问。从前在阵前捉到张春,也曾好生养他。可惜他既不能为明国死节,也不能效力事朕,一无所成,白白死去。尔千万莫像他那样才是!"

洪承畴伏地叩头说:"谨遵圣谕!"

祖大寿接着高声奏道:"罪臣祖大寿谨奏!臣的罪与洪承畴不同。臣有数罪当死:往年被陛下围困于大凌河①,军粮吃尽,吃人,快要饿死,无计可施,不得已向皇上乞降。蒙皇上不杀,将臣恩养,命臣招妻子、兄弟、宗族来降,遣往锦州。臣到锦州之后,不惟背弃洪恩,而且屡次与大军对敌。今又在锦州被围,粮食已尽,困迫无奈,方才出城归顺。臣罪深重,理应万死!"

随即礼部官员传出皇帝口谕:"祖大寿所陈,也算明白道理。尔之背我,一则是为尔主,一则是为尔的妻子、宗族。可是得到你以后决不杀你,朕早就怀有此心了。朕时常对内院诸臣说:'祖大寿必不能杀,后来再被围困时仍然会俯首来降。只要他肯降,朕就会始终待以不死。'以前的事儿你已经追悔莫及,也就算啦。"

明朝副将祖泽远也跪在大清门外奏道:"罪臣祖泽远伏奏皇帝陛下:臣也是蒙皇上从大凌河放回去的,臣的罪与祖大寿同,也该万死!"

皇太极命礼部官员传谕:"祖泽远啊,你是个没有见识的人。你蒙朕放走后之所以不来归降,也只是看着你的主将祖大寿行事

---

① 大凌河——大凌河城,在辽宁省锦州东北数十里处。崇祯四年八月,明军大败,总兵祖大寿等被围于大凌河城中。至冬,城中粮尽,食人、马。满洲招降。祖大寿同意投降,副将何纲反对。大寿杀何纲,与副将张存仁出城投降。大寿说他的妻子在锦州,请放归设计诱降守锦州的将领,清方遂将他放走。

罢了。往日朕去巡视杏山,你不但不肯开门迎降,竟然明知是朕,却特意向我打炮,岂不是背恩极大么?尔打炮能够伤几个人呀?且不论尔的杏山城很小,士卒不多,就说洪承畴吧,带了十三万人马,屡次打炮,所伤的人究竟有多少?哼哼!……朕因尔背恩太甚,所以才说起这事。朕平日见人有过,明言晓谕,断不念其旧恶,事后再加追究。岂但待你一个人如此?就是地位尊于你的祖大寿,尚且留养,况尔是个小人,何用杀尔!你正当少壮之年,自今往后,凡遇战阵,为朕奋发效力就好啦。"

祖泽远和他的叔父祖大乐都感激涕零,同声说道:"皇上的话说得极是!"

文武新降诸臣都叩头谢恩,然后起立,进入大清门,到了崇政殿前,在鼓乐中行了三跪九叩头的朝见大礼。乐止,皇太极召洪承畴、祖大寿、祖大乐、夏承德、祖大弼五人进入殿内。等他们重新叩头毕,清帝命他们坐于左侧,赐茶,然后靠秘书院的一位官员翻译,向洪承畴问道:

"我看你们明主,对于宗室被俘,置若罔闻;至于将帅率兵死战,或阵前被擒,或势穷力竭,降服我朝,必定要杀他们的妻子,否则也要没入为奴。为什么要这样?这是旧规么?还是新兴的办法?"

洪承畴明白清帝所问的是出于传闻之误,只好跪下回答说:"昔日并无此例。今因文臣众多,台谏①纷争,各陈所见以闻于上,遂致如此。"

皇太极接着说:"今日明国的文臣固然多,遇事七嘴八舌议论,可是在昔日,文臣难道少么?究竟原因只在如今君暗臣蔽,所以枉杀多人。像这种死战被擒的人,还有迫不得已才投降了的人,岂可

---

① 台谏——泛指谏官。明代的都察院在东汉和唐、宋称为御史台,或称宪台,故谏官称为台谏。

杀戮他们的老婆孩子？即令他们身在敌国，可以拿银子将他们赎回，也是朝廷应该做的事，何至于将他们的老婆孩子坐罪，杀戮充军？明国朝廷如此行事，无辜被冤枉滥杀的人也太多啦。"

洪承畴显然被皇太极的话打动了心事，流着眼泪叩头说："皇上此谕，真是至圣至仁之言！"

这一天，降将祖大寿等献出了许多珍贵物品，有红色的和白色的珊瑚树，有用琥珀、珊瑚、珍珠等做的各种数珠，还有珠箍、珠花、沉香、玉带、赤金首饰、玉壶，以及用玉、犀牛角、玻璃、玛瑙、金、银制成的大小杯盘和各种精美银器；皮裘一类有紫貂、猞猁狲、豹、天马皮等，另有倭缎、素缎、蟒衣，各种纱、罗、绸、缎衣料，黄金和白金，氆氇和毡毯、红毡帐房、骏马、雕鞍、宝弓和雕翎箭，虎皮和豹皮，精巧的琉璃灯和明角灯，各种名贵瓷器，各种精工细木家具，镀金盔甲，镶嵌着宝石的苗刀，等等。皇太极命洪承畴和祖大寿等坐在大清门外，将降将们献的东西看了一遍。洪承畴因为是仓猝中突围被俘，所以无物可献。但是心中明白，皇太极是要他看一看祖大寿等许多将领的降顺诚心，意不在物。

看过贡献的名贵东西之后，有官员传出上谕："祖大寿等所献各物，具见忠心。朕一概不纳，你们各自带回去吧。"祖大寿等降将赶快跪在地上再三恳求说："皇上一物不受，臣等实切不安。伏望稍赐鉴纳！"皇太极念他们十分诚恳，命内务府酌收一二件，其余一概退还。

大政殿前击鼓奏乐，皇太极起身还宫。礼部官吩咐洪承畴和祖大寿等下去休息，但不能远离。过了半个时辰，宫中传出上谕，赐洪承畴、祖大寿等宴于崇政殿，命多罗贝勒多铎、固山贝子博洛、罗托、尼堪，以及内大臣图尔格等作陪。宴毕，洪承畴等伏地叩头谢恩，退出大清门外。忽然，皇太极又命大学士希福、范文程、刚林、学士罗硕等追了出来，向洪承畴和祖大寿等传谕：

"朕今日召见你们,并未服上朝的衣冠,又不亲自赐宴,并不是有意慢待你们,只是因为关雎宫敏惠恭和元妃死去还不满周年的缘故。"

洪承畴和祖大寿等叩头说:"圣恩优异,臣等实在愧不敢当,虽死亦无憾矣!"

回到公馆,洪承畴的心中一直没法平静。从昨天起,他剃了头,改换了满洲衣帽;从今天起,他叩见了清国皇帝,正式成了清臣。虽然皇太极用温语慰勉,并且赐宴,但是是非之心和羞耻之念还没有在他的身上完全消失,所以他不免暗暗痛苦。这天下午,有几位内院官员前来看他,祝贺他深蒙皇上优礼相待,必被重用无疑。他强颜欢笑,和新同僚们揖让周旋,还说了多次感激皇恩的话。到了晚上,当白如玉服侍他脱衣就寝时候,看见他郁郁寡欢,故意偎在他的胸前,轻声问道:

"老爷,从今后您会建大功,立大业,吉星高照,官运亨通。为何又不高兴了?是我惹老爷不如意么?是我⋯⋯"

洪承畴叹了口气,几乎说出来自己是"靦颜苟活",但是话到口边就赶快咽了下去。在南朝做总督的那些年月,他常常小心谨慎,深怕自己的左右有崇祯皇帝的耳目,将他随便说的话报进东厂或锦衣卫,转奏皇上;如今来到北朝,身居嫌疑之地,他更得时时小心。尽管这个白如玉是他的爱仆,同床而眠,但是他也不能不存戒心,心中的要紧话决不吐露。白如玉等不到主人回答,体会到主人有难言心情,便想拿别的话题消解主人的心中疙瘩,说道:

"老爷,听说朝廷要另外赏赐您一处大的公馆和许多东西,还要赏赐几个美女,要您快快活活地替皇上做事。听说老爷您最喜欢美女⋯⋯"

忽然有守门仆人站在房门外边叫道:"启禀老爷,刚才内院差人前来知会,请老爷明日辰牌以前到大清门外等候,大衙门中有事。"

洪承畴一惊,从枕上抬起头问:"宫中明日可有何事?"

"内院的来人不肯说明,只传下那一句话就走了。"

洪承畴不免突然生出许多猜疑,推开白如玉,披衣坐起。

第二天辰时以前,洪承畴骑马到了大清门外。满、汉官员已经有一部分先到,其余的不过片刻工夫也都到了。鼓声响后,礼部官传呼:满、蒙诸王、贝勒、贝子、公、内院大学士和学士、六部从政等都进入大清门,在大政殿前排班肃立,朝鲜国的世子、大君和陪臣也在大政殿前左边肃立。礼部官最后传呼洪承畴和祖大寿一族的几位投降总兵官也进入大清门内,地位较低的群臣仍在大清门外肃立等候。洪承畴刚刚站定,凤凰楼门外又一次击鼓,清国皇帝皇太极带着他的只有五岁的儿子福临,由一群满族亲贵组成的御前侍卫扈从,走出凤凰门,来到大政殿。他没有走进殿内,侍卫们将一把鹿角圈椅从殿中搬出来放在廊檐下。他坐在圈椅中,叫福临站在他的右边。大政殿前文武群臣,包括朝鲜国的世子和大君等,一齐随着礼部官的鸣赞向他行了一跪三叩头礼。他用略带困倦的眼睛向群臣扫了一遍,特别在洪承畴的身上停留一下,眼角流露出似有若无的一丝微笑,然后对大家说了些话,一位官员译为汉语:

"洪承畴和祖大寿等已经归降,松山、锦州、杏山、塔山四城都归我国所有。感谢上天和佛祖保佑我国,又一次获得大捷。上月朕已经亲自去堂子祭天。今日朕要率领你们去实胜寺烧香礼佛。明国朝政败坏,百姓到处作乱,眼看着江山难保。我国国势日强,如日东升,战无不胜,攻无不克。上有上天和佛祖保佑,下有你们文武群臣实心做事,朕不难重建大金太宗的伟业。今去烧香礼佛,你们务须十分虔诚。午饭以后,你们仍来大政殿前,陪洪承畴观看百戏。朕也将亲临观看,与你们同乐。"

洪承畴伏地叩头,流着泪,且拜且呼:"感谢皇恩!万岁!万岁!万万岁!"

皇太极望着洪承畴诚心感激,心中欣慰,又一次从眼角露出微笑。随即他率领满、蒙贵族和各族文武大臣,骑马往盛京西城外的实胜寺烧香礼佛。他和满、蒙大臣都按照本民族习俗脱掉帽子,伏地叩头,而汉族大臣和朝鲜国世子、大君及其陪臣则按照儒家古制,行礼时冠带整齐。在这个问题上,皇太极倒是胸襟开阔,并不要求都遵守满洲风俗。礼佛完毕,回到城中,时届正午,皇太极自回皇宫。满、蒙、汉各族文武大臣和朝鲜世子等将他送至大清门外,一齐散去,各回自己的衙门或馆舍。

午后不久,朝中各族文武大臣、满、蒙贵族、朝鲜国世子、大君和陪臣,都到了大清门内,按照指定的地方坐下,留着中间场子。洪承畴虽然此时尚无官职,却被指定同内三院大学士坐在一起。大家坐定不久,听见凤凰门传来咚咚鼓声,又赶快起立,躬身低头,肃静无声。忽然,洪承畴听见一声传呼:"驾到!"他差不多是本能地随着别人跪下叩头,又随着别人起身,仍然不敢抬头。在刹那间,他想起来被他背叛的故君,不免心中一痛,也为他对满洲人跪拜感到羞耻。但是他的思想刚刚打个回旋,又听见一声传呼:"诸臣坐下!"因为不是传呼"赐坐",所以群臣不必谢恩。洪承畴随着大家坐下,趁机会向大政殿前偷瞟一眼,看见老憨已经坐在正中间,左右坐着两个女人。当时清朝的朝仪远不像迁都北京以后学习明朝旧规,变得那么繁杂和森严,所以大臣们坐下去可以随便看皇帝,也可张望后、妃。但洪承畴一则尚不习惯清朝的仪制,二则初做降臣尚未泯灭自己的惭愧心理,所以低着头不敢再向大政殿的台阶上观看,对皇帝和后、妃的脸孔全未看清。

大政殿院中,锣鼓开场,接着是一阵热闹的器乐合奏,汉族的传统乐器中杂着蒙古和满洲的民族乐器。乐止,开始扮演"百戏",

似乎为着象征皇帝的"圣躬康乐",第一个节目是舞龙。这个节目本来应该是晚上玩的,名叫"耍龙灯"。如今改为白天玩耍,龙腹中的灯火就不用了。洪承畴自幼就熟悉这一玩耍,在军中逢到年节无事,也观看士兵们来辕门玩耍狮子和龙灯。现在他是第一次在异国看这个节目,仍然感到兴趣,心中愁闷顿消。锣鼓震耳,一条长龙鳞爪皆备,飞腾跳跃,或伸或屈,盘旋于庭院中间,十分活泼雄健。但是他偶然觉察出来,故国的龙啊,不管是画成的、雕刻的、泥塑的、纸扎的、织的、绣的、玩的布龙灯,那龙头的形状和神气全是敦厚中带有庄严,不像今天所看见的龙头形象狞猛。他的心中不由得冒出一句评语:"夷狄之风!"然而这思想使他自己吃了一惊。自从他决意投降,他就在心中不断告诫自己:要竭力泯灭自己的故国之情,不然就会在无意中招惹大祸。他重新用两眼注视舞龙,特别是端详那不住低昂转动的龙头,强装出十分满意的笑容,同时在心中严重地告诫自己说:

"这不是'胡风',而是'国俗'!要记清,要处处称颂'国俗'!满洲话是'国语',满洲的文字是'国书'。牢记!牢记!"

接着一个节目是舞狮子。他从狮子头的形状也看出了狞猛的"国俗"。他不敢在心中挑剔,随着左右同僚们高高兴兴地欣赏"狮子滚绣球"。他开始胆大一些,偷眼向大政殿前檐下的御座张望,看见皇帝坐在中间,神情喜悦。他不必偷问别人,偷瞟一眼就心中明白:那坐在皇帝左边的中年妇女必是皇后,坐在右边的标致少妇必是受宠的永福宫庄妃。他继续观看玩狮子,心中又一次感叹清国确是仍保持夷狄之俗,非礼乐文明之邦。按照大明制度,后妃决不会离开深宫,连亲信大臣也不能看见。即令太后因嗣君年幼,偶尔临朝,也必须在御座前三尺外挂起珠帘,名曰"垂帘听政"。她能够在帘内看见群臣,臣下看不见她,哪能像满洲这样!他不敢多想,心中警告自己务要称颂"国俗",万不可再有重汉轻满的思想,致惹杀身之祸。

以下又扮演了不少节目,有各种杂耍、摔跤、舞蹈。洪承畴第一次看见蒙古的男子舞蹈,感到很有刚健猛锐之气,但他并不喜爱;满洲的舞蹈有的类似跳神,有的模拟狩猎,他认为未脱游牧之风,更不喜欢。后来他看见一队朝鲜女子进场,身穿长裙,脚步轻盈,体态优美,使他不觉入神。他还看见一个身材颀长的美貌舞女在做仰身旋体动作时,两次偷向坐在西边的朝鲜国世子送去眼波,眼中似乎含泪。他的心中一惊,想道:"她也有故国之悲!"等这一个节目完毕,这个朝鲜女子的心思不曾被清朝皇帝和众臣觉察,洪承畴才不再为她担心。

朝鲜的舞蹈显然使皇太极大为满意,吩咐重来一遍。趁这机会,洪承畴略微大胆地向大政殿的前檐下望去,不期与永福宫庄妃的目光相遇。庄妃立刻将目光转向重新舞蹈的朝鲜女子,似乎并没有看见他,神态十分高贵。洪承畴又偷看一眼,却感到相识,心中纳罕。过了片刻,他又趁机会偷看一眼,忽然明白:就是她曾到三官庙用人参汤救活了他!他在乍然间还觉难解,想着清主不可能命他的宠妃去做此事,但是又一想,此处与中朝[①]不同,此事断无可疑。他再向庄妃偷看一眼,看见虽然装束不同,但面貌和神态确实是她,只是那眼神更显得高傲多于妩媚,庄重多于温柔,惟有眼睛的明亮光彩、俊俏和聪颖,依然如故。洪承畴想着自己今生虽然做了降臣,但竟然在未降之时承蒙清主如此眷顾,如此重视,如此暗使他的宠妃两次下临囚室,亲为捧汤,柔声劝饮,这真是千载罕有的恩幸,真应该感恩图报。然而他又一想,清主命庄妃做此事必然极其秘密,将来如果由他泄露,或者他对清朝稍有不忠,他将必死无疑;而且,倘若清主和庄妃日后对此事稍有失悔,他也会有不测之祸。这么一想,他不禁脊背上冒出冷汗,再也不敢抬头偷望庄

---

① 中朝——洪承畴思想中的"中朝"指明国的朝廷,不是一般意义的"朝廷之中"。

妃了。

洪承畴庆幸自己多年身居猜疑多端之朝,加之久掌军旅,养成了处事缜密的习惯,所以一个月来,他始终不打听给他送人参汤的女子究系何人。尽管白如玉服侍他温柔周到,夜静时同他同床共枕,小心体贴,也可以同他说一些比较知心的私话,然而他一则常常提防这个姣仆是范文程等派到他身边的人,可能奉命侦伺他的心思和言行,二则他对妓女和娈童一类的人向来只作为玩物看待,认为他们是生就的杨花水性①,最不可靠,所以闭口不向白如玉问及送人参汤的女子是谁,好像人间从不曾发生过那回事儿。

洪承畴继续观看扮演,胡思乱想,心神不宁。后来白日西沉,"百戏"停止,全体文武众臣只等待跪送老憨回宫,但是鼓声未响,大家肃立不动。忽然,皇太极望着洪承畴含笑说了几句话,侍立一侧的一位内院官员翻译成汉语传谕:

"洪承畴,今日朕为你盛陈百戏,君臣同乐,释汝羁旅之怀。尔看,尔在本朝做官同尔在南朝做官,苦乐如何?"

洪承畴伏地叩头谢恩,哽咽回答:"臣本系死囚,幸蒙再生。在南朝,上下壅塞,君猜臣疑;上以严刑峻法待臣下,臣以敷衍欺瞒对君父。臣工上朝,懔懔畏惧,惟恐祸生不测,是以正人缄口,小人逞奸,使朝政日益败坏,不可收拾。罪臣幸逢明主,侧身圣朝,如枯草逢春,受雨露之滋润,蒙日光之煦照,接和风之吹拂。今蒙皇上天恩隆渥,赐观'百戏',臣非木石,岂能不感激涕零。臣本驽钝,誓以有生之年,为陛下效犬马之劳,纵粉身碎骨,亦所不辞!"

谁也不知道洪承畴的话是真是假,但是看见他确实呜咽不能成声,又连连伏地叩头。皇太极含笑点头,对他说了几句慰勉的话,起身回宫。

---

① 杨花水性——或作水性杨花。杨花随风飘荡,流水随地流动,在封建士大夫眼中比喻妇女中轻薄易变、感情不专的品性。

洪承畴回到公馆,在白如玉的服侍下更了衣帽。晚饭他吃得很少,只觉得心中很乱,无情无绪,仿佛不知道身在何地。临就寝时候,白如玉见他心情稍好,轻声对他说:

"老爷,南朝的议和使臣快到啦。"

洪的心中一动,沉默片刻,问道:"何时可到?"

"听说只在这近几天内。为首的使臣是兵部职方司郎中马绍愉大人,老爷可认识么?"

洪承畴不想说出马绍愉曾同张若麒在他的军中数月,随便回答说:"在北京时他去拜见过我,那时他还没有升任郎中。我同他只有一面之缘,并无别的来往。"

白如玉又问:"他来到盛京以后,老爷可打算见他么?"

"不见。不见。"

洪承畴忽然无意就寝,将袖子一甩,走出房门,在天井中徘徊。白如玉跟了出来,站在台阶下边,想劝他回屋去早点安歇,但是不敢做声。他习惯于察言观色,猜度和体会主人心思,如今他侍立阶下,也在暗暗猜想。他想着主人的如此心思不安,可能是担心这一群议和使臣会将主人的投降禀报南朝,连累洪府一门遭祸?也许洪怕同这一群使臣见面,心中自愧?也许洪担心两国讲和之后,那边将他要回国,然后治罪?也许他亲见清国兵强势盛,想设法从旁促成和议,以报崇祯皇帝对他的知遇之恩?也许是他既然投降清国,希望和议不成,好使清兵去攻占北京?⋯⋯

白如玉猜不透主人的心事,不觉轻轻地叹了口气。庭院中完全昏暗。他抬头向西南一望,一线月牙儿已经落去。

北京朝廷每日向洪承畴的灵牌致祭,十分隆重。第一天由礼部尚书主祭,以后都由侍郎主祭。原定要祭九坛,每日一坛,已经进行到第五天。每日前往朝阳门外观看的士民像赶会一样,人人称赞洪承畴死得重于泰山,十分哀荣。从昨天开始,哄传钦天监择定后天即五月十一日,上午巳时三刻,皇帝将亲临致祭,文武百官陪祭。这是极其少有的盛事,整个北京城都为之沸腾起来。随着这消息的传出,顺天知府、同知等官员偕同大兴知县,紧急出动,督率兵役民夫,将沿路街房仔细察看,凡是破损严重,有碍观瞻的,都严饬本宅住户连夜修缮;凡墙壁和铺板上有不雅观的招贴,都得揭去,用水洗净。当时临大街的胡同口都放有尿缸,随地尿流,臊气扑鼻。各地段都责成该管坊巷首事人立即将尿缸移到别处,铲去尿泥,填上新土。掌管五军都督府的成国公朱纯臣平日闲得无事可干,现在要趁此机会使皇上感到满意,就偕同戎政大臣①,骑着骏马,带着一大群文官武将,兵丁奴仆,前呼后拥,从东华门外向东沿途巡视,直到朝阳门外二里远的祭棚为止,凡是可能躲藏坏人的地方都一一指点出来。他同戎政大臣商定,从京营中挑选三千精兵,从后天黎明起沿途"警跸"。至于前后扈驾,祭棚周围侍卫,銮舆仪仗,全是锦衣卫所司职责,锦衣卫使吴孟明自有安排。吴孟明还同东厂提督太监曹化淳商量,双方都加派便衣侦探,当时叫做打事件番子,在东城和朝外各处旅栈、饭馆、茶肆、寺庙等凡可以混迹不逞之徒的场所,严加侦伺防范。另外,大兴县从今天起就号了几百辆骡、马大车,不断地运送黄沙,堆在路边,以备十一日黎明前铺在路上。工部衙门正在搭盖御茶棚,加紧完工,细心布置,以备皇上休息。

今天是五月初十。崇祯皇帝为着明天亲去东郊向洪承畴致祭,早朝之后就将曹化淳和吴孟明召进乾清宫,询问他们关于明日一应所需的法驾、卤簿以及扈驾的锦衣卫力士准备如何。等他们作了令他满意的回奏以后,他又问道:

---

① 戎政大臣——五军都督府例由一位勋臣掌管,但这种人多系纨袴子弟,不练达政务,所以朝廷另派一位兵部侍郎协理戎政,简称戎政大臣或戎政侍郎。

"近日京师臣民对此事有何议论?"

曹化淳立刻奏道:"近来京师臣民每日纷纷议论,都说洪承畴是千古忠臣,皇爷是千古圣君。"

崇祯点点头,忽然叹口气说:"可惜承畴死得太早!"

吴孟明说:"虽然洪承畴殉国太早,不能为陛下继续效力,可是陛下如此厚赐荣典,旷世罕有,臣敢信必有更多如洪承畴这样的忠烈之臣闻风而起,不惜肝脑涂地,为陛下捍卫江山。"

曹化淳接着说:"奴婢还有一个愚见。洪承畴虽然尽节,忠魂必然长存,在阴间也一样不忘圣恩,想法儿使东房不得安宁。"

崇祯沉默片刻,又叹口气,含着泪说:"但愿承畴死而有灵!"

一个长随太监进来,向崇祯启奏:成国公,礼、兵、工三部尚书和鸿胪寺卿奉召进宫,已经在文华殿中等候。崇祯挥手使吴孟明和曹化淳退出,随即乘辇往文华殿去。

今天的召见,不为别事,只是崇祯皇帝要详细询问明白,他亲临东郊致祭的准备工作和昭忠祠的修建情况。倘若是别的皇帝,一般琐细问题大可不问,大臣们对这样事自然会不敢怠忽。但是他习惯于事必躬亲,自己不亲自过问总觉得不能放心,所以于国事纷杂的当儿,硬分出时间来召见他们。他问得非常仔细,也要大臣们清楚回奏。有些事实际并未准备,他们只好拿谎话敷衍。他还问到洪氏祠堂的石碑应该用什么石头,应该多高,应该命谁撰写碑文。礼部尚书林欲楫很懂得皇上的秉性脾气,跪下回答说:

"洪承畴为国捐躯,功在史册,流芳百世,永为大臣楷模。臣部曾再三会商,拟恳皇上亲撰碑文,并请御笔亲题碑额。既是奉饬建祠树碑,又是御撰碑文,御题碑额,故此碑必须选用上等汉白玉,毫无瑕疵,尤应比一般常见石碑高大。"

崇祯问:"如何高大?"

礼部尚书回奏:"臣与部中诸臣会商之后,拟定碑身净高八尺,宽三尺,厚一尺五寸,碑帽高三尺四寸,赑屃①高四尺。另建御碑亭,内高二丈二尺,台高一尺八寸,石阶三层。此系参酌往例,初有此议,未必允妥,伏乞圣裁!"

崇祯说:"卿可题本奏来,朕再斟酌。"

召对一毕,崇祯就乘辇回乾清宫去。最近,李自成在河南连破府、州、县城,然后由商丘奔向开封。崇祯心中明白,这次李自成去攻开封,人数特别众多,显然势在必得;倘若开封失守,不惟整个中原会落入"流贼"之手,下一步必然东截漕运,西入秦、晋,北略畿辅,而北京也将成孤悬之势,不易支撑。他坐在辇上,不知这一阵又有什么紧急文书送到乾清宫西暖阁的御案上,实在心急如焚。等回到乾清宫,在御案前颓然坐下,他一眼就看见果然有一封十万火急文书在御案上边。尽管这封文书照例通政司不拆封,不贴黄,但是他看见是宁远总兵吴三桂来的飞奏,不由地心头猛跳,脸上失色。他一边拆封一边心中断定:必是"东虏"因为已经得了松、锦,洪承畴也死了,乘胜进兵。他原来希望马绍愉此去会有成就,使他暂缓东顾之忧,专力救中原之危,看来此谋又成泡影!等他一目数行地看完密奏,惊惧的心情稍释,换成一种混合着恼恨、失望、忧虑和其他说不清的复杂心情。他将这密奏再草草一看,用拳头将桌子猛一捶,恨声怒骂:

"该死!该杀!"

恰巧一个宫女用双手端着一个嵌螺朱漆梅花托盘,上边放着一杯新贡来的阳羡春茶,轻脚无声地走到他的身边,蓦吃一惊,浑身一震,托盘一晃,一盏带盖儿的雨过天晴暗龙茶杯落地,哗啦一声打成碎片,热茶溅污了龙袍的一角。那宫女立刻跪伏地上,浑身战栗,叩头不止。崇祯并不看她,从龙椅上跳起来,脚步沉重地走出暖阁,绕着一根朱漆描金云龙的粗大圆柱乱走几圈,忽然又走出

---

① 赑屃——音 bì xì,驮石碑的龟,有耳朵。传说中龙生九子之一,最有力气。

大殿。他在丹墀上徘徊片刻,开始镇静下来,在心中叹息说:"我的方寸乱了!"恰在这时,王承恩拿着一叠文书走进来。看见皇上如此焦灼不安,左右侍候的太监都惶恐屏息,王承恩吓了一跳,不敢前进,也不敢退出,静立于丹墀下边。崇祯偶然转身,一眼瞥见,怒目盯他,叫道:

"王承恩!"

王承恩赶快走上丹墀,跪下回答:"奴婢在!"

崇祯说:"你快去传旨,洪承畴停止祭祀,立刻停止!"

"皇爷,今天上午已祭到五坛了。下午……"

"停!停!立即停祭!"

"是。奴婢遵旨!"

"向礼部要回朕的御赐祭文,烧掉!"

"是,皇爷。"

"洪承畴的祠堂停止修盖,立即拆毁!"

"是,皇爷。"

崇祯向王承恩猛一挥手,转身走回乾清宫大殿,进入西暖阁。王承恩手中拿着从河南来的十万火急的军情文书,不敢呈给皇上,只好暂带回司礼监值房中去。崇祯重新在龙椅上颓然坐下,长叹一口气,又恨恨地用鼻孔哼了一声,提起朱笔在一张黄色笺纸上写道:

谕吴孟明:着将洪承畴之子及其在京家人,不论男女老少,一律逮入狱中,听候发落,并将其在京家产籍没。立即遵办,不得姑息迟误!

他放下笔,觉得喉干发火,连喝了两口茶。茶很烫口,清香微苦,使他的舌尖生津,头脑略微冷静。他重新拿起吴三桂的密疏,一句一句地看了一遍,才看清楚吴三桂在疏中说他差人去沈阳城中,探得洪承畴已经停止绝食,决意投敌,但是尚未剃发,也未受任官职,并说"虏酋"将择吉日受降,然后给他官做。崇祯在心中盘算:洪承畴既不能做张巡和文天祥,也不能做苏武,竟然决意投敌,实在太负国恩,所以非将洪承畴的家人严加治罪不足以泄他心头之恨,也没法儆戒别人。但是过了片刻,崇祯又一转念:如今"东房"兵势甚强,随时可以南侵。倘若将洪氏家人严惩,会使洪承畴一则痛恨朝廷,二则无所牵挂,必将竭力为敌人出谋献策,唆使"东房"大举内犯,日后为祸不浅,倒不如破格降恩,优容其家,利多害少。但是宽恕了洪的家人,不能够释他的一腔恼恨。有很长一阵,他拿不定主意,望着他写给吴孟明的手谕出神。他用右手在御案上用力一拍,忽地站起,推开龙椅,猛回身,却看见几尺外跪着刚才送茶的宫女。原来当他刚才走出乾清宫时,"管家婆"魏清慧赶快进来,将地上收拾干净,另外冲了一杯阳羡春茶,放在御案,而叫获罪的宫女跪远一点,免得正在暴怒的皇上进来时会一脚踢死了她。这时崇祯才注意到这个宫女,问道:

"你跪在这儿干吗?"

宫女浑身哆嗦,以头触地,说:"奴婢该死,等候皇爷治罪。"

崇祯严厉看她一看,忽然口气缓和地说:"算啦,起去吧。你没罪,是洪承畴有罪!"

宫女莫名其妙,不敢起来,继续不住叩头,前额在地上碰得咚咚响,流出血来。但崇祯不再管她,焦急地走出大殿。看见承乾宫掌事太监吴祥在檐下恭立等候,他问道:

"你来何事?田娘娘的病好些么?"

吴祥跪下回答:"启奏皇爷,娘娘的病并不见轻,反而加重了。"

崇祯叹口气,只好暂将洪承畴的问题撂下,命驾往承乾宫去。

为洪承畴扮演"百戏"之后,不过几天工夫,除赐给洪承畴一座更大的住宅外,还赐他几个汉族美女,成群的男女奴婢,骡、马、雕鞍、玉柄佩刀,各种珍宝和名贵衣物。洪承畴虽然尚无职衔,但他的生活排场俨然同几位内院大学士不相上下。皇太极并不急于要洪承畴献"伐明"之策,也不向他询问明朝的虚实情况,暂时只想使洪承畴生活舒服,感激他的恩养优渥。洪承畴天天无事可干,惟以下棋、听曲、饮酒和闲谈消磨时光。原来他担心明朝的议和使臣会将他的投降消息禀报朝廷,后来将心一横,看淡了是非荣辱之念,抱着听之任之的态度。范文程已经答应不令南朝的议和使臣见他,使他更为安心。

以马绍愉为首的明国议和使团,于初三日到塔山,住了四天,由清国派官员往迎;初七日离塔山北来,十四日到达盛京。当时老憨皇太极不在盛京。他保持着游牧民族的习惯,不像明朝皇帝那样将自己整年、整辈子关闭在紫禁城中,不见社会。皇太极主持了洪承畴一群人的投降仪式之后,又处理了几项军政大事,便于十一日午刻,偕皇后和诸妃骑马出地载门,巡视皇家草场,看了几处放牧的牛、马,还随时射猎。但是在他离开盛京期间,一应军国大事,内院大学士们都随时派人飞马禀奏。关于款待明朝议和使臣的事,都遵照他的指示而行。五月十四日上午,几位清国大臣出迎明使臣于二十里外,设宴款待。按照双方议定的礼节:开宴时,明使臣向北行一跪三叩礼,宴毕,又照样儿行礼一次。这礼节,明使臣只认为是对清国皇帝致谢,而清方的人却称做"谢恩"。明使臣被迎入沈阳,宿于馆驿。皇太极又命礼部承政满达尔汉[①]、参政阿哈尼堪[②]、内院大学士范文程、刚林、学士罗硕同至馆驿,宴请明国议和使臣。明使臣仍遵照初宴时的规定行礼。宴毕,满达尔汉等向明使臣索取议和国书。马绍愉等说他们携来崇祯皇帝给兵部尚书陈新甲敕谕一道,兵部尚书是钦遵敕谕派他们前来议和。满达尔

---

① 满达尔汉——姓纳喇,满洲正黄旗人。
② 阿哈尼堪——姓富察,满洲镶黄旗人。

汉等接过崇祯给陈新甲的敕谕,看了一下,说他们需要进宫去奏明皇上知道,然后决定如何开议。说毕就离开馆驿。

第二天上午,辽河岸上,小山脚下,在一座黄色毡帐中,皇太极席地而坐,满达尔汉、范文程和刚林坐在左右,正在研究明使臣马绍愉携来的崇祯敕书。皇太极不识汉文,满达尔汉也只是略识一点。他们听范文程读了敕书,又跟着用满洲语逐句译出。那汉文敕书写道:

> 谕兵部尚书陈新甲:昨据卿部奏称,前日所谕休兵息民事情,至今未有确报。因未遣官至沈,未得的音。今准该部便宜行事,遣官前往确探实情具奏。特谕!

皇太极听完以后,心中琢磨片刻,说:"本是派使臣前来求和,这个明国皇帝却故意不用国书,只叫使臣们带来他给兵部尚书的一道密谕,做事太不干脆!这手谕可是真的?"

范文程用满语回答:"臣昨日拿给洪承畴看过,他说确系南朝皇帝的亲笔,上边盖的'皇帝之宝'也是真的。"

皇太极笑了一笑,说:"既是南朝皇帝亲笔,盖的印信也真,就由你和刚林同南朝使臣开议。刚林懂得汉语,议事方便。哼,他明国皇帝自以为是天朝,是上天之子,鄙视他人。上次派来使者也是携带他给兵部尚书的敕书一道,那口气就不像话,十分傲慢自大……"他望着范文程问:"你记得今年三月间,他的那敕书上是怎么说的?还记得么?"

范文程从护书中取出一张纸来,说道:"臣当时遵旨将原件退回驻守锦州、杏山的诸王、贝勒,掷还明使,却抄了一张底子留下。那次敕书上写道:'谕兵部尚书陈新甲:据卿部奏,辽沈有休兵息民之意,中朝未轻信者,亦因从前督、抚各官未曾从实奏明。今卿部累次代陈,力保其出于真心。我国家开诚怀远,似亦不难听从,以仰体上天好生之仁,以复还我祖宗恩义联络之旧。今特谕卿便宜行事,差官宣布,取有的确音信回奏!'"范文程随即将后边附的满文译稿念了一遍,引得皇太极哈哈大笑。

满达尔汉也笑起来,说:"老憨,听他的口气,倒好像他明国打败了我国,是我国在哀怜求和!"

皇太极说:"上次经过我的驳斥①,不许使者前来。南朝皇帝这一次的敕书,口气老实一点,可是也不完全老实。我们且不管南朝皇帝的敕书如何,同南朝议和对我国也有好处。我的破南朝之策,你们心中明白。你们留下休息,明日随我一起回京。"

两天以后,即五月十六日,皇太极偕皇后、诸妃、满达尔汉和范文程等进盛京地载门,回到宫中。第二天,围攻松山和锦州的诸王、贝勒等都奉召回到盛京。皇太极亲自出城十里迎接,见面时,以多罗饶余贝勒阿巴泰为首,一个一个轮流屈一膝跪在他的面前,抱住他的腰,头脑左右摆动两下,而他则松松地搂抱着对方的肩背。行毕这种最隆重的抱见礼,一起回到京城,先到堂子祭神,然后他自己回宫,处理紧要国事。

目前首要的大事是如何对明国议和问题。关于议和的事,有一群满、汉大臣,以从前降顺的汉人、现任都察院参政祖可法、张存仁为首,主张拒绝南朝求和,趁此时派大军"南伐",迫使崇祯逃往南京,纳贡称臣,两国以黄河为界。

皇太极不同意他们的建议。他有一个进入关内、重建金太宗勋业的梦想,也有切实可行的步骤,但不肯轻易说出。想了一想,他指示范文程和刚林等同南朝使臣们立即开议,随时将开议情况报告给他,由他亲自掌握。

他回到盛京以后,就听说满族王公大臣中私下抱怨他对洪承

---

① 驳斥——三月十六日,皇太极针对崇祯给陈新甲的敕谕,也给驻军锦州、杏山的诸王、贝勒等一道长的敕谕,对崇祯敕谕的态度、口气和内容痛加驳斥,盛称清国的强盛,提出应该议和的道理。敕谕最后说:"朕以实意谕尔等知之,尔等其传示于彼。"

畴看待过重,赏赐过厚。他听到有人甚至说:"多年汗马功劳,为皇上负伤流血,反而不如一个被活捉投降的南朝大臣。"驻军锦州一带的诸王、贝勒等回来以后,这种不满的言论更多了,其中还有些涉及庄妃化装宫婢去三官庙送人参汤的话。皇太极必须赶快将这些闲话压下去。一天,在清宁宫早祭之后,皇太极留下一部分满族王公、贝勒赐吃肉。这些人都有许多战功,热心为大清开疆拓土,巴不得赶快囊吞半个中国。吃过肉,皇太极向他们问:

"我们许多年来不避风雨,甘冒矢石,几次出兵深入明国境内,近日又攻占松山、锦州、杏山、塔山四城,究竟为的什么?"

众人回答说:"为的是想得中原。"

皇太极点头笑着说:"对啦。譬如一群走路的人,你们都是瞎子,乱冲乱闯。如今得了个引路的人,我如何能够不心中高兴?如何不重重地赏赐他,好使他为我效力?洪承畴就是个顶好的引路人,懂么?"

众人回答:"皇上圣明!"

皇太极哈哈大笑,挥手使大家退出。

当五月初四日崇祯在乾清宫流着泪为洪承畴亲自撰写祭文的时候,李自成和罗汝才率领五十万人马杀向开封,前队已经到了开封城外。这个消息,过了整整十天才飞报到京。现在是五月十五日的夜晚,明月高照,气候凉爽宜人。但是崇祯的心中非常烦闷,不能坐在御案前省阅文书,也无心往皇后或任何妃子的宫中散心解愁,只好在乾清宫的院子里久久徘徊。有时他停步长嘘,抬头看一看皇极殿高头的一轮皓月;更多的时候是低垂着头,在漫长的汉白玉甬路上从北走到南,从南走到北,来回走着,脚步有时很轻,有时沉重。几个太监和宫女在几丈外小心伺候,没有人敢轻轻儿咳嗽一声。

他很明白,李自成这次以五十万之众围攻开封,分明是势在必得,不攻下开封决不罢休。尽管他和朝臣们都只说李自成是凶残流贼,并无大志,攻开封不过想掳掠"子女玉帛",但是他心中清楚,李自成士马精强,颇善于收揽民心,这次攻开封可能是想很快就建号称王。想到这个问题,他不禁脊背发凉,冒出冷汗。

他的心情愈想愈乱,不单想着中原战局,而且田妃的十分瘦弱的病容也时时浮在他的眼前。

田妃的病一天重似一天,眼看是凶多吉少,大概挨不过秋天。今天下午,他带着皇后和袁妃到承乾宫看了田妃,传旨将太医院的官儿们严厉切责,骂他们都是白吃俸禄的草包,竟没有回春之术。当时太医院尹带着两个老年的著名太医正在承乾宫后边的清雅小屋中吃茶翻书,商酌药方,听到太监口传圣旨切责,一齐伏地叩头,浑身战栗,面无人色。崇祯在返回乾清宫的路上,想着已经传谕全京城的僧、道们为田妃建醮诵经,祈禳多次,全无影响,不觉叹了口气,立即命太监传谕宣武门内的西洋教士率领京师信徒,从明天起为田妃祈祷三日;宫女中也有少数信天主教的,都有西洋教名,也传谕她们今晚斋戒沐浴(他以为天主教徒做郑重的祈祷也像佛、道两教做法事,需要斋戒沐浴),从明日黎明开始为田妃天天祈祷,直到病愈为止。此刻他彷徨月下,从田妃的病势沉重想到五皇子的死,忍不住叹息说:

"唉,国运家运!……"

看见曹化淳走进乾清门,崇祯站住,问道:"曹伴伴,你这时进宫,有事要奏?"

曹化淳赶快走到他的面前,跪下叩头,尖声说道:"请皇爷驾回暖阁,奴婢有事回奏。"

崇祯回到乾清宫的东暖阁,颓然坐下。近来他专在西暖阁批阅文书,东暖阁只放着他偶尔翻阅的图书和一张古琴,作为他烦闷时的休息地。曹化淳跟着进来,重新在他的面前跪下叩头。他打量了曹化淳一眼,心中七上八下,冷淡地说:"说吧,曹伴伴,不要隐瞒。"

曹化淳抬起头来说:"今日下午,京师又有了一些谈论开封军情的谣言。奴婢派人在茶馆、酒楼、各处闲杂人聚集地方,暗中严查,已经抓了几十个传布流言蜚语的人,仍在继续追查。"

"横竖开封被围,路人皆知。又有了什么谣言?"

"奴婢死罪,不敢奏闻。"

崇祯的心头一震,脸色一寒,观察曹化淳神色,无可奈何地说:"你是朕的家里人,也是朕的心腹耳目。不管是什么谣言,均可直说,朕不见罪。"

曹化淳又叩个头,胆怯地说:"今日下午,京师中盛传李自成将要攻占开封,建立国号,与皇爷争夺天下。"

崇祯只觉头脑轰了一声,又一次冷汗浸背。这谣言同他的担心竟然完全相合!他竭力保持镇静,默然片刻,说道:

"朕已饬保督杨文岳、督师丁启睿以及平贼将军左良玉,统率大军星夜驰援开封,合力会剿,不使闯贼得逞。凡是妄谈国事,传布谣言的,一律禁止。倘有替流贼散布消息,煽惑人心的,一律逮捕,严究治罪。你东厂务须与锦衣卫通力合作,严密侦伺,不要有一个流贼细作混迹京师。剿贼大事,朕自有部署,不许士民们妄议得失。"

"奴婢领旨!"

崇祯想赶快改换话题,忽然问道:"对洪承畴的事,臣民们有何议论?"

曹化淳一则最了解皇帝的性格和心思,二则皇帝身边的太监多是他的耳目,所以他知道崇祯曾有心将洪承畴的全家下狱,妇女和财产籍没,随后回心一想,将写好的手谕焚去的事。洪宅因害怕

东厂和锦衣卫敲诈勒索,已经暗中托人给他和吴孟明送了贿赂。听皇上这么一问,他趁机替洪家说话:

"洪承畴辜负圣恩,失节投敌,实出京师臣民意外。臣民们因见皇爷对洪家并不究治,都说皇爷如此宽仁,实是千古尧、舜之君,洪承畴猪狗不如。"

崇祯叹息说:"洪承畴不能学文天祥杀身成仁,朕只能望他做个王猛[①]。"

曹化淳因为职司侦察臣民,又常常提防皇上询问,对京城中稍有名气的官员,不管在职的或在野的,全都知道,不仅记得他们的姓名,还能够说出每个人的籍贯、家世、某科进士出身。惟独这个王猛,他竟然毫无所知。趁着皇上没有向他询问王猛的近来情况,他赶快奏道:

"皇爷说的很是,京城士民原来对洪承畴十分称赞,十分景仰,如今都说他恐怕连王猛也不如了。老百姓见洪家的人就唾骂,吓得他家主人奴仆全不敢在街上露面,整天将大门紧闭。老百姓仍不饶过,公然在洪家大门上涂满大粪,还不断有人隔垣墙掷进狗屎。"

崇祯喜欢听这类新闻,不觉露出笑容,问道:"工部将齐化门外的祭棚拆除了么?"

"启奏皇爷,不等工部衙门派人拆除,老百姓一夜之间就去拆光了。那些挽联、挽幛,礼部来不及收走的,也被老百姓抢光了。"

"没有兵丁看守?"

"皇爷,人家一听说他辜负皇恩,投降了鞑子,兵丁们谁还看守?再说,兵丁看见众怒难犯,乐得顺水推舟,表面做个样子,吆喝弹压,实际跟着看看热闹。听说洪承畴的那个灵牌,还是一个兵丁

[①] 王猛——南北朝时人,以汉族人事前秦苻坚(氐族)为丞相,颇受倚信,曾劝苻坚不要图晋。

拿去撒了尿,掷进茅厕坑中。"

崇祯说:"国家三百年恩泽在人,京师民气毕竟可用!那快要盖成的祠堂拆毁了么?"

"没有。前门一带的官绅士民因见那祠堂盖得宽敞华美,拆了可惜,打算请礼部改为观音大士庙。"

崇祯正要询问别的情况,忽然司礼监值班太监送进来两封十万火急的军情密奏。他拆开匆匆一看,明白是开封周王和河南巡抚高名衡的呼救文书。他一挥手使曹化淳退出,而他自己也带着这两封文书往西暖阁去,在心中叫苦说:

"开封!开封!……"

李自成　第六卷　燕辽纪事

慧梅出嫁

第 九 章

当松山失陷,总督洪承畴被俘的那一天,李自成攻破襄城,杀死总督汪乔年已经三天了。

李自成第二次攻开封没有成功,因左良玉兵到杞县,便从开封城外撤退,开到郾城。左良玉也跟着到了郾城。李闯王的大军虽然在人数上占优势,但是因为围攻开封日久,将士们已经疲倦,无力向左军猛攻,只能与左军相持在郾城附近,休息士马,征集粮秣,等机会包围左军。左良玉因人数较少,骑兵和火器都不如义军,所以只能采取守势,无力进攻,只求不陷于义军包围,等待陕西、三边总督汪乔年前来夹击闯军。

汪乔年被皇帝催逼不过,明知道来河南"剿贼"好像是"以肉喂虎",无奈不能违抗"圣旨",只得于正月下旬率领贺人龙、郑嘉栋、牛成虎三位总兵官,共约马步兵三万人出了潼关。二月初五日到了洛阳,知道李自成在郾城围攻左良玉很急,兵力十分强大。他正在踌躇,有一位名叫张永祺的襄城县举人前来求见。去年十月间李自成兵临叶县时候,派人传谕襄城官绅献粮食骡马投降,可以免予攻城。知县曹思正和众士绅开会商议,都同意投降,惟独张永祺坚决反对,护送老母离开襄城,逃到黄河北岸的孟县暂住。听到汪乔年来到河南的消息,他特意来洛阳求见。他力劝汪乔年赶快前往襄城,与平贼将军左良玉夹攻李自成,他愿意回襄城协助。汪乔年不再犹豫,从龙门向襄城进军。

李自成在撤离开封的时候,就知道了汪乔年如何奉密旨掘毁了他的祖坟,如今得到探报,知道汪乔年要来襄城。他下令停止向左军进攻,按兵等候。等汪乔年到了襄城,贺人龙等三总兵进兵到襄城以东四十里处,李自成突然舍掉左良玉,去打汪乔年。贺人龙等三总兵见闯军来到,各率自己的人马不战而逃。汪乔年只剩下几千人,退入襄城城内死守,等候左良玉来救。左良玉趁李自成去打汪乔年,赶快退往湖广境内。李自成将襄城团团合围,攻打三天,二月十七日破城,将汪乔年捉到杀死。遗憾的是,他悬赏捉拿张永祺,竟未找到。

从破襄城到现在,差不多一个月了。闯、曹大军曾经移师郏县一带,稍作休整,然后来到郾城境内的漯河旁边,一边操练人马,一边派人马往陈州一带,招降袁时中,准备去攻商丘。在几个月内接连杀死两个明朝总督,一个总兵官,一个亲王,又有许多人前来投军,李自成的声势如日东升,更加烜赫。

三月中旬,在漯河附近,气候已经相当暖和了。一天,天刚蒙蒙亮,李自成和高夫人在此起彼落的号角声中,已经起床。梳洗完毕,闯王就出去观操。他平日总是住在大元帅的行辕中,那里离老营还有八里路。昨天因为有些事要同高夫人商议,他才回到老营来住,但就在这一天之中,还不断地有人从行辕来这里向他禀报许多事情。今天上午他必须回到行辕中去。现在趁吃早饭之前,他决定出去看看老营亲兵的操练,顺便也看看健妇营的操练。很久很久,他没有观看健妇营的训练了,只听说最近健妇营已经很像个样子。慧梅做了红娘子的帮手,十分得力。

出了老营大门,便是一片一片的农田,有些地里种着大麦、小麦、豌豆和油菜,长得很不好,有些地已经荒了。这时晨光熹微,鸟雀成群地在树上喳喳叫着,还没有向旷野飞去。村中这里那里,不时传来战马的嘶鸣。老营的亲兵开始出操,有的已经到了校场,有的正在站队,有的正在从院里出来。大家看见闯王亲自出来观操,都感到特别兴奋。不一刻,各个练兵场上都开始操演起来。李自成看了一阵,十分满意,随即将指挥操练的几个将领叫到面前,鼓励了几句,就拨转马头,打算往健妇营驻扎的地方看看。

闯王刚走出村子不远,高夫人也骑着马,带着一群女兵追了上来。闯王驻马问她:

"你也要去健妇营看操?"

高夫人说:"我近日总说要去,老营里忙得分不了身。现在你既要去,我就同你一起去看看。如今红娘子身上不舒适,慧梅这姑娘几乎把全副担子挑了起来,听说也是忙得很,不能常来老营。我已经三四天没有看见她了。"

"红娘子病了?"

"有喜啦!"高夫人笑着小声说:"近几天她吃饭都要呕吐,身体很不好。"

闯王笑一笑,又问道:"李公子知道么?"

"看你,真傻,当然人家先告诉李公子,以后我才知道。"说罢两人相视而笑。

往前走不远,有一道小河横在面前。如今还是枯水季节,这小河只有一股浅流,水清见底,曲曲折折,有时静悄悄地缓流,有时淙淙地欢笑奔流,银花跳跃,有时被青绿的小丘遮断,有时被岸边大石挡住,汇成小潭,然后绕个急湾,顽皮地夺路而逃。它不断地变换着姿态,向东流去,在下游十里以外流入溧河。小河对岸三四里外是浅山,好似细浪起伏,线条柔和;重重叠叠,连接高的远山。几天前下过小雨,近处的浅山上新添了更浓的绿意,还在这儿那儿,有一些新开的野花点缀。较近的山顶上有几块白云,随着若有若无的清新晨风,慢慢地向西飘游。有的白云在晨曦中略带红色,有的呈鱼鳞形状,有的薄得像一缕轻纱,边沿处化入蓝天。就从那白云飘去的地方,传来布谷鸟的鸣声。

小河的这边岸上,几棵垂柳,嫩叶翠绿,而最嫩处仍带鹅黄;长条在轻轻摇曳,垂向水面。靠岸有几丛小竹,十分茂盛。竹、柳之间,竟有两棵桃树,不知当年何人无意所栽,而今在这里增添了诗情画意。有的枝上的桃花正在开放,有的已经凋谢。落下的花瓣,有的落在岸边的青草上,有的落在水里,流向远处。

岸上小路两旁,田地平时比别处湿润,又经过几天前的一场小雨,虽然庄稼种得不好,出苗不齐,又缺施肥,但也是麦苗青青,豌豆已经开花,仔细看去,还结了一些小荚。

李闯王天天在行辕中忙碌,接见这个将领,接见那个将领,不是议事,就是听禀报,难得今天好像第一次这么悠闲;看见了春天的郊野景色,心情特别舒畅。他和高夫人带着几十个男女亲兵,到了这个地方,不由地感到留恋,便同亲兵们跳下战马,临流盘桓。战马由亲兵们牵着,踏着鹅卵石,走到水边,低头饮水。这时天已大亮,村落里的鸟雀都飞到旷野去了。忽而一阵雁声从空中落下,闯王抬头一看,只见一群大雁,排着人字形的阵势,徐徐飞过天空,边飞边叫。闯王很想射下一只,可惜雁阵飞得太高了。

饮过了战马,他们继续往前走,这时就听见前边山脚下,有个女子喊操的口令声,又听到鼓声和马蹄声。走得更近时,声音更加清晰起来,可以听出这不是一般的口令,而是对着整个健妇营发出的命令。这声音是那么娇嫩,但娇嫩中带着威严,带着力量。高夫人最熟悉这个声音,笑了一笑,向闯王说道:

"你听,现在慧梅正在督率全营操练,那声音我听熟了。"

闯王点点头,感到满意,随口说道:"想不到三四年前还是一个黄花幼女,现在竟然成了一员十分得力的女将。"

"唉,一天到晚在军中磨练,还怕磨练不成一员女将!"

闯王微微一笑,向桂英的脸上深情地看了一眼,心里说:"你也是在千难万险的戎马生活中磨练得这样出色!"因为在男女亲兵面

前,他不愿流露出对高夫人的过多感情,就问道:

"兰芝的武艺近来可有长进?"

"哪能没有长进!自从她搬到健妇营,武艺也有长进,针线活也有长进。"

"还要让她多认字。"

"是在认字。她们健妇营有些姑娘也在学认字,兰芝跟她们一块儿学,有时还教教她们。"

刚说到这里,只听见西南三四里外,隔着一道浅山,忽然传过来一阵炮声。大家都向那里望去,只见浅山背后荡起来一阵灰烟。闯王问道:

"是小鼐子在那搭儿练兵?"

高夫人点点头,不觉夸道:"小鼐子的炮兵近来可很像个样子,比我们第二次进攻开封时瞄得更准,炮也更多了。他每天只顾练兵,很少到我老营里去;昨天去了一趟,这孩子倒是越长越英俊了。"

闯王露出微笑,说:"你每次见我,不是夸张鼐,就是夸双喜,再不是夸慧梅、慧英这些姑娘们。"

"我当然要夸他们。这些孩子都是起小跟着我们,在千军万马中长大成人,如今哪一个不是忠心耿耿,保你闯王?虽不是我们自己的亲生儿女,可比亲生儿女还要得力。"高夫人说到这里,忽然忍住,使眼色让周围的亲兵们往远处退去。闯王有些明白,含笑问道:

"你想说什么?"

"我看,这些孩子们已经长大成人,他们的婚事应该我们操心了。"

闯王没有做声,眼睛继续望着高夫人。

高夫人接着说:"我已经跟你说过,慧英配给双喜,十分合适。

你不在意,可这事情是得操心了。慧英和双喜的属相合适。下次军师到老营来,我叫他替他们合合八字儿。"

"急什么!我们现在还没有打下开封,等打下开封再提这事不迟。"

"还有,我看慧梅配张鼐,也是再好不过。"

"你看你,刚说过,又急了。"

"不是我急。是孩子们都大了,都有了心事,跟往年不一样了。拿慧梅跟张鼐来说,起小两个人都跟着我,像亲兄妹一样。张鼐有什么好东西,都送给慧梅,慧梅也总在惦记着张鼐。那时候年纪还小,如今都大了,再这样下去,总是不明不白,也不很好。我原想干脆给他们定了亲,不过后来又想,一定亲就不好再见面,倒不如结了亲还好些,也免得你回避我,我回避你。在咱们军旅之中,哪能有那么多回避,还打什么仗,还做什么事!"

闯王笑道:"不要急嘛。我们很快就要去打开封,这一仗势在必得。等占领了开封,那时候再来给这些孩子们办喜事不迟,现在说早了反而不美。"

"我也不是说现在就让他们结亲,我是想让你心里有个谱。只要你说行,我心里也就定了。他们都没有父母,咱们两人不操心谁操心?"

"这事情还是做母亲的当家为好,你不要都问我。我那么多大事都顾不过来,哪有闲心管这事情。"

"可是你是一军之主,又是一家之主,你不点头,我怎么好定下来呢?"

"算了算了,你叫我点头,我就点头。可是这话现在不要向别人漏出,特别是不要在孩子们面前漏出;漏出了,他们反而都不好意思。"

高夫人撇嘴一笑:"这我还不知道?只有你懂事儿!"

慧琼就跑到红娘子面前,问她去不去,红娘子说:"你们要去,我就同你们一起去,站在这架山上看得很清楚。"

于是她们三人骑上马,奔上附近那个小小的山头。她们望见二里外的平川地方,硝烟弥漫,从硝烟中依稀可见许多人马。硝烟随着连续的炮声而愈来愈浓,有时连人马都看不清楚了。慧琼不像慧梅那样常常来看炮兵,因此感到十分新鲜。她不眨眼睛地望着打炮的地方,只见火光一闪,便有隆隆的炮声响起,声音在两山之间回荡。这场面使她振奋,把要同慧梅说的话都忘了。慧梅也瞪大眼睛向对面凝望,但她注意的并不是火光,不是炮声,也不是硝烟,而是硝烟里半隐半现的一匹高大白马和骑马人头上的一朵红缨。她的目光到处追随着这朵红缨,只要望见这朵红缨,就感到心里有说不出的甜蜜,说不出的幸福。虽然红缨下面的面孔看不清楚,但那没有关系,只要看到那匹白马,那朵红缨,她就感到满足了。

过了一阵,红娘子说:"不看了吧,回家还有事情哩。"慧梅、慧琼才依依不舍地跟着红娘子一同回到健妇营。慧琼被留下来吃了早饭。饭后,姑娘们有的认字,有的做针线活。慧琼看见慧梅有一个香囊,才刚刚开始做,上面绣的是一个蝈蝈在白菜上,还只绣了一个头和一只翅膀,连一半都没有绣出来。慧琼说:

"梅姐,这个香囊算是给我做的,好不好?"

"你自己会做,何必要我给你做?"

"我知道你给谁做的,你年年都给人家做,做了那么多,就是不肯给我做一个。"

慧梅装作不懂她的话,用手在她头上轻轻敲了一下,说:"你自己是姑娘家,有一双巧手,却总是向我要东西,我哪有那多闲空儿?也罢,以后给你做一个。这个我不给你。"

慧琼又玩了一阵,便告辞回老营。大家把她送到门外,她要慧梅再送她一段路,慧梅看出她有话要说,便同她一起走出村子来。慧琼一手牵着战马,一手拉着慧梅,走了约摸半里路,忽然站住,望着慧梅笑。慧梅被笑得不好意思,说:

"你今天怎么啦,老是望着我笑,心里有什么鬼?"

慧琼自己的脸上先红,凑近慧梅的耳朵说:"梅姐,我告诉你一句话,你可不要打我。"

"你有什么话?想说就说吧,不愿说你就走。"慧梅已猜到八九,禁不住脸热心跳。

慧琼搂着慧梅的肩膀说:"真的,梅姐,我真是有话跟你说,十分重要的话。"

"你哪来什么重要的话?也不过是进攻开封的事。这事全营都知道,用不着你跟我说。"

"你别扯远了,我是说你的事。"

慧梅越发心跳,情绪紧张,用冷淡的口气说:"哼,我有什么事?还不是一天到晚跟着红姐姐练兵,练了兵做些针线活,读书认字儿,等着日后打仗的时候,健妇营好好为闯王立功。"

慧琼神秘地悄声说:"这话只能告你说,你可不要打我。"

"你有什么鬼话啊,我可不听!走吧,走吧!"

慧琼又哧哧地笑了一阵,呼吸很不自然,突然小声说:"梅姐,你快定亲了。"

慧梅的脸刷地变得通红,一直红满脖颈。她在慧琼的背上搥了一拳,又推了一把,说道:"你这傻丫头,疯了!"可是她心里又很想听下去,所以她又拧住慧琼的耳朵说:"你还再说么?"她的眼光逼住了慧琼,可是在她的眼神中并无怒意,而是充满了惊奇和羞涩,充满了捉摸不定的感情。

"真的,梅姐,刚才夫人跟闯王说话。别的人都离得很远,只有我离得近一点,又是顺风,听到几句。你跟慧英姐姐都快要许人啦。夫人已经成竹在胸,只等打下开封,你们的喜事就要办了。"

按照当时的一般姑娘习性,慧梅听到这样的话,会在极其害羞的情况下对她的女友厮打几下,表示她不愿听这样的话,也表示谴责女友竟敢对她说出这样的话。然而她此刻一反当时一般姑娘习性,只是满脸通红,低头不语。一则慧琼的神气是那样真诚,二则她是那样早已在盼望着这个消息,三则如今并没有别人在她们的身边听见,所以她只是低着头一言不发。羞涩和幸福之感,混合着对高夫人和闯王的感激心情,使她的眼睛里充满了泪水。她在心中自问:

"天呀,这是真的么?"

慧琼见她不说话,轻轻地叹口气说:"唉,闯王和夫人待咱们同亲父母一样,什么事都想得周到。"停一停,又说一句:"打下开封的日子也快啦。"

过了一阵,慧梅仍觉得脸上火辣辣地发热,担心慧琼说的是戏言,抬起头来说:"你不要瞎说。我们一心为闯王打天下,现在开封都未攻下,哪里会谈这种闲事。你一定是听错了。"

"不,我没有听错。真是夫人同闯王提起来,闯王说:你就同她们的母亲一样,这事由你做主。"

一听说闯王叫高夫人做主,慧梅就放心了。她知道高夫人十之八九了解她的心思,定会在闯王的面前提到张鼐。她轻轻地问:"夫人怎么说?"问这话时她脸红得很厉害,心里怦怦地跳,呼吸也很紧张。

慧琼故意不回答,也故意装做刚才没有听见高夫人提到张鼐,反问了一句:"梅姐,你猜,是谁?"

"我不猜,你爱说就说,不爱说就不说。"慧梅恼起来,将慧琼推了一下,说:"算了,你快走吧,夫人在等着你哩!"

慧琼故意准备上马,说:"我真走了。"

"你走吧,你赶快走!"

可是慧琼并不想走,慧梅也不愿她走,两个姑娘又手拉手站到一棵盛开的桃花树下。慧琼折几朵半开的桃花替慧梅插上云鬓,小声赞叹说:"梅姐,你真生得俊!"慧梅轻轻地打她一下,然后小声问:

"到底夫人说的什么?"

"我分明听见夫人同闯王说,要把你许给小张爷,把慧英姐许给双喜哥。"

慧梅的心里又一次怦怦地跳起来,不晓得说什么好。天呀,这一次可完全听真了!这几年来,年年、月月、日日,只要不是打仗,不是事情太忙,她哪一刻不在想着张鼐?不在想着张鼐和她自己的事情?她虽然明白夫人会知道她的心思,但没有想到竟然这样快地称了她的心愿!她又一次低下头去,默默无言。慧琼从左边看到右边,又从右边看到左边,希望从她的眼神中看出点什么。但越看她,她越是低下头去,望着青草,望着马蹄,望着田里的麦苗,又从马尾拂过的地方采了一朵嫩黄的野花,揉碎,抛到脚边的青草中,就是不肯抬起头来。她真是不好意思抬起头来。

过了一阵,慧琼说:"我要走了。就这么一句话,告诉你以后,我心里就没有疙瘩了。这消息我也不告诉别人,你看,连红姐姐我都没有同她说。"

慧梅这才抬起头来扯住慧琼的衣襟,说:"你走吧,怕夫人在等着你。"

慧琼含着少女的神秘微笑,腾身上马,又看了慧梅一眼,策马而去。

慧梅望着慧琼的背影,望着她骑的红马,心上留着她的甜蜜而纯洁的微笑。慧梅舍不得她离开,可是只能望着她越驰越远,一直驰过河去,最后在一片树林中消失。这时在慧梅的眼前仿佛又出现了一匹疾驰的马,不是慧琼的红马,而是一匹白马,骑在马上的不是一个姑娘,而是一个英俊的将领,帽上有一朵红缨……。她在这里一直站了很久,不晓得应回健妇营去,还是应到哪里去,像痴迷了一样。突然,一个声音把她叫醒:

"慧梅,你一个人在这儿干啥?"

慧梅回头一望,见是张鼐骑在马上,后面跟着五个亲兵。她一时不知说什么好,完全失去了常态,脸也红了。过一会儿,她笑笑说:

"不干啥,我送慧琼的。"

"慧琼刚走?她来有什么事?"

慧梅回避张鼐的眼光,说:"慧琼已经走了半晌了,我在这里随便看看。这河边多有趣!我一天到晚练兵,现在很想过河,去老营去,去看望夫人,可是我,忘记骑马了。"

她的这几句话显然是临时编出来的,也不合情理,而且上句不接下句,所以她说完后更加感到拘束,感到心慌,不敢像平时那样望张鼐的眼睛。

可是张鼐并没有觉察到这些,他只觉得慧梅的样子非常可爱,声音极其好听。一听说慧梅忘了骑马,他就赶快跳下马来,将鞭子递给慧梅,说:

"慧梅,你骑我的马去吧。我知道你很喜欢我新得的这匹白马,这马是汪乔年的坐骑,确实不错。你不妨骑几天玩一玩,以后再还我。"

"那你怎么办呢?"

"我有的是马。这回我可以骑他的马去。"张鼐说着用手指了指一个亲兵,"让他步行回去,二里多路嘛,又不远。"

说完这话,他们又相对无言起来。张鼐的亲兵知道张鼐同慧梅有感情,看出来他两个似有话说,便继续往前走,走到河边饮马。

张鼐看亲兵走远,便问慧梅:

"今年你给我做的香囊,什么时候给我啊?"

慧梅有点儿坦然了,笑着说:"现在离端阳节还早着哩,到端阳给你就是了。今年要做好一点。往年做的你用了以后就摔掉了,也不可惜!"

张鼐一听就急了,说:"谁摔掉了?你不信,哪天我叫你看一看,你每年给我做的香囊,我像宝贝一样都藏了起来。"

"只要你不把它扔掉就好了。你看你给我的笛子,你去年送我的宝剑,我也是经常带在身边。那笛子我闲了还吹哩。"

"我也常常想着,我们那么小就到了夫人身边,如今都长大成人了。"说到这里,他微微一笑,望了慧梅一眼,不知道还说什么话。

慧梅把头低了下去,过了片刻,抬起头来,说:"你赶快走吧。你现在要到哪里去?"

"刚才行辕中军来传话,说今天上午袁时中要到行辕见闯王,中午设宴款待,让我也去作陪。"

"这个袁时中到底是什么样人,闯王这么看重他?也叫你作陪,可见将领作陪的人很多。"

"这个袁时中投了咱们闯王,是一件大喜事,所以闯王要盛宴款待,大小将领赴宴作陪的很多。"

"那你赶快去吧,也许闯王还有什么事情要吩咐你。"

张鼐吩咐一个亲兵步行回去,自己便骑上他的马,又望了慧梅一眼,便带着四个亲兵策马而去。

慧梅一手牵着张鼐留下的白马,目送张鼐远去,才慢慢地转回身,跨上白马,向健妇营缓缓地驰去。她的心好像飘在空中,好像随着张鼐去了,好像她刚才喝了一点甜酒,现在还带着薄薄的醉意,迷迷糊糊,不知想些什么……

大元帅行辕设在漯河边上的一个土寨中,辕门外警卫森严。街上不断有人马向东开去,但寨中秩序很好,商店继续开业。有许多贫苦百姓在放赈的地方领粮,由李岩派的士兵和武官在那里照料。

李自成走进辕门,一直走到第二进院中,牛金星、宋献策、李岩和刘宗敏、高一功等都在院中迎他。他率领他们进屋坐下,抬头问道:

"尧仙在哪里?"

牛金星赶快欠身答道:"他在外边等候大元帅问话。"

"请他进来吧。"

中军吴汝义赶快向一个站在旁边伺候的亲兵吩咐一声。过了片刻,牛佺进来了,向闯王躬身作揖。闯王让他坐下,他不敢坐,说:

"大元帅和军师都在这里,我实在不敢坐,就站在这里向大元帅回禀吧。"

闯王说:"你坐下吧,我们不要讲那么多礼,现在还在打仗嘛。"

刘宗敏也爽朗地一笑说:"咱们江山还没有打下,君臣之礼可已经讲究起来了。还不快坐下!"

牛佺重新作了一揖,在旁边一把空椅上侧身坐下。

闯王问道:"你到袁时中那里,我原没想到他会随你前来。怎么,很顺利么?"

牛佺起身答道:"我随着汉举、补之两位将军破了陈州之后,探听到袁时中就住在鹿邑、柘城之间,我就带着大元帅的书子前去寻找。我到了他那里后,他一听说我是李闯王派来的人,赶快出迎。我递上大元帅的书子,他看完后,就问:'闯王现在哪里?'我说:'大军已破了陈州,不日就要去攻开封。因为闯王知道将军驻在这里,所以特派小弟前来拜谒,投下书信。闯王之意,是望将军早日归顺,共建大业,不知将军意下如何?'他说:'我久闻李闯王大元帅的威名,可惜无缘拜谒。今日先生前来,实为幸甚。至于投顺之事,我也久有此心,只恨无人引见。现在闯王既有书子前来晓谕,我自然十分感激。此事请先生稍微等候一日,容我和军师们再商量一番。'设宴招待以后,他就同身边的文武人员谈了很久。当天晚上,他告诉我,他和手下人都一心投顺闯王,并说要亲自前来拜谒闯王。我说:'现在闯王离此尚远,大约两三天内就要东来,率大军北进,将军不妨在此稍候,等闯王到了陈州一带,再去谒见不迟。'但是他定要前来,说:'既然我决心投顺闯王,何在乎这二三百里路程。我们已经商定,把人马移近陈州,等候闯王前来指挥;我自己明天就带领少数亲兵随同先生前去拜谒闯王,也不负了我对闯王的一片仰慕之情。'我看他确有诚意,就说:'既然如此,就照将军说的办罢。'所以我在他那里一共只停了一天一晚,就同他一齐奔来。"

闯王心中甚喜,做手势使牛佺落座,又问:"到底袁时中有多少人马?军纪如何?他为人怎样?我们这里只听说他有十来万人马,实际上也许没有。又听说他年纪虽轻,倒是有些心思,不是那号随意骚扰百姓的人,所以我心中对他十分器重。"

牛佺欠身说:"我在那里时,跟他的左右文武谈了不少,也看见了当地百姓。据我看来,此人倒是一个了不得的人才。自从崇祯十三年他在开州①起义以来,就十分注意军纪,每到一地,不许部下骚扰百姓,不许奸淫妇女,不许随便杀人。他又礼贤下士,对读书人十分尊重,现在身边就有几个秀才帮他出谋划策。他的人马,因有过两次饥民响应,所以也许曾经有过十来万,但多是乌合之众,一经打仗,多数散伙。现在大概只有二三万人,另外骑兵可能也有一千多人。"

———————

① 开州——今河南省濮阳。

"他识字么?"闯王问。

"略微识点字。他幼年读书很少,可是起义以来,身边总有些读书人,没事的时候,听他们谈古论今,所以他自己也颇懂得一些书上的道理。虽然是个粗人,说话倒十分文雅谦逊,不似一般绿林豪杰,举止言谈并不粗鲁。"

刘宗敏插话说:"既然这样,他怎么自己不独树一帜,要投我们闯王呢?"

"小侄见他以后,陈之以利害,动之以祸福。还告他说,闯王上膺天命,名在图谶。'十八子主神器',图谶上说得明明白白。自从十三年冬天闯王进入河南以来,剿兵安民,除暴安良,所到之处,百姓不再向官府纳粮,闯王自己也是三年免征,加上军纪严明,对百姓秋毫无犯,因此一时应者云集,人皆誉为千百年难逢的汤武之师。如今连曹帅那么有声望的人都已甘愿归附,八大王奉闯王为盟主,大别山一带的革、左五营也是惟闯王之马首是瞻。所以小弟特来奉劝袁将军早早归顺闯王,共建大业。事成之后,少不得封侯封伯,子孙世袭。他听了我这番话后,频频点头。又同手下人商量一番,归顺之意遂决。"

闯王问道:"他的几个幕僚,都是些什么人啊?"

牛佺恭敬地回答:"他有三个谋士,都是豫东一带的读书人,听说都是秀才。一个叫刘玉尺,原名不详,这些年来一直以字行,大家就称他刘军师。此人三十多岁,颇为健谈,奇门遁甲,六壬风角,样样精通;对兵法战阵,也颇通晓。他这次随着袁时中一起来了。还有一个随着一道来的,姓朱名成矩,字向方。这个人颇有儒者气度,少言寡语,深沉不露。还有一个叫刘静逸,这次随着人马留在驻地,没有前来。"

李自成听罢,略一沉思,向在座的牛、宋等人环顾一眼,说:"你们看袁时中是不是真心归顺? 因为我们与他素无来往,今番尧仙世兄前去说项,他不远二三百里要来谒见,倘若真是诚心归顺,那自然是一件好事,我们理应一视同仁,推心置腹相待。但我总觉得我们对此人尚不深知,也可能他看我们的势力大,不得不归顺,心里却仍然顾虑重重。尧仙世兄既然与他深谈过,又一起前来,想必能看出他究竟是否有真心实意。尧仙,你看他是真正怀着诚意么?"

牛佺被闯王一问,倒有些犹豫起来,但他还是相信袁时中确有诚意,便说:"我看他是仰慕光辉,真心拥戴。如果不是真心,他何必远道来谒?何况他目前的人马不少,独树一帜也是可以的。"

宋献策笑道:"据我看来,袁时中所以归顺麾下,一则是因为麾下仁义之声,遍播中原,上膺天命,名在图谶,他也知道'忠臣择主而事,良禽择木而栖'的道理,跟着闯王打天下,日后功成名就,可以封妻荫子。二则也是形势所迫。因为现在他徘徊于鹿邑、柘城之间,往东去,有刘良佐、黄得功两支人马挡住去路,还有总督朱大典驻在凤阳,指挥刘、黄两镇向西进迫。既然不能东去,我们的大军又从西边开来,汉举、补之业已破了陈州,两面对他都在挤。他怕我们再向东去,会把他们吃掉,不如自己先来投降。所以他的归顺,既有诚意,也是势不得已。"

刘宗敏哈哈大笑,拍一下膝盖说:"还是军师说得对,一口咬在豆馅上!要不是我们大军东进,已经破了陈州,他也不会乖乖地跑来投顺。什么事都得力一个'逼'字。不逼他一下子,他还会在那里观望风色,左顾右盼,拿大架子哩!"

牛金星笑着说:"虽系大势所迫,究竟也还具有诚意,他才远道来晋谒大元帅。"

宋献策也说:"不管如何,他既然来了,我们就该以诚相待,推心置腹,不分彼此,他也就会变成闯王麾下的一员忠心战将。"

闯王点头说:"凡是来到这里的,我们自然都要待之以诚。泰山不厌土壤,江海不择细流,成大业者惟恐英雄豪杰不来。"说到这里,闯王忽把目光转向李岩:"林泉,你对此事有何看法?"

李岩自从来到闯王这里,因为自己觉得是比牛、宋后至的,且本无争功之意,因此每逢议事,从不抢先发言。现在因闯王问到了他,他便答道:"闯王将士,多数起自西北,河南将领,如今还不算多。袁时中虽系大名府开州人士,可是这几年多在豫皖交界地方,成为一方义军领袖。倘若他能诚意归顺,对河南、河北与皖西众多大小义军将领颇能号召。所以军师之言说得甚是。我们一定要优礼相加,使他成为闯王部下的一员忠心耿耿的将领。"

牛佺接着说:"他的军师刘玉尺私下与我谈话,也说到闯王将士多起自西北,而袁将军是河北人,与闯王原非亲故,也无乡土之谊,投顺之后,他自然忠心耿耿拥戴闯王,部下将士也要化除隔阂。说到这里,他就探我的口气,说:'听说闯王尚有掌上明珠,未曾许人,不知能否使袁将军高攀名门,与闯王令嫒缔结良缘,日后既有君臣之谊,又有翁婿之情,岂不更好?'当时我说:'既是袁将军有此美意,我一定转达闯王麾下。'"

高一功在大家发言的时候,一直静静地听着,没有说话。这时候听牛佺谈到袁时中要与兰芝结亲,便开口问道:

"他难道还没有妻室?"

"听说原来在家乡定过亲,后来那姑娘随父母逃荒在外,饥寒交迫,已经死去。"

高一功又问:"他今年有多大年纪?"

"不过二十六七岁。"

高一功摇摇头说:"二十六七岁,身为一军之主,难道没有妻室?"

"只是有两个女子为妾,并无正室夫人。"

高一功很干脆地说:"闯王只有一个女儿,年纪还小,这亲事不能结。"

未等别人开口,宋献策先插话说:"高将军为兰芝姑娘舅父,此言说得很对。闯王的千金目前还小,不到出阁年龄。但这门亲事既由他那方提出来,也不好拒绝。以我之意,要玉成这门亲事才好。结下这门亲后,就不怕他不忠心拥戴,甘效驰驱。"

刘宗敏笑着说:"军师,你胡扯!我看你也不能将双喜儿变成姑娘!"

献策说:"好办,好办。我包管大元帅得乘龙快婿,袁将军得人间佳偶。"

闯王说:"这就难了,我并不是爱惜一个女儿,但兰芝的年纪确实还小。"

宋献策仰起头来,哈哈一笑,说:"这……有何难哉!自来公主下嫁,有亲生女儿,也有非亲生女儿。文成公主下嫁吐蕃,文成公主也并不是唐太宗的亲生女儿啊。"

正说到这里,吴汝义进来禀报说,袁时中已到了二三里外。闯王马上站起来,就要出寨迎接。牛金星劝止说:

"麾下且慢。麾下虽然礼贤下士,延揽英雄,如饥似渴,但今日身份不同往日,不宜亲自出迎。"

李自成说:"还是出寨相迎好吧!人家远道来投,我也应当虚心相待。"

"麾下今日已是奉天倡义文武大元帅,手下战将如云,连曹帅、张帅尚且奉麾下为主,何况他人。袁时中来,固然要以礼相待,但不必由麾下亲自远迎。"

"那我们应当怎样迎接呢?"

牛金星便说出他的一番意见来。闯王听了觉得有理,便说:"好吧,就这样办吧。"

在驰往大元帅行辕的路上，张鼐不断在马上放眼四顾，但见处处青山绿野、春景如画。他满怀愉快，禁不住胡思乱想，慧梅的影子总是不离他的左右。他一路上陶醉在媚人的春色中，更准确地说是陶醉在狂热、甜蜜、充满新鲜、激动、期待、希望与苦恼交织的爱情之中。啊，初恋的年轻人，生活在提倡"男女授受不亲"时代的初恋人，爱情对于你，真像美妙而神秘的梦境一般。啊，在你的摇荡不定的心中有多少难忘的回忆与离奇的幻想！

近一年来，他每次同慧梅单独见面都感到拘束。慧梅也是一样。他们的眼睛再也不能像童年时期那样相对。他们的眼光很想互相看看，却不好意思地互相回避。常觉得有一肚皮话要当面倾诉，到见面时竟没话可说，或有话而吐不出口。在闯营的众多姑娘中，他觉得只有慧梅的一双眼睛最有神采，最聪明灵活。只要她的眼睛轻轻一瞬，就好像有无限情意泄露出来，使他的心旌摇荡。有几个甜蜜印象，使张鼐最为难忘。

最难忘，第二次攻开封他受伤之后，慧梅刚从临颍来到，去他的帐中看他。虽然已经知道他只是震伤，并不碍事，可是那一双可爱的眼睛是红润的，当着乍见他时几乎有泪水夺眶而出，随后她努力在眼睛里流露宽慰的微笑。似乎在说："我知道，你很快会好的。"他那时也报她一丝微笑。

最难忘，近来几次同她邂逅相遇，亲兵们不在身边，他好像看见她的眼睛特别含情，妩媚，害羞，却同时焕发着平时没有的奇异光彩，像有一点轻微酒醉的神情。逢到这样时候，他总是低下头看她的马镫或马蹄，而她也往往无端的脸颊飞红，赶快把眼睛转往别处，或者用手抚摩马鬃，或者玩弄马鞭。在这样眼色含情、无言相对的时候，他自己感到发窘，胸脯紧张，连呼吸也很不自然，想赶快分离又不肯走开，总是等她借故先走。啊，像这种奇妙的时刻，他永远也不会忘记！

最难忘,在困难的商洛山中,慧梅为保护高夫人腿中毒箭,快要死去。他来到她躺卧的大树下边,看见她的危险情况,几乎要失声痛哭。慧梅从昏迷中睁开了失去神采的眼睛,慢慢地认出是他,要将宝剑还他。他不要宝剑,拿话安慰她。这时候,他的心中酸痛,不知有多少眼泪在往胸中奔流;他巴不得立刻飞马到战场将官军杀光;他巴不得老神仙能够腾云驾雾来救活慧梅。他离开慧梅时候,哽咽默祷:"老天爷,请你随便损我张鼐的寿,让慧梅活下去吧!"这一次生死关头的痛苦经历,他永远也不会忘记!

最难忘,刚才在小河边同慧梅相遇。春风是那么柔和,阳光是那么温暖明媚,路边和河岸上茂盛嫩绿的春草被太阳一晒,散发着醉人的气息。他猜不透慧梅独自立在小河边想什么心事,但觉得她的面貌比平日更美艳动人,眼色比平日更有光彩,使他对着她禁不住怦怦心跳,不敢向她的脸上多看。她的云鬟上插着几小朵半开的桃花,有一只蜜蜂绕着她的云鬟飞翔,不肯离开。有几片开败的桃花落在白马的鞍上和身上,她好像没注意,轻盈地腾身上马,有的花瓣儿就压在她的腿下。一只小蝴蝶在马尾边飞翔嬉戏,有时马尾轻拂一下,它全不管,继续接近马尾的左右款款飞舞。如今这印象活现在张鼐眼前。他的心飞回河岸,飞回刚才同慧梅停立的地方。他不觉在鞍上出神,想入非非;垂鞭由缰,信马前行。他想,他如果能够像孙悟空那样会七十二变,变做像刚才看见的那个蜜蜂,永远绕着她的云鬟飞翔,十分亲近她但又不敢挨着她的耳朵和脸颊;变成像刚才看见的那只蝴蝶,永远在她的马尾左右翩翩飞舞;变成像刚才看见的那几瓣桃花,飘落在她的雕鞍上,任她在不注意中压在腿下,或飘落在潮湿的青草地上,任马蹄践踏,化成泥土,粘附着马蹄,随她愉快地奔驰而去。……

到了大元帅的辕门外边,他才从如醉如梦的相思中醒来,恢复了英武的青年武将气概,翻身下马,将战马交给一名亲兵,大踏步走进辕门。许多将领正准备走出辕门。张鼐向大家一拱手,来不及说话,赶快去见闯王。闯王在忙着批阅文书,望一望张鼐,觉得这小伙子满面红光,浓眉大眼,威武精神,真是可爱。他露出微笑,轻声吩咐:

"你来了好,快跟众位将领一起迎接袁时中去!"

"遵令!"张鼐又一叉手,转身退出。

李自成想起来高夫人今早对他谈的事,心中想道:"将慧梅配张鼐,真是天生佳偶!"

第 十 章

袁时中率领从人来到寨外时,牛佺已经同着李双喜和吴汝义在那里等候。袁时中一看有人迎接,赶快下马,趋前相见。牛佺一一介绍。袁时中连连叉手施礼,说:"劳各位如此远迎,实在不敢领受。"进寨后,一路行来,袁时中看到街上熙熙攘攘,小商小贩正在十字路口贩卖东西,好像太平年景一样,不免心中暗暗赞叹。到了行辕大门外,高一功已经率众位大小将领在那里等候,互相施礼,当即一同进入行辕。一直进到第二进院子,才见李自成率着牛金星、宋献策等站在大厅的台阶上等候。他们见到袁时中,赶快降阶相迎。袁时中知道中间的大汉便是闯王,赶快躬身作揖,就要跪下叩头。闯王一把搀住,说:"不许行此大礼,请进吧。"袁时中哪里肯依,一定要叩头,闯王只得作揖还礼。然后袁时中又向牛、宋行礼,牛、宋谦逊还礼。进入大厅后,重新施礼毕,闯王便请袁时中在客位就座。袁时中一再推辞,说:"请大元帅上座,再受时中一拜。"闯王不依,强拉袁时中在客位就座。这样又不免彼此推辞谦让一番。宋献策在旁边说道:

"今日因是袁将军初次到此,宾主之礼还是要讲究的。从今往后,袁将军就是大元帅麾下的部将,那就不必再行此礼了。现在请袁将军不必推辞,就在客位就座。"

袁时中推辞不过,只得勉强在客位坐下,侧着身子,不敢认真落座。刘玉尺和朱成矩也同大家一一行礼,一起坐下叙话。

闯王说道:"将军与二位先生远道辛苦,光临敝帐,实在受之有愧。今后既然大家聚在一起,就是一家人了。我们同心协力,共建大业,事成之后,有福同享,不敢相忘。"

袁时中赶快起身答道:"久仰大元帅仁义之名,众望所归,又且名在《谶记》,足见天心已定,十分昭然。可惜时中身在豫东与颍、亳之间,不能早日进谒,效忠左右。今日有幸,得瞻光辉,偿了宿愿,实在高兴。今后只要大元帅不弃,时中一定始终相随,甘效犬马之劳,纵然肝脑涂地,也是甘心。"

闯王没有想到,袁时中一介武夫,吐属竟如此文雅。便又说道:"将军能够来到这里,与我共事,我决不会当外人看待。我们这里虽然十之八九都是关中将士,延安府一带的人更多,可是如今家大业大,各地英豪俊杰,纷纷前来。像在座的李公子便是河南的名门公子,他也带来了数千豫东将士。我们都不分远近,一视同仁。"

李岩见闯王提到自己,便也说道:"袁将军不必顾虑。大元帅恢宏大度,虚怀若谷,到处延揽英雄,如饥似渴。将军是河北英俊,远近皆知,到此以后,闯王必然倚为股肱,前程未可限量。"

袁时中十分感动,又要站起来,但被闯王用手势阻止,便欠着身子说:"时中今后便是大元帅部属,只要有所吩咐,不敢不尽心竭力,始终效命!"

闯王微笑点头,又转向刘玉尺、朱成矩问道:"刘先生、朱先生,可是与袁将军共事多年?"

刘玉尺答道:"自从袁将军由河北来到豫东,我们二人便先后到辕门相投。一见之下,知道袁将军忠厚仁义,非一般草莽英雄可比,所以誓死相随,如今也两年多了。"

闯王又笑着说:"听说刘先生是饱学之士,胸富韬略,可恨相见太晚。"

"在下并无学问,也无韬略,只是一心辅佐袁将军而已。如今天下群雄并起,逐鹿中原,因为知道闯王是真正救世之主,虽尚未得天下,但天命所归,人心所向,已无可疑。玉尺从去年以来,就奉劝袁将军不必与群雄角逐,只须暂时独树一帜,以待圣人。袁将军也是这番心意。不想今日果然能够来到大元帅麾下,玉尺的一番心愿,果然得偿了。"

闯王又笑向朱成矩问道:"久闻朱先生也是萧、曹、张良一流人物,今日来到,实在大快人意。不知对今后大事有何见教?"

朱成矩赶快站起身拱手说:"蒙大元帅过分奖饰,愧不敢当。成矩是碌碌书生,并无什么别的本领,只是劝袁将军不妄杀无辜,不扰害百姓,严禁部下奸淫,好生练兵,与地方百姓休养生息,以待救世之主。幸赖袁将军居心仁厚,礼贤下士,闻过则喜,从善如流,故两年来小袁营所到之处,尚能做到平买平卖,秋毫无犯。倘使袁将军能成为邓禹和徐懋功一流人物,则成矩之愿足矣。"

宋献策心中明白刘、朱二人所说的都是事前准备就的冠冕堂皇话头,但是他身为闯王军师,在此场合,不得不赶快点头说道:

"好极!好极!两兄所言使献策深为佩服。能得二位阁下在袁将军左右,袁将军日后功名富贵,夫复何忧!至于我们大元帅奉天倡义,吊民伐罪,仁德所及,如冬日在人,早已妇孺皆知,令名昭著。我也是多年奔波,足迹半天下,观人多矣,后来得遇大元帅,才有了安身立命之所。现在袁将军和二位来得正是时候,不日就要进攻开封,望袁将军建立功勋,机不可失。"

袁时中又欠身说:"承蒙军师指教,深中下怀,自当铭记在心。时中草莽无知,读书甚少,以后请军师与牛先生多多教诲,使时中能在闯王麾下做一员偏将,尽力效忠,不负此生。"

牛金星笑着说:"袁将军如此诚心,又如此谦虚,在草莽英雄中实在难得。以后我们一起共事,只要能早日打下江山,将军建立殊勋,封侯封伯,自然不难。今日风云际会,也是天意所定。"

当他们说话的时候,李自成一直静静听着。在一二年前,他还不太习惯听恭维话,如果有谁当面奉承,他心里会感到很不自在,甚至会产生反感。但自从牛、宋等人来到身边,宋献策献了那个《谶记》,他又正式称为"奉天倡义文武大元帅"后,随着军事形势的发展和义军队伍的壮大,那些"天命所归"、"救世之主"一类的颂扬话渐渐地听得多了,认为理所当然。所以在今天这种场合,听着双方在谈话中都一再地颂扬他,他总是面带微笑,对袁时中的谦逊颇为满意。这时他望着时中问道:

"不知时中将军父母是否健在?家里还有什么亲人?"

袁时中回答说:"末将幼年饥寒贫困,可怜父母双亡。有一个亲叔父,多年前流落他乡,失去音信。前年才托人百方打听,将家叔找到,接来军中,不幸去年病故。目前只有一个堂弟,名唤时泰,随我做事,算是惟一的亲人了。"

闯王叹口气说:"君昏臣暗,天灾人祸,多少人死于非命。在我的部将里头,也有许多父母饿死或逃荒在外的。"

袁时中说:"今天能到大元帅身边,就算有了靠山,也同有了父母一般。"

牛金星说:"正是此话。闯王待人,有恩有义。许多人都是无家无亲,一到闯王这里,如同到了亲人身边一样。何况袁将军少年有为,正是建功立业之时,闯王一定会青眼相看。"

又谈了一阵,闯王便派人将曹操和吉珪从附近一个村子里请来,在大厅里摆开了宴席,为袁时中等人接风。老营和附近营中的重要将领都来作陪。驻在附近的大将中只有田见秀、刘芳亮、谷英等由于军事倥偬,各有要务在身,不曾前来。

宴会以后,闯王让牛金星和宋献策陪同袁时中等去住处休息。当大家拱手作别的时候,曹操的脸上有一种不可捉摸的神气,这种神气并没有逃过闯王的眼睛。重新坐下以后,闯王有意同他谈起袁时中来投之事。曹操仅仅一笑说:

"俗话说,知面不知心。现在他既然来了,大元帅不妨以诚相待,今后如何还不知道。"

吉珪也接着说:"如能真心跟随大元帅,当然很好。万一他三心二意,再设法除掉不迟。"

闯王不愿听这种话,赶快说:"我们还是谈谈进攻开封的事吧。"

为袁时中及其亲随准备的下榻地方是一所逃走的乡绅住宅,十分宽敞。牛金星和宋献策陪客人来到上房,坐下闲谈一阵,正要告辞,却被时中留住。但见时中对刘玉尺暗使眼色,刘玉尺笑着说道:

"宋军师、牛先生,闯王对我们袁将军如此厚爱,使袁将军与我们小袁营将士永远感激不忘。玉尺有一句心中话,不知敢说与否。"

宋献策说:"虽然我与玉尺兄是初次见面,但我看玉尺兄也是十分慷慨豪爽,与人肝胆相照。既然有话,不妨直说。"

刘玉尺说:"这话并非为我,实是为使袁将军能永远为闯王效忠不贰,而袁将军部下也都能从此与闯营老将士同心同德,不分彼此。"

牛金星已经猜到八九,正中他和宋献策的心意,便哈哈笑道:"你直说吧,也无非是要结为秦晋之好这件事罢了。"

刘玉尺赶快拱手说道:"牛先生既然已经猜到,也就无须刘某多说了。袁将军今年二十六岁,尚无正室夫人。听说大元帅有一位令嫒,尚未字人,不知是否可以高攀,使袁将军得为乘龙佳婿?倘能成此良缘,岂不美哉!"

朱成矩接口说:"如能缔结良缘,则袁将军数万部下就会完全一心相投,不会再生嫌疑。"

宋献策说:"此事当然甚佳,只是尚未向大元帅禀报,我们不敢自作主张。大元帅无疑极为赏识袁将军的人品才干,愿得如此快婿。只是,大元帅虽有一位令媛,年纪尚小,今年不过十五岁,未到出阁之年。"

刘玉尺、朱成矩又说了一些希望牛、宋"玉成佳事"的话。牛金星因为袁时中鞍马劳顿,便请他好生休息,遂同宋献策一起告辞出来。

他们来到宋献策的帐篷中,商谈片刻,决定先听听高一功的意见。宋献策便派亲兵去请,只说有要事相商。过了一会儿,高一功匆匆来到,坐下后,打量一眼牛、宋二人的神情,问道:

"不知二位有什么喜事,如此满面堆笑?"

宋献策笑着说:"别事可以暂时不麻烦一功将军,此事必须先同一功将军一谈。"

高一功心中猜到八分,说道:"请直说吧,我先听听你们的。"

于是牛金星、宋献策便把刚才与刘玉尺、朱成矩的谈话复述了一遍。高一功听罢,正色说道:

"不行。上午已对你们说过,兰芝还小,不到出阁年龄。闯王别无女儿,招的什么娇婿?"想了一下,他又说:"啊,你们可以另打主意。最近两三个月,从米脂家乡逃来一些人,其中有闯王的两个侄女,都有十六七岁。是否在侄女中挑选一个姑娘许配给袁将军,这要看闯王的意思。既然不是我的外甥女儿,我不好多作主张。"

宋献策看他对兰芝的亲事回答得斩钉截铁,就不好再说下去。他有一个移花接木的主意,但不愿马上吐口,忽然对高一功哈哈大笑,说道:

"既然如此,我们得多想一想,然后回禀闯王。"

高一功走后,宋献策对牛金星说:"闯王的侄女,看来未必会使袁时中满意。虽说米脂出美人,可是这两位侄小姐都不很俊,也太老实。我想,同袁时中这种人结亲,非同一般。我们只是要借助结亲,使袁将军更能忠心辅佐闯王。如果嫁去的姑娘庸庸碌碌,世事不懂,也不过徒做一个老婆而已,实非我们笼络袁将军之初衷。"

牛金星点头说:"正是此理。倒不如在高夫人身边的姑娘中挑选一个,作为闯王养女下嫁袁将军,也是一个办法。"

"我正有这个想法,但闯王与高夫人是否同意,尚不得而知。这个主意,我们先向闯王禀明,看他如何决断。高夫人身边不乏才貌双全的好姑娘,何愁袁时中不能满意?"

当牛、宋二人正在商量的时候,袁时中和刘玉尺、朱成矩也在交谈。他们对于闯王的礼遇都感满意,但袁时中仍然担心自己不是陕西人,与陕西起义的将领们毫无渊源,日后仍然会生出嫌隙。于是话题又转到结亲的事情上来。刘玉尺说:

"现在已经知道,闯王的令嫒只有十五岁,年纪确实还小,即令闯王愿意,闯王夫人也未必同意。我们要退一步着想。闯王这里必然有些家属随军,不得已就从他的侄女中找一个结亲,也是一个办法。"

袁时中有点犹豫,说:"随便找一个,怎知人品是否恰当?"

刘玉尺说:"延安府有句俗话:米脂的婆娘安塞的汉。据说安塞的男人长得俊,米脂的女人长得俊。米脂有一条河,水土很好,自古是出美人的地方,随便找一个姑娘,都是明眸大眼,长得俊俏。"

朱成矩点头说:"是的,貂蝉就出在米脂。"

袁时中说:"你们二位先生斟酌办吧,这事情我也没有多的想法。"

由于连日来旅途劳顿,又商量了一会儿,他们就各自休息去了。

当天傍晚,宋献策、牛金星来到闯王屋中。这时闯王已听了一个下午的禀报,有的是关于军粮的,有的是关于部队的出发情况的,有的是关于商丘、开封两地官军防守情况的,还有许多事情正在等着向他禀报。看见牛、宋二人进来,他就挥手使一些将领退了出去。高一功因有别的事情,也随着退了出去。

李自成问道:"你们二位可同袁时中又谈了一阵?"

牛金星说:"又谈了许多,看来袁时中确实颇具诚意,并无半点虚情。因为他们诚意相投,所以又把结亲的事提了出来,请闯王斟酌。"

"这事情不太好办,因为兰芝还小,纵然我答应,她妈也不肯答应。"

宋献策故意问:"是否可以从大元帅的侄辈姑娘中挑选一个,许配给袁将军?"

"侄女倒是有两个,但都是最近从米脂乡下出来的,人品一般,又不懂事,怕未必能使袁将军满意。"

牛金星说:"麾下说的很是。袁将军来到之前,我与军师在麾下前谈到如何使袁时中忠心不贰,不妨结为姻亲,曾蒙麾下首肯。恰好今日先由刘玉尺提出结亲的话,可见双方同有此心。刚才军师同我也曾谈到,我们今日与袁将军结亲,务必要从大的方面着眼,单单许配一个姑娘,如果懦弱、无知,也没有多大好处。倘若有一个姑娘,有容貌,有武艺,又有心计,结亲之后,能使袁时中听她的话,忠心耿耿侍奉麾下,那才算好姻缘,不虚为秦晋之盟。目前这样的姑娘在老营中并非没有,只不知麾下和夫人是否舍得。"

闯王马上想到,这是一个办法。像慧英、慧梅这样的姑娘,有武艺也有阅历,结亲以后,定可以使袁时中服服帖帖,忠心拥戴,不生异志。然而他没有忘记,就在今天早上,高桂英还曾向他提起,要把慧英配给双喜,慧梅配给张鼐。他想着关于她们的终身大事,

不能匆忙中将话说死,便说:

"此事让我再想一想吧。"

接着,他们又谈起如何向商丘进兵的事。闯王谈到,下午李岩在这里,曾劝他从今以后,每占一地,不要再放手扔掉。最好先在开封周围的府、州、县设官授职,治理百姓。攻下开封后,就以开封为立足之地,经营中原,然后东进临清、济南,西进潼关,攻占西安,再派遣一支人马渡黄河骚扰畿辅。宋献策听了,从容问道:

"麾下以为如何?"

"我们有实际困难啊!"闯王叹口气,然后把声音放得很小,说:"曹操这个人哪,实际与我们同床异梦,总难一心。今天袁时中来,他就不太高兴,惟恐我们的力量强大。如果我们每占一座城市就分兵把守,他的人马就会超过我们,反客为主,这是不行的。还有一层:目前我们虽然号称五十万人马,实际上连随营眷属只有二三十万,其中能战的兵并不很多,多数兵来不及训练,还有些兵是河南本地来的,乡土念头甚重,倘遇局势不利,就会各自奔回家乡。目前如果我们把兵力分散,不仅曹操可虑,我也担心会给官军以可乘之机。至于林泉的建议,到了时候我会采纳的,只是目前尚非其时。"

"那么,麾下的意思……"

"我的意思是,林泉的主意虽好,等打下开封再说。打下开封,以开封的财富养兵,然后再四面出兵,占领周围的府、州、县城,就不至于处处分兵,又要打开封,又要防守各府、州、县城。咱们这次攻打开封,势在必得,到那时占据州、县,设官理民,也不过几个月的事,至迟一年罢了,何必那么着急!"

宋献策本来很赞成李岩的建议,但看到闯王主意已定,也就不敢多说了。于是又开始商谈别的事情。正在这时,李双喜走了进来,向闯王禀报说,有几个百姓求见。闯王挥手说:

"咳,你这孩子!你看这里有多少大事等着我处理。那些百姓求见,也不过是要我替他们伸冤报仇,或劝我去攻哪座城池。你就替我做主回话吧,不要再打搅我啦。"

双喜退出后,他们继续商谈。闯王留他们一起吃了晚饭。饭后话题又回到与袁时中结亲的事情上来。闯王问道:

"你们看,老营中哪一个姑娘许配给袁时中比较合适?"

牛金星说:"慧英这姑娘,又有忠心,又有姿色,又在夫人身边多年,颇有阅历,倘若嫁给袁时中,可以使他永不敢怀有二心。"

李自成摇摇头说:"目前夫人处处需要她做事,她名为身边女兵,实为左右膀臂,只恐夫人不肯。"

"慧梅如何?"宋献策问。

牛金星也说:"慧梅这姑娘,外柔内刚,容貌比慧英更俊,袁时中必然十分满意。"

自成又摇摇头说:"夫人已经替她选了女婿。何况她目前在健妇营,十分得力。红娘子身怀六甲,许多事都是慧梅在管。"

宋献策说:"目前与袁将军结亲,是一件大事。至于健妇营,比起来毕竟是件小事。权衡轻重,不应因小失大。红娘子虽然身怀六甲,几个月后,生了孩子,依然可以亲自处理大事。其实所谓大事,也不过训练千把妇女罢了。如果把慧梅许给袁时中,则小袁营数万将士都将一心一意跟随麾下,不会再生芥蒂。"

"可是夫人已经把她许给张鼐了。"

"是否已经向他们说明?"

"没有说明。只是夫人私下同我商量,说他们起小就来到军中,如同兄妹,后来一同杀敌,磨练成人。虽说没有定亲,但两下心里都早已有意。"

宋献策略一思忖,接着说道:"既是没有说明,没有替他们凭媒定亲,这事就要从大处着眼。对张鼐小将军,这话好说。一个堂堂英武小将,何怕没有好的女子配他?闯王可以另外替他物色,我们也可替他物色,总可以替他找一个聪慧貌美的姑娘,不下于慧梅。破了开封之后,大家闺秀中任凭选择。至于慧梅,原是姑娘,纵然心里有意,也不好开口。自古儿女亲事,要听父母之命,媒妁之言,还是麾下与夫人说了算数。"

宋献策的一番话,使闯王听了觉得有理,但他还是想同高夫人商量一下,便说:"此事我们还不晓得袁将军意下如何,也不晓得夫人意下如何,今晚暂时可以不做决断。"

宋献策又说:"这也好办,明日早饭以后,我们就派人去陪袁将军观操,顺便也去看看健妇营的操练。到健妇营观操时,不妨暗中告诉他,慧梅就是健妇营的首领。如果他对慧梅十分有意,这事在他那方面就算定了。那时麾下就请夫人到行辕来商量。只要麾下决断,夫人纵然不情愿,也不好多说。"

闯王说:"看来为着创建大业,笼络英雄,也只好这么办了。只是慧梅和张鼐会心中难过,尤其慧梅!"

牛金星笑着说:"唐太宗千古英主,为着安定西陲,还不惜遣文成公主远嫁吐蕃。何况袁将军近在左右,又是相貌堂堂,年纪不大。慧梅纵然同张鼐自幼在一起长大,患难与共,互相有意,但儿女婚事,要靠父母做主。纵然她在出嫁时一时难过,日后必然是美满姻缘,夫妻和好。大元帅大可放心。"

第二天早饭后,健妇营的女兵们像往常一样有一阵休息。突然,从大元帅行辕中来了一名飞骑,传谕说:军师马上就要陪着一位袁将军前来观操,要红帅和慧梅女将准备一下。红娘子和慧梅听了都感到诧异:从来外边人都不来看女兵操练,为什么这一次偏偏来看?她们不敢迟延,赶快命令健妇们将马匹鞴好鞍子,列队走往校场。

不到片刻工夫,果然看见宋献策和客人带着一群亲兵往健妇营驰来。慧梅带着各哨健妇们站在校场中等候,红娘子走出营外迎接军师和客人。宋献策和袁时中赶快下马。宋献策笑指红娘子说:

"这就是红娘子将军,李公子的夫人,如今是健妇营的首领。"又转看着客人们说:"这位是昨天来到的袁时中将军。这位是刘先生。这位是朱先生。他们都是袁将军的亲信幕僚。"

红娘子和客人们互相施礼以后,便邀请他们往她的军帐中小憩。宋献策说:

"不必了。袁将军因久闻闯王这里有健妇营,特来看看操练。如已准备停当,就请红将军下令开操。看完以后,袁将军还要去别处观操。"

袁时中也笑着说:"早就听说这里的姐妹们弓马娴熟,武艺精通,是开天辟地以来未曾见过的新鲜事儿,所以我特意前来看看,以饱眼福,也广见闻。"

红娘子说:"不知袁将军和军师想看什么?我们这里有骑射,有步射,有各种兵器的操练,也开始学习阵法,能变换几种阵形,是否一样一样都练给诸位看看?"

宋献策说:"我看时间不早,我们还要上别处去,就看看健妇们的射艺吧。袁将军以为如何?"

"很好,我很想看看步射和骑射。我是少见寡闻,今天来这里,真是大开眼界。"

"请袁将军不必过谦,操练不好,务望不要见笑。"红娘子说罢,就命人告诉慧梅,要她自己带领一队健妇,演习骑射。

慧梅立刻抽一哨五十人的健妇,一声令下,一齐飞身上马,取出弓箭。慧梅自己也骑上一匹雄骏的白马,就是张鼐昨天早晨借给她的那匹马。马兴奋地腾跳着,纯白色的马身、马鬃,辔头的银饰,和骑马人的红装在灿烂的阳光下相映成趣。又一声令下,五十名健妇分成五组,第一组先策马奔驰,绕场一周后,便一一弯弓搭箭,向着靶子射去,每个靶子一箭。慧梅起初在原地指挥,轮到第五组射箭将毕,她忽然策马追去,马快手疾,连射三箭,箭箭中靶,惹起一片叫好喝彩之声。袁时中看得入迷,不知如何称赞的好,只是不断地点头微笑。同来的刘玉尺、朱成矩,开始一直没有说话,这时也不禁点头赞叹。朱成矩说:

"唉,虽然古人中有樊梨花、穆桂英、梁红玉,也都是女中豪杰,但我只在书上读过,戏里看过,今天才算亲眼看到了真人真事!"

骑射完毕,就是步射。步射将毕时,红娘子问宋献策:

"还要看看别的么?是看看阵法,还是看看剑术、枪法、刀法?"

宋献策看了袁时中一眼,笑着回答:"再看看剑术吧。是否可以请慧梅姑娘也亲自……?"

红娘子不等军师说完,微笑点头,随即向来到一丈外等候命令的慧梅眨了一眼,有力地轻声说:

"剑术!"

于是慧梅又带着二十名健妇上场,舞了一回剑,她自己也舞了一阵,施出几手闯王指点的绝招。袁时中看得入迷,又惊又佩,不觉赞道:

"久闻这里健妇营训练武艺精熟,今天饱览一番,方信是真正巾帼英雄,名不虚传。那位领头的女将真了不起,真了不起!"

宋献策答道:"她就是健妇营的副首领慧梅将军。"

袁时中连声说:"钦佩!钦佩!年纪这么轻,武艺如此精熟,实在难得!"

袁时中等离去后,健妇营也收了操。大家因为今天的演习十分出色,赢得了军师和客人的赞扬,都感到高兴。营里一片喜气洋洋,好像刚打过一次胜仗。有的姑娘们围成一堆,喊喊喳喳地谈论起来。她们说,军师那么忙,竟然亲自陪着客人来看操,真是难得。她们也谈到袁时中,说今天算是让他开了眼界,知道咱们女流并不弱于男人。

当大家谈论的时候,慧梅却在用一把刷子替白马刷去身上的尘土。她非常仔细地刷着,凡是毛稍微不够鲜亮的地方,她都决不放过,一直刷到所有的地方都在阳光下放出银辉。她是这么喜欢这匹白马,当她刷着马的时候,就想到张鼐自从襄城战役以后,天天骑这匹白马,下操,出巡。昨天,当张鼐把这匹马借给她后,她觉得骑着它特别称心,使她念念不忘它的主人,时常在心中品味张鼐将心爱的白马借给她的情意。这匹马对她就像对待它的主人一样,非常听话。当她替它刷毛的时候,它不时回过头来,用淡红的嘴唇向她的鬓边凑一凑,分明是向她表示亲热,又好像想闻闻她的云鬟上散发的香气。慧梅刷了一阵,忽然发现马垫子上有一块地方绣的花已经绽线。她赶快命一个女兵拿来针线,亲自缝好,然后重新上马,向着那条僻静的河边小路走去。

这是昨天同张鼐相遇的地方,溪岸上柳枝摇曳。慧梅并没有什么目的,连她自己也不知为何到此。好像她今天才看清楚在成排的柳树中,夹着几棵桃树和李树,有些树上繁花正开,有些花儿已经落去,在花落去的地方冒出极小的青色的果实。慧梅欣赏几眼,骑马来到河边,俯身望去,看见自己的面影,自己的鬓发,自己的红装和白马的矫健姿影,倒映水中,一阵微风吹过,影子随着水波轻轻动荡。河水清澈见底,水底下的鹅卵石,有白色的,有红色的,也有其他颜色的。白马踏着鹅卵石,低下头去,静静地饮了一阵,然后抬起头,喷喷鼻子,好像心中高兴,萧萧地叫了几声。

慧梅的心中充满喜悦,勒马上岸,掏出笛子,正要吹时,却见红

娘子带着几名健妇,骑马向着她这边驰来。于是她迎了上去,含笑问道:

"红姐姐,你到哪搭儿去?"

"我今天身子不太舒服,想到李公子那里看看,也许晚上就不回来了。"

"你身子不舒服,就到李公子那里住几天吧。这里没有重要事儿,用不着你多操心。什么时候身子好了,你再回来。"

"你手上拿着笛子,是不是要吹啊?我已经好久没有听你吹了。"

慧梅笑了起来,说:"我正想吹,你们就来了。你想听,我就吹。"

"那我们就干脆下马,到草地上坐一会儿,听你吹一阵再走吧。"

她们都跳下马,坐在河边的芳草地上。红娘子举目四望,但见青天像一顶帐篷笼罩着四面青山和旷野;南方远处,大别山的高峰耸入云霄;近处河中,碧波荡漾;河岸上,杨柳轻轻摇动,处处有芳草野花,树上,鸟声悦耳。一片春日融融的景象,使她的心中十分舒畅。她想起前不久进行的襄城战役,那时,她率领健妇营也参加了消灭汪乔年的战斗,首先冲进城去的不仅有张鼐的人马,也有她和慧梅率领的女兵。而不久以后,健妇营又要随着大军去进攻开封了。当然,那时她也许因为肚子大不能去参加攻城了,但这没有关系,还有慧梅呢!想到这里,一种年轻少妇第一次要做母亲的幸福之感,洋溢在她的心中。她忽然发现,就离她坐的地方不远,有几棵李树,花朵儿大半已经落完,结出一个个青色的小李子,只有扣子那么大。她很想吃些酸的东西,想道,要是酸李子再大一点,该多么好!

红娘子正在胡思乱想,慧梅的笛声响了。

笛声带着浓厚的感情。吹笛者将眼前的山山水水，明媚的春光，都通过笛声表达出来；将战斗胜利的喜悦，和那不可告人的幸福的期待，也都融进悠扬的笛声之中。笛声，有时似一阵春风拂过绿茸茸的草地，散乱的羊群边走、边吃草，边发出嫩羔的咩咩叫声；有时笛声欢快活泼，像几只画眉在枝头宛转歌唱；有时激情澎湃，仿佛急风暴雨，电闪雷鸣，使红娘子联想到沙场上杀声震耳，万马奔腾。这一阵急促、雄壮、激昂的笛声过后，音韵逐渐平缓下来，好像海潮落去，月明风清，沙洲人静。又过片刻，红娘子耳边笛声断续，细得像游丝一般。她忽然记起，有一次月夜行军，荒野人静，犬声不闻，但见孤鹤在寒林上空缓缓飞过，落在沙洲，在一片苍茫中失去踪影。红娘子望望慧梅，见她神情安静，仍在吹笛，余音袅袅，似有似无。最后横笛离开嘴唇，她向红娘子微微一笑，结束了这一曲吹奏。

所有的战马都好像被她的笛声引进了梦境，昂头，竖耳，直立不动，连草也忘记吃了。红娘子和左右健妇们更是听得出神，如醉如迷。当笛声停止以后，大家觉得那似有似无的笛声仍在耳边缭绕，久久地不肯消散。又过很久，红娘子才对慧梅说出一句话：

"唉，慧梅，你吹得多妙啊，以后可得在我的面前多吹几次。你日后离开我，我会永远忘不下你的笛声！"

慧梅说："我怎么会离开你呀，大姐？不会离开的。"

"唉，姑娘总要出嫁的。你一出嫁，我可不就听不见你吹笛子了？"

慧梅满脸通红，说："大姐！……"

大家要求慧梅再吹一吹。慧梅心中高兴，并不推辞，又吹起了另一支曲子，笛声在河边和旷野里回荡。她一面吹，一面望着红娘子，眼里含着微微的笑意。在她心里有说不出来的感情，这感情是那样深厚，那样真挚，那样甜蜜，那样神秘，连她自己也说不清楚。

这是三百多年前的最纯洁的少女的爱情,这爱情她不能在别人面前说出一字,只能锁在心头,深深地锁在心头,但又不能完全锁住,它总是要从眼角、眉梢、嘴边和脸颊上,不自禁地、悄悄地流露出来。

红娘子也望着她,心想这姑娘今天是这么快活,这么容光焕发,这么逗人喜爱,显然是遇着了称心如意的事情。这事情红娘子也能猜出十之八九。等吹完以后,红娘子使个眼色,让健妇们都离远一点,她悄悄地挨近慧梅的鬓边问道:

"慧梅,昨天慧琼同你说的什么话?你两个背着我叽叽咕咕,难道真的把我当外人看待?"

慧梅的脸一下子红起来,头低下去,一言不发。红娘子抱着她的肩膀,说:

"你不告诉我,我也会猜到。可是你现在没有别的亲人,除了夫人,我就像你的亲姐姐一样了。你有话不该瞒着我。我知道了也好帮你准备准备。"

慧梅越发不好意思,心头怦怦地乱跳,这怎么说呀?太不好张嘴了。可是红娘子在等着她,非要她说出不可。过了一会儿,红娘子又说道:

"要是慧琼告诉你的是好消息,你也用不着瞒我,瞒也瞒不住。我一问夫人,就都知道了。俗话说:男大当婚,女大当嫁,人人都少不了这件事。你同我说了,我也不告诉别人,只是我心里明白了,也好有个准备。"

慧梅鼓起勇气,声音不连贯地悄悄说道:"红姐,就是你猜的那件事。慧琼这个丫头疯疯癫癫,随便瞎说的。"

红娘子高兴地点点头说:"啊,我明白了。"

她们从草地上站起来。红娘子又将健妇营的事嘱咐几句,便带着健妇们往李岩驻兵的地方去了。

慧梅回到健妇营中，没有再做针线活。她想到红娘子也许要在李岩那里住几天，全营的担子落在她身上。她惟恐出一点点毛病，便到健妇营各处走走，督促大家把场地打扫好，准备下午继续练兵。她特别留神看看附近是否有曹营的闲兵游荡。她最恨曹营的一些小头目，带着兵丁出来砍柴、打猎，故意到健妇营附近窥探。

将近中午时候，忽然从老营来了一个亲兵，向她传话，说高夫人刚从大元帅行辕回来，叫她马上到老营去，就在老营吃饭。慧梅感到诧异：为着什么事儿叫她这么急？但既然传的是高夫人的口谕，她就不敢怠慢，赶快骑上马，带了几名健妇，向老营奔去。

慧梅在健妇营中俨然是一员女将，可是一回到高夫人的老营，好像立刻又变成了一个没有长大的姑娘，嘻嘻哈哈地同姐妹们说说笑笑。老营的姐妹们因为现在难得见到她，所以也都围拢来，你一言，我一语，说得非常热闹。慧梅抽空问了慧英一声：

"夫人叫我来，有什么事啊？"

"夫人在等着你呢。你快去见她吧。我也不知有什么事。"

慧梅赶紧走进高夫人住的上房，只见高夫人一个人坐着等她，好像有什么沉重的心事。慧梅向高夫人行了礼，说：

"夫人，我来了，不知有什么吩咐？"

高夫人笑了一笑。慧梅觉得这一笑好像和往日不一样，感到奇怪，不敢再问，低下头等待高夫人吩咐。高夫人望着她，心中迟疑，有话欲说又止。破例点头要慧梅在她的对面坐下。慧梅不肯就座，心中越发诧异。过了一阵，高夫人勉强含笑说：

"我刚刚从闯王那里回来，是他吩咐我把你叫来，告诉你一个消息。你猜一猜？"

慧梅的两颊飞红,很不自在。她心中暗说:"八成是慧琼所说的那件事儿,今天就对我言明!"她装做什么也猜不到,说:

"我从哪儿猜起呀?我猜不出。夫人,请吩咐吧。"

高夫人轻声说道:"慧梅,我说,你莫要不好意思。我说,是你的喜事。……"

高夫人仍不肯直然说出,将慧梅拉近身边,打量着慧梅的通红的脸,似乎还感到慧梅的心跳声音。她担心她把话说出后慧梅会受不了,可是不说出如何能行?停顿片刻,她终于下了狠心,绕着弯子说:

"慧梅,早饭后不久,闯王派人来将我叫到行辕,牛先生和宋军师都在那里。他对我说:慧梅是从小在我们身边长大的,这些年来也立下了汗马功劳,如今已是大姑娘了。他想收你做义女。叫你来就是告诉你这件事儿,从此以后你就是我们的义女了。"

慧梅听罢,喜出望外,扑通跪在高夫人的面前,眼里滚出热泪,说:"我真想不到大元帅和夫人想得这么多,我哪一生烧了好香,蒙闯王和夫人起小救了我的命,抚养成人,现在又收我做义女!我这一辈子只有跟着夫人,粉身碎骨也要尽孝尽忠!妈妈!……"她哽咽得说不下去,几乎要痛哭起来。

高夫人的心中难过,不住流泪。确实,她同慧梅不是一般的感情。她知道慧梅父母双亡,家里没有别人,只有一个弟弟也早死了。所以慧梅今天的激动心情,她完全能够领会。可是她还有一半话没有说出。她感到为难,不知这话应该怎么说出才好。她用袖头揩揩眼泪,对慧梅说:

"你起来吧,这收你做义女的事还要对大家说明,让大家庆贺一番。"

她命一个女兵把老营中的将领、眷属和她的男女亲兵都找了来,把收慧梅做义女的事向大家说了。大家纷纷向高夫人贺喜并议论起来,都为慧梅感到高兴。高夫人的心中沉重,脸上勉强堆笑,同大家周旋。李过的妻子黄夫人平日因身体多病,寡言少语,此刻因心中高兴,也凑着热闹说:

"各位婶娘、大嫂,你们知道为什么我闯王二叔和二婶娘只收慧梅做义女,不收慧英?"

这一句话提醒大家。郝摇旗的老婆范氏是一个心直口快的人,立刻接着话茬说:

"嗨,这奥妙如何能瞒住我呀!这事儿是小秃头上的虱子,明摆着的。人人都说夫人身边有两对金童玉女,双喜和慧英是一对,张鼐和慧梅是一对。双喜已经是闯王和夫人的义子,终不能叫慧英作为义女,那不是让双喜和慧英成为兄妹之亲?……慧英,你别跑,别跑。你郝婶儿说的是实话,好姻缘终成匹配!至于张鼐,他不是义子,就是为留待今日招为义婿。今日闯王将慧梅收为养女,……啊啊,慧梅也跑了,也跑了!"

范氏想把慧梅拉回来,但是没有抓住。她快活地笑着。妇女们哄堂大笑,称赞高夫人的身边有这么好的两对金童玉女,真正难得。高夫人又强作笑脸,心中酸楚,暗自说道:

"唉,你们怎知道已经打碎了一个玉女!"

高夫人因必须赶快将闯王已经决定的婚事向慧梅说明,她对大家说,她已经吩咐中午准备几桌酒席,请大家一起快活快活。因吩咐得迟,酒席尚不会马上准备就绪,请大家暂且回去休息,待会儿她命女兵们催请大家光临。大家听了这话,又看出来高夫人似有心事,便一个个退了出来。上房留下的全是她的女兵。慧英和慧梅重回到她的面前,脸上余红未消,态度很不自然,但高夫人从她们的害羞的眼睛里,看出来她们的心中都怀着幸福感情。她使眼色让女兵都退出,让慧英也退出,独把慧梅留下。她拉着慧梅的手,望着慧梅的充满着感激之情和害羞的眼睛,暗暗地用慈母般的

心情为她的婚事难过,低头说道:

"慧梅,我还有一句话,也要对你说。这话不是我的意思,是闯王的意思,他让我跟你说。当然,他是一军之主,又是一家之主,他的话说出来,你做女儿的可得听啊!"

"只要是闯王吩咐,叫我死,我也不会眨一眨眼睛。"慧梅说着,心里却觉得奇怪:什么事,夫人会用这种口气对我说呢?

高夫人欲言忽止,轻轻地叹了口气。

第十一章

高夫人平日口中不说,心中深知道慧梅的心。她停了一阵,仍不忍将要对慧梅说的事爽利地一口说出,轻轻叹口气,然后含着不很自然的微笑说:

"慧梅,你已经长大了。常言道:男大当婚,女大当嫁。本来我打算过几个月后,等我们打下了开封,再谈你和慧英的婚事。可是现在既然闯王已经有了主意,我就按照他的意思同你说明。你的婚事得由他做主啊!"

慧梅的脸色又通红起来,觉得高夫人的话有点奇怪,但又想,既是提亲,只能是张鼐,因为她同张鼐的感情,夫人是知道的,闯王也是知道的,慧琼不是听到他们商量的话了么?想到这里,她又羞涩,又感到幸福,低声说:

"妈,请不要说这事。我愿意永远跟在妈的身边,婚姻等打完仗再说。"

"傻丫头,那不是要扎老女坟啦!该出嫁时就得出嫁,这是正理。打仗要紧,姑娘大了出嫁也要紧,不能为了打仗就耽搁了你的青春。"

慧梅再也不好意思说别的话,也不敢看高夫人,心里七上八下,呼吸急促起来。高夫人停了一会儿,终于说道:

"如今有一个袁时中前来投顺,年纪二十五六岁,人品长相也不错。听说早饭后他曾到健妇营去看操,想来你也见过。这个人现在还没有正室妻子。闯王的意思是把你许配给他,让我来给你说一下。因为我们很快就要出发去攻打开封,这亲事就算定了,马上就要换庚帖,送彩礼,两三天内你就要出嫁了。"

慧梅一听说袁时中这个名字,就好像一闷棍打在头顶,一瓢冷水浇在脊梁上。她万万没有料到闯王会把她许配给这个姓袁的。她不知如何是好,只是狠狠地咬着下嘴唇,几乎要咬出血来。过了片刻,她忽然双膝跪在高夫人面前,头俯在高夫人怀里,哭着说:

"妈,我没有别的心愿,只愿跟在你身边,永远也不嫁人,不管是什么样的将领我都不嫁,死也不嫁!"

高夫人早已料到慧梅会不肯嫁给姓袁的,她自己心中也很痛苦,抚摩着慧梅的肩膀,勉强忍住自己的眼泪,耐心地劝说慧梅。但不论她说什么话,慧梅都听不进,只说自己不愿出嫁,一面说一面哭泣。高夫人越发难过,明晓得这件事是牛、宋二人出的坏点子,闯王决断得太仓促,不该一言为定,但是木已成舟,又有什么法儿呢?看着慧梅越发哭得伤心,她恨不得告诉闯王,换一个姑娘嫁给姓袁的。但回心一想,万万不可。闯王已经当着两位军师的面亲口许下这一亲事,都知道是慧梅,袁很满意,怎么能随便更换?自古都不兴许亲眛亲的事!高夫人一时没有办法,只好把慧英叫来,让慧英带慧梅出去散散心,解劝慧梅,同时她派人去请红娘子来。

当房里只剩下她一个人时,她回想着自己在大元帅行辕同闯王的一番谈话。当时她抱怨说:

"你决定得太快了,为什么事先不跟我商量一下呢?"

自成回答说:"袁将军不能在这里多留。这是一件大事,我同牛先生、宋军师商量后,觉得应该这么办,所以就决定了。为了我们成就大事,许了这亲事只有好处,没有坏处。"

"慧梅的心事你难道不知道?她起小就跟小箫子在一起,如今都长大成人了,虽然不言,但是彼此有意,瞒不过大家的眼睛。我昨儿也跟你说过,打下开封后让他们配成一对,年纪相当,又互相知心知性,有情有义。现在你呀,唉,忽然把她许给袁时中,这不是给她一个晴天霹雳?小萧子也会大大伤心的。"

"儿女的亲事哪能随他们自己的意?只有大人做主才能算数。我今天已经做了主了,你回去告诉她说,她不会不听从。"

"万一她不听从,我怎么办呢?"

"不听从也得听从。如今我们打天下要紧。既是袁时中愿意结这个亲,我们又何乐而不为?何况已经同男家说明了,怎好翻悔?你尽量劝劝慧梅,晓以大义,还要她明白亲事要听父母主张的大道理,自古如此!你还要告诉她,我们会陪送得十分光彩,不辱没她是我的养女。在我们义军中,养女就同亲生女儿一般。"

…………

这会儿,高夫人觉得闯王的这几句斩钉截铁的话儿仍然在耳边响着。她因知此事万难挽回,越发将双眉紧锁,不觉落下热泪。

不久,红娘子进房来了。高夫人将闯王的决定告诉她。红娘子也替慧梅难过。她素知慧梅和张鼐之间的感情,没想到这么美满的天设良缘,原来是命中多磨,有情的人儿不能成眷属。既然这是闯王的决定,已经对男方说了,便无法可以更改。同时她也想到自己同慧梅的友情。如果慧梅同张鼐结亲,仍然可以在健妇营做副首领。如果慧梅嫁给袁时中,她就从此失去了一个得力的膀臂。高夫人见红娘子眼有泪光,默默无言,向她问道:

"慧梅走后,你看谁能接替她做你的膀臂?"

红娘子想了一阵,抬起头来说:"目前别的姑娘都不如慧梅那样能干,不得已只好勉强让红霞来挑起这副担子。可惜红霞不能识文断字,是个缺点。我想请夫人将慧琼给我,做健妇营的第二副首领,不知夫人肯不肯。"

高夫人点头说:"你想的还算周到。红霞很可以。你一起义,她就跟着你,人比较忠诚,看起来做事情也还老练,在健妇营众姐妹间有人望,说话挺响。至于慧琼,我身边也需要她。……好吧,给你使用吧。慧梅一走,你的困难比我大,将慧琼给你吧!"

高夫人忽然止不住滚下热泪。红娘子也赶快用袖头揩泪。过了一阵,高夫人又说:

"平日慧梅对你最尊敬。不管什么事,你说一句,她没有不听的。你去劝劝她吧。如今一瓢水已经泼到地上,想收也收不起来。女孩儿家一说跟谁定了亲,就不好再变了呀!"

红娘子叹口气说:"我劝是要劝的,但不管怎么劝,慧梅这心上的伤痛是治不好的。要想治好,除非是她同袁时中结婚后,夫妻和睦,日久天长,慢慢地会把从前的心事忘记。要是万一跟袁时中过得不那么顺心,以后就会痛苦一辈子。"停一停,她接着说:"张鼐兄弟是男子汉,不会哭哭啼啼,甚至会装得像没事人儿一样,可是我猜他一定必然也很伤心。他一向嘴里不说明,心里爱慧梅,尽人皆知。他万没料到他同慧梅的姻缘忽地成空。真的,只因为来了个素不相识的袁时中,宋军师和牛先生不顾小张鼐和慧梅二人自幼以来的生死恩情,硬做月老,乱点鸳鸯,使慧梅终身有恨,使小张鼐心上的人儿登时成了水中月,镜中花,笊篱打水一场空!你想,这样的伤心事他一辈子如何能忘?夫人,闯王和军师们只想着眼下袁时中是个有用的人,全不管这一对在你们身边长大的年轻人自幼在一起,一道儿血战沙场,出生入死,早结下海似恩情!唉,有什么法子呢?自古以来,女儿家的婚事都不能由自己的心愿做主啊!"

高夫人没有因红娘子批评闯王而心中生气,反而频频点头,深深地叹了口气。

当天中午,在老营中摆了三四桌酒席,该到的家属、女兵都到了。但慧梅却躺在慧英的铺上,蒙头哭泣,不肯起来吃饭。红娘子和慧英在一旁劝了半天,最后说:"这定亲的事且不谈,今天闯王和夫人认你做义女,这酒席是为你做义女才吃的,客人都到了,你应当出来当众给夫人磕两个头,否则你把闯王和夫人置于何地呢?"慧梅这才勉强起来,略为梳洗,依然红肿着双眼,走了出来。当着众人的面,她向高夫人跪下去磕了三个头。因闯王不在这里,她也说出了向闯王磕头的话。一面说,一面心里又想着闯王不该把她许配给姓袁的,不觉心中像刀割一样,感到疼痛。

在简单的筵席上,大家都不谈慧梅定亲的事,这是因为高夫人预先打了招呼,不要再使慧梅伤心哭泣。大家开始只谈闯王和高夫人认慧梅做义女的事,后来又谈起打开封的事来。人人都认为这第三次进攻开封是势在必得,而开封是北宋建都的地方,城池很大,人口众多,非常富有,进了开封,闯王打天下就前进了一大步,局面就大大地不同了。说着说着,大家的酒喝得多了,谈话也更热闹了,喜气洋洋,充满了整个大厅。只有慧梅,听了这些高兴的话,反而更加难过。眼看着闯王就要打下开封,进而平定天下,而她却不能跟张鼐结亲,永远跟随在闯王和高夫人身边,倒反要嫁到别的营里去,这个袁时中到底是什么样的人,她并不知道!

酒席散后,客人纷纷离去。高夫人把慧梅、红娘子和高一功、李过、刘宗敏三家的夫人留下。当着红娘子等人的面,高夫人又一次问慧梅,到底怎样向闯王回话,因为三天之后人马就要出发去商丘,袁时中在这里也只能停留两三天,这事不能再拖下去。慧梅听罢,在高夫人面前双膝跪下,哭道:

"妈妈,你既然把我当做女儿,我求你救女儿一命。我死也不离开你,跟谁也不结亲,永远永远不出嫁。妈妈你救救我吧!"说罢,放声痛哭。

红娘子和三家至亲好友夫人,还有慧英、慧琼和在场的姑娘们见此情景,都忍不住歔欷起来。高夫人也跟着流泪。过了一阵,她

揩揩眼泪,叹了口气,哽咽着对慧梅说:

"慧梅,为这事你饭不进口,水不沾唇,哭得像泪人儿一样。我就是铁石人也会心碎! 何况,我,我不是铁石心肠! 你孤苦伶仃,在这世界上没有一个骨肉至亲。这些年来,我把你当成女儿看待,比亲女儿兰芝看得还重。你也立过不少功,为保护我流过鲜血,几乎死去。你如今这样伤心,我做义母的如何不心碎! 好,我再去行辕跑一趟,找闯王再商量商量,为你求情,尽我的力量为你求情。成不成我不知道。万一闯王坚持要你同袁将军结亲,那也是没有办法的事,女儿家的婚事得由大人做主,自古以来哪有自己做主的呢? 说到头来,婚姻之事都是命中注定的!"

说了以后,她就叫慧梅依旧到慧英的铺上去休息。然后她吩咐备马,带着慧英等几个姑娘,往闯王的住地奔去。

王长顺正率领着一群马夫在场地上驯马,忽然一抬头望见高夫人带着几个女兵骑马奔来。他赶紧抛下众人和一百多匹战马,跑到高夫人面前,迎着高夫人的马头说:

"我一直说要到老营去看望夫人,可是总是分不开身,又知道你很忙,轻易也不敢去打扰。今天夫人有什么事来行辕啊? 听说闯王把慧梅认做义女了,这可是一件真正喜事儿,我要喝一杯喜酒呢!"

"唉! 老王,你不知道内情,哪有什么十全十美的喜事! 今日喜事成了烦恼,你咋会想到?"

"烦恼? 这事情还有什么烦恼呢?"

"不瞒你说,慧梅也是在你眼皮下长大的,这孩子柔中有刚,你别只看她在我的面前百依百顺,实际上别扭起来,用八头水牛也拉不回头。正因为她柔中有刚,所以对姐妹们温柔体贴,惹得人人喜爱,可是一旦打起仗来,她就像一只猛虎一样,刀砍到鼻尖上连眼皮也不眨。"

"这我知道。这孩子是个好姑娘,在你面前什么话都听从,可是在敌人面前,哪怕是刀山她也敢上。可是这跟认她做干女儿有什么关系呢?"

"认干女儿是一层。还有一层,咱们的闯王把她许配给新来的一位袁时中将军啦。慧梅为这事心里不愿意,你叫我怎么办啊?"

"唉!这姑娘也真是奇怪了。这个新来的袁将军,我也看见了,一表人才,年纪又不大,配慧梅蛮配得上,还有什么不好呢?何况是闯王亲口说出来的。现在作为闯王的义女嫁出去,多光彩啊!她还有啥不愿意呢?"

"一言难尽哪!"高夫人不愿说出张鼐的事,只得说道,"孩子们大了,总有自己的心事,我们有时也考虑不周。"

王长顺恍然大悟,说道:"哦,我想起来了,想起来了,这也是有道理的。本来好端端的一对鸳鸯,偏偏不能相配,要去配一个素不相识、毫不知情的人,自然她心里不愿。可是,这也没有办法。闯王话已出口,婚姻事总得父母做主,她怎能不听?反正,姑娘们一嫁出去就好了。"

"长顺啊,事情不像你想的那么容易!我看这姑娘的话很难说。常言道:话是开心斧。可在这件事上,她的心坚如金石。我对她什么话都说啦,就没有办法剖开她的心。我已经派人找老神仙去了。要是找到他,请他说几句话,慧梅也许能听进去。再说,闯王这边,老神仙也可以说话。"

王长顺摇头说:"夫人,你不清楚。尚神仙虽然是慧梅的干爸,救过慧梅的命,可是像这件事情,他也只能说一说,听不听还在姑娘本身。至于闯王那边,老神仙原来什么话都可以说,但如今闯王身边人才济济,战将如云,事大业大,样样事情都要分他的心,所以小事情大家都不再愿意去见他说了。即便是请老神仙,我看他只会在心里替慧梅难过,未必愿意去多管这种事情。"

高夫人因急于去见闯王,便说:"你忙吧,我还要到行辕里去。"随即一提缰绳,马继续往前走去。到了行辕,才知道李自成带着牛金星、宋献策、李岩往曹营议事去了,留下双喜在行辕照料。

高夫人只好坐下去等候闯王回来。她把双喜叫到面前,轻声问道:

"这件事小鼐子知道了么?"

"哪一件事?"

"我说的是慧梅跟袁时中定亲的事,小鼐子是不是已经知道了?"

"这件事还没有人告诉他,恐怕他还不知道。"

"双喜啊!你跟小鼐子都是从小来到我们面前。虽然你已经是我们的养子,小鼐子没有作为养子,但在看待上都是一样。我常说,你们这两个孩子,在我和闯王面前,手掌手背都是肉,厚薄一样看待。你们的婚事也好,别的事也好,总在挂着我的心。我原来有意在打下开封后让你们各自结一门如意的婚事,也同闯王商量过,他也点了头。没想到凭空来了个袁将军,闯王没同我商量,就把慧梅许配给他,如今木已成舟。你看这事儿叫我多作难啊!"

双喜瞪着眼,不知说什么好。慧梅和张鼐的事,他完全清楚,也很替他们难过,但话已经由闯王口中说出,还有什么办法呢?

高夫人见双喜无话,便又说道:"现在既要说服慧梅,也要对小鼐子说几句话。不过男孩子在这样事上总是话好说,不像姑娘家心眼死。慧梅这姑娘就难办了。拿话开导她,全没用;又怕说重了,她会寻无常。平时也知道她同小鼐子互相有意,没想到竟是这样钟情。她一直哭到现在。中午摆的酒宴,她连一滴水都没有喝!"

双喜说:"妈妈要见父帅,是不是想把这门亲事打消?要是那样的话,怕办不到。"

"我也知道,常言说'一言既出,驷马难追'。可是慧梅哭得死去活来,我怎不心疼?我要见你父帅讲讲!"

双喜摇头说:"妈,父帅的脾气大家都很清楚。事情未决定以前,什么话都好说,谁都可以说出主张,请他斟酌采择;一旦决定以后,话就很难再说了。"

"虽然如此,我也得尽尽我的心,看能不能改变一下,换一个姑娘许配袁时中。咱们老营里长得俊的姑娘还有几个。万一不行,也要请你父帅亲自给慧梅说几句话。"

正说着,李自成带着牛、宋、李岩和高一功进来了。宋献策一见高夫人在这里,赶紧拱手作揖,连声说道:

"恭喜!恭喜!夫人如今是双喜临门,实在可贺!"

高夫人故意问道:"军师,我有什么双喜临门啊?"

宋献策哈哈大笑,说道:"既收了义女,又有了佳婿,岂不是双喜临门?"

高夫人说:"都是你跟牛先生撺掇的好事,让我作死了难!"

牛金星一听这话里有对他抱怨和责备的意思,忙问:"怎么?夫人何以作难?"

"慧梅不愿出嫁,如今还在哭。这女孩子的心事你们怎么能知道?她高低不出嫁,宁死要跟着我为闯王打天下,跟在我身边。只说:什么时候没有打好江山,什么时候决不出嫁,发誓赌咒不离开我。你看我有什么办法!"

李自成担心高夫人说话过于使牛、宋面子上难堪,问道:"你现在来就是为这件事儿?"

"是啊!常言道:解铃还待系铃人。事情是你们决定的,让我作难。这又不是别的事情,别的事情我说了别人不敢不听,这事怎能那样呢?她死不肯出嫁,我总不能将她绳捆索绑扔进花轿!我不管。我不管。你们说咋办就咋办吧。"

闯王说:"我已经同时中说定了。时中的彩礼已经送往老营去了,你回去就可以看到。这门亲事,时中那方面非常情愿,我们不能再有二话。况且我们马上要去商丘,打下商丘以后就要围攻开封,趁收麦之前把开封围起来,让他一点麦子都收不到,只能坐困投降。围开封,人马少了不行,去得晚了也不行。如今恰好时中前来随顺,平添了几万人马。把慧梅嫁出去,对她来说也是姑娘家定了终身大事。婚姻事哪有姑娘自己做主的?不愿嫁谁就不嫁谁,这哪还有个在家从父母的道理?"

高夫人说:"难道牛不饮水能强按头?你勉强她嫁出去,万一夫妻两个没缘法,以后怎么好?"

"什么缘法不缘法!做姑娘的,'出嫁从夫',过些时候,生了儿,养了女,夫妻间自然就有缘法了。"

高夫人顶撞他说:"你们为着打开封,八字没一撇,先白丢一个好姑娘,说不定还要丢了她的命。"

李自成神色严厉地说:"真是女流之见!自古公主还要下嫁,还要到外国和亲,何况慧梅?你回去告诉她,就说这婚事已经决定了,不能再更改。她只是嫁到小袁营,比到外国和亲强得多。她出嫁的好日子已经定了,就是后天。喜事办完后,她就同时中回到他们的人马中去,带着他们的人马同我们大军一起打商丘。她不要心中再委屈了,以后随时想回来,还可以回来。将来只要我打下天下,他夫妻们也是开国功臣,自然要封侯封伯,决不会亏待他们。"

高夫人听毕,知道事情已无可挽回,忍着一肚子气,只好罢休。她又望了牛、宋一眼,伤心地冷然一笑,说:

"你们早同我通点风声,事情也不至于到此地步!"

宋献策赶紧赔笑说:"我们没有想到慧梅这姑娘会不愿意这门亲事,没有事前同夫人商量,确实疏忽。"

高夫人又转向李岩:"李公子,我请你同我到老营去一趟,把闯王的意思跟慧梅讲一讲。平时虽然你跟她见面不多,但是大家谈起来对你都是很敬重的。"

李岩知道这事情难办,赶快推辞说:"我看有内子在夫人身边,就让她多劝劝吧。"

"邢大姐也说了,只是无效。唉,这事儿叫我怎么处啊!"

李岩又说:"最好请一功将军到老营劝一劝慧梅。慧梅也是他眼前长大的姑娘,再说他如今又是舅父了。他说话比我要方便得多,说不定慧梅会听他的劝说。"

高夫人知道李岩不愿多管闲事,也就不再勉强,说道:"那好吧,就让一功同我去劝劝试试,不知道行不行。"

高夫人和高一功刚准备离去,宋献策又说道:"听说大元帅和夫人过去曾有意把慧梅许给张鼐,虽未说明,但张鼐心里怕也知道。我看还得请一功将军跟张鼐顺便说一下。目前正是用人打仗之际,说一下使他心里免去了疙瘩,对行军作战也有好处。"

"你刚才不是还说没想到慧梅会不愿意么?"高夫人心里问道,但没有说出来。

李自成沉默了一阵,说:"好吧,都让一功看着办吧。"

双喜插言说:"我刚才看见小鼐子已经来了,可能有什么事情。现在把他叫进来,由父帅当面同他说一下,岂不省事。"

闯王说:"也好,叫他来吧。"

随即双喜把张鼐叫了进来。高夫人望望张鼐,觉得他不像已经知道了这件事。闯王问道:

"你来有什么事?"

张鼐恭敬地回答说:"我是来找总管的。火器营有许多大炮,可是骡子不够,我来问问,能不能再派给我们一批骡子。不知大元帅有何吩咐?"

闯王略停片刻,想了一想,说道:"张鼐啊,你现在执掌火器营,独当一面,不是孩子了。我也知道你同慧梅起小就在一起,还合得来,本来有意再过一年半载,等大局有了眉目,就替你们定亲。可是现在袁时中前来投顺,他提出了婚姻之事。我同军师、牛先生合计了一下,决定把慧梅许配给他。这亲事已经说定了,今天就要换庚帖,别的话就不用说了。这事情我只是说说,让你知道。你心里没有疙瘩就好,如有疙瘩,也应该解开。等我们打下开封,大局稍有眉目,自然会给你挑选一门合意的亲事。你是男子汉大丈夫,不要把儿女情放在心上!"

张鼐脊背发凉,脸颊发红又发白,蓦然像是一闷棍打在头上。但是他竭力掩盖着内心的失望和痛苦,说道:"大元帅,夫人,我从来没有想过亲事不亲事的闲事儿,只想着赶快为闯王打下江山。你们不用替我操心,过几年再提这事也不迟。"说罢,扭头便走。

高夫人望望张鼐的背影,心里想道:"男孩子到底心宽,不像慧梅那样。"她感到一丝安慰。随即她同高一功一起离开闯王,先到高一功住的屋子里商量一下。

高夫人同高一功商量了一阵,把如何劝说慧梅、如何进行陪送等事都商量妥了。高一功又单独返回闯王面前,向闯王禀报一番。闯王点头同意,说:

"这样办很好。只要她能够快快活活地出嫁就好了。"

"这也只是叫她能够出嫁,出嫁以后不要抱怨,快活还谈不上。"

高一功回到住处,就同姐姐带着少数亲兵往老营去。走到半路,高夫人忽然对慧英说:

"你到健妇营去一次,命慧梅的亲兵们把她的东西都检视检视,带到老营。另外,你告诉慧剑,要她挑选二百名健妇,明天一早就来老营,护送慧梅出嫁。该准备的战马、武器,都要挑选最好的。你在健妇营也不要多停,办完这些事就回来。"

慧英听毕,立即策马从岔道向健妇营奔去。跑着,跑着,她忽然发现在她前面不远的地方,有两个女兵,好像就是慧梅今天带到老营去的四个女兵中的两个,都骑着马,另外还牵着一匹白马,正在往火器营的方向走去。"哦!"她顿时明白了,赶紧加了一鞭,追赶上去,把她们叫住,问道:

"你们往哪儿去?"

"慧梅姐姐叫我们把东西送到火器营,还给小张爷。"

"白马是小张爷的,另外还有什么?"

一个女兵将自己背着的红绸包裹打开,里面包着一把宝剑和一支笛子。慧英见了心里一痛,低头想了一下,说:

"马,你们送去。宝剑和笛子都是小张爷送给你们慧梅姐姐的,那笛子已经送了多年,不必还他,交给我吧,由我处置。"

女兵们把宝剑和笛子交给慧英后,继续前进。慧英望着那匹被牵走的白马,心里又一阵难过。她完全理解慧梅的一番苦心。知道慧梅在目前的处境下,虽然暂时还不晓得高夫人到行辕见闯王的结果,但不论结果如何,她都不能同张鼐结为夫妻。如果被逼不过,只好出嫁,她当然不愿让张鼐再记挂她徒自烦恼。慧英还想,慧梅如此决绝,所有心爱之物都归还张鼐,也许有寻死之意?想到这里,慧英不觉长长地叹了口气,催马往健妇营驰去。

当慧英同两个女兵说话的时刻,高夫人和高一功已经回到老营。坐下以后,高夫人马上就问留在老营的女亲兵:

"慧梅这半天有什么情况?"

女兵们告诉她,慧梅已经不像先前那样痛哭,可是不吃饭,也不说话,随你说什么,她都不答理,心事很重,有时还要流泪。

高夫人望望高一功,说:"一功,你看,这都是军师和牛先生干的好事！这孩子多苦啊！"

"姐，如今说这话已经晚了，我们还是把慧梅叫来，把话向她说明吧。"

高夫人点点头，吩咐女兵把慧梅叫来。慧梅经这大半天的折腾，头发蓬乱，泪痕满腮，面容也顿时变得憔悴。高夫人见此情形，越发不忍，皱着眉头把慧梅仔细打量。慧梅勉强对高一功行了礼，叫声"舅舅"。才说完两个字，眼泪刷刷地流了下来。高一功觉得心中不忍，只得说道：

"你坐下吧。我今天特意来看看你，也想同你说几句话儿。"

慧梅勉强在旁边椅子上坐下。高一功向周围扫了一眼，女兵们一个个退了出去。高一功又望着慧梅说道：

"我今天来，一则是我自己要看看你，你被闯王和夫人认做义女，我就是你的舅父了。二则闯王要为你办终身大事了，我这个当舅父的也要跟你说几句话。"

慧梅听到"终身大事"几个字，又禁不住浑身一哆嗦，但没有说什么。高一功望了她一眼，继续说下去：

"我也知道你心里很难过。尽管我从未问过你的心事，也没有人告诉过我，但我并不是个糊涂人。你的心事我也明白一些。刚才闯王同我说了一些话。我现在既是来看你，也是来传闯王的话。为什么要把你嫁出去，这道理你已经听说了。袁时中来投顺我们，提出要结亲。宋军师和牛先生合计了一下，说这也是好事，这样以后袁时中就可以忠心耿耿，拥戴闯王，不会生出二心。可是兰芝还小，不到出阁年纪。在高夫人身边的姑娘里头，你是个尖子，不管人品、武艺，都比别人要好一些。再说，你这几年磨练得很懂事儿，所以红娘子特地挑你去做她的膀臂。倘若你出嫁之后，能够同袁时中和睦相处，拥戴闯王，建功立业，那就不负了大家对你的一片期望。若是换了一个软弱的、临事没有主意的姑娘，嫁出去也就只是嫁出去了,在节骨眼上出不了力。所以挑来挑去,还是选中了你。虽然这不是你的心愿,可是你要从大处着想,为着我们打江山,不能不结这个亲。这可不是一般的结亲,这是对咱们打江山大有干系的结亲。"

慧梅听着,低头不语。她刚才曾希望高一功会救她一把,忽然落空了。

高夫人说:"现在身边没有别人,只有你舅舅跟我。我有几句话说出来,你放在心上,不管对谁都不要露出一丝口风。"略停一停,她接着小声说:"我们如今内外都不是那么如意。明朝虽说不能把我们怎样,可是它还有兵啊。像河南这种地方,自古是打天下必争之地,可我们到如今还没有占领开封,即使不久能占领开封,官兵也不会善罢甘休。它会调集各省人马,来同我们纠缠。另外啊,"她把声音放得更低,"曹操跟我们面和心不和,同床异梦。这个人反复无常,万一他离开我们,投降朝廷,我们就势孤了。我们如今一切不管,得把他拉住不放。正因为内外都不是太顺手,所以袁时中这次来投,闯王十分看重。要是袁时中能死心塌地拥戴闯王,我们就平添了几万人马。再说,他在东边一带,人地都熟,不像我们是生疏的。如果他降了朝廷,我们就多树了一个劲敌。这些事情,你姑娘家不会想得那么深。我现在向你说明了,你就知道闯王的一番苦心了。打天下不是容易的啊,我的孩子!"

高夫人说完后,仔细地观察慧梅的神色。慧梅没有特别表情,但看来对这番道理已经明白。

高一功说:"不管怎么,你毕竟是个姑娘,婚姻事要听父母之命。有些姑娘还没生下来,由父母指腹为婚,她长大后不管女婿长得黑麻丑怪,不也是照样嫁出?这是命中注定的,只好认命。如今闯王将你许配出去,是名正言顺的。你心里纵然有一百个不如意,也只能听从。难道你能不听闯王的话?你不能吧?"

慧梅含着眼泪,低头不语。高夫人露出一丝勉强笑意,劝解说:

"慧梅这丫头起小跟着我,我知道她是个明白人,遇大事十分清楚。现在我说,慧梅,你也不要再难过,也不要再说不出嫁的话了。你不能永远跟着我,我也不会让你永远跟着我,说那话都是空的。至于张鼐那方面……"

慧梅的脸一红,赶快说:"妈,你不要提小鼐子。他是他,我是我。我说不出嫁不是为别的什么人……"慧梅说到这里,却不由地哽咽起来。

高夫人继续说:"不管你的心中是不是有那个疙瘩,我现在说明了也没有什么坏处。张鼐跟我自己的义子差不多,我也常常想着他的婚事。等打下开封后,我就给他定亲。你走后,你们这些姑娘中,慧琼算是最出众的了,我就把慧琼许配给张鼐。这话我暂时只对你一个人说,让你放心。总之,我希望你的心中不要再有疙瘩。"

慧梅没有说话,也不知她心中怎么想。高一功趁机会对高夫人说:

"姐,我看慧梅确是个明白人。我们将闯王的心意一说,她的心中就豁亮了。叫姑娘们把袁家送来的纳彩礼物拿出来,咱们都看一看吧。听刘玉尺说,因置备不及,十分寒伧;明日将送来正式聘礼。"

高夫人马上命女兵们把袁家的礼物拿出来,一看之下,确实排场,有各种绫罗绸缎、各种珠宝首饰,还有四锭元宝。但对这些东西,慧梅连看也不看。不管大家怎么称赞,都不能引起她的心动一动。而且她明白,有些人的称赞话是故意叫她听的。高夫人也不勉强,向慧梅身边一个比较懂事的女亲兵说:

"你把这些东西都收起来吧,以后都另外装一口皮箱里。"

慧梅始终没有表情。有一个定在今夜悄悄自尽的念头一直在她的心上缠绕,所以袁时中送来的各种彩礼全不放在眼里,好像与她全然无干。

高夫人和高一功见慧梅对一切无动于衷,使他们的心中凄然沉重。高一功因为还有别的事,不能在此久坐,同高夫人谈了几句关于如何办喜宴的话,便要赶回行辕。临走时,他对慧梅说:

"你放宽心吧,只管听父母之命,媒妁之言,完了你的终身大事。出阁以后,过些日子,我们还要在一起行军打仗。你随时想回来都可以。你不是平常人家的姑娘。你是闯王的养女,又是健妇营的副首领。闯王吩咐从健妇营中挑二百名健妇,再从行辕标营中挑二百名男兵,另外还有管炊事的、管辎重的、管骡马的,合起来将有五百之众,随你到小袁营,算做你的亲军。这样,你也不会太寂寞,闲的时候还可带着男女兵士练武、打猎,同没出嫁以前差不多一样。"

慧梅一边听高一功的劝说,一边在左思右想,觉得他的话也有道理。同时她也想到她如果自尽,一则对闯王的声望有损,二则还会招惹别人猜疑她曾经在暗中将自己许给了张鼐。不管损害闯王的声望,或是别人对自己的清白瞎猜,她都不愿。可是活下去,同张鼐的恩情一刀两断,嫁给姓袁的,她也不愿。这真是生死两难!

高一功走后,高夫人接着说:"你舅舅刚才说陪送男女亲兵的话,是在行辕中同闯王商定了的。二百名健妇要交给慧剑率领。慧剑同你感情好,很听你的话。男兵就交给王大牛带领。这四百人选的都是精锐,战马和武器也配得很好。以后在战场上,你也有些心腹人管用。再则你既有身份,也有亲信护卫,袁家的人决不敢轻看你。慧梅,日后兰芝出嫁,也不会这般风光!"高夫人想了一下,又说:"洛阳的邵时信,这一年来在你舅舅手下做事,掌管一部分军资粮饷,又细心,又正派。他的妻子儿女也都随营,你是认识的。我跟你舅舅商量一下,请他派邵时信跟你去一年半载,做你的亲军总管。等你在小袁营人缘熟了,有了另外牢靠可用的人,再放他回来。你看行么?"

慧梅被高夫人的慈母般的感情深深感动,又忍不住哽咽起来。虽然她的心中还没有完全排除夜间自尽的念头,但是她不忍见高夫人为她的婚事过于难过。她忽然决定佯装不再拒绝出嫁,使高夫人暂时宽心,也算她做女儿应该有的孝意,至于自尽不自尽,今夜再定。于是她噙着眼泪说:

"妈,我跟着你们多年,自幼受你们抚育之恩,一生难报。如今让我出阁,我实在舍不得离开你们。但既然是闯王盼咐,无可挽回,我只好听从。这四百名男女亲军,我一定尽量地对他们好。"

高夫人走过来抚摩着慧梅的肩头,含着热泪说:"你今天还没有吃一点东西,这样下去身体会坏了,晚饭时无论如何要吃一点。孩子,你到慧英的床上休息去吧!"

当天晚上,老营中以高夫人为首,忙着为慧梅准备嫁妆,一直忙到深夜。慧英一面忙着,一面又想起下午的事:那时她在健妇营办完了事情,到火器营去送白马的两个女兵也回来了。

"你们可曾看见小张爷?"慧英问道。

"看见了,他正在率领将士们操练。"

"你们把白马送去,他可说什么话了?"

"他没说什么话,只随便告他的骑兵说:'把马拉去拴在树上。'仍旧忙他的操练。"

想到这里,慧英不觉叹道:"唉!男人多无情啊!慧梅哭得这样伤心,他却像没有什么事情似的!"

夜深了,别人都已睡去,慧英还在帮助高夫人准备。她也认为慧梅这次被迫出嫁,必须在陪送方面搞得好些,才能使慧梅心中的难过减轻一些。当然,在军中一切都要轻便,所以嫁妆也无非是许多珠宝细软,外加压箱的几百两雪花纹银。

终于,一切都准备完了,慧英轻手轻脚地回到房里,深恐惊醒了慧梅。进得房来,却见桌上还点着一支蜡烛,慧梅和衣歪在床上,见她进来,眼睁睁地望着她,一点睡意也没有。她想说话,可是慧梅的眼泪"刷"一下子流出来了。她不知说什么好,只得催劝慧梅脱了外衣,她自己也脱了外衣,两个人睡在一起。过了半天,她才突然说了一句:

"女孩儿家,总得有这一天哪,人人都免不了,也不过你先出嫁罢了。"

常言说:"嫁姑娘不是容易的,姑娘一天不上轿,一天准备不完。"慧梅虽然在军中出嫁,嫁妆中也没有木器、瓷器、铜器、锡器等不易携带的东西,但高夫人忙了一夜后,第二天又整整忙了一天,只恐怕这样东西不如慧梅的意,那样东西会临时忘了。使她的心中稍觉宽慰的,是经过昨晚慧英的继续劝解,慧梅懂得以闯王的大业为重,今日再不提"死不出嫁"的话,开始进食。慧梅经过一夜思前想后,也确实放弃了自尽的念头,只盼出嫁后能够使女婿永远地效忠闯王。

各家重要将领、老营中较重要文职人员,都有礼物送给慧梅,或是绸缎,或是金、银、玉、翠首饰,或仅送银子,自二两起至十两不等,用红纸封好。这种向出嫁姑娘送礼物在河南俗话中叫做添箱,文雅的说法是赠送"奁仪",都得收下。牛金星和宋献策、高一功、李过、刘宗敏、李岩夫妻六家的奁仪特别重,都是除绫罗绸缎和金银首饰四色礼品外,又各送纹银百两。尚炯因在二十里外一处兵营中看病,得到消息,昨晚赶了回来。但是他知道慧梅的婚事已成定局,在闯王前无话可说,一直在心中深为叹息,也不想见慧梅用空话劝慰。今天他仍不愿看见慧梅,怕徒然心中难过,只派两名亲兵送来四锭元宝、四匹上等绸缎、一个百宝药箱,还有一个朱漆小匣,里边用锦缎一层层包着一个暗黑色的箭头。慧梅打开小匣一看,知是老医生珍重保存了三年的毒箭头,以纪念她的忠心,不禁痛哭起来。高夫人看了后百感交集,也忍不住哽咽流泪。

王长顺也有礼物。论地位他只是一个马夫头儿,但是论情谊,他是闯王手下的老伙计,是马夫中的元老,在慧梅的眼中也是父辈。他亲自送来了收藏了将近两年的一根雕花玉柄马鞭,一对镀金铜镫。他本来打算等双喜成婚时送给双喜,不料如今慧梅先出阁,心中有许多说不出的辛酸,所以他就将这两件珍贵物品送来添箱。慧梅平日很尊敬和喜爱这位老马夫,收到他的添箱礼物后,就到高夫人的上房,跪在他的面前磕了一个头。王长顺对她说:

"慧梅,大伯我恭喜你啊!别难过,是姑娘总得出门。那袁将军不知道我是老几,几次看见我,都没有跟我搭腔说话。可是我不见怪,不知不作罪,人家咋知道我王长顺是闯王旗下的一个元老!慧梅,你别害臊,我对你说实话:这位娇客,论年岁不大,论人品不赖,论名声也不小。你以后要帮助他多做好事,真心拥戴闯王。他要是日后忘恩负义……"

高夫人赶快笑着说:"长顺,你今天多喝了几口酒,别多说啦!"

王长顺忽然醒悟,改口说:"啊,说滑了嘴。我是说,我看他日后绝不会忘恩负义!"

大门外鼓乐声起,又有人前来添箱。随即,大家看见是张鼐的亲兵头目王新牵着昨日借给慧梅骑过的白马,前来添箱。这白马浑身的毛色刷得十分洁净,换了崭新雕鞍锦鞴,白铜马镫,新的辔头带着银饰,闪光镀金项铃,猩红的新马缨,雪白的马尾根上边不远处,还结着一个红绸绣球。王新到院中将马缰绳交给随来的一个弟兄,走进上房,向高夫人磕头贺喜,站起来后又向慧梅行叉手礼,然后恭敬说道:

"我们小张爷命我来启禀夫人,他没有别的宝贵礼物,只有这匹西番战马[①]是不久前夺得的汪乔年的坐骑,曾经献给闯王,闯王说我们小张爷攻襄城有功,赐给了小张爷。这马,一身纯白,十分好看,也十分稳快,特意送来为慧梅姑娘添箱,务请笑纳。"

高夫人笑着说:"哟,这添箱礼倒真好,一定收下。王新,你这娃儿什么时候学得这么会说话?"

王新笑着说:"实话回夫人,这几句言语是我现买现卖的。小张爷临时教我几句学几句,好则还没有漏掉一句。"

高夫人被逗得格格地笑起来,说:"你这孩子,我只知道打仗时你是只小老虎,还不知道在平时你是只巧嘴八哥,真会学话!"

看见来人添箱,慧梅正像一般将出嫁的姑娘一样羞羞答答,不闻不问。此刻她再也忍耐不住,抬起头来说:

"王新兄弟,这白马我不要,你牵回去吧。小张爷在战场上很需要这样好马。你牵回去吧,就说我心领了。"

高夫人赶快说:"世界上哪有逢喜庆送礼不收的道理!王新,将白马拴在柳树上,你们领了红封子,出去休息吧。"

各家送添箱礼,如是派仆人或亲兵送来,都有赏钱,名叫封子,红纸中或封碎银,或封选好的铜钱。如是银子,少则二钱,多则一两。慧英在王新牵马进来时想着慧梅的心情,赶快取二两银子封好,这时交给王新,说:

"王新兄弟,你们到外边休息,中午吃了喜酒回去。"

慧英的话刚落地,从村外传来了鼓乐声音,自远而近。大门外的两班吹鼓手也奏起乐来。过了片刻,担任老营知客的两名小校将男家送礼的一行人迎了进来。各种礼品都装在或圆或方的彩漆木盒中,每二人抬一盒,共有十盒。另有人牵一匹高大的甘草黄骟马,辔头鞍镫俱全,一色崭新。慧梅回避到高夫人睡觉的里间,对

[①] 西番战马——指青海省西部出产的战马。

于两个送礼人如何进来向高夫人行礼,如何说话,她全然不看不听。她仍在想着张鼐用她平日喜爱的白马添箱,心中刺痛,不觉流出眼泪。随后听见高夫人和众人纷纷观看袁时中送来的甘草黄骏马,交口称赞,她才忍不住抬起头来,隔着窗纸的一个破洞向那马张望张望,看出来确是好马,但是她对自己发誓说:

"千好万好,我永远也不骑它!"

这句话尽管说得声音极小,却被正走进来取赏封的慧英听见了。慧英的心中一动,但装作没听见,只在心中暗道:

"我的天,嫁了她的身子没有嫁了她的心,这以后的日子怎么过啊!"

午宴席散以后,高夫人仍然为明日慧梅出嫁的事操不完的心,一直忙到深夜。

第二天起来,高夫人又将各样事检视一遍,深怕有什么疏忽,使慧梅增加伤心。早饭以后,她将慧剑叫到面前,反复叮咛:

"你要好好照料慧梅姐姐。不管遇到什么情况,纵然在两军阵上杀得难分难解,你总不要离开慧梅姐姐身边,不能单独跑去冲杀,要紧的时候更要寸步不离。你比她小两三岁,要多多听她的话。有时即令她责备你几句,你也不要放在心里。慧剑,你也是没有一个亲人,你就同她亲妹妹一样!"

一番话说得慧剑这姑娘也感到难过,同时想起来在第二次攻开封时阵亡的黑虎星哥哥,噙满眼泪,轻轻点头,哽咽回答:"我记在心里了。"

高夫人又说:"你对健妇营要把话说清楚,半年,顶多一年,等慧梅在那儿跟袁姑爷和好相处了,一切都能叫我放心了,你们就可以回来了。所以,你们在那里一定要安心,你们自己的事情暂时不用操心。"说到这里,慧剑忽然脸红起来,回过头去不好意思听。但高夫人继续说下去:"你们都是姑娘,到了该出门的时候了,你也不能长留你们在健妇营中。等你们回来后,该怎么安排自然由我和你红姐姐替你们操心。你们在那里不要想自己的事,要专心把慧梅姐姐照料好。还有袁营中情况我不清楚,不管怎么,他不像我们闯营人马纪律严明。要是有人到你们的驻地胡闹,或调戏姑娘们,你们要立刻报告慧梅姐姐,轻则由慧梅姐姐处分,重则禀报袁姑爷,军法从事。决不要给人家落下一点把柄,让人家说你们姑娘家的闲话,连闯王和我的脸也丢了。这话你要好生记在心上!"

"我都记住了。要是我们的姑娘家做出些下流事,我一定禀明慧梅姐姐,该杀的杀,该打的打。要是袁营的兵将跑来调戏姑娘们,也要同样严办。夫人请放心好了。"

慧剑走后,她又把王大牛找来,说:"大牛,你也是在我们闯营长大的,原来是孩儿兵,后来就做了头目。你也受过伤,立过功。这次让你带二百标营亲兵,护送慧梅出嫁,有些话昨天已跟你说过了。今天我再嘱咐你几句话。"接着,她把对慧剑说过的有些话也照样叮嘱了王大牛一遍。王大牛说:"是,夫人,我一定遵命。"正要退出,高夫人又把他叫住,说道:

"还有,在慧梅那里,要同在我们老营一样,天天练武,不能放松。武艺练好了,一个人可以顶十个人用;武艺不好,十个人不顶一个人。再说,你们都是年轻孩子,顶大的不过二十岁、二十一岁,好像二十二岁的都没有,有的武艺不错,有的武艺并不精,得趁年轻时好好练一练。天天练武,也就不会吊儿郎当、到处闲逛,军纪也就严整了。如果你们在那里不像个样子,人家不是说你们松懈了,人家会说闯王的人马原来就不行,都是瞎吹的。"

"夫人放心,我决不会放松操练,决不会给闯营丢人。"

高夫人又将邵时信叫来,将应该嘱咐的话嘱咐一遍,然后吩咐四百名男女骑兵先走,以便早到袁时中的驻地扎营。几十匹骡子驮着帐篷和各种军资,分别有专人掌管,随着骑兵出发。另有几匹骡子驮着皮箱,内装陪嫁的各种东西和金银,也有专人掌管,作为第二批出发,老营另派二十名骑兵护送。将这两批人马打发走后,估计花轿快要来到,高夫人将一位被大家唤做吕二嫂的、约摸四十出头年纪的妇女叫到面前,对她说道:

"吕二嫂,你的年纪比较大,我才叫你跟随着慧梅到袁营去。你一直在健妇营照料这些姑娘们,同她们很熟。你又当过吕维祺家的粗使奴仆,见过些世面。慧梅是个姑娘,打仗的事,她倒有些磨练。说到家务事,她就不大懂,别的姑娘也差不多。所以这些地方你得留心着点,该告诉慧梅的告诉慧梅,该告诉慧剑的告诉慧剑,有困难就问邵时信。今后每到一个地方,慧梅和袁姑爷自然住在一起,别的姑娘不好进去,你就可以进去,方便得多。好则你身子骨还硬朗,办事也麻利,这一年多来又学会骑马。这次跟着她们去当然要辛苦一些,将来我再把你接回来。你的儿子在我们这里已当上了小头目,今后只要他立了功,我们会慢慢提拔他,不会让他吃亏的。"

"夫人,你看,你不说我也明白。我是三代给吕家做奴仆的,是家生奴才。要不是闯王的人马打进洛阳,我们代代下去,都是奴才,永远没有出头的日子。现在到了闯王这里,不论是将领们,还是弟兄们,再不把我们当奴才看待。我和我的孩子,一生一世也感不尽闯王的大恩。现在慧梅姑娘出嫁,夫人叫我随去,我一定尽心照料,决不让夫人为她操心。"

高夫人点头说:"我就知道你比别人会办事儿,以后你多操心就是了。"

吕二嫂又说:"慧梅姑娘已经打扮好了,夫人不去看一看?"

高夫人笑道:"这姑娘一直在军中,总在练兵啊,行军啊,打仗啊。说是姑娘,长得也俊,可就是从来没像姑娘那样好好打扮一回。今天出嫁,一辈子只这一次,才让你们给她打扮起来。走,我们看看去。"

从昨天开始,老营的人们一面忙着给慧梅准备嫁妆,一面就在商量如何打扮慧梅了。有人说,慧梅是一员女将,出嫁时应该戎装打扮,身穿箭衣,腰系战裙,骑上骏马。可是高夫人和红娘子都不同意。高夫人说:"自来姑娘出嫁,都要哭着去,有的姑娘一路哭去,要哭十里二十里,甚至哭到婆家村子外边才不哭。这是千年以来的老规矩,慧梅出嫁自然也是要哭的,何况她心里有疙瘩。让一员女将骑在战马上,哭哭啼啼,一路不停,这不成了笑话?"红娘子也说:"我在洛阳出嫁的时候,也有人劝我骑马,她们不晓得女孩儿家的心事。自古以来出嫁都要坐花轿,所以坐花轿就是出嫁,出嫁就是坐花轿。要是姑娘出嫁不坐花轿,会一辈子感到窝囊,感到太轻率。慧梅出嫁当然也要坐花轿。"

于是今天早饭后,在吕二嫂和几个有经验的婶婶、嫂嫂照料下,就按照世世代代的老风俗习惯,给慧梅红装打扮起来。慧梅的头发本来又多又黑,现在梳了头,脸上又施了粉,搽了胭脂,真是云鬟堆漆,桃脸照人。可惜一双眼睛平时明如秋水,而现在却红肿着,分明带着哭过的痕迹。大家又帮她穿上红缎绣花袄,系上红缎绣花百褶裙,戴上凤冠,肩披霞帔。惟一使她显得与一般新娘不同的,是腰间系了一口宝剑。

当高夫人进来时,她已静静地坐在床边,低着头默默不语。她心里十分难过,但到了这种时候,还有什么好说的呢?

一些女眷和女兵们随着高夫人一起进来,一见慧梅的打扮,都嘻嘻哈哈议论起来:

"慧梅这一打扮,真是跟天仙一样!"

"天仙算什么,那嫦娥奔月就少了一把宝剑。可咱们慧梅处处都比得上嫦娥,偏偏多了一样东西,就是宝剑,使她显得英气勃勃,不同于一般美人。"

"听说袁姑爷也是一表人才。"

"可不是,我见过,骑在马上可英俊啦,年纪又轻。"

"这真是天生的一对呀,打灯笼也难找。"

"这还用找?千里姻缘一线牵,早就有月老用红线把他俩拴住了;不用找,姑爷就来了。"

大家七嘴八舌说个不停,慧梅听了心中就像刀割一样。后来,吕二嫂进来说:

"闯王回老营来了,老神仙和高将爷也来了。请慧梅姑娘到上房给长辈们磕头去。"

大家听了,这才纷纷离开。高夫人由女兵们簇拥着,也往上房走去。屋里就剩下慧英和几个姐妹在面前,慧梅拉着慧英的手哽咽说:

"英姐姐,以后你可不要忘了我啊!"

慧英噙着眼泪说:"慧梅,你真是傻丫头,我怎会忘记你呀?"

"常言说,嫁出去的姑娘泼出去的水,何况我不是闯王和夫人的亲生女儿。"

"你放心,一则我们永远不会忘记你,二则小袁营也归了我们闯王,以后见面的时候多着呢。"

慧梅站起来向上房走去。马上有两个姑娘在左右搀扶她。虽然慧梅平时可以健步如飞,但这是一代代传下来的老规矩,新娘子必须由人搀扶着才能行走。

到了上房,闯王夫妇已经坐着等候。吕二嫂赶快说:"姑娘,给闯王和夫人磕头。"慧梅拜了一拜,跪下去磕了三个头。她想说什么话,但喉头被一股涌出的热泪堵塞着,说不出来。高夫人也觉得难过。倒是闯王面带微笑,说道:

"慧梅,男大当婚,女大当嫁,人之常理。今天是你的好日子,不要难过。"

慧梅说:"我跟随着养父养母多年,生死不离。现在虽然打发女儿出了门,可是我身在袁营,心在闯营,变成鬼魂也不会离开养父养母!"

慧梅说罢,泣不成声。闯王听到慧梅说出来不吉利的话,微微皱了皱眉头,也没有再说什么。

慧梅又噙着泪给高一功和尚神仙磕头。老医生的心中发酸,拱手还礼。

随即从远处传来了鼓乐声,知道花轿快到了。慧梅回避到东厢房中,坐在慧英的床上。过了一阵,鼓乐声进了村中,放了三眼铳,又开始放鞭炮。鼓乐声和鞭炮声直响到老营的大门外。

各地迎亲,风俗不一,有的是新郎自己迎亲,有的是男家派别人迎亲,新郎在公馆等候拜天地。今天袁时中采用他家乡风俗,请刘玉尺代他迎亲。一般风俗:花轿到了女家大门外,女家将大门紧闭,等迎亲的人递进封子,女家方打开大门,放新娘出门上轿。今天高夫人革掉这种俗礼,将老营大门大开,由李双喜迎接刘玉尺到上房向闯王和高夫人行了礼,稍坐片刻,恭敬告辞,上马先走。

慧梅被人用一方红缎蒙了头,由两个姑娘左右搀扶,在鼓乐和鞭炮声中向外走去。她哭得很痛心。偶尔听见自己身上的环佩丁冬声,头上凤冠的银铃摇动的清韵,她越发哭得伤心。妇女们将她扶进轿中,又用红线将轿门缝了几针,免得在路上被风吹开。三眼铳响了。花轿被抬起来了。慧梅知道四个人抬着花轿开始走了,她恨不得用头碰花轿。她不知道张鼐如今在什么地方,是不是在背着人哭。她放声痛哭,同时在心中哭道:

"唉唉,谁知道我这心啊!我这心啊!"

高夫人率领众家夫人和红娘子,还有慧英和姐妹们,都到大门外送慧梅上轿。她们有人平日同慧梅感情好,舍不得慧梅走,有人同情慧梅,更担心慧梅嫁给袁时中可能苦恼终身,都不免落泪,红娘子和姑娘们更是忍不住泣不成声。

慧梅的女亲兵骑在马上,走在花轿左右,听着轿中哭声,个个心碎,强忍着汪汪眼泪。

双喜是送亲的人,率领二十名亲兵骑马走在轿后。他替慧梅难过,也替张鼐难过,双眉紧皱,默无一言。

轿前鼓乐,轿后骑兵,轿中哭声,走在坎坷的大道上,渐渐远去。

第 十 二 章

慧梅出嫁的第三天上午,按照中原流行的古老风俗,带着新郎袁时中回到高夫人的驻地,叫做回门。闯王也从行辕回到老营,等待慧梅和袁时中。老营中大摆宴席,还有两班鼓乐。宴前,慧梅和袁时中在鼓乐声中向闯王夫妇和各长辈磕头行礼,所有受礼的长辈都送他们磕头钱,是用红纸封着的银子或铜钱。在这种场合,只要是慧梅的长辈,不分男女,都可以受新人们的磕头。大厅中推推拉拉,嘻嘻哈哈,十分热闹。王长顺也来了,将红封子往桌上一放,快活地笑着大声说:

"嗨,我来受头了!新姑爷不认识我,我只好自报家门。我是李闯王跟前的老马夫,如今是小小的马夫头儿,好听的叫法是掌牧官。慧梅姑娘是在我的眼皮下长大的。我看着她从一个黄毛丫头变成了一员女将。将来她就是受封为一品夫人,也还得叫我一声王大伯。我们的新姑爷是义军的大首领,以后我这个老马夫不会放在你眼里,可是今日只论亲戚不论官,我理该张开包儿受你们夫妻的头。磕少了我不答应!"

站在两旁看行礼的男女们一齐嚷叫:"要磕三个头!三个头!"

慧梅赶快下跪。袁时中也不敢怠慢,随着跪下。新夫妻在旁边人的半真半玩笑的赞礼声中磕了三个头,然后在推推挤挤中站起身来。袁时中见闯王老营中的人们对他如此亲热,心中十分快活。但慧梅稍有不同。她在继续磕头的极短的间歇中,扫一眼满屋中欢笑的面孔,忽然想到:"以后再也不能跟闯营中这么多的亲人在一起了!"心头不禁蒙上一层惘然的悲哀。

按照风俗,慧梅和袁时中应该留在老营住三天。然而目前大军已开始向商丘一带出动,袁时中必须迅速赶往陈州境内,回到自己军中,率领小袁营将士随闯、曹大军北上,所以今天下午就回到他在闯王行辕附近的临时驻地,明日清早启程。酒宴之后,又坐下叙谈一阵,袁时中便留下慧梅在高夫人面前继续叙话,自己带着随从和亲兵先走。

由于今日慧梅回门,红霞、慧琼和兰芝都从健妇营来到老营赴席。可是因为长辈客人多,总在闹哄哄的,慧梅一直没有机会同她们这三个女伴亲近,也没有机会同红娘子说句体己话。如今客人渐渐散去,红娘子也因为正在害月子,吃东西就呕吐,加上前日为慧梅出嫁事感到伤心,几乎整夜睡觉不安,着了点凉,现在只好向高夫人告辞。慧梅将红娘子送到村边,闪到路旁,离开亲兵们,拉着红娘子的手,滚着热泪,小声说:

"大姐,你不晓得我的心中有多苦啊!我,一句话说不完!大姐……"

红娘子小声说:"我明白。人非木石,何况你跟张鼐兄弟……"

"不,不,大姐!不关他的事。你不要像别人那样,误猜了我的心。"

红娘子微微一笑,望一眼慧梅突然泛红的脸,没再说话。

慧梅接着说:"大姐,你想,第一,我是在闯王的老八队里长大的,对这里老营中的人啊,马啊,旗子啊,都是熟悉的,样样连着我的心。如今冷不防将我嫁到素不相干的小袁营,叫我如何能忍心离开!"

红娘子安慰说:"你说你不忍离开闯营,我完全懂得你的心。可是慧梅,我的好妹妹,姑娘远嫁,自古常有。何况小袁营已经归顺闯王,会师后两营成一家,常在一起,说什么不忍离开?我看袁姑爷是一个明白大义的人，他以后必不会离开闯王这棵大树，飞往别枝。"

慧梅轻轻叹口气，说："他不是老八队的旧人，谁知道他的心事！"

红娘子说："结了这门亲，他就不会飞向别枝了。"

慧梅又说："还有，自从有了健妇营，我就同健妇营的姐妹们在一起，不曾一天分开过。我爱大家姐妹，大家也爱我。没想到如今我突然离开大家，像一只离群的孤雁！"她忍不住滚下眼泪，怕众人看见，赶快揩去。

红娘子也心中难受，无话安慰慧梅，只能轻叹一声。

望着红娘子上马同亲兵们走后，慧梅回头走了十来步，走到跟她到村边来的红霞、慧琼和兰芝站立的地方。她将兰芝拉到胸前，一时伤心得不知说什么好。要不是有别人在旁，众目看她，她会搂住兰芝哽咽起来。兰芝不等她开口，忍不住先说道：

"梅姐，我真没想到！"

慧梅对红霞说："红霞姐，我已经不能再和健妇营的姐妹们在一起，以后健妇营的事你就得多操劳了。好在是夫人昨天已将慧琼派到健妇营，红大姐和你有个好帮手，我离开后也可以放心啦。我纵然身在小袁营，心还在健妇营。我永远不会忘记健妇营，也不会忘记你们。"

红霞心中难过，强颜为笑说："你离开以后，咱们的健妇营像抽掉一根主梁。不过还有红帅，又来了个慧琼姑娘，总得想法儿将健妇营带好，不辜负闯王和高夫人的期望，也不枉你一年来的操心操劳，辛苦经营。姑娘们年长树大，终不能都不出嫁。袁姑爷人品很好，大概性情也不赖。他会对你知疼知爱，相敬如宾，白首偕老。你何必难过？你跳进福窝里啦！"

"红霞姐，什么跳进福窝里，请你不要故意拿话来安慰我。我是为着闯王的大业,将一个苦果吞在肚里!"慧梅揩去眼泪,转向慧琼说:"琼妹,我本来有话要对你说,可是没有时间了。我马上要到健妇营同众姐妹们见见面,你跟红霞姐快回去准备一下。我看过健妇营以后不再回这里,就从河边岔路回他的驻地去。好,你们马上走吧。"

慧梅单独同兰芝在一起,她有许多话想对兰芝说,但又不愿说出。当她初到高夫人身边时,兰芝还很小。她常常将兰芝抱上小马,下马时也由她抱。后来她又教兰芝学剑,学射,学各种武艺。如今兰芝已经十五岁,没料到她代替兰芝嫁给袁时中,从此离开了闯王老营,硬割断自己心中和梦中同张鼐相连多年的绵绵恩情。慧梅心中酸楚,紧紧地拉着兰芝的手,用饱含感情的眼睛望着她的纯洁和稚气的脸孔,嘱咐她以后好生练武艺和读书识字等毫不新鲜的老话。她嘱咐一句,兰芝轻轻地点一下头。尽管这些都是老掉牙的话,可是因为慧梅以后再也不会同她在一起了,所以兰芝能够从这些话中听出来特别的感情。她从慧梅含泪的眼睛里能猜到慧梅姐怀着难以出口的伤心和挂念。她想将张鼐的情况告诉慧梅,但又怕慧梅不让她说。在往日,每当她向慧梅谈到张鼐,慧梅总是板着脸孔不愿听,责备她说:"小姑娘家,说男人的事有啥意思!"可是此刻,兰芝实在忍不住,先向左右望望,幸好左右没人,随即大胆地问道:

"梅姐,前天你出嫁,你知道俺张鼐哥在做什么?"

慧梅不像往日那样不许她说,但是转过头去,遥望着小河岸上的几棵垂柳。兰芝打量一眼慧梅的神情,继续小声说道:

"梅姐,你出嫁的那天中午,袁姐夫满会待客,听说拿出几百两银子托曹帅的老营代办酒席,给闯营和曹营的大小将领都下了请帖。张鼐哥推说头疼,身上不舒服,没有赴席。就在你出嫁的那天早晨,他听说西南十几里远的山中出了猛虎,已经吃了一个人,咬死了一头牛。他怕袁家派人来催请,一吃过早饭就带着十几个亲兵打猎去了。到了中午时候,果然遇到了猛虎。那时张鼐哥以为找不到猛虎了,下马休息,亲兵都不在身边。冷不防猛虎从草中蹿出,纵身向张鼐哥扑来。因为太近,弓箭已经没用。张鼐哥向旁边树后一闪,使猛虎扑了个空。他随即一剑砍去,削去了猛虎的一段尾巴。猛虎已经第二次扑到他的身边,张着血盆大嘴向他咬来,同时两只前爪差不多抓住他的前胸衣服。亲兵们已经看见,来不及救他,只见他倒了下去,大家惊叫一声,呐喊着向猛虎奔来。……"

慧梅的心中一惊,脸色灰白,恍然醒悟:"啊,天呀,今日老营中的上下人们都故意对我隐瞒着张鼐的不幸消息!"她的手心冒冷汗,赶紧问道:

"他伤得很重么?"

兰芝接着说:"要是别人,准会被老虎咬死。可是张鼐哥真行,他看见躲闪不开,就将身子向下一猫——亲兵们没看清,以为他倒了下去,——向老虎的脖子下边刺了一剑。老虎负了重伤,回头逃跑。张鼐哥赶快取弓搭箭,向老虎射去。老虎连中两箭,倒在地上。"

"他没有受伤?"

"没有受伤。"

"多险啊,谢天谢地!"

兰芝又说:"俺张鼐哥有心腹话也会对他的亲兵头目王新吐露一两句。你猜他对王新怎么说?"

"他怎么说?"

"他对王新说:'我觉着人活在世上没意思,在去打猎的路上想着不如叫老虎咬死的好。谁知遇到老虎,我不再想死,忽然勇气百倍,将老虎除掉了。'梅姐,这话是王新背着别人启禀夫人的,给我偷听到了。"

慧梅的心中更加感到酸痛,默然无言,害怕兰芝看见她的眼睛,转头望着西南雾蒙蒙的群山,在心中暗暗说:"就在那儿!"过了一阵,她才重新看着兰芝,小声说:

"你见到张鼐哥,要劝他保重身体,留待日后在战场上为闯王出力报效。"

兰芝问:"梅姐,我对他说这话是你说的,行不行?"

慧梅没有做声,也没有点头,但兰芝从她的眼神中知道她心中同意。

慧梅同兰芝回到高夫人面前辞行,并说她要去健妇营同众姐妹们见见面。高夫人因为她已经是出了阁的姑娘,将她送出大门,嘱咐她早回袁姑爷驻地,望着她同一群女亲兵骑马快走下河滩,才回上房。

在健妇营同姐妹们见面之后,大家都纷纷向她贺喜,但人人都看出她的心中有苦,很留恋健妇营。因为太阳已经偏西,她在健妇营不能久停。临离开时,她对头目们嘱咐一些关于如何练兵的话,不要大家远送,只叫慧琼单独送她到小河边。

她在三天前同张鼐相遇的地方停住,让亲兵们离开她稍远一点,然后同慧琼下马,立在桃花树下,对慧琼说:

"前几天我们还在这儿站过,折了一枝桃花插在鬓上,如今可不是像一场梦!"

慧琼不完全懂得她的心思,没有做声,等待她再往下说。可是她好长一阵没有再说话,许多新旧往事一股脑儿涌上心头。三天前同张鼐在此小立闲话的情景,犹在眼前,她不曾忘记他们当时相对无言的幸福和发窘,窘得她呼吸很不自然,心头紧张跳动。她还记起来,她在商洛山中了毒箭后张鼐如何去看她,第二次攻打开封时,她误听说张鼐受重伤时心中如何害怕和难过,如何飞马奔往张鼐驻地看他。……慧琼等不到慧梅说话,只好问道:

"梅姐,健妇营的事,你还有啥话嘱咐?"

慧梅如梦乍醒,惘然一笑,说:"有邢大姐和红霞姐在健妇营,你照她们的话做事,我没有什么嘱咐了。"

慧琼说:"你刚才要我单独送你到河边来,好像有什么体己话儿要对我说,难道不是?"

慧梅又微微一笑,揽住慧琼的肩膀,小声说:"慧琼,我告诉你一件小事,你肯听话么?"

"什么小事,梅姐?"

"年年端阳节,我都给张鼐哥做一个香布袋儿,也给双喜哥做过两次,可不是年年都由我做。今年我给张鼐哥做的香布袋儿才做了一半,如今我突然走啦,再也做不完啦。你也会绣花儿,心灵手巧,给张鼐哥做一个好不好?"

慧琼想了一下,说:"你已经做了一半,让我接着做成,岂不省事?"

"不,你要另做。"

"何必另做?"

慧梅不想说明,但终于说道:"我已经做了一半他知道,也看见过。你重新做一个,免得他看见我的针线……"

"噢,我明白了!可是他肯要我做的么?"

"他会要的,一定会要的。"

慧琼没有做声,担心张鼐忘不下慧梅,别人做的香布袋儿他不肯带在身上。慧梅很深情地向慧琼看了一眼,依依惜别地低声说:

"慧琼,我要走了。"

第二天一早,袁时中和慧梅启程。临走时,他们向闯王夫妇(高夫人是五更赶来行辕的)辞行,向刘宗敏、高一功、牛金星和宋献策等辞行,向曹操和吉珪辞行。高夫人同慧梅不免有惜别之情,在萧萧的马声中含泪分手。

在慧梅动身之前,她有三匹马都鞴上鞍子,只是肚带都在松着,由马夫牵到她的面前,问她要骑哪一匹。这三匹马是:她自己原有的坐骑,张鼐作为陪送礼物赠给她的那匹白马,袁时中作为聘礼的一部分送给她的甘草黄。慧梅好似早已拿定主意,随口吩咐:

"骑白马,将肚带扣紧!"

吕二嫂赶快走到她的身边,凑近她的耳朵笑着说:"姑娘,袁姑爷刚才嘱咐我们:请你骑甘草黄。这是他给你的骏马,不骑,他心中会有疙瘩。"

慧梅口气坚决地说:"白马是我的娘家人送我的,我不能一出嫁就忘记娘家人!"

吕二嫂不敢多说话,挥手使马夫将另外两匹马牵往亲兵队列的后边。慧梅上马之后,正要扬鞭启程,袁时中策马来到,满面春风地对她笑着问:

"甘草黄是难得的好马,又稳又快,你怎么不骑它呀?"

慧梅说:"这白马我骑惯了。"

袁又问:"你试试甘草黄不行么?"

慧梅说:"以后试吧。"随即启程了。

结婚三四天来,袁时中已经明白慧梅是个难以对付的妻子。尽管他们已经成了夫妻,同床共枕,但是他很难看见她的笑容。袁时中暗暗地想,慧梅在他的面前过于庄重,也许是她自以为是闯王的养女,身份高贵,瞧不起他这个土字头的义军首领,也许是她刚出嫁还有点害羞,过几天就会随和了。还有一件使他感到慧梅难对付的事,是自从结婚的第二天,慧梅自作主张:他们夫妻的临时公馆全由她陪嫁来的女兵守卫,陪嫁来的两百男骑兵和几十名管理辎重、骡、马等杂务人员都在临时公馆左右的院落驻扎,竟不许他自己的亲兵和将士们留驻在他的公馆大院之内,也不许他的亲兵们禀报事情时随便进入他们的房内,除非紧急事,只能由她的女亲兵转报。袁时中虽然很受慧梅周围男女亲兵的尊重,但是每次回到睡觉的地方便像走进陌生的兵营,常常心上不安。但是她坚持如此,他只好听从。慧梅的容貌俊俏,弓马娴熟,识文断字,又加上是李闯王的养女,高夫人的心腹人儿,这一切条件都使袁时中十分爱她,不愿拂她的意。但今天慧梅拒绝一试甘草黄,使他的心中有点生气。事儿虽小,却将他做丈夫的自尊心暗暗刺伤。为着在新婚期间,他没有当着周围众多女兵说一句责备她的粗话,只能流露一丝微微苦笑,但是在心中却忍不住骂道:

"妈的,你嫁鸡随鸡,嫁给我就是我的老婆。常言道'出嫁从夫',你连丈夫话也不听,在老子面前撇的什么清!"

袁时中和慧梅带的全是骑兵,一路上夜宿晓行,第三天黄昏时候,到了陈州境内。小袁营全体人马已经在两天前到了陈州附近等候。袁时中吩咐明日休息一日,要在老营中大摆宴席,请众将领来吃喜酒。

老营总管为他和慧梅准备的住处是一座乡绅宅子,房屋宽大,栋宇相连,主宅与偏院有一百多间房子。慧梅和袁时中住在上房,二门外的花厅作为袁时中与众将领议事的地方,主宅各处尽驻女兵,东西偏院尽驻男兵,大门和后门由她的男兵守卫,男兵不奉呼唤不许随便进入二门以内。如今袁时中对此已稍觉习惯,好在他看出来慧梅的左右人服侍他十分尽心,而吕二嫂更是在饮食起居上事事体贴周到,极其难得。他看见慧梅的男女兵纪律森严,不论行军和宿营都是部伍整肃,不像他的小袁营经常是乱嚷嚷的。有一次,他在夜间同军师刘玉尺等议事之后,笑着说:"如今我们小袁营中来了个小闯营。我身率小袁营,住在小闯营。"大家听了,不禁哈哈大笑。

袁时中因为出外十余日,回来后同重要头目们都见了面,听刘静逸和几个重要头目禀报了军中情况,他也向他们详谈了如何谒见闯王,如何与闯王养女成亲,以及闯、曹两营的重要人物和军容等等。吃晚饭时候,他命一个亲兵去夫人住处禀报:他今晚有事,要留在行辕,晚饭后还要商议军事,不一定能回去,请不要等他,并说他的两个姨太太孙氏和金氏在晚饭后来拜见夫人。

慧梅听了这些话以后,只轻轻地点点头,没有作任何别的表情,随即吩咐摆晚饭,还要吕二嫂和她的十几个女亲兵,还有慧剑和十几个女兵头目,都来同她一道吃晚饭,大家姐妹热闹一下。

在闯王军中,一向提倡将士们同甘苦,上下间亲如家人。近来虽然李自成的行辕中有点改变,弟兄们不再同闯王坐在一起,一边蹲在地上吃饭,一边谈笑;但是行辕将领们还是随便同闯王坐在一起,至于在健妇营中,一直保持着闯王军中的好传统,尽管营规整肃,但没事时大家都以姐妹相看。近几天袁时中常同慧梅一同吃饭,大家都回避,只留下吕二嫂站在一旁伺候。现在一听说袁时中不回来,谁都巴不得跑来同慧梅一起吃饭。慧剑天真地笑着说:

"唉,梅姐,我说句心里话,请你别生气:要是袁姑爷常常不回来同你一起吃饭就好啦!"

吕二嫂说:"瞎说,你又不能代替袁姑爷!"

姑娘们因为慧梅不拿健妇营副首领的架子,如今趁袁时中不在,一边吃饭,一边说说笑笑,十分自由、快活。晚饭未毕,忽报孙氏和金氏到了。

晚饭前,慧梅听说袁时中今夜不一定回来,不让等他,尽管她当时没有表情,心中却很不愉快。她知道官宦富豪,一个人都有几个小老婆,义军中像张献忠和罗汝才也都是女人成群。上行下效,西营和曹营每个将领也都有几个小老婆。这样事情,在慧梅出嫁之前,都与她毫不相干。她曾经暗想过日后会同张鼐成亲,但没有想过张鼐将来纳妾的事。一嫁给袁时中,因知道他已经有两个小老婆,这问题有时不能不暗萦心头。当听说他今晚不回,她心中当下明白:他是借故与众首领商议军事,与他的那个姓金的小老婆小别之后赶快欢度一夜。作为正室夫人,她不肯在众姐妹前流露她对此事的"小器",但别是一种滋味的痛苦却在心头上摆脱不掉,想道:"做女人真苦,一出嫁就免不掉遇见这样的事!"就在同众姐妹说笑时候,她也不曾将此事忘下。

她望着吕二嫂说:"让两位姨太太到东厢房等候片刻。"

众姐妹因知袁时中的两位小老婆来拜见慧梅,都赶快将饭吃完。慧梅却故意慢吞吞地,边吃边同别人说话。关于袁时中的这两个妾,一方面袁时中有时同她谈到她们,另一方面她也暗嘱吕二嫂在路上替她打听,所以她已经大致清楚。她知道姓孙的出身庄户人家,为人老实,已经来了两年;姓金的是大家丫环出身,才来一年半,能说会道,颇有心计,几乎是专了时中的宠,将那位姓孙的压得可怜。她早已打定主意,一见面就得杀一杀金的气焰,所以她故意不急于请她们进来相见。

慧梅吃毕晚饭,又同慧剑等健妇营头目谈了几句话,然后大家散去,独留下四个女亲兵和吕二嫂在身边。她使个眼色,命女兵们分立两旁,然后轻声对吕二嫂说:

"请两位姨太太进来!"

孙氏和金氏进来时候,慧梅面带微笑,起身相迎,但神态庄重,并无热情。金氏自恃尚有姿色,一向得宠,无端被放在东厢房等候多时,心中已很不快,曾打算进来见面时,对慧梅说几句表面奉承而内心含辣带醋的话,让慧梅以后不要拿太太架子,不把她看在眼里。当时她忍不住向孙氏微露此意,孙氏害怕她会碰到硬钉子,悄悄劝阻说:

"你别那样,弄得往后不能和睦相处。说到天边,她尽管才来,毕竟她是正,咱们是偏;她是大,咱们是小。自古圣人制礼,嫡庶分明。何况她还是李闯王的义女,闯王拿她同千金小姐一样嫁出来。她如果不给面子,你不是自讨没趣?"

金氏将嘴一撇,说:"人善有人欺,马善有人骑。我偏不受别人的窝囊气!她不过是高夫人身边一个肯卖命的丫头,临出嫁收为义女,有什么了不起?该比我高贵多少?我猜到她今晚这样冷待咱们,是想树一树下马威,高抬她的身价。哼,我偏不买账!要是有谁想找个人头示众,我偏要伸直脖颈探进铡口看一看。我并不比她少鼻子,缺眼睛,也不是天生的窝囊废,别指望我在她的面前低三下四,息事宁人,从今后把热被窝全让给她,甘心被打进冷宫!"

借着烛光,慧梅一眼就看出来,走在右边的青年女子是一个相貌忠厚的人,猜出来她是孙氏,同时看出来,左边的金氏就不是老实货。她没有阻止她们磕头行礼,自己还了半礼,然后让她们坐下,并吩咐吕二嫂给她们倒茶。金氏先开口说:

"三天来,我们天天盼望着姐姐驾到,果然……"

站在旁边的吕二嫂,事前得到慧梅暗中嘱咐,赶快赔笑插言说:"请金姨太再不要叫她姐姐。一则她比你们两位的年纪都小,二则她是正,你们是偏。我们的姑爷既是一营之首,礼数不能不讲,要给全营将领和眷属们树个规矩。你们要按规矩称她太太,她称你们孙姨太、金姨太,或称你们二姨太、三姨太。"

金氏倒抽了一口气,在心中说:"果然厉害!"她原来准备的一套甜中带酸的花言巧语,一下子都说不出来了。慧梅并不理她,向孙氏询问家乡何处,家中还有何人,日子是否能够过活,娓娓闲话,态度亲切。然后她望一眼金氏,对她们微笑说:

"我连日鞍马劳累,需要早点休息,不能同你们多叙家常。听说要在这儿停留一两天,明日还要大摆酒宴。明日酒席之后,我还要找你们来拉拉闲话。"

金氏刚才被冷落一旁,心中更加窝气,这时见慧梅对她露了笑容,已经叫她们回去,赶紧抓住机会欠身说道:

"太太来了,就是一家女主,我们自然打心眼里尊重。以后凡事只要太太吩咐下来,我们没有不听从的。我们如有失礼之处,请太太多多包涵,教导我们。"

慧梅听出来这是话里有话,含有不服气味道,便冷笑一下说道:"有一句话我本来打算明日再讲,如今既然金姨太提起来,我不妨先讲几句。你们服侍我们将爷日子较久,有的已经两三年,有的一两年,都是受了辛苦的人。我们三人,应该和睦相处。你们放心,我不是心眼儿窄的人,言差语错,屑来琐去的事儿,我不会放在心上。我更不会跟什么人争风吃醋,为争宠闹得鬼神不安。可是我不喜欢有人狐媚心性,迷惑男人,舌尖嘴薄,搬弄是非。倘若谁敢在我的眼里撒进灰星,我决不忍受,纵然这人正在得宠,抱紧我们将爷的粗腿也不行。在两军阵上,出生入死,杀人如麻,我的心上不曾寒一寒。在健妇营中,我一声号令,没人不听。难道在家中我能忍受别人的闲气么?"她忽然停住,想了想,随即一笑,接着说:"今日初见面,我这话说得太重了。可是丑话说头里,以后方好和睦相处。"

孙氏赶快赔笑说:"太太说的是大道理,我听了句句合辙。"

慧梅只把她们送出上房,不再远送。由吕二嫂将她们送出二门,坐上小轿,在袁时中的亲兵们护卫中走了。

过了一阵,慧梅将邵时信叫来,嘱咐几句话,然后叫时信带着亲兵一道,将健妇们的驻处查看一遍,又将男兵们的驻地查看一遍。因为从此后是生活在小袁营的大军之中,她担心小袁营军纪不严,夜间会有人故意来健妇们的驻处捣乱。她看见几个路口都有王大牛派的放哨男兵,并有专人坐在帐篷中值夜,放下心来。回来时,恰好袁时中派他的亲兵头目来见她,对她说刚才接奉大元帅火急军令,命小袁营暂归曹操调遣,迅速开赴睢州,与曹营会师,合力攻城。并说明日一早启程,酒宴作罢,要慧梅早点歇息,今夜不必等他。慧梅随即传令健妇和男兵大小头目,今夜三更造饭,四更起床饱餐,准备五更前站队出发。

她睡下以后,竟然久久地不能入睡。虽然她没有全心爱袁时中,但是既然嫁给了他,就生是袁家的人,死是袁家的鬼。今夜她第一次懂得了袁时中很爱姓金的,将她扔在一边,与那姓金的寻欢作乐。她不由地想起来张鼐。假若同张鼐成亲,他决不会这样寡情,至少在新婚的头几年内他决不会这样待她!

她的心中一阵酸楚,但不敢发出叹声,免得被今晚陪她做伴的吕二嫂和四名女兵听见。热泪暗暗地流湿了枕头。透过泪花,她久久地凝望着窗上的朦胧月色,不知道张鼐的人马带着大小火器今夜在何处宿营。

当袁时中和慧梅辞别闯王,驰赴陈州的第二天,李自成和曹操也率领各自的大军出发了。这两营大军从郾城附近驻地分两路向东北走:闯营在西,从西华、扶沟、太康,到围镇和睢州之间等候会师,准备进攻商丘;曹营走商水、柘城,然后转攻睢州,与闯营会师。闯王给袁时中指定的路线是沿着几天前刘芳亮和李过的人马所走的路线,由陈州向正北走,绕过太康城,直趋睢州。不过李过和刘芳亮到太康后一往杞县,一往宁陵,未攻睢州。小袁营从陈州附近出发到睢州走的是一条直线,也是走在闯、曹两营的中间。

高夫人同闯王在一起行军。老营和行辕成为一体,将士们习惯地统称老营,也叫做老府。去年以来,将士们因为看到行辕军容整肃,戒备森严,威风凛凛,与往年的气象大不相同,都把它戏称为元帅府。起初只有少数人这么叫,很快就叫开了。后来不知怎么又把老营和元帅府合在一起,简称为老府,于是老营各部,包括高一功指挥的中军营和双喜率领的帅府亲军,都称为老府人马。如今这老府的十余万人马,旌旗蔽野,刀枪映日,马蹄动地,好不威风!

张鼐的火器营也随着老府人马一起前进,许多火器都驮在骡子身上,也有许多放在车上由骡子拉着。第一天行军途中,高夫人发现,张鼐就在这三四天中,忽然变得憔悴了,眼窝深陷,脸色也有点发黄,远不像往日那般红润。她几次想策马走近张鼐,同他聊聊,但张鼐好像有意回避着她。有一次,她把张鼐叫到身边问事,想借此同他谈心。但张鼐把事情一说完,立刻又跑回自己的队伍中去。看见张鼐如此反常,高夫人觉得很不好过。同时她又很自然地想起慧梅,不知这姑娘出门以后同袁时中相处得如何。她同闯王不同。闯王认为儿女事都是小事,一办过就不再多想,而她却仍然时时将慧梅的婚事放在心上,深怕她同袁时中不能够和睦相处。

有一次,王长顺骑马从她的附近经过,她喊了一声:"长顺!"王长顺笑着策马过来,问道:

"夫人有什么吩咐?"

"咱们一路走吧,随便拉拉家常。"高夫人说着,同王长顺并辔走了一段路,忽然问道:"你看小鼐子是不是瘦了点?"

"可不是,也难怪他,心里难受嘛!"

高夫人叹了口气,不愿再谈这个题目,便说道:

"长顺,我觉得,咱们到豫中、豫东一带后,这里的百姓跟豫西不一样,你察觉了没有?"

"我早就觉察了。咱们在豫西时,到处有老百姓迎接,谁都争先恐后地想来投顺。这里的老百姓虽然没有同咱们为敌,可总是没有那股劲头,有时能躲开就躲开咱们,离得远远的。"

"是呀,这些情形我也都看见了,你说这是什么道理呢?我看大概是我们放赈放少了。可是,这也是没有法儿的事。如今咱们不比往常:人马多了,大军需要的粮草很多,自己也有困难,哪能每到一地都拿出许多粮食放赈?再说现在还有曹营的人马在一起,给养也都是从咱们这里分过去。咱们的老府人马有时还能吃苦,这曹营的人可是一点亏也不能吃的呀,吃一点亏就会有怨言。所以咱们现在虽然也放赈,却不能像在豫西时那么随便地放了。因此穷百姓见了咱们也不像豫西那样热乎。"

王长顺听罢,说:"也不完全为这。我是喜欢常常同人拉家常的,有些刚刚投顺来的百姓,在我那里一起喂马,他们谈起老百姓的一些想法,我听了也觉得很对。"

"他们有些什么想法?"

"他们说,这里的老百姓看见我们每到一个地方,住不了几天就走了,因此谁也不敢同我们太热乎,怕我们一走之后,人家说他通'贼',那可就不得了了。所以有的人虽然受官府豪绅欺压,有一肚子冤枉,都不敢来告状,怕告了状后,我们一走,他就会大祸上身。"

"这话说得有道理。可是大家都说,现在我们还不能设官理民,要打下开封以后再做这些事情,所以也没办法。好在这日子不长,等打下开封后,大局一天天好起来,那时候就可按照李公子说的办法,每到一地,设官理民,让大家好好地种庄稼,情况就会好得多了。"

"对啦,老百姓都在瞧着我们下一步棋怎么走。要打天下,不能光这里走走,那里走走。该走的时候要走,不该走的时候就不能走,要不然这江山怎么能够站得稳呢?哪儿是自家的土地人民?"

又说了一阵闲话,王长顺就回到他的队伍里去了。高夫人望着他的背影,心里说:"这老头是个有心人,一心一意为闯王打江山着想,别人不大想的事情,他都放在心里。"

她很挂念慧梅。过了扶沟以后,她知道闯王已命令小袁营火速北上,协同曹营攻破睢州,等候同老府人马会师,然后转往商丘。她巴不得各路大军赶快在睢州会师。她想,即令在睢州不多停留,见不到慧梅,到商丘城就可同她见面了。

三月二十一日下午,袁时中到了睢州城外时,罗汝才已经早半天到来,正在部署攻城。小袁营被指定的驻地在城西北一带,其余三面都归曹营人马驻扎。罗汝才的老营在南门外的三里店附近。袁时中将安营扎寨的事交给副军师朱成矩、记室刘静逸和几个得力首领照料,自己赶快带着军师刘玉尺驰赴三里店去见曹操,请示攻城机宜。

曹操并没有把袁时中放在眼里,而是把他当一个年轻后生和一支"土寇"的首领看待。汝才知道闯王是利用时中,并非将时中当成心腹。至于时中是闯王的义女婿,在汝才眼中无足轻重。他阅历多,见闻广,一开始就暗笑李自成和宋献策们,将慧梅许嫁袁时中是玩的美人计,袁乐得攀个干亲戚,讨个俊俏老婆,日后这一条裙带儿未必能拴住袁。他嘴里不言,心中希望袁时中早日离开自成,以减弱自成的羽翼。但是他绝不能在袁时中面前露出来一句挑拨的话,使闯王抓住他什么把柄。当袁时中到了曹操的老营时,曹操正在同吉珪谈闲话,却故意装做忙于军务,使袁等候一阵,然后大模大样地传见袁时中和刘玉尺。当袁和刘向他恭敬地行礼时,他随随便便地还礼,像对待部下的将领一样。他告诉他们:睢州城无兵防守,百姓怕屠城不愿守城,可以不攻而破。连日行军,士马疲累,今夜全军休息,明日进城。曹操还说,听说乡宦李梦辰[①]守南门,所以他自己将先由南门进城,然后大开各门。进城之后,东南西三门由曹营派兵把守,北门由小袁营派兵把守。罗汝才最

---

① 李梦辰——明朝兵科给事中,睢州城内人,回家才数日。

后用比较认真的口气说道：

"时中，你是第一次随闯、曹大军攻城，一定要好生约束部下。闯王下了严令：只要城中军民不据城顽抗，义军进城不许妄杀一人，有违反军令的定斩不赦。你的小袁营只须派三百人驻守北门，我的曹营也是每门派三百人驻守。其余将士，一概不许入城。城中骡马财物，我另外派将领率领一支人马入城收集，统统上交老府。由闯王那里按规定分给我的曹营和你的小袁营。你切不要派人入城去抢掠骡马财物，干犯军律。你投到闯王麾下不久，身为闯王佳婿，怕你惹闯王生气，所以先向你嘱咐明白。大元帅把你交我调遣，弄得不美，我的老脸在元帅面前也没有光彩。"

袁时中大出意外，又沮丧，又暗中生气，同刘玉尺交换了一个眼色，只能忍受，装出惟命是从的态度，连声说"是，是"。随后他恭敬地欠身说：

"小侄有一救命恩人，住在睢州城内，名叫唐铉。破城之后，时中想保护他一家性命，以为报答，不知是否可行？"

曹操笑问："他是做什么买卖的？如何是贤侄的救命恩人？"

时中回答："他原来是开州知州。小侄起义前曾因饥寒交迫，无法活命，与几个同伙做一些抢劫的活儿。不幸被官府拿到，必死无疑。这位唐老爷一日坐堂，提审众犯，有的判为立决，有的判为秋决；到审到小侄时，看见小侄相貌与众不同，又是初犯，动了恻隐之心，对小侄说道：'你这个身材魁梧的小伙子，何事不能挣碗饭吃，偏要做贼而死！可惜你长这么大的块头，难道你不知耻辱？你要是从今改行，我就赦你一命。你肯真心洗手做好人么？'我赶快磕头说：'小人何尝不知道做贼可耻，只是被饥寒逼迫得无路可走。倘蒙老爷开恩，小人情愿从此洗手，改邪归正。'……"

"他就放你了？"

"他点点头，打了小侄二十板子，当堂开释，还恩赏了几串钱，资助小侄谋生。"

罗汝才笑了笑,说:"他没料到,你后来仍旧做贼,不过不做小贼,做了大贼,身率数万之众,不惟不会被官府捉拿归案,那些堂堂州县官还得向你求饶。天下事就是这个道理,都被英雄豪杰们看穿啦!"说毕,放声大笑。

吉珪向曹操笑着说:"此正如古人所言:窃钩者诛,窃国者侯。"

曹操笑过后,又对袁时中说:"贤侄,这恩你应该报答。破城之后,你赶快进城,派弟兄保护他的全家。你这样做好事,深合我的心意!"

曹操留下袁时中和刘玉尺吃晚饭。尽管人马立营不久,但酒菜仍很丰盛,桌上全是精细瓷器,酒壶、酒杯和羹匙一律是精致银器,另外还有歌姬清唱助兴,灯影下时时红袖玉手,在旁执壶劝酒。十几天前,在郾城附近,袁时中曾去曹营赴席,酒席十分阔气,很多美味佳肴都是他不曾吃过和见过的,使袁时中十分惊异。他没有想到,今晚仓猝之间仍能置办出满桌肴馔,荤素齐全,真不愧是曹帅气派,与闯王迥然不同!不过,袁时中和刘玉尺在席上强颜欢笑,陪主人猜枚划拳,心中实不愉快。吃毕晚饭,他们立即告辞,驰回本营。

当晚,袁时中和刘玉尺、朱成矩、刘静逸三人,还有几位心腹大头目,密谈他同刘军师见罗汝才的经过,大家都心中不平。刘静逸原是不主张投顺闯王的,这时叹口气说:

"将军原是一营首领,发号施令,悉由自主。而今弄巧反拙,画虎不成,变主为客,寄人篱下。似此遭受挟制,不惟难图发展,恐自存也不容易!明日破城,任他曹营饱掠,咱们小袁营不许进城,只能等待日后李闯王从牙缝中吐给一点东西,感恩领受。这真是岂有此理!"

一部分大头目原来也是不赞成投闯的,这时接着纷纷说话,有的抱怨,有的愤恨,有的甚至说出来趁早拉走的话。但刘玉尺、朱成矩和另有一部分重要头目却主张暂且忍耐,说拉走是个下策。袁时中也主张不要轻举妄动,把投顺闯王这件事当做儿戏。他特别提醒大家说:

"你们要知道,曹操同闯王原是同床异梦,貌合心离。你们不要把曹操当成闯王,误以为闯王对我们也是如此。闯王很重视咱们小袁营,也对我青眼相看,所以才结为亲戚。目前纵然大家对曹操行事不平,我们也务必忍耐在心,不可流露于外。等到了商丘,与闯营会师,咱们就不再受曹营的挟制啦。"

大家听了这话,都认为很有道理,决定暂时忍耐。刘玉尺对袁时中说:

"你在太太面前,对今晚的事,万万不要泄露,更切忌不要使她和她的左右人感到你心中不平。万一不小心使闯王不高兴,以后就……"

袁时中不等他说完就赶快点点头,说:"今晚谈的话,只有咱们在座的人知道,对任何人不许泄露一字!"

大部分人散了后,还有人有事留下,等候袁时中的训示。刘玉尺有事要走,轻轻将袁时中的袖子一拉,带他到屏风背后,含着微笑,悄声说道:

"将军,请你今后暂不要多到两位姨太太帐中歇宿。太太同你新婚不久,正应两情欢洽,如胶似漆,方不负闯王和高夫人嫁女之意。"

袁时中一时不明白刘玉尺是什么意思,望着他笑而不言。

刘玉尺又说:"将军来日富贵荣达,小袁营一营前程,不系于曹帅,而系于闯王。将军恩爱太太,即所以拥戴闯王。况太太颀身玉貌,明眸皓齿,远胜金氏。不过她是闯王养女,立有汗马功劳,深为高夫人所钟爱,且曾任健妇营副首领,故不免略自矜持,身份庄重,不似金氏曲意奉承,百依百顺,故意讨将军快乐耳。要知贫家小户,敬祝灶神,还指望他'上天言好事,下界保平安','好话多说,坏话不提'①。太太是闯王与高夫人养女,岂可不使她心中满意乎?"

袁时中吞吞吐吐地说:"我已经对金姨太太说了,今夜还要住在她的房中。"

"望将军以事业为重。"

袁时中想了一下,忽然一笑,点点头,在刘玉尺的肩膀上轻轻一拍,说道:

"你真是一个智多星好军师!"

---

① 上天……不提——前二句是民间流行的灶神对联。农历腊月二十三日晚上家家送灶神上天"汇报工作"。后二句是送灶神上天时致祝词中的话。

李自成　第六卷　燕辽纪事

袁时中叛变

第 十 三 章

睢州在当时缺少知州,百姓不愿守城。这情形罗汝才十分清楚,所以他在夜间只派少数人马在睢州城外四面巡逻,防备官绅逃跑,命令大部分人马好生休息,以便明日入城。自从他同李自成合兵以来,他在军纪上也大加整顿,所以睢州城外大军所驻之地,平买平卖,并无骚扰百姓之事。睢州地处豫东,乡下百姓对农民军内部的事情知道得很少,所以多数百姓都以为来攻城的是李闯王的大军。

三月二十二日天明以后,罗汝才一面由侍妾为他梳头,一面向全军重申军令:只要城中不作抵抗,不许妄杀一人。另外,他吩咐弟兄们从不同地方射书入城,将此意晓谕全城绅民知悉,书子上先写明"遵奉奉天倡义文武大元帅李谕",下款写着"代天抚民威德大将军罗"。不用崇祯年号,只用干支纪年。

果然不出所料,早饭以后,城中穷百姓群情汹汹,逼迫守东门的州衙门吏目将东门打开,迎接义军入城。随即南门、西门、北门一时大开。百姓们起初只有少数胆子大的和比较贫苦的男子站在城门口和街旁迎接,随后大家见进城的义军确实纪律极好,同官军完全两样,慢慢胆大起来,纷纷打开临街的大门,怀着好奇和不安的心情站在街旁观看新鲜。不用乡约闾正传呼,有很多人自动地在街旁和十字路口摆了茶水,还在街门上贴出"顺民"二字,不会写字的人家就赶快请人代写。

袁时中的人马不失时机地占领了北门和北门内的半条街道。

他最关心的是保护他的恩人唐铉。在夜间他已经向城外的老百姓打听明白：唐家是住在城内的西北角，离北门的大街稍远，不属于小袁营的驻兵区域。虽然昨晚他已经将他要保护唐铉的事当面禀明曹操，并得到曹操同意，但辞去曹营时候，竟忘记领取曹营的令箭。他必须趁着刚刚破城，亲自尽快地驰进城去，先到唐宅保护，然后向曹操领取令箭插在唐宅门前。他很担心曹营的乱兵抢先到了唐宅，任意杀戮抢劫，所以匆忙中命一亲信头目拿了他的一支令箭，率领二十名骑兵，就近从西门进城，尽快地奔赴唐宅保护。当这个头目走后，他同刘玉尺率领二百名步、骑兵也出发了。

三四年来，袁时中从开始起义到成为有数万人马的重要首领，始终是一营之主，凭自己发号施令，说一不二，不受别人调遣。他要攻什么城池，只须同军师和亲信将领们商量一下，认为合宜，便由他下令攻城；破城后所得的粮食、财物全都归他的小袁营独占，由他随心处分。在一般情况下，他禁止部下将士们随便奸淫妇女和滥杀平民，因此他在社会上得到一些好评。但是有时为着笼络将士，他对抢劫和奸淫的事只要不太过分，也可以睁只眼合只眼，从来不担心有谁会将他责备。可是他现在不得不小心谨慎，不仅怕闯王令严，也怕身居大将军地位的罗汝才。他只能在心中憋着闷气，表面上要做到惟命是从。

当袁时中进了北门以后，看见城中秩序不乱，附近的两条街道有曹营骑兵巡逻。他的小袁营人马驻守北门内外，无曹营令箭不许随便在城中走动。他问了一下手下将领，知道州、县衙门，仓库，大户住宅，都由曹营分兵驻守，不许抢劫粮食和财物。袁时中的堂兄弟袁时泰在他的身边骂道：

"什么不许抢劫，不过是不许咱们小袁营沾点儿油水！以后，你看吧，总是按照这规矩，闯王和曹营分吃肥肉，随意扔给小袁营一根骨头！"

袁时中严厉地看了时泰一眼,责斥说:"不许顺嘴胡说!你活得不耐烦了?……闯王决不会亏待咱们小袁营,你只管放心!"

他问明了去唐铉宅子的最近的路,便赶快策马前去。中途,他回头向紧跟在背后的刘玉尺望了一眼,两个人交换一个眼色,虽然都无言语,却互相都在想着刚才袁时泰所说的话。

袁时中到了唐铉的大门外,那从西门进来的小头目也才赶到。小头目自己在守护唐宅大门,分出十个人去守护后门。袁时中问道:

"你怎么现在才到?"

小头目回答说:"守西门的那个曹营头目因我拿的不是曹营的令箭,不肯让我进城,耽误了时光。后来遇到一个大头目从城上下来,才让我进了西门。"

袁时中又问:"有人进唐宅抢劫么?"

小头目回答:"刚才看见有一队曹营骑兵从这条街巡逻过去,这一带还没有抢劫和杀人的事。"

袁时中放下心来,回头对他的军师说:"玉尺,你代我去叩见大将军,向他禀报:北门一带已经由小袁营人马遵令占领,秋毫无犯,百姓各安生业。回来时,向大将军要一支令箭带回,插在这大门前边。"

刘玉尺又同他小声嘀咕一阵,勒马朝东,带着亲兵们走了。

袁时中下了战马,命亲兵们快去叫唐宅大门。里边没人开门,只听见内宅似有哭声。袁时中感到诧异,担心曹营的兵已经从别处进入宅内。他吩咐大声叫门,用拳头照大门猛打几下,又将铜门环拍得哗啦响。

自从义军破城以后,唐宅主仆,男女三十余口,认为已经大难临头,恐慌万分。尤其是主人们,比奴仆们恐慌十倍,认为是"在劫难逃"。唐铉原来在开州知州任上做了不少贪赃枉法的事,被劾解职,好歹在京城用银子上下打点,侥幸无事,于三年前回到故乡。他平日常听人言:李自成和张献忠都痛恨贪官污吏、土豪劣绅,抓到时决斩不赦。他还听说袁时中就是开州人,这使他更加害怕,想着袁时中必然知道他的贪赃枉法和敲剥百姓行事,一定会替开州的百姓伸冤。昨晚上他就要离开家,躲往别处。但是他只能躲避到穷人家中,才有可能不被查到。几处贫穷的远房亲族和邻居,都因为知道他在开州任上民怨很深,不肯窝藏,所以他只好在家中坐以待毙。

金银财宝,古玩玉器,在前天夜间风闻义军将到,唐铉夫妇就在两个忠心家奴的帮助下埋到后院地下。如今唐铉最关心的是他的年轻貌美的第三房姨太太和尚未出阁的十七岁女儿琴姑。他决不能让她们被"流贼"掳去,奸淫。一听见街上有纷乱的马蹄声和有人呼喊已经破城,他认为自己即将被杀,忽然将心一横,将一根准备好的麻绳纳入袖中,抽出雪亮的宝剑,大踏步走进三姨太太的房中。三姨太太已经换上了仆妇的旧衣服,打散了头发,弄污了容颜,乍看上去很像一个女仆,只是神态不似;而且五官清秀,皮肤细嫩,无法可以遮掩。看见唐铉仗剑进来,满脸杀气,还以为他准备随时同冲进院里来的"贼人"拼命,为国殉节,吓得她不禁浑身战栗,颤声说道:

"老爷,你不能这样。你赶快逃命,万不能死!"

唐铉瞪着眼睛对她看了片刻,说道:"贼人已经进城,我们家断难幸免。你年轻,又有姿色,不应该活着受辱。"他从袖中取出麻绳,扔她脚下,接着说:"趁此刻贼人尚未进到院里,你赶快上吊殉节,落一个流芳百世!"

三姨太太傻了片刻,突然跪地,哭着说:"老爷,你可怜我,放我活下去!我已经怀孕了,三个月啦。老爷,你要可怜我腹中胎儿,那是老爷的骨血啊！……"

她抓紧唐铉的袍子，向唐铉哀求，痛哭不止。两个丫环和两个仆妇一齐在唐铉的面前跪下，替她哀求，一片哭声。唐铉默然片刻，忽又厉声说道：

"你快去死！快去死！不要误事！"

三姨太太又哭着说："老爷，我不是怕死，是因为我已经……"

唐铉恨恨地说："我知道你身怀六甲。可是你此刻不能失节，非死不可。你不立刻自尽，我就只好亲手将你杀死，使你成为唐家的节烈之妇。快自尽去吧！"

三姨太太继续哀哭，不肯起来。丫环、仆妇们也哭着求情，说三姨太太已经怀孕三月，她一死就是两命俱亡。唐铉一脚将一个跪在地上的丫环踢倒，第二脚又踢倒一个，对三姨太太举着宝剑说：

"或自尽，留一个囫囵尸首，或由我用剑砍死你，你立刻自己选择。先杀了你，我随后也去自尽。快！快！"

三姨太太忽然止住哀哭，拾起地上的麻绳，颤巍巍地立起来，抽咽说："既然老爷也要自尽，做个忠臣，妾就先走一步，在阴间等候老爷。老爷个子高，请老爷替妾绑绳！"

唐铉接过麻绳，绑在梁上，又搬一个凳子放在下边。尽管他绑麻绳时禁不住手指打颤，但还算沉着，丝毫没有犹豫。他扶着三姨太太登上小凳，等她将头探进绳套，随即用脚将小凳踢开。

当唐铉向梁上绑麻绳和逼使三姨太太上吊时候，两个丫环吓跑了，一个仆妇跑到院中哭泣，一个仆妇脸色惨白，退后几步，默默地望着这件事的进行。她们没有一个人再打算阻止唐铉，救三姨太太不死。她们很相信主人的主意有道理：他自己也要在流贼来到时自尽，做皇上的一个忠臣，一家人死得虽惨，却都成了忠臣烈妇。

唐铉望着三姨太太已经死了,点头说:"死得好,死得好!"他转身走出,在天井小院中遇见最忠实的仆人韩忠,赶快问道:

"外边什么情形?"

韩忠说:"我正是来禀报老爷,前后门都给贼兵围起来了。"

唐铉对这事早在料中,只是用眼色命令韩忠跟在他的身后,不要离开。他快步走到正宅,进入上房,看见没人,便转往有人说话的西厢房,果然找到了他的太太带着十七岁的二女儿同丫环、仆妇们在一起。有人哭泣,有人坐在黑影处。二小姐琴姑已经换了衣服,弄污了容颜,坐在奶母和另一个年老的仆妇中间,唐铉对她说:

"琴姑,贼人已将我家前后门包围,马上就要进来。你是大家闺秀,父亲的掌上明珠,读书明理,万不可失节于贼。你快自尽吧,免得受辱。快,琴姑!"

分明琴姑在思想上早有了准备,并不贪生怕死,也未伏地大哭,倒是比较镇静,扶着奶母站立起来,用泪眼望着父亲,果断地回答说:

"请爹爹放心,孩儿不会丢唐家的人!"她随即转向母亲,哭着说:"妈,请你老人家保重身体,不要为孩儿悲伤。孩儿听爹的话,先走了!"说毕,扭转身,不再回头,迅速向上房走去。唐铉担心她不肯死,跟在后边。唐太太和奶母从西厢房哭着追出,想拉她回来。唐铉将奶母猛推一掌,使她打个趔趄,跌坐地上,然后拦住太太说:

"你是明理的官宦太太,岂可使女儿失节?倘若你不是年纪已老,也当自尽!"

太太不敢再救女儿,扶着身边的一个丫环悲泣。正在这时,从附近又传来一小队马蹄声、锣声和一个陕西人的高声传谕:"大将军传谕,大元帅严申军律:不许杀害平民,不许奸淫妇女……"唐太太忽然抬起头来,用哀怜的眼光望着丈夫,哽咽叫道:

"老爷,你听,你听,又在敲锣传谕!"

唐铉说:"不要听贼传谕,须知我家是书香之族,官宦之家,非同小民贱姓!"

唐太太不敢再有侥幸想法,只是哭泣。唐铉快步走进上房,见女儿已在西阁悬梁自尽。他点点头,小声赞叹说:

"你死得好,不愧是我唐铉的女儿!"

他本来还要催促一个比较年轻的儿媳自尽,但已经来不及了。忽然想起来上月收到在吏部做郎中的同年好友来的书子,答应替他尽力多方设法,销了被劾削职的旧案,重新替他营谋一个美缺。虽然托开封一家山西当铺汇去三千两银子的事在书子中没有提,但他含蓄地写了一句"土仪拜领",已经不言自明。他认为这书信不能失掉。倘若能够平安无事,他一定要营谋开复①,再做一任知州。于是他奔往书房,打开抽屉,取出书子纳入怀中,然后往东边一个偏院奔跑。这时从大门外传过来催促开门的洪亮叫声,用拳头用力捶打大门的咚咚声,打门环的哗啦声。韩忠在背后催促说:

"老爷,快,快,贼人快进来了!"

唐铉感到两腿瘫软,跌了一跤。韩忠立即将他搀起,搀着他继续往前跑。他们到了一个平时没人居住的小偏院,院中杂乱地堆满了柴草,有碾,有磨面的草屋。垣墙角有一眼不大的枯井。韩忠用事先准备的绳子将主人系下井中,并将刚才拾起的一只主人跑掉的鞋子扔下去。唐铉在井中说:

"韩忠,贼人一退走,你就赶快来救我出去!"

"老爷放心。听说贼人是路过睢州,一两天就会走了。今夜,我来给老爷送东西吃。"

"事过以后,我会重重赏你!你快去应付贼人!"

前边敲大门的声音更急。韩忠赶快向前院跑去。众仆人见他

---

① 开复——官吏被撤职或降级,恢复原官或原级,叫做开复。

来到,都说:

"你来了好,快开大门吧,再迟迟不开就要惹出大祸了。"

平时办事老练沉着的韩忠也感到十分害怕,只得硬着头皮去开大门。

袁时中只带了十名亲兵,大踏步进了唐宅大门,穿过仪门,向第二进院落的正厅走去。唐宅的男仆们,有的躬身站在甬路两旁,不敢做声,有的躲藏起来。韩忠在大门口迎接,低声下气地跟随进来。他看见这位"贼军"首领相貌英俊,气派不小,显然非等闲之辈,却分明不是要杀人的神气,心中奇怪。袁时中进了正厅,回头向韩忠问道:

"唐老爷在哪里?"

韩忠躬身回答:"家主人于三天前逃往乡下,离城很远。两位少爷也随着家老爷逃下乡了。"

袁问:"府中还有什么人?"

韩忠恭敬地回答:"留下男女仆人看家。小人也是家奴,贱名韩忠。"

袁时中顿脚说:"可惜!可惜!"他坐下休息,想起来刚才听到哭声,问道:"没有散兵游勇从别处进来骚扰吧?"

"没有,老爷。"韩忠更感到这位首领的脸色确实和善,口气并无恶意,心中更加诧异,趁机问道:"请问老爷尊姓?同家主人可曾认识?"

袁说:"我是开州人,是小袁营的主帅。我认识你家老爷,可是他不会记得我。他真的逃往乡下了?"

韩忠赶快跪下,叩头说:"小人失敬,万恳恕罪。将军可是在开州看见过家主?"

"说来话长。我看,唐老爷准未出城,不必瞒我。你迅速将唐老爷找来,我要与他见面。你家唐府,我已经派义兵前后保护,万无一失。我只等与你家老爷一见,便要出城。今日事忙,我不能在此久留。究竟唐老爷躲在哪儿?快快请来一见!"

韩忠赔笑问道:"将军如何这样对唐府施恩保全?为何急于要见家主?"

袁时中说:"你不必多问,速将唐老爷请来一见,自会明白。"

韩忠不敢再问,立即站起身来,笑着说:"请将军稍候片刻,小人前去寻找。"

过了一阵,唐铉半惊半疑,随着韩忠来到客厅。他在心中已经决定,既然袁时中一心见他,对他相当尊敬,他见袁时中应施平礼,方不失自己身份。不料他刚刚躬身作揖,却被袁时中赶快拦住,将他推到首位的太师椅上坐下。袁时中在他的脚前双膝跪下,连磕三个头。唐铉大为惊异,赶快站起来还揖,搀起时中,连声问道:

"将军,将军,请问这是何故?这是何故?"

袁时中说:"唐老爷是时中的救命恩人。数年前如非唐老爷救时中一命,时中的骨头不知抛到何处,何有今日!"

唐铉想不起来什么时候曾救过时中,只得重新见礼,让时中在客位坐下,自己在对面落座。这时一个面目清秀的小家人端上茶来,韩忠仍站立一旁伺候。唐铉吩咐韩忠速备酒席,款待随袁将军来的全体将士,然后向时中问道:

"刚才将军说学生曾救过将军一命,学生已经记不得了。可是在开州的事?"

袁时中说:"那是崇祯九年春天的事。唐老爷初到开州任上。时中因时值荒春劫大,随乡里少年做了小盗,被兵勇捉到,押解入城。老爷正在剿贼清乡,雷厉风行,每日捉到的人多被问斩。……"

唐铉插了一句:"那时上宪督责甚急,学生是出于万不得已,只好'治乱世用重典'。"

袁时中似乎对他很谅解,没有一个字责备他的滥杀平民,接着说下去:"那时节,州衙门的大堂下黑鸦鸦跪了一大片人,不少人当堂判斩,判绞,判站笼①,也有判坐监的,那是够轻了。老爷问到我时,忽然将我打量几眼,发了慈悲,问道:'袁铁蛋,我看你年纪很轻,相貌也不凶恶,不似惯贼,快快从实招来,为何伙同别人抢劫?'我招供说:'因我老母守寡,只有一个儿子养活。荒春劫大,老母染病不起,小民万般无奈,才跟着别人拦路打劫,伙抢一头耕牛是实,并无伤害牛主。求老爷鉴怜苦情,恩典不杀!'蒙唐老爷破格开恩,又将我打量几眼,说:'既然你只是初犯,得财不曾伤主,我念你上有老母染病,没人养活,从轻发落。我给你两串钱,你拿去做点小本生意,养活母亲。你须要洗心向善,不可再做小盗,干犯王法。倘再偷人抢人,捉拿到案,前罪俱罚,决无活路!袁铁蛋,你肯永不再做小盗么?'我回答说:'小人对天明誓,永不再做小盗。生生世世,永感大恩!'唐老爷果然命人取了两串制钱给我,当堂开释。你想,这救命之恩,时中如何敢忘?"

唐铉想起来似乎有过这样的事,又望望袁时中的面孔,装做完全回忆起来,仿佛遇到多年不见的一个故人,亲热地笑着问:

"怎么,将军就是当年的铁蛋乎?"

袁时中笑着说:"铁蛋是我的小名。我因生下不久就死了父亲,身子多病,母亲怕我养不成人,叫我铁蛋,取个吉利。大名儿叫时中。只是我是穷家孩子,村中大人都叫我小名铁蛋,很少人叫我时中。"

"令堂如今可在军中?"

"先慈早已在饥寒中病故。先慈一下世,时中别无牵挂,便纠

---

① 站笼——又名立枷。是一个木笼子,犯人站在笼中,脖颈被木板卡住,头在笼外,可进饮食。如将脚下砖头抽去,立即便死。

集乡里少年,在山中起事。不过我起事时唐老爷已经卸任走了。"

"没有再用从前的名字?"

袁时中笑着说:"唐老爷释放我时,我对天发誓说决不再做小盗,所以这次是堂堂正正起事造反,一开始就纠合了五六百人,大家推我为首,用我的大名袁时中。不过三个月,就有了四五千人;又过一年,有了两三万人,打过黄河,就摇动风①了。又打到涡阳、蒙城一带,人马更多,我的小袁营就远近闻名了。"

唐铉轻捻胡须,打量着袁时中的英俊开朗的脸孔,再也回想不起来当年劫牛小盗袁铁蛋是什么样子,但是他对时中说道:

"说实在的,我当时看将军相貌虽是面黄肌瘦,烟灰尘垢,同一般饥民小盗无殊,然而,然而将军五官端正,天庭饱满,双目有神,眉宇间暗藏英俊之气,日后必非草木之人,所以立志救将军一命。学生平日自诩尚有识人眼力,今果验矣,验矣!"他得意地笑起来,笑得十分自然。

袁时中欠身说:"倘非唐老爷相救,时中断无今日。"

"话也不能这么说。这是天意。天意使学生当日做开州知州,在红羊劫中放走将军。倘若冥冥中没有天意安排,今日也不会再与将军相见。"

他们谈得十分投机,真好像是故人重逢。后来酒饭准备好了,唐铉请袁时中到书房饮酒,随来将士被请到大门内的对厅中饮酒,前后守门弟兄各在门内坐席。刘玉尺从曹帅处回来,立即被请进书房。时中先介绍他同唐铉相见,等他坐下后,向他问道:

"见到曹帅没有?"

刘玉尺欠身说:"在州衙中见到曹帅。曹帅知道我们小袁营占领北门一带后秋毫无犯,十分满意。曹帅并说请将军前去见他,有事同将军当面商量。"

---

① 摇动风——这话是拿小树作比,开始枝繁叶茂。

时中问:"曹帅的令箭取来了么?"

"已经取来,交给守卫唐府大门的小头目了。"

袁时中对唐铉说:"城里多是曹营人马,敝营只占领北门一带。府上这一条街也是曹营所管。我特向曹帅讨了一支令箭,保府上平安无事。"

唐铉起来先向袁时中深深作揖,又向刘玉尺躬身作揖,说他"承蒙如此眷顾,实在感德无涯"。随即问道:"请问二位,学生左右街邻,多是清白良民,公正绅衿,如何可以保全他们的身家性命?敝宅既有曹帅发下令箭保护,是否可令左右街邻都来敝宅避难?"

袁时中点头说:"也好,也好。"

唐铉立即命家奴暗中分头通知附近乡宦绅衿,富家大户,火速来他的宅中避难。后来一般平民之家听到消息,也纷纷逃来。韩忠遵照他的嘱咐取来了四百两银子,由他接住,双手捧到袁时中面前的桌上放下。他用亲切而又恭敬的口吻对袁时中说:

"这区区四百两银子,请将军赏赐随来敝宅的贵军弟兄。另有两份薄礼,敬献将军与军师,因一时准备不及,将随后差人恭送柳营①。"

袁时中望一眼刘玉尺,对唐铉笑着说:"好吧,这四百两银子收下,赏赐随来贵宅弟兄。至于另外礼物,千万不要准备。不管唐老爷送什么贵重礼物,我决不拜领。"

刘玉尺也说:"是,是,断无此理。我们袁将军是为报恩而来,岂能领受厚馈!"

唐铉说:"此话以后再说。请到那边入座,少饮几杯水酒,以解二位鞍马之劳。"

酒肴已经在另一张八仙桌上摆好,三人随即走去入座。遵照唐铉对韩忠的暗中授意,伺候酒席的是从唐府中挑选的两个十六

---

① 柳营——对驻军营盘的美称。西汉周亚夫驻军细柳营。柳营即细柳营之略。

七岁的较有姿色的丫头,因在乱时,都是淡妆素裙,薄施脂粉。袁时中在饮酒时候,常常不自禁地偷瞟两个丫头。唐铉笑着说道:

"两个丫头虽然说不上长相好看,倒是自幼学会弹唱。歌喉宛转,尚堪侑酒。命她们为将军弹唱一曲如何?"

袁时中迟疑一下,望望刘玉尺,想到曹操在等着他去商议大事,不宜耽误,便说:

"时中公务在身,不敢在此久坐,不用她们弹唱了。"

唐铉点点头,又说:"好吧,午后,我命仆人们用两乘小轿将她们送往虎帐如何?"

袁时中立刻说:"不要,不要。我那里用不着她们,请莫送去。"

唐铉对袁时中的拒不受美女之馈略感意外,笑着问道:"莫非她们不能如将军意乎?城中诸大户,不乏美姝。容我另为将军物色佳丽如何?"

刘玉尺不等时中说话,抢着答道:"唐老爷既然肯以美姬馈赠袁将军,岂有不受之理?好吧,请唐老爷吩咐她们收拾打扮齐楚,不必送往袁营,我在午后亲自来替将军取去。"

袁时中感到吃惊,正要说话,见刘玉尺向他使个眼色。他不知说什么好,心中一时茫然无主。刘玉尺催促他说:

"将军,曹帅那里须得赶快前去,我们就此告辞吧。"

袁时中和刘玉尺同时起身告辞。唐铉不敢强留,将他们恭敬地送出大门。内宅里的女眷因知道袁时中已走,又发出一片哀哭。唐铉进了二门,听见哭声,也不禁心中凄酸,滚下热泪,后悔不该过早地逼女儿和爱妾自尽。他害怕太太扑到他身上哭着要女儿,不敢走往内宅,到书房颓然坐下,低头流泪,想着如何将爱妾和女儿作为节妇烈女写进即将纂修完毕的《睢州志》中,使她们"流芳百世",使后人景仰他唐家的节孝家风和一门双烈。

袁时中和刘玉尺留下四十名弟兄守护唐宅,然后带着大群亲兵策马向州衙驰去。在路上,袁时中让刘玉尺同他并马缓辔而行,小声问道:

"你为什么代我答应要下那两个俊俏姑娘?"

刘玉尺故意问:"为何不要?"

袁时中含着苦恼的笑意说:"太太颇有人品,且是新婚不久,怎好瞒着她做这样事?被她知道,岂不生气?金姨太太是个醋坛子,对新夫人尚且不肯甘心,岂能容得再来两个?况且,闯王自己不贪色,军令整肃⋯⋯"

刘玉尺不等时中说完,哈哈一笑,说道:"玉尺自有巧妙安排,请将军不必操心。"

袁时中害怕慧梅会对他大闹并向闯王和高夫人禀报,正要批评军师考虑不周;忽遇曹操派亲兵迎面而来,催他同刘玉尺快去州衙议事,便不再言语了。但是他在肚子里暗暗抱怨:

"玉尺,你准会替我惹出是非!"

袁时中见到曹操,原以为曹操要同他商议军戎大事,不料仅仅告他说接到闯王传谕,曹营和小袁营在睢州只停留今明两天,准于三月二十五日赶到商丘城外与闯王大军会师,围攻府城。另外,曹操告他说,今日曹营派出几支人马在睢州城中和四乡征集粮食、骡马、财物,明日下午将按三万人马发给小袁营一月军粮,要他派一得力人员与曹营总管共商如何分发军粮的事。曹操和吉珪并没有对他特别尊重,也没有留他吃午饭。袁时中将刘玉尺留下,自己告辞出城。他的心中失望,暗生闷气。他又想着自己本是一营之主,在豫、皖之间独树一帜,从不受谁的管束,不料投了闯王之后,却被当做一般的部将看待。他对当日在匆忙中决定投闯,开始感到后悔。

午饭后,他在金氏的帐中睡了一大觉。因为心情不快,疑心罗汝才的对他冷淡是出自闯王授意,开始对闯王不满,所以回老营后没有兴趣去慧梅驻处。午觉醒来,已是申初时候。听说刘玉尺已经回来,他便回到自己所住的一家地主住宅的堂屋。看见刘玉尺、朱成矩、刘静逸和几个亲信将领都在等他,另外唐宅的韩忠同两个年轻仆人带着两担礼物也在天井中等候。

袁时中坐下以后,先处分韩忠前来送礼的事。韩忠进去,在他的面前跪下叩了头,说:

"家主老爷因蒙将军庇护,阖宅平安,众多街邻也都得蒙保全,结草衔环,难报鸿恩。特差小人前来,敬献菲仪,聊表寸心,务恳将军哂纳。"说毕,韩忠从怀中取出红纸礼单,双手呈上,随即站起,躬身立在一旁,准备袁时中在看礼单时有所询问。

袁时中见礼单上开列着纹银三千两,黄金二百两,绫罗绸缎,珠宝首饰不少,随即将礼单交给亲兵,对韩忠笑着说:

"你回禀唐老爷,本来我是报唐老爷在开州救命之恩,派兵保护唐府,义所应当。如此厚礼,实不敢受。可是如一概退还,人情上说不过去。没奈何,我收下一半吧。"

韩忠赶快说:"恳将军务必全数哂纳,小人方敢回去复命。在将军营中,金银珠宝、绫罗绸缎等物,自然很多,区区薄敬,不在将军眼中。可是,倘若将军不肯全收,家主便会怪小人不会办事,小人就吃罪不起了。"

袁时中感到有点为难,望望左右。刘玉尺、朱成矩和刘静逸等都说既然礼物送来,出自诚心,应以全收为宜。袁时中只得同意全部收下,命亲兵厚赏韩忠和随来的两个仆人,仍由护送他们前来的十名小袁营士兵护送回城。等韩忠走后,时中对众人说道:

"唐老爷丢了官已经几年,今日拿出这份厚礼,很不容易,所以我不肯全收。"

刘玉尺笑着说:"将军误矣。据我看,唐知州的这份厚礼,大半不是出在他的身上。"

"怎么不是出在他的身上?"

"午后,为着处分那两个美人的事,我又到唐宅一趟。那时唐宅满是避难的人,多是富家、大户与乡宦、绅衿,带进唐宅的箱笼包袱到处堆积。唐铉的这份厚礼定出在这些人的身上,将军觉其多,我尚嫌其少耳。"说毕,哈哈大笑。

朱成矩点头说:"玉尺所见甚是,羊毛只能出在羊身上。将军待人忠厚,故不曾想到这一层。"

袁时中也笑了,说:"我原是庄稼后生,起义后才阅历世事,哪有像知州这样人的心中窟眼儿多!玉尺,那两个会弹唱的俊俏丫头,你送到哪儿去了?"

刘玉尺说:"将军不要,自然有喜欢要的人。"

"你送到曹帅那里了?"

"是的,这才真叫做借花献佛。"

"曹帅怎么说?"

刘玉尺捻着略带黄色的短须,得意地哈哈大笑,说:"我将两个姑娘送到曹帅那里,对他说:我们袁将军遇到这两个姑娘,不敢染指……"

时中问:"你说什么?"

玉尺:"我说将军连用手指碰一下也不敢,命玉尺送来为曹帅侑酒,聊表一点孝敬之意。曹操将两个姑娘通身上下打量一遍,心中满意,对我说:'还好,还好。留下吧。对时中说我领情了。'随即叫她们弹唱一曲,越发满意,频频点头。"

朱成矩小声说:"果然名不虚传,是一个胸无大志的酒色之徒!"

刘静逸向来不喜多言,忍不住摇摇头,说:"我看,曹操貌似酒色之徒,安知不是韬光于群雄之中,别有一番打算?倘若他果是庸碌之辈,何以将士归心,兵马众强,仅仅次于闯王?"

朱成矩说:"静逸的话很有道理。曹帅当然必有过人之处,万不可等闲视之。他同李帅原是勉强结合,同床异梦。虽然他奉李帅为盟主,但并非李帅部曲,差不多是平起平坐。我们要善处两雄之间,既不要得罪曹帅,还得使李帅多加信任。"

刘静逸冷冷地说:"谁也不会信任我们。他们两营尽管貌合神离,可是全都是老陕儿,有乡土之亲,都把我们小袁营看成外路人,十分清楚!"

袁时中叹口气说:"我们小袁营目前处境同我们原先所想的很不一样!"

刘玉尺向袁时中的亲兵头目袁大洪和两名亲兵扫了一眼。他们立即退出,并且挥手使站立在门外的亲兵们都退后几丈以外。有两个人正要来向袁时中和刘玉尺禀报事情,被袁时中的亲兵们迎上来小声询问一下,知道事儿不很重要,挡回去了。

屋里完全用小声谈话,站在院里的亲兵头目袁大洪虽然出于好奇心,很想知道屋里谈的是什么机密大事,但是听不清楚,只猜到是在议论自从归顺李闯王以来的种种事儿。他也明白,近些天许多将士也常在私下议论,有人说应该投闯王,有人说不应该投闯王。有人说我们的首领好歹做几年婆子,如今反而变成了媳妇儿;上边压着一个严厉的婆子,还有一位拿架子的婶娘。袁大洪还听到有人抱怨说:不是李闯王的养女嫁到小袁营,倒是我们的首领嫁到闯营,连整个小袁营的人马都陪嫁了。到底以后怎么办,袁大洪常在想这个问题。尽管他是袁时中的近族侄儿,又是亲兵头目,但是像这样重大问题是不许他打听的,更不许他同别人议论。

过了许久,参与密议的人们开始从屋里出来,各人去办各人的事,只有刘玉尺和刘静逸被袁时中暂留一步。时中向刘静逸问道:

"静逸,唐知州送来的这份礼物,你看怎么收账呀?"

刘静逸恍然记起,说:"一议论大事,就把收账的事忘啦。将军,纹银、黄金和大宗绸缎,照旧例收入公账,金银珠宝首饰向来交孙姨太太和金姨太太处分,我不收账。如今将军已有太太,这金银珠宝首饰应如何处分,请将军吩咐。"

袁时中怕引起金姨太太同慧梅争斗,沉吟说:"孙姨太太向来遇事退让,只是金姨太太独霸惯了,须得斟酌。送给太太,由她将二位姨太太找去,三人一起商量如何?"

刘静逸迟疑说:"怕不好吧?太太虽系新来,但她的名分为正,且系闯王养女,又是健妇营女将,岂肯将金姨太太放在眼里?她不会找两位姨太太商量的。"

袁时中宠惯了金氏,也觉难办,说道:"这个,这个……"

刘玉尺忽然抬起头来,捻须微笑。

刘静逸问道:"军师有何妥善办法?"

刘玉尺说:"以我之意,连那二百匹绫罗绸缎你也不要入账。将这金银珠宝首饰、绫罗绸缎,外加纹银四百两,黄金五十两,送到太太面前,请她处分。她分给什么人,分多少,或者赏给什么人,悉听她的尊便。将军今日已有正室夫人,何必为此小事分心?"

时中问:"倘若她故意不分给金姨太太,岂不闹得我耳朵不清静?"

玉尺说:"太太跟着高夫人长大,见过大世面,我想她不会将这东西全数留在自己手中。倘若她全部留下,那也没啥,你另外给两位姨太太一些金银珠宝首饰和绫罗绸缎罢了。"

袁时中说:"她才来不久,这样会使她惯成了独霸天下的脾气。"

"将军差矣。后日我们就到商丘城外与老府会师。闯王和高夫人必然关心太太出嫁后的一切情况,将军此时何必对小事斤斤计较,令太太不将好话多说?"

袁时中笑着说:"对,对。有道理!"

唐铉送来的全部礼物,刘静逸暂不入账。片刻工夫,由袁大洪率领亲兵挑着二百匹绫罗绸缎、金银珠宝首饰和分出来的黄金白银,并带上一张由刘静逸重新写的礼单,往慧梅所住的宅子去了。

当东西送到时候,慧梅正在村外驰马射箭。她常常有一些难以对人言说的苦恼情绪,只能借骑马、射箭或舞剑排遣。她得到禀报,赶快回去,看见袁大洪和两名亲兵果然坐在她居住的上房门外等候,邵时信和吕二婶在陪着他们谈闲话。看见慧梅带着一群女亲兵回来,大家起立。尽管按宗族关系袁大洪应该向慧梅称呼婶儿,但是因时中是一营之主,而慧梅又很威严,所以他按照文武官员家通行规矩,恭敬地叫一声:

"太太!"

慧梅略有笑容,轻声问:"什么事儿?"

袁大洪赶快说明来意,双手呈上礼单。慧梅在闯营时候,遇到这样事儿都是高夫人亲自处理或慧英代高夫人处理,自己不曾留心,所以乍然间没有主意,说:

"你们先到外边等一等吧。"

袁大洪回答一声"是!"同两名亲兵正在退出,办事细心的邵时信突然说道:

"大洪,你留一下,让我按照单子将东西点一点,免得出错。"

慧梅不再过问,进到房中休息。时信同吕二婶一件件清点无误,才让大洪出去等候。他进来向慧梅笑着问:

"姑娘,你打算如何处分?"

慧梅说:"时信哥,要我打仗我有经验,可是这样事我是外行。你同吕二婶说,我应该如何处分?"

吕二婶笑着说:"袁姑爷将这么多礼物请姑娘处分,这是对姑娘特别尊重。姑娘自然要留下一部分,余下的请姑爷自己分给两位姨太太。姑娘是太太,身边还有众多女兵,自然要多留一些。"

慧梅转望邵时信,等他帮助拿主意。

邵时信想了一下,说:"以我主见,东西以少留为佳。绫罗绸缎共留四匹,好首饰留四包,黄金白银一概不留。"

吕二婶问:"姑娘身边还有四百多男女亲兵,男的不说,女的难道不该赏赐?一般女兵不说,那些女兵头目和常在身边伺候的姑娘,不该赏赐?"

邵时信笑着说:"我想,我们慧梅姑娘新嫁到小袁营,处事要越大方越好,方是闯王和高夫人的养女身份。至于我们众多女兵,另有赏赐办法。其实,不仅随嫁来的姑娘们应该赏赐,男兵们也不应该受亏待。今天午饭后因知曹帅老营已经移驻城中,我奉姑娘之命到城中办事,又去向曹帅夫人和二夫人请安,听曹帅老营总管言讲,曹帅已经吩咐下来,明天将为姑娘送来一些东西。刚才我从城里回来后已经将此事向姑娘禀报过了。曹帅做事大方,难道曹营送来的东西还会少么?"

慧梅高兴地说:"时信哥说得好,就按你的主意办吧。吕二婶,你把该留下的四匹绸缎和四包首饰留下,其余的交给大洪带回去吧。"

邵时信说:"姑娘,你还得派人随大洪前去,对姑爷把话说清楚,免得姑爷见你只留下很少东西,又不肯处分礼物之事,弄得他丈二和尚摸不着头脑。"

慧梅说:"那就请你去一趟吧。"

邵时信笑着说:"姑娘和姑爷夫妻之间,还是吕二婶传话合适。"

慧梅连连点头,说:"好,好。吕二婶去传话好。吕二婶身边要带两个女兵……"

吕二婶笑道:"你放心。我是个大老婆子,不怕有人调戏我,身边还要女兵护驾么？"

慧梅说："我不是怕在小袁营有谁吃了豹子胆，敢调戏你吕二婶。我是想，你身边跟着两个女兵，使咱们袁将爷手下那些不知天高地厚的人们，知道你吕二婶是我的女总管，不敢轻看了你。"

邵时信说："袁大洪和随来的两个弟兄，要赏给封子，请吕二婶赶快封好。"

慧梅问："我是他们的太太，还给赏封？"

时信笑着说："按道理说，他们是姑爷的亲兵，也就是姑娘的亲兵，来送礼物不该赏给封子。可是姑娘嫁来以后，至今好像作客一样。小袁营的人们也在背后戏言，说我们随姑娘来的这四百多人是小袁营里的小闯营。所以姑娘对姑爷身边的人要多施恩义，慢慢地使他们心悦诚服，少说闲话。"

慧梅恍然明白，一定是邵时信听到许多闲话不肯告她知道。她的心头一沉，对吕二婶吩咐：

"给大洪一个二两的封子，其余每人一两。"

当吕二婶用红纸封赏银的时候，邵时信将留下的礼物用红纸开列清单，交给吕二婶带给袁时中，然后派人将袁大洪叫了进来。

慧梅对袁大洪说："你回禀咱家将爷，我留下四包首饰和四匹绸缎，其余的都请将爷自己处分。"

袁大洪赶快说："太太，你这样只留下很少东西，余下的东西又不肯做主处分，我不好回复咱家将爷。他一定会责备我说错了话，引起太太不高兴了。"

慧梅笑一笑，说："你不用害怕受责备，我叫吕二婶随你前去，由她替我传话。"

吕二婶随将三个赏封送给大洪，大洪坚不肯要，说是没有这个道理。经邵时信一半劝一半勉强，他才收下。吕二婶带着两个女兵随着袁大洪等走后,邵时信也跟着离开,去计算分发各哨的骡马草料。慧梅回到里间房中,不觉轻叹一声,一阵心酸,眼圈儿红了。她暗想:假若闯王将她许配张鼐,夫妻俩处处一心,共保闯王打江山,该有多好!

却说吕二婶带着两名女兵随袁大洪来到袁时中的上房外边,恰巧袁时中正同客人谈话,不好进去,立在门外等候。坐在客位上的是一个四十多岁的人,穿一身破旧蓝绸长袍,相貌斯文。房门边地上蹲一个长工打扮的年轻汉子。袁时中先看见袁大洪带两名亲兵挑着东西回来,心中纳罕,立即停止同客人谈话,用眼色将大洪叫到面前,问道:

"怎么将东西带回来了?"

大洪说:"太太只留下四匹绸缎,四包首饰,这是一张单子。她命吕二婶前来回话,现在门外站着。"

时中接着单子略看一眼,说:"请吕二婶进来。"

吕二婶进来后先说了请安的话,随后说:"太太命我来回禀将爷,她才来小袁营不久,许多事儿都不熟悉,在闯营也没经验,不敢妄作主张,所以这些东西请将爷自己处分。"

时中问:"她如何留那么少?"

吕二婶赔笑说:"实不瞒将爷,太太从闯营出嫁时候,陪嫁的和添箱的细软和首饰很多,连赏赐男女亲兵们东西也都有了。太太想着小袁营中除孙姨太太和金姨太太之外,另有众家将领的太太很多,应该让大家都分到一点东西。所以她只留下四包首饰和四匹绸缎,多一件也不肯留,黄金白银一两不要,都请将爷你亲自处分。"

袁时中不再多心,说道:"太太果然是在高夫人身边长大的,十分通情达理,心地开阔!"

吕二婶向袁时中福了一福,赶快退出。刚出屋门,忽然听见那个蹲在地上的年轻人站起来说:

"袁将爷,你莫信他的瞎话。他不姓陈,也不是卖书的。他姓田,是田家庄的大财主,家中骡马成群,金银财宝成堆。你一动刑,他就会说出实话。"

屋里空气突然一变,片刻间寂然无声。那个穿蓝绸长袍的中年人面色如土,张皇失措,赶快站起,两腿打颤。袁时中先打量年轻人,随后向惊恐的客人问道:

"你刚才对我说你姓陈,是卖书的,也卖笔墨纸砚,他是你雇的伙计,替你挑书和文房四宝,原来都不是真话?"

中年人低头不语,越发战栗不止。

年轻人恨恨地说:"他枉读圣贤书,还是个黉门秀才,祖上也是做官宦的,在乡下依仗他家有钱有势,专意欺压平民。请将军大人将他吊起来,狠狠一打,他就会献出来金银财宝。"

袁时中听到说这个中年人原是黉门秀才,又将他通身上下打量一遍,看出来这人确实是个斯文财主,笑着问道:

"他说的都是实话么?"

中年人吞吞吐吐地说不出话,正要跪下去恳求饶命,却听见袁时中连声说:"坐!坐!"他惶惑地望望时中,重新坐下。

袁时中向年轻人问:"你怎么知道他家中底细?"

年轻人回答说:"我做他家的奴仆很久,所以最知底细。请将军不要饶他!"

袁时中的脸色一变,骂道:"混蛋!该死!我宰了你这个无义之人!"

年轻人一时莫名其妙,慌忙跪下,分辩说:"将军老爷,小人所说的全是实话。倘有一句不实,愿受千刀万剐!"

袁时中怒目望着年轻人,恨恨地说:"你想要我杀你的主人么?

我虽做贼,决不容你!……来人,给我捆起来,推出去斩了!"

立刻进去两个亲兵,将年轻仆人绑了起来。仆人大叫:

"我死得冤枉啊!死得冤枉啊!……"

袁时中催促亲兵快斩,并且对这个仆人说道:"你以仆害主,毫不冤枉!"

年轻人从屋中被推着出来,挣扎着扭回头,恨恨地说:"我死得冤枉,确实冤枉。原来你白投闯王旗下,并不是替天行道的人!"

袁时中对亲兵说:"他敢骂老子,多砍几刀!"

年轻人被推到院中,破口大骂。亲兵们对他连砍数刀,他才倒在地上,疼痛乱滚,骂声不绝。又一个亲兵踏着他的身体,就地上砍了两刀,割下他的首级。庭院中一片血污,将吕二婶和两个女兵惊骇得目瞪口呆,不忍多看。

袁时中向中年人问道:"我已经替先生处分了不义奴仆,你还有什么话说?"

中年人站起来说:"请将军赏赐一条席子,将我的这个无义奴仆的尸首裹了,埋到村外。"

时中点头说:"你真是一个长者,好心肠!"他吩咐亲兵们用席子将尸首卷了,抬往村外掩埋,又问中年人:"你现在打算往哪儿去?"

中年人回答说:"我实想逃往亳州,但怕又被将军手下的巡逻抓到。"

"现在天色不早,你怎么好走?"

"听说往南去五六里外即无你们的人马。再走十几里,我有地方投宿,不会再遇意外。"

"既然这样,我派几名弟兄送你出五里之外。"

中年人深深一揖,说道:"承蒙将军厚爱,得以不死,并承派人护送,实在感恩不尽。小人名叫田会友,草字以文。只要平安脱险,他日定当报答将军。现在就向将军告辞。"

袁时中也不留他,吩咐袁大洪派四名弟兄送客人一程。他还将客人送出堂屋口,拱手相别。

吕二婶在袁时中出来送客时赶快拉着两个女兵躲开,随即回到慧梅面前,将这事从头到尾说了一遍。当她说话时,两个女兵不断插言补充。她们对此事十分不平,对被杀的仆人十分同情,所以在述说时激动得流泪,有时咬牙切齿,说不该这样枉杀人命,放了坏人。

这时慧剑等七八个大小女兵头目刚刚收了操练,都来到慧梅的屋中玩耍。听了此事,都气炸了,公然当着慧梅的面,抱怨袁姑爷处事没有道理,还说像这样事儿在闯营中从来没有。慧梅眼睛浮着激动的泪花,久久地咬着下嘴唇,咬出白痕,只不做声。等姑娘们吵嚷了一阵之后,她命人将男兵首领王大牛叫来,又叫吕二婶将这件事儿对大牛从头说了一遍,然后她吩咐大牛:

"你亲自率领二十名骑兵,追赶他们。看见他们时,对姑爷的亲兵们说,奉我的差遣去办一件急事,越过他们继续前行,到七八里处停下休息。等那个人单独来到时,将他杀了,尸首推进沟中,赶快回来,不许走漏消息。"

王大牛兴奋地说:"是,我明白了。"

吕二婶慌忙拦住大牛,对慧梅说:"姑娘,你要息怒,万万不可造次!"

慧梅说:"姑爷妄杀了好人,我只好再杀了那个无义财主,有何不可?"

吕二婶命人去请邵时信,又劝告慧梅说:"姑娘再大,大不过姑爷。他纵然做了天大错事,你只可遇到方便时暗中婉言规劝,岂可擅杀他保护的人?这岂不是要在全营中使他的面子难看?姑娘,可使不得!"

慧梅问道:"难道姑爷没有杀错人么?"

吕二婶说:"姑爷是杀错了人,他说出的理也是歪理。可是,姑娘,常言道,丈夫是妻子的一层天。女子出嫁要从夫,要学会温顺忍让,才能使夫妻和睦。纵然丈夫做了错事,行了歪理,为妻的也不能在众人面前使他丢了面子。何况,咱们姑爷是一营之主!"

邵时信赶来时已经知道了原委。挥手使大家退出,只留下吕二婶在屋中,然后对慧梅说:

"姑娘,这事你千万莫管!闯王将姑娘嫁到小袁营来,不是要姑娘多管闲事,……"

慧梅问:"将该杀的人放走,将该受赏的人杀了,也算闲事?"

邵时信说:"姑娘应该留心的是军中大事,就大事说,刚才的事儿也算闲事。"

慧梅又问:"什么是我应该管的军中大事?"

时信说:"同袁将军和睦相处,使他忠心拥戴闯王,这就是闯王嫁你来小袁营的一番苦衷,难道你不明白?"

慧梅叹口长气,伤心地噙着热泪,低头走进里间。过了一阵,吕二婶和邵时信知道她已经回心转意,不会再派人去追杀那个姓田的人,才互相使个眼色,悄悄退出。当他们走出门外时,听见慧梅在窗子里边自言自语地说:

"这事,我要告诉夫人知道!"

第 十 四 章

三月二十六日中午,三支人马到了商丘城外。按照闯王命令:老府人马屯在西南;曹营屯在西北;小袁营屯在西面,也就是屯在老府和曹营人马的中间。在李自成的心目中,袁时中投顺以后的地位不能与曹操相比,而是属于部将之列,和李过、袁宗第等的职位相同。他的人马要随时听从闯王的调遣,所以必须与老府挨得近些,不能由曹营隔开。

这时,如果站在商丘城头瞭望,就可以看见在城外不远地方,往远处弥望无际,从西到南,又从西到北,帐篷遍野,构成了一个巨大的半圆形。处处营盘,星罗棋布;人马来往如蚁,多不可数。而其中有一支人马,就是李过率领的攻城部队,已开始带着火器、云梯、盾牌、镢头等物,分为数路,向城边走来。

慧梅也随同袁营人马一起由睢州来到商丘城外。刚刚把营盘扎定,她就派一名亲兵骑马往老府去看看高夫人是否已经住下。吕二婶在旁笑道:

"姑娘,你这样急着要见夫人,心情就像一团火一样,就是最有孝心的亲生女儿也不过这个样子!"

慧梅也笑道:"你忘了,咱们在睢州时不是已经说定了,一到商丘就要去看夫人么?"

"我哪能忘了?不要说你急着去见夫人,连我们这些下人也是一样。"

当下慧梅梳洗打扮一番,换了新的衣裙,显得格外俊秀。当时在闯王军中的青年妇女们都练武、骑马,崇尚俭朴,姑娘们都不穿艳丽衣裙,不戴多的首饰,不施多的脂粉,不穿拖地长裙,慧梅也不例外。但因为她是"新嫁娘",今日回到闯营去是"走亲戚",也就是出嫁后第二次"回娘家",所以比一般时候、比一般姑娘,自然要打扮得用心一些。在吕二婶的帮助下打扮完毕,身边的女兵们都围着看,有的姑娘简直看傻了。慧梅被看得不好意思,笑着说道:

"你们这些傻丫头,不认识我?瞪着眼睛看我做什么?"

女兵们不好意思直白地说出来是因为她打扮后特别好看,只是嘻嘻笑着,不敢再瞪着眼睛看她,但每个姑娘都忍不住借机再向她偷瞟一眼两眼。

慧梅完全明白左右女兵的心思,连她自己也忍不住拿起来新磨光的铜镜照一照容颜。她吩咐随她去老府的十名女亲兵赶快去打扮一下,换上新的戎装,要像是走亲戚的样儿,使高夫人看见高兴。但是就在笑着吩咐当儿,一丝苦恼的轻雾飘上心头。她希望能够在闯王的老营中同张鼐见到一面,但是又害怕同他见面。事到如今,四目相对,多难为情?纵然肚子里有千言万语,除非梦中,当面有什么话好说呢?倘若他看见我出嫁后并不是悲苦憔悴,反而比做女儿时更加容光焕发,岂不会错怪了我的心?岂不要暗暗恨我?她的脸上的喜色消失了,眼中的光彩减少了,明亮的眼珠忽然被一层隐隐约约的泪花笼罩。幸而身边的女兵们都没有注意到这一点突然变化。她为着掩饰自己的心情,故意欣赏自己新得到的一把宝剑,却暗暗在心中叹道:

"婚姻事都是命中注定,谁配谁多没准啊!"

趁着暂时无事,她命人把慧剑和王大牛分别叫来,问了一下亲兵们的安置情况。后来她想反正没事,便自己出来,亲自到各个帐篷中看了一遍。当她回到自己帐中时,那个去老府通报的亲兵已经回来了,告诉她,高夫人正在等着见她呢。慧梅一听,立刻说:

"备马,立刻就去!"

吕二婶问道:"今天去,骑哪匹马呀?"

慧梅一愣,有片刻没有说话。吕二婶完全猜到,慧梅不肯骑袁时中给的甘草黄是为的保持对张鼐的难忘之情,只得悄声劝道:

"姑娘,我就算是你的老仆人,是夫人特意派我来伺候你的,我有一把年纪,人情世故也见得多了,有些事我说出来,你不要怪我多嘴。"

"你说吧,我没有把你当外人看待。"

"我看姑爷在定亲的时候,送那么多礼物给你,你都没放在心上。可你是女将,这一匹骏马,又配了这么好的鞍、镫、辔头,你总该骑一骑吧!可你连看也不看,这叫他面子上如何下得去?不管怎么,你们已经是夫妻了,照我看,他对你也算是百般温存,什么都听你的,你就不能骑一骑甘草黄?"

慧梅的眼圈儿有点发红,轻轻摇了摇头。吕二婶又说:

"当然这事儿得由姑娘你自己做主,不过我想你同姑爷既已成亲,今后是要白首偕老的,所以越和睦越好,能够不闹别扭就不要闹别扭。我看,夫人和闯王也巴不得你们夫妻和睦。今日回到老府,夫人难免不问到你们是否和睦?光为着让夫人放下心来,你今日也该骑甘草黄回老府,以后再换那匹白马不迟。"

慧梅没说话,没摇头,也没点头,但心里觉得吕二婶的话也有道理。自从同袁时中结婚以来,袁时中尽管是一营之主,手下有三万人马,但对她却百依百顺,并没有拿出丈夫的架子。袁时中也是相貌堂堂,一表人才,不比张鼐差。况且自己跟他已经成了夫妻,如今何苦还要为骑马的小事儿使他的心中不快?可是,对张鼐又怎能一旦忘下?难道她同张鼐之间的不能用言语表达的一往深情会能够一刀斩断?是不是从今天起就骑甘草黄,她的心中感到矛盾,也暗暗刺痛。吕二婶见她犹豫不决,又说道:

"夫人最关心的是你同袁姑爷和睦相处。你要是骑甘草黄去,夫人看见,心里就宽慰了;你要是骑白马去,夫人见了,嘴里不说,心里定会难受。"

慧梅听了,觉得吕二婶说的确实入情入理。她又想到,骑甘草黄还有一个好处,就是如果碰上了张鼐,也可使张鼐早早地把她忘掉。反正破了开封以后,张鼐就要同慧琼结亲,何必让张鼐心里还想着她这个人呢?于是她对吕二婶点点头说:

"好吧,我就骑甘草黄去吧,可是以后……"

吕二婶宽慰地笑起来,接着说:"以后再说吧。请姑娘在闯王和夫人面前,一定要多说袁姑爷的好话。你替他多说几句好话,一则闯王和夫人心中高兴,二则姑爷听说了会感激姑娘的情,三则对姑爷的前程也有好处。"

慧梅笑道:"我才同他结亲几天,本来没有吵过架嘛。"

"架是没有吵过,可是为了他保护那唐铉的事,第二天姑娘知道这姓唐的是个大贪官,心中很不高兴。还有那个姓田的财主,姑爷放了他,却杀了他的奴仆,更使姑娘生气。姑娘,你嫁到小袁营不像平民小户人家嫁女。你是一身系着小袁营要永保闯王打江山的大事。只要袁姑爷能够忠心耿耿保闯王打江山,其余的都是小节。"

慧梅叹口气,说:"也罢,这些事儿我在夫人面前就不提了。他现在是我的丈夫,我当然只能盼着他好,希望闯王喜欢他,夫人喜欢他,大家都喜欢他。只要他对闯王有忠心,我不管有多少不如意的事儿,都可以沤烂在肚里,决不对夫人和闯王说出。"

这时马已经备好,慧梅便带着吕二婶、慧剑和十个女亲兵,还带着昨晚就准备好的许多礼物,动身往大元帅的老营去。刚出村子,看见奉高夫人命前来迎接她的慧英、慧珠和三四个姑娘已经来到。大家下马相见,十分亲热。慧梅紧紧地拉着慧英,离开众人几步,四目相对,互相笑着,却不知说什么好。过了片刻,慧梅轻轻叫了一声:"英姐!"刚才勉强忍耐着没有涌出的热泪,随着这哽咽的一声呼唤,突然奔流。慧英一向了解她的心,同情她的苦,也禁不住鼻子一酸,流出热泪。她低声劝道:

"慧梅,你快不要难过。马上就要见到夫人,她看见你的眼睛哭红了,能不心中难过?你不知道夫人和老营中的婶子们、嫂子们、姐妹们,大家知道你今日要回来,都是多么高兴啊!快揩了眼泪,快快活活地跟我去拜见夫人!"

慧梅揩去眼泪,问道:"大家都还没有忘记我?"

"傻话!谁能够忘记你?就拿夫人说,她的事情那样忙,一天少说也提到你三遍!"

慧梅很是感动,叹息说:"常言道,嫁出去的女儿泼出去的水,何况我还是一个义女!只要夫人和你们大家能够常记着我,我的心中再有多苦也是甜的。"

慧英说:"两三天前,曹帅派人向闯王禀报军情,昨日袁姑爷也派人向闯王禀报事情,都说姑爷待你极其温存,你们夫妇和睦。小袁营来的人还说到两个姨太太对你十分恭顺,姑爷自从结婚后,很少再到她们的帐中去。夫人听了十分高兴,对我们笑着说:'谢天谢地,我到底放下心了!'"

慧梅勉强笑一笑,不肯对慧英吐露实情。

正在同慧剑拉着叙话的慧珠跳过来说:"梅姐,快上马走吧,夫人正在老营中等候你哩。你猜,还有谁在等你?"

慧英赶快向慧珠使个眼色,接着说:"红姐姐也在等着你。"

慧珠快口快舌地纠正说:"我不是说的邢大姐。梅姐,你猜还有谁?"

慧梅又看见慧英向慧珠使眼色,已经猜到八九,心中暗说:"天呀,他等我有什么话说?"但是她拉着慧珠的手说:

"你说话还是那么快,好像打算盘子儿一样。反正我猜到,在老营等候我的还有红霞姐、慧琼和兰芝。她们都从健妇营来了?"

慧珠凑近慧梅的耳朵悄声说:"我说的是张鼐哥。"

慧梅不禁脸孔一红,心头跳了几下,遮掩说:"我听不清你的话,别对我鬼鬼祟祟!"

慧英对慧珠一努嘴,随即吩咐大家上马。过了片刻,这一小队女将士向数里外的闯王老营驻地缓缓驰去。慧梅在马上默默不语,心中极不平静,简直不知道应如何同张鼐见面……

慧梅和慧英在大路上并马而行。虽然离别不到一个月,慧梅却感到像离别了很久时光。她向慧英打听闯王老营和健妇营中许多人的情况,只是避免打听张鼐情况和他的火器营。她多么希望慧英会主动地向她多谈点张鼐的近日情况,然而慧英像平日一样口舌严谨,不肯多说一句!

大元帅老营的驻地已经望见,她们正要加快前行,忽见前面有个人在马上一摇一歪的,像喝醉了酒一般。慧梅一时高兴,将鞭子一扬,赶到近处,才看清是王长顺。王长顺却没有注意到后面有人跟上来,嘴里兀自嘟嘟噜噜地说着话。慧梅觉得好玩,回头做手势让大家都别招呼他,听他说些什么。

王长顺含糊不清地自言自语:"唉,打个大仗还罢啦。打小仗,攻一座城池,也是几十万人马一起跟着!打到哪里吃到哪里,像一群蝗虫一样。蝗虫啊蝗虫,一群蝗虫!"

慧梅忍不住叫了一声:"王大伯,你在说什么啊?"

王长顺回头一看,笑了起来:"哦,是你呀,好姑娘啊!怪巧,在这里碰见你了。你是去老府看咱们大元帅和夫人?慧英,你跟慧珠是来接她的?"

慧梅快活地说:"大伯,我没想到在这里看见你老人家!你是不是又喝酒啦?"

王长顺笑道:"你看,我为着草料的事,刚刚出去,就遇着别的爷们在喝酒,硬要拉着我灌了三大碗。我这酒量本来很浅,一灌就满脸通红,现在骑在马上还跟腾云驾雾一样。"

慧英问:"大伯你刚刚说什么蝗虫啊蝗虫,是什么意思?"

王长顺说:"哦,这也被你听见了。唉,慧英,有些事情你是不清楚啊,因为你不管这些事。你看咱们现在三个营合在一起,有几十万人马,今天到这里,明天到那里,也没有一个固定的地方。每到一地,都要粮食,要草料,把地方吃光喝光。老百姓也是苦,还得供应大军。说是随闯王不纳粮,可是大军吃的烧的,还不是都出在百姓身上!粮食的事我看得很清楚,可是我管不着。这老营草料的事情是该我管的,你要我怎么办?别说麸子和豆料不易弄到,就连草也难弄啊!如今正在打仗,你不能把马散开找草吃。咱们的战马能让饿着么?不行。所以呀,现在许多营里只好让马去吃麦苗、吃豌豆苗。这不是害了百姓么?"

慧梅问道:"大元帅不是有禁令,不许骚扰百姓、不许损坏庄稼么?"

王长顺苦笑一下,说:"如今的事,哪像往日!哼,禁令是禁令,可现在下面管不了那许多。有些人做事只图自己方便,瞒上不瞒下,瞒官不瞒私,只要瞒过闯王就行了。其实,连高舅爷全都知道,但他有什么办法呀?只好睁只眼闭只眼啦。有些人刚好被闯王看见了,或杀或打,算是他倒霉。可是不倒霉的人多着呢。人家总不能叫马饿着肚子呀,饿着肚子怎么能够行军、出战?"

慧英和慧梅听了这话,交换一个眼色,心中全明白了。慧英平日是个有心人,也听红娘子和高夫人私下谈论过大军粮草艰难的事,如今想着王长顺刚才骂大军所到之处像一群蝗虫过境,暗有同感,不禁在心中说:"是呀,这样可不是长久办法!"慧梅想到刚才一

路过来,确实看见许多地方的麦苗被牲口吃了,豌豆苗也被牲口吃了。她正待开口,王长顺摆摆手说:

"唉,我这都是醉话,醉话,你不要去听它。我是酒一下肚,就胡说八道起来。醉话,醉话。"

慧英说:"王大伯,你说得很有道理啊,你并没有喝醉。这些话你不说,我也能看出一点毛病来,可是没有你说的这么清楚。"

王长顺一听这话,又忍不住说道:"还不光是粮草为难。你想想咱这一带不像豫西,没有山林,平常老百姓做饭烧火就十分困难,现在我们几十万大军开到,哪有做饭烧火的柴火呢?老百姓剩的一点点柴火垛,我们拿来烧光了,树林,我们砍了,还不够,就烧人家的家具,烧人家的门窗,最厉害的把人家的房子也拆了烧。说是不扰民,秋毫无犯,其实不能不犯。咱们老府的纪律向来是严的,可是如今人马众多,肚子比纪律还要严!谁不把肚子吃饱,谁就受不了,什么事情都干得出来!"

慧英问道:"王大伯,你说这有没有什么办法?"

王长顺说:"我有什么办法!咱们现在就是这么个打法。你想,商丘这个城,用得着几十万人马都开来么?可是现在都开来了,打别的地方也是一样。我刚刚为找草料,跑了几处地方,都看见把人家门窗拆下来,劈了做饭。唉,这话我也只能对你说,可不要传给外人知道。"

慧英点点头,说:"这情形谁都知道,没有办法。"

王长顺望着慧梅说:"慧梅,你是已经出嫁的姑娘,今日回老营好比回娘家。见到咱们闯王爷,像我刚才说的那些酒后之言,你可不要对他乱说,免得他不高兴啊!"

慧梅说:"我是在你眼皮下长大的,你还不晓得我这个人?该不说的我自然不说。可是你刚才说的话,我倒觉得蛮有道理,你为什么不把这些话跟闯王说一说呢?"

"哎呀,你这姑娘,看你糊涂不糊涂!如今闯王是全军的大元帅,大事小事都向他说,他咋能管那么多呀?还有我这个人,以前是动不动就去找闯王,对他说'闯王,我有件事想跟你谈谈',他就马上亲亲热热地拉我坐下,听我哇啦哇地谈。我这个直筒子人,把看到的、听到的都对他倒出来。如今可不同了,闯王自己不讲究这些,咱们也得讲个体统。他是大元帅,跟前的军师、大将如云,大事情得由这些人去商量、筹划。我一个老马夫,什么事情都去多嘴,那还成个什么体统呢?我只要把我的马管好,让老营的亲兵打仗时,骑在马上,都是膘肥体壮,我就心满意足了,也算没有辜负闯王给我的差事。别的事咱王长顺还是不说为好。"

说罢,他向慧英和慧梅挥挥手,就从另外一条路上策马而去。慧梅等继续往老府行去。

这时,攻城已经开始,炮声震天,在炮声中夹杂着喊杀声。慧梅不由地驻马东望,远远地望见城边硝烟腾腾,西城头的一些碉楼和城垛被炮火打毁了一部分,隐隐地还可望见有人抬着云梯往城墙边奔跑。她看得出神,心里想道:"咳,这么好的仗,可惜没有听说大元帅命健妇营的姐妹们同男兵一道攻城!"继而一想,就是健妇营去攻城,她已经不是健妇营的人,没有她的份儿了。这么想着,她不觉微微叹了口气。

慧梅到了高夫人的驻地,所有看见她的人都热情相迎。她好像同大家相别很久,一边笑语寒暄,一边不住流泪。高夫人拉着她的手,将她通身打量一遍,是想从她的神态中看出来她婚后是否幸福。粗略看,慧梅和往日没有什么不同,可是处处细心的高夫人,注意到在她的眉宇之间有一些轻微变化,似乎隐藏着一些心事。总而言之,她已经不再像原来的神情,不再是一个无忧无虑、只专心练兵打仗的姑娘了。坐下去谈了一阵闲话,众人知道高夫人同

慧梅有体己话要说,纷纷离去。高夫人趁身边人少,向慧梅问道:

"这些日子,你们新婚夫妻可如意么?"

慧梅的脸红了,十分不好意思,低头不语。

高夫人又说:"这里除了我和慧英,又没外人,有什么不好说的?你出嫁的时候,我心里也不好过,只恐怕你在小袁营夫妻两个过得不和,那我就要后悔一辈子了。你对我说实话,是不是你们小夫妻过得和和睦睦呢?"

慧梅低下头去,微微一笑,说:"妈妈放心,不会让妈妈替我们多操心的。"

"只要这样就好。其实,夫妻之间哪有十全十美的?常言道:牙跟舌头还有不和的时候,何况是人跟人?所以夫妻间遇事总得彼此忍让,相敬如宾。只要你们小夫妻过得和睦,能够始终真心拥戴闯王,我就放心了。"

慧梅低声说:"我看他倒是真心拥戴父帅的,不管当着我的面,还是不当我的面,他总是说,父帅名在《谶记》,确是真命之主,他一定要粉身碎骨为父帅效力。看来他说的都是真心话,并没有一点虚情假意。"

高夫人点头说:"这样就好。"

慧梅又说:"再说,既然父帅已把我嫁了出去,我也只能死心塌地同他白首偕老。妈妈放心,只要我活着,我决不会让他做一点对不起父帅的事。"

高夫人用责备口气说:"你怎说话不忌讳呢?年纪轻轻的姑娘,什么死啊活的,说些不吉利的话!"

慧梅笑道:"我没有别的意思。我是想说,我们还要打仗,随时随地要在战场上立功效劳,难免不有三长两短。"

高夫人说:"以后我们的局面跟从前大不同了,尽管你武艺很好,也有打仗的阅历,但看来用不着再亲自打仗了。就连我们健妇营,不到万不得已,闯王也不会让她们到两军阵上,白刀子进去,红刀子出来,杀个人仰马翻。如今不再盼望你能够打仗,为闯王效劳;只盼望你能够跟时中始终拥戴闯王,打下江山,同享富贵,这就有了。"

"我会照着妈妈的话去做。"

高夫人又笑一笑,忽然说道:"你看,曹帅那个军师吉珪,表面上也尽说些好听的话,你出嫁时,他也恭贺咱们大元帅得了一个乘龙快婿,又得了一员大将,可是背后我又听说,他在说风凉话,叫人真是生气。"

慧英在旁笑道:"他说了什么风凉话?我还没有听到。"

"难道你还没有听到?他在背后说:'我看袁时中不是那么可靠,将来大元帅说不定会赔了夫人又折兵。'"高夫人边说边笑起来,接着骂道:"你看吉珪这老东西,真亏他说得出来!"

慧梅听了觉得心中不舒服,也感到将来的日子难说,但是她没有做声。慧英生气道:

"他怎么能说这话呢?"

高夫人说这话是有心给慧梅一个暗示。她知道吉珪在慧梅出嫁的那几天中,常跟袁时中的军师刘玉尺来往,吉珪又是个用心很深的人,说不定从刘玉尺那里看出了什么毛病。然而这会儿她又不愿在慧梅面前谈得太多,便淡然一笑,说:

"人的嘴都是圆的,舌头都是软的,谁愿怎么说,就怎么说,管他呢!只要我们袁姑爷死心塌地跟着闯王打天下,别人随他去怎么说,何必计较!"

当慧梅来到时候,她知道因为攻城已经开始,闯王偕着曹操、牛金星、宋献策、吉珪等人往城边去了。慧珠原说张鼐在高夫人驻地等她,却竟然没有看见,连张鼐的任何亲兵也不曾看见。她不好问一个字,只是想着如今正在攻城,炮火很猛,张鼐一定是匆匆地赶赴城外指挥火器营去了。但尽管她的心中如此明白,却仍不免暗暗感到怅惘,只是在表面上她不能有丝毫流露。高夫人最能体贴慧梅的心,淡淡地笑着说:

"今日提前开始攻城,你没有见到父帅请安,连两个哥哥也不能等候你了。"

慧梅的心中一动,明白高夫人所说的"两个哥哥"中有张鼐在内。她知道今天确实见不到张鼐了,那一股怅惘情绪反而消失,心头舒展多了。她回答说:

"我知道双喜哥们都是大忙人,今日当然更忙。"

高夫人又说:"今日见不到,明日一定会见到。今日你看看姐妹伙和婶子、嫂子们吧。"

慧梅同高夫人又叙了一阵闲话,尽量掩饰了她在新嫁后的内心痛苦,使高夫人感到宽慰。后来她离开了高夫人,骑马到健妇营中。

健妇营的众姐妹一见她回来,都有说不出的高兴,拉着她说呀笑呀,问长问短。兰芝也跑过来,紧紧拉住她,说:

"慧梅姐姐,你走了这些日子,我们天天都在念着你,今天可把你盼回来了。你今晚还回去吗?"

慧梅不好意思回答。慧琼自从慧梅走后,就到了健妇营,与红霞一起协助红娘子照料健妇营的事情。这时听了兰芝的话,她马上接口对慧梅说:

"你今晚千万不要走。我看你一晚不回小袁营,新姑爷也不会把你怎么样。"

慧梅在她身上捶了一拳:"看你这姑娘,什么话都乱说。好,我今晚不回去了,待会儿你们这里派一个人去我们小袁营对亲兵们说一声,让她们不要等我了。要是他问起来,就说我留在这里了。"

慧琼笑道:"他是谁呀?"

这一问,引得大家咯咯地都笑起来。慧梅满脸通红,发急地说:

"你们这样取笑,我就不留在这里了。"

红霞赶快说:"你一定留下,好好跟大家一起玩一玩。大家都很想念你,也听听你这些日子在小袁营的新鲜事儿。我们只听说袁姑爷如何如何好,可是不知道小袁营的规矩跟咱们这里一样不一样。"

慧梅尚未说话,一个姑娘又问起别的事情来,大家你一句,我一句,问个没完没了。转眼已到吃晚饭的时候,高夫人派人来将她接去吃饭。饭后,她对高夫人说,想去李公子营中看看红娘子。高夫人说:

"你不用去了。我已派人告诉她,说你回来了。她会马上到这里来看你的。你知道,大姐也是天天想念你。她常说,自从你出了阁①,她在健妇营好像失了一只膀臂。"

果然,过了一会儿,红娘子就带着一名亲兵赶来了。她见了慧梅,亲热万分,拉着她这里看看,那里看看,一面看,一面笑,说:

"慧梅,你出嫁时哭得那么厉害,现在我看你们小夫妻两个倒是过得和和睦睦的,是么?"

慧梅的脸又红了,说:"大姐,你也跟我取笑!"

红娘子咯咯地笑了一阵,说:"我看见你眉毛上和眼睛角都带着甜味了,心里也就有说不出的高兴,所以我要跟你开几句玩笑。"

她们又谈了一会儿别后情形。红娘子风闻袁时中先娶了两个姨太太,有一个姓金的很得宠,慧梅同新姑爷的感情不很融洽,老营都把一些真实情形瞒着高夫人。如今她看见慧梅守口如瓶,她自己当然不问一个字。但是她几次看见慧梅正在谈话中忽然眼睛里似乎涌出泪花,赶快低下头或在灯影中遮掩过去,不愿使别人看

---

① 出阁——即出嫁。阁指闺阁。

见。红娘子还听李岩说过,闯王曾经听高一功说过,慧梅在小袁营中不很快活,常生暗气。但是闯王以打江山成就大业为重,对一功说:"你差人嘱咐慧梅,要听我的话,'出嫁从夫',对时中要温顺体贴,才是道理。你告诉汝才,慧梅陪嫁的男女亲军有四百多人,破开睢州以后,除分给小袁营军粮财物之外,请他额外送给慧梅一些东西,不要使慧梅感到委屈。"她知道,高一功差去睢州的人只对曹操传了话,没对慧梅传话。如今红娘子只能在心中同情慧梅,希望慧梅能把事情想开一点,别的也实在帮不上忙。谈了一阵,她站起来说:

"我要走了。今晚你就住在健妇营里。明天早点起来,我同你一起到城外,看他们破城。听说今夜要不断打炮,到明天五更时候就要靠云梯爬城。"

高夫人说:"我也打算去看一看。咱们一路过来都是势如破竹,只有商丘这个地方,是个府城,守城的人多,昨天又来了新的官军,看来要费点劲。"

慧梅说:"我正想明早到城边看看,一定很热闹。可惜咱们健妇营这次不能同去攻城,否则我要同她们一起冲进城去。"

红娘子说:"是啊,你走了以后,补上了慧琼,同着红霞两个,仍然天天带着健妇们在练功。可是咱们大元帅不让咱们打仗,只让咱们吃闲饭。这闲饭吃着也怪不好受。"说得高夫人和慧梅都笑了起来。

红娘子走后不久,慧梅由慧英陪着去看了各家婶娘、嫂子,然后回到健妇营中。因为军纪很严,大家早早地都就寝了。慧梅就同慧琼睡在一起,直到人静以后,她两个还在悄悄说话。慧梅忽然想起来一件事,对慧琼说:

"慧琼,我上次回来的时候,让你给张鼐哥做个香囊,你可做了没有?"

慧琼听了以后,心口嗵嗵地跳了几下,自己觉得脸上热辣辣的,幸而是夜间,别人看不见。她悄声说道:

"我才不做呢。我做了他也不会要的。"

"他会要的。这事情你大概也知道了,夫人已经说过,所以我才让你做。你最好在端阳节以前做好交给他。"

"我还是不做吧。我做的,他要也是勉强。"

"你权当替我做件事情好不好?"

慧琼只得在枕上点了点头。慧梅虽然看不见,但感觉出来她已经同意了,也就不再说话。她们各人怀着难言的心事,久久地不能入睡,听着攻城的隆隆炮声和阵阵的呐喊声。

黎明时分,炮声响得更稠,喊杀声也更凶了。慧梅和慧琼入睡不久,被她们的女亲兵们叫醒,说是马上就要破城了。她们赶紧一骨碌爬起来,随便梳洗一下,很快地束扎停当,披上箭衣,提着马鞭子走出军帐。慧梅的马已经牵来。她接住丝缰,对慧琼说:

"走,把慧剑也叫上。"

当下,慧梅、慧琼、慧剑带着一群女兵,从健妇营的驻地出发。慧梅因为红霞要留在健妇营主持营务,不能一同前去,心中感到遗憾。临上马分别时候,她拉着红霞的手,深情地小声说:

"红霞姐,我要是不被逼着出嫁,如今仍在健妇营,生活在大伙姐妹中间,像在自己的家里一样,该有多好!"

红霞知道慧梅的苦衷,含泪一笑,解劝说:"姑娘们人长树大,总得嫁人,有啥法儿呢?何况你是为帮助闯王成就大事,嫁到小袁营去,非同一般。只要袁姑爷忠心拥戴闯王,就是你报答了闯王的大恩,为闯王立了大功。"

慧梅轻轻点头,纵身上马。红霞不胜惜别之情,抚弄马鬃,随便地问:

"这匹甘草黄骑着还好?比那匹白马如何?"

慧梅回答:"这是他给的,好不好都得骑!"

红霞后悔自己失言,默默地望着慧梅策马而去,直到一小队人马的影子在旷野中消失。

当慧梅等经过老营时,高夫人已经收拾齐备,由一群男女亲兵簇拥着,站在大路边等候她们。恰好,吕二婶为着慧梅昨夜不曾回去,怕有什么吩咐,也从小袁营起五更赶来了。她先向高夫人下马请安,然后向慧梅禀明家中无事,姑爷率领将士们攻城去了。高夫人看吕二婶对慧梅这样忠心勤谨,自是欢喜,说:

"我正想命人去叫你来,你就来啦。你今日就跟在我的身边,说说闲话。"

吕二婶明白高夫人的用意,赶快说:"我也想去看看攻城,今日就随着我们姑娘留在夫人的身边伺候了。"

于是高夫人扬扬鞭子,玉花骢首先走动,前后的男女随从和慧梅等一干人提缰催马,一齐向城边奔驰。慧梅仍像往日一样,同慧英紧随在高夫人的马后,这使她不禁回忆起许多次行军往事,有时在心中惘然自思,今后局面不同,夫人再也用不着我替她舍命杀敌了!途中,看见有一两千骑兵正从西南城角外绕过去,远远地扬起一阵沙尘。高夫人用马鞭子指着说:

"这是你们补之大哥派出的骑兵,要到城南和城东两面,防止城里人们越城逃走。"

正说话间,红娘子也带着一群女亲兵追了上来,先在马上向高夫人请安,接着对大家说:"我们快走,听说许多云梯已经靠到城上,这倒是很热闹。"

她们来到离城一里多远的地方,勒住马头。在这里,对攻城的情形可以看得一清二楚。左边半里处就是一个主要的大炮阵地,一片硝烟弥漫,时有强烈火光,炮声震耳。西城门楼已被打塌了大半,许多城垛都被打得残缺不全,此刻却是向城内打炮,炮弹响着滚滚雷声飞过城头。另有上千名弓弩手站在城壕外,向着城上射箭。城上守军在箭和炮火的攻势下,不敢抬起头来。

有人禀报高夫人:张鼐就在左边的硝烟笼罩地方点炮。高夫人一时兴发,向红娘子问道:"我们看看去?"红娘子本来想去,却怕高夫人会有危险,正在犹豫,忽然瞟见慧梅向慧英以目示意,露出急不可待的神色,她随即向高夫人笑着回答:

"我也想看看小张爷这手本领,大家一起去吧。"

大家随高夫人到了距离安置大炮的地方大约二十丈外,便被火器营的一个小校挡住,要高夫人不再走近,以免危险。原来当时除由西洋人帮助铸造的大炮之外,一般内地工匠按土法铸的大炮常有炸裂危险。这情形高夫人也很清楚,所以她不再勉强前进,命大家都赶快下马,站在一个略微低洼的地方观看,所有战马都交给几个亲兵牵往后边。幸而城头上只有几尊大炮,有的已经被城外飞去的炮弹打坏,有的炮手或死或逃,高夫人等可以完全不担心城上打炮。惟一使高夫人和大家遗憾的是,张鼐和他的一群炮手完全在弥漫的硝烟中活动,不能看得清楚。高夫人不管小校劝阻,带着大家又向前走了几丈远,遇着一道半人深的大路沟,就在那里停下。在这里,大家才看得略微清楚。慧梅望见了张鼐正在紧张地跑来跑去,有时他下令点炮,有时他亲自点炮,还有时自己参加装药。她看见他的脸孔被硝烟弄得很脏,反而显得两只眼睛比平日更大。她的心十分激动,暗暗叫道:

"天呀,看他多忙,同小兵一个样,还一点儿不怕危险!"

有人告诉张鼐说高夫人在近处观看放炮,但是他没有离开炮架,只大声吩咐说:"大炮都发热啦,快请夫人后退!"在南北不到半里的阵地上架着十尊大炮,有三尊已不管用,其中一尊连炮架也歪倒了。遵照闯王命令,必须连续向城中打炮,尽量给守城军民造成严重的杀伤和恐怖,然后从许多处用云梯同时爬城。此刻将到预定靠云梯爬城的时刻,所以张鼐冒着炮身炸裂的危险,亲自将剩下的七尊大炮轮流点火。又有人告他说红娘子和慧梅也来了,同高夫人来到近处,站在一起观看,离大炮只有十丈远,不肯后退。张鼐几乎是用忿怒的口气叫道:"请她们赶快后退,此处危险!"随即他一个箭步跳到第五尊铜炮旁边,猛力推开一个因为过分疲劳而动作迟钝的炮手,迅速转动架前轮盘,将炮口略微升高,亲自点着引线,然后迅速向后一跳,再退三步。几个炮手都跟他一起后退数步,注视着引线迅速燃烧。当引线在炮身外着尽时候,张鼐和炮手们习惯地张开嘴巴,将身子一猫,但目光不曾离开炮身。片刻寂静,随即大炮口喷出火光,圆形的铁炮弹飞出,几乎同时,从炮口发出一声巨响,炮身一跳,大地猛烈一震,炮弹的隆隆声从空中响过城头落入城中。随着炮口的火光和炮弹的巨响,炮身迅速地被浓重的黑烟笼罩,并且散布着硫磺气味。张鼐因为站在斜坡上,被震得跌坐地上。他立即跳起,跑近炮身,知道并未炸裂,只是炮架有点倾斜,吩咐炮手们赶快扶好炮架,清扫炮膛后重新装药,便奔往第三尊大炮旁边。

此刻他的心中只有一个念头,即遵照闯王的命令赶快连续点炮,为将士们靠云梯攻城"开路",至于高夫人、红娘子和慧梅在很近处观看放炮的事,他几乎忘了。

却说张鼐从慧梅出嫁的那天以后,感情上发生过三次变化:起初,他虽然表面上不流露特别难过,实际恨不欲生,所以他只身猎虎,情愿在同猛虎搏斗时被虎咬死。随即他不再有死的念头,但是他深恨宋献策和牛金星等人破坏了他同慧梅的美好姻缘,也嫉妒袁时中不该将慧梅娶走。他认为自己将永远不会忘下慧梅,永远不会有任何姑娘可以在他的心中填补慧梅的位置,暗中发誓永不娶亲,宁可一辈子做个鳏夫。最近几天,他的想法又变了。他知道闯王和高夫人已经决定将慧琼许配给他,只等攻破开封后就要成亲。他一则不能违抗闯王和高夫人的旨意,二则他平日并不讨厌慧琼(虽然并不爱她),没有理由拒绝同慧琼成亲。他认为自己同慧梅的自幼相爱,终成了镜花水月,倒是同素不知心的慧琼成了眷属,这一切完全是命中注定。到了这时,他不再恨宋献策和牛金星等,明白他们是为闯王的大事着想,才怂恿闯王将慧梅嫁给袁时中。他也不再嫉妒袁时中,反而暗中希望时中和慧梅夫妻和睦,白首偕老。他想象着将来如若袁时中在战场陷入敌人包围,闯王命他去救,他一定甘冒危难,不惜流血战死,也要将时中救出。这不是他爱时中,而是他为了慧梅的一生幸福。他还常想,他将要为闯王拼命作战,不断地建立大功,使慧梅听到后心中暗暗高兴。他有时在静夜中梦见慧梅,醒来后久久地回想着模糊的梦中情景,无限惘然。也有时他一乍从梦中惊醒,仿佛慧梅的影子犹在眼前,他向空虚中看不见她,赶快闭上双眼,希望趁着困倦再入睡乡,赓续前梦。然而很快就完全清醒,不但不能继续做梦,连刚才的梦中情景也记不清了。往往在这时他一边思念慧梅,一边可怜慧琼,在心中叹息说:

"慧琼,慧琼,我日后纵然是你的丈夫,可是我的心已经永远给了慧梅啦!"

他照着刚才的办法,将炮口升高,希望这一炮打得更远,打到知府衙门。在他用力转动炮架轮盘将炮口升高时,他忽然感到左腿很疼,才知道刚才跌倒时左腿被一棵小树的干枝杈刺伤很重,正在流血。但是他不去管它,瘸着腿走到炮后,推开担任点引线的炮手,要自己亲手点炮。那个炮手拉着他,大声叫道:

"小张爷退后!这尊炮多装了五斤药,让我来点!"

张鼐刚又推开炮手,正要自己点炮,突然左右同时发出巨响,大地猛一跳跃,使他的受伤的左腿站立不稳,跌坐下去。原来第一尊和第七尊大炮几乎是同时点燃,炮弹同时出膛,所以特别震响,连张鼐的耳朵也一时失去了大半听觉。他刚刚从地上站立起来,却见慧梅奔到他的面前,不容分说,从他的手中夺去火绳,同时冷不防将他猛推一下,使他踉跄地倒退一丈开外,几乎站立不稳。他忽然明白了是怎么回事,立即大声叫道:"慧梅,危险,快将火绳给我!"但慧梅已经眼疾手快地将引线点着,向后倒退几步,张开嘴,捂紧耳朵,注目铜炮。张鼐又说:"危险,慧梅快跑!"慧梅故意用身子遮住张鼐,心中说:"炸死拉倒!"在这千钧一发之际,慧梅的几个女兵追赶过来,慧琼也追赶过来。她们都对慧梅说:"夫人命你后退!"慧梅没有后退,似乎没有听见。张鼐的耳朵仍然失灵,但他明白女兵们和慧琼是来叫慧梅离开这里,他推慧梅一下,又一次大声说:"慧梅快跑,危险!"慧梅又一次用身子遮住他,在心中激动地说:"要炸,我同你死在一起!"但是她没有发出声音,没有人来得及再劝她走,大炮突然随着爆发的火光响了。

知道大炮没有出事,慧梅突然放了心,也突然完全恢复了理智。她向张鼐的被硝烟弄得又黑又脏的脸孔看了一眼,一句话不说,扭头便走,迅速回到高夫人和红娘子面前。她的几个女亲兵和慧琼也跟着回来。

由于慧梅来得突然,去得突然,张鼐愣了片刻,才走去摸摸十分烫手的炮身,决定去点已经装好药的第四尊大炮。但就在这时,一名小头目奔到他面前禀报:

"禀小张爷,总哨刘爷挥了蓝旗,命我们停止打炮。"这个小头目又兴奋地加了一句:"马上就要靠云梯爬城啦!往里灌啦!"

攻城的战鼓响了。起初是一处,随即是许多处,战鼓响声震耳。在战鼓声中,等候在干涸城壕中的几十架云梯突然离开城壕,被抬着向城墙根奔去。每个云梯有八个人抬着,后边跟随二三十人。另外有几千弓弩手站在城壕边上，对着城头放箭，使守城军民一露头就遭死伤。还有上万人马立在弓弩手的后边，呐喊助威，震慑敌胆。

李自成立马西城壕外的一个高处，曹操在他左边，宋献策立马右边，其余许多文武要员簇拥背后。刘宗敏立马在他们的前边两三丈处，用红蓝两色小旗指挥攻城。西关一带有数千步、骑兵列队等候，只等城门打开，他们分路越过城壕（吊桥已毁），奔进西门。其他城门外边，也有差不多的部署。

当云梯快抬到城根时，刘宗敏在马上挥动蓝旗。城壕边的弓弩手望见蓝旗，立即停射，以免自己的弟兄被流矢误伤。就在停止射箭的片刻中，几十架云梯同时靠上了城墙。义军的灌手们奋勇地向梯上爬去。但是因为炮火和弓弩暂时停射，城上的守军又站出来，拼死抵抗。其中有人从城上扔下"万人敌"，一声巨响，城下的义军也被炸死了几个，有的被烧伤。但义军毫不退缩，仍然勇敢地往云梯上爬去。在一架云梯上，有一个义军穿着红色绵甲，一面爬，一面喊着："灌哪！灌哪！灌进去了！"刚刚爬上城头，就有一个官军跳起来，挥刀向他砍去。他用刀格开了这一刀，但冷不防又一个官军一矛向他刺来，把他刺伤。他手一松，从云梯上摔了下去，死在城下。原先在他后面的那个义军，又继续向上爬去，还未爬上城头，旁边一架云梯上的人却已经上了城，正在大喊："上城喽！上城喽！"一瞬间，许多云梯都有人上了城头，大家喊着："杀呀！杀呀！已经上城喽！"城上秩序大乱，一片惊慌，奔跑逃命，但也有一些官军在继续顽抗。义军越上越多，经过短时间的混战，城头很快就被义军占领。又过了片刻，便见西门大开，义军人马冲进城去。等候在西关的李过一面用宝剑指挥，一面也随着人马冲进城去。城里大街上一片恐怖的奔跑和呼叫声：

"贼人进城啦！逃命啊！逃命啊！……"

一会儿,城外的义军都已冲进城去,刚刚那种激烈的厮杀场面突然没有了,周围显得意外地宁静。太阳已从东方升起,天清似水,使初升的太阳显得格外娇艳。城头上,一面闯字大旗正在灿烂的阳光中迎风招展。高夫人回头望望红娘子和慧梅,说:

"咱们等一等,等里面安静了再进去看。看来这一回要杀些人。昨天闯王有书子射进城去,说:献城不杀,抗拒屠戮。如今不知到底怎么办,恐怕总要杀些人。咱们先回去,吃完早饭再进城看吧。"

第 十 五 章

当商丘城破的时候,有很多守城的丁壮和溃兵,从东面和南面缒下城去,企图越过城壕。但李过事先在城外布置了骑兵,好像张着一个大网,没有一个能够逃走。城里进行过短时间的巷战。有一股官军先投降,投降后就把衣服翻过来穿上,也跟着义军大喊:"破城了!破城了!"他们又是杀人,又是抢劫。但是大股官军,大约有一千来人,随着一个姓张的副将,杀到北城。那里有个三宝寺,他们就跑进寺里,拼死抵抗。后来,马世耀、刘体纯两支人马同时冲到,势不可挡。张副将眼看在寺里待不下去,又带着人马冲杀出来,向东门奔去,打算出东门夺路逃走。没想到东门已经被义军用土塞死了,一时打不开。马世耀、刘体纯的人马已经赶到。张副将寡不敌众,且已经受伤,所以很快就被捉住。这支官军一消灭,城里的战斗就停止了。

按照事前决定,李过一进城就占领知府衙门,在府衙中指挥一切。他派人捉拿逃藏的现任官吏和乡宦,将许多现任官吏和乡宦陆续捉到,偏偏那个商丘知县梁以樟,是负责全城防务的人,竟然到处都找不到。直到几天以后,才知道他当时藏在一堆死尸下面,在夜间逃了出去。

大约巳时左右,李自成带着刘宗敏、田见秀、牛金星、宋献策等人骑马进了西门。这时城里秩序还没有完全安宁下来,有些地方还在杀人,有些地方还在抢劫,奸淫的事情也不断发生。李自成拧起双眉,向刘宗敏问道:

"为什么进城一个多时辰了,还是这么乱?"

刘宗敏回答:"一则城中军民顽抗,不是投降献城,所以势必要多杀一些人。二则如今队伍这么杂,有我们老府的,也有曹营的,还有小袁营的,一时很乱也难免,不像我们破洛阳时的情形了。"

闯王感到这样乱下去不行,就派人去见李过,让他立即派人拿着令箭在城里巡逻,传谕"封刀",不管什么人,凡是在传谕"封刀"后继续奸淫妇女或随便杀人的,都要斩首。吩咐以后,他们又继续向前走去,在一个十字路口,闯王看到有好几处房子正在燃烧,赶紧又下一道命令:不许点火烧毁房子,已经点着的要赶紧扑灭。

这时,罗汝才也带着一群人来了,他们会合成一路,一同往府衙门奔去。

在知府衙门的二门里边,已绑着许多人,一望而知,有些是官吏,有些是乡绅。李友很神气地站在院子中心,一个书吏模样的人恭敬地站在他的旁边,向他指认这些被绑起来的人:谁做什么官,谁家里有钱,谁是一方恶霸。凡被指出来的,都拉到一边,听候发落。

闯王和曹操进入院中后,看了一会儿。先看那些被指认出来的人,确实都是有钱人。然后又看那些还没有被指出来的人,忽然发现有一个本地百姓模样的人也被绑着。闯王把那个书吏叫过来,问道:

"这个人有没有罪啊?"

"他是一个小百姓,他没有什么罪。"

闯王对李友说:"赶快把他放了。"

李友又请示:对这些被指认出来的坏东西,是否现在就处置。闯王点点头,说:

"立刻处置吧,以息民愤,不要留下祸根。"

于是,李友一声命令,不管三七二十一,那些被指认出来的官吏、乡宦和富豪，全部被押了出去，推出西城门外斩首。

闯王刚想同李过谈谈安抚城内百姓的事，忽然又有人推着一个花白胡须的乡宦走了进来，一问，原来是曾经做过工部尚书的周士朴。还在没有进攻商丘之前，闯王已经接到不少百姓控告这个周士朴的状子，告他如何酷害百姓。闯王亲自问道：

"周士朴，你有罪，自己知道么？"

周士朴穿着仆人的衣服，看上去很像一个简朴的老头子。他听到问话，赶紧跪下答道：

"将军，我回到家乡以来，一直过着清贫的生活，没有犯过什么罪。"

闯王未及答言，旁边钻出一个仆人打扮的人来，指着周士朴对闯王说："闯王不要信他的。他家里有十四窖银子，埋的地方，我都知道，我带你们去扒出来。他为富不仁，酷害一方，千万不能饶了他。"

闯王点点头，望着周士朴说："周士朴，你不要狡赖，你的罪恶我全知道。好，推出去！"

又有几个百姓，走过来对李过说，刚才那个替李友指认别人的书吏，自己也不是一个好东西，坑害过许多好人，现在为要救他自己的狗命，才向义军假献殷勤。李过把那人打量了一眼，说："我看他就不像个好东西。"便吩咐李友说："这样吧，你先把他绑起来，锁在府衙门外，看控告他的老百姓多不多。要是真有大罪，仍然斩首；要是罪恶不大，就放了他去。"结果这人绑出去没有多久，便有许多人来控告他，说他专门倚仗官府势力，敲诈百姓，奸人妻女。李友在衙门外站了一会儿，听到这些控告，也没有再向李过禀报，便下令将他斩了。

在院里，李过告诉闯王，他已下令进城的义军，不许再杀人，不许抢劫，不许奸淫妇女。闯王等人果然听见有人骑马在街上奔跑

着,大声呼喊:

"封刀了!封刀了!不许再杀人了!再杀人者偿命!"

闯王问道:"侯府怎么样?"

李过说:"进城后,我就派人到侯府门前,不许兵丁随便进去。现在大公子侯方域还在南京,二公子侯方夏两三天前护送家眷从东门逃走。当时守城的人不许他们逃跑,他的家丁们强行开了城门,护送主人出去。如今侯府只剩下一些留下看门的伙计、奴仆。"

闯王说:"纵然没有了主人,也不许别人进入侯府。"

罗汝才微微一笑,完全明白闯王的用心。

闯王又命李过率领攻城人马驻扎到城外,城内只留一千五百人:老府一千人,曹营五百人。刘宗敏留在城内,由田见秀协助他,主持城中一切大事。

吩咐完毕,李自成就同罗汝才等退出城外,回到各自驻扎的村庄。他知道小袁营的士兵心里不会高兴,便把袁时中叫到他的大元帅帐中,问了些军中情况,勉励几句,接着说道:

"你要告诉弟兄们,我们打商丘原不是为着抢劫,也不是为着奸淫烧杀,只图一时之快。如今我们是在打江山,行事要像个打江山的样子。要为民除害,不能骚扰百姓。今天我看见有许多老百姓被杀了。虽然抗拒的要屠城,可是实际上从来不屠城,只杀那些公然抗拒的人,并不多杀无辜。我从西门进去时,看见路边躺着妇女尸体,有的裤子也被扒掉了。这在老府的将士中是严厉禁止的。可是如今人杂,到底是谁做的坏事,一时说不清楚。你要严令你手下的将士:不管是谁,都要严遵军令,按我的晓谕办事。封刀以前的事,既往不咎;封刀以后,再不许有奸淫烧杀的事儿发生。"

袁时中肃立恭听,心里很感害怕,鬓角间微微地渗出汗珠。他知道他的部下确有不少杀人、放火、抢劫、奸淫的事。虽然老府人马也并不都是那么听话,但比较起来,曹营和小袁营的人违反军纪

的事更多。他不敢有一句分辩,连声说:

"是,是。我一定遵命,约束部下,不许再干犯军纪。"

闯王微微一笑,用温和的口气说:"你不要害怕,我这样嘱咐是待你好啊。本来嘛,咱们现在人多势众,不像从前容易做到有令则行,有禁则止。俗话说:人上一百,形形色色,十个指头还不一般齐呢。何况我本来曾向商丘下谕:开门投降,秋毫无犯;胆敢据守,全城屠戮。将士们因为是冒矢石攻破城进来的,要惩治守城军民,以泄心头之恨,也是常情。如今已经杀了不少人,还烧了一些房屋,又有强奸的,抢劫的。这一切都不必追究。我已经下令'封刀',再继续下去就不行了。所以我把大军都撤到城外,只留下少数人马在城内弹压。我上面的那些话也不是专对你们小袁营说的;就是我们老八队的那些人,有时还有干坏事的呢。"

袁时中听了十分敬佩,觉得闯王毕竟不凡,心胸多么开阔啊!

商丘城不是一个普通的州、县城,而是豫东的一个重要府城,即归德府的府治所在地,共辖一州并七县。北宋真宗时候,将商丘升为南京,可见它的地位重要。从天启末年以来,河南到处饥荒和战乱;比较起来,豫东还算太平,归德府也显得特别富庶。一些名门世家,还都像往日一样歌舞升平,蓄养大批家奴,财产越来越多。加上由于年年战乱,各州县不少有钱人家也投亲靠友,来到商丘城中居住。因此破了商丘之后,大军要在这里多停留一些日子,收集骡马、军粮、财物。附近各州县,也要运送粮食前来,所以每天高一功等人,都忙得不可开交。

大约三天以后,李自成为庆祝攻下商丘,决定欢宴重要将领和一些读书人。老府方面的读书人,除牛、宋、李岩兄弟外,还有一年来陆续投顺来的穷读书人,都是些功名不利的小知识分子,也包括尚神仙的一批徒弟。曹营中重要武将很多,读书人除军师吉珪外,还有一些办理文墨和参加谋划的秀才。小袁营中也有刘玉尺、朱成矩等人。此外,破商丘后,又有一些贫苦的下层读书人投了义军,在军中帮办文墨。所有这些人,闯王一概请到。另外,宴会是在城内田见秀驻的地方举行,也就是大乡宦周士朴的宅子。

闯王是东道主,尽管在军中位尊无比,却是早早地便来了。罗汝才每次赴宴,不管是什么人请客,他都是按照当时的社会风习,不守时间,需要一再催请,"光临"很晚。今天上午他在自己的大军帐中同部下赌博,兴致很浓,所以更不肯按时早来。倒是袁时中不敢怠慢,率领他的文武要员来得较早。

正午过后很久,宴会尚未开始,等候曹操。客人们都坐在大厅中谈闲话。闯王面带微笑,听大家谈天说地。大将中,刘宗敏、田见秀和袁宗第等也在大厅中听大家闲谈。

这些读书人知道闯王喜欢听前朝古代各种学问,尤喜听历朝兴亡成败故事,所以话题集中在这些方面。大家各逞才学,谈得十分热闹。又看见闯王在那里不断地微笑点头,他们就更无拘束,谈得更加起兴,时而谈到古代的兵法战阵,时而谈到一些名将轶事,有时也谈到奇门遁甲、风角六壬的学问。那位刘玉尺本是豪放性格,心中对于牛、宋二人并不十分佩服,倒是跟吉珪常在一起谈话,比较投合。这时他的话特别多,对于一切学问,几乎是无所不知。李自成对于刘玉尺的博学感到很佩服,可是又总觉得这个人有点像张献忠手下的徐以显。他仍然微笑着,一面继续听刘玉尺等高谈阔论,一面在心里对自己说:"这不是一个正派人。"听了一会儿,他回头对吴汝义小声说:

"子宜,你亲自去催请大将军,就说客人已经到齐了,只等他来坐席。"

吴汝义刚离开,忽然双喜走了进来,直接走到牛金星面前,小声说道:"牛先生,去兰阳的人已经回来了。"

牛金星赶快问："抓到梁云构家的人了么？"

双喜摇头："没有。梁家全家人两天前就逃光了，只留下一座空宅子。"

牛金星恨恨地说："唉！太便宜了梁云构！他自己在北京，原说抓到他家里的人，也消我心头之恨，没想到我们迟了一步。"

闯王已经听到他们的对话，便安慰牛金星说："启东不必生气。虽然没有抓到梁家的人，可是将来我们打进了北京，梁云构还能逃得了么？"转过头又问双喜："进兰阳城的弟兄们都回来了？"

双喜答："都回来了。"

"进城没有阻拦？"

"听他们告我说，我们去的二百骑兵，一到兰阳城外，里面的官儿已经跑了。百姓看见打的是我们的旗子，就把城门开了。我们的骑兵进城后，直奔梁家的宅子，梁家只剩几个仆人，对我们的人说：'主人一家男女老少，两天前就逃走了，东西没有搬走，任义军处置。'我们的骑兵对梁家的奴仆一个也没杀，只是把梁家的房子放火烧了。周围百姓本来受梁家欺压，对他们恨之入骨，看见把梁家房子烧了，都很高兴。"

"弟兄们对百姓没有骚扰吧？"

"秋毫无犯。"

"这次我们派人去兰阳，为的是给牛先生报仇。一不为占领地方，二不为要东西，只要对百姓秋毫无犯，也就好了。"

说话之间，罗汝才到达了。大家赶快起立迎接。罗汝才抱歉地笑道：

"我来晚了一步，请大元帅不要见罪。"

自成笑着说："快请入席吧，就等你来开宴了。"

汝才入座后，叹口气说："这酒是哑巴酒，宴会上光喝几杯酒也不够尽兴，要不要把我那里的歌妓叫一班来，为大家助兴？"

闯王又笑道:"今天就喝哑巴酒吧。下午我们还有许多事要办,不要让大家都喝醉了。"

罗汝才说:"也罢,今天就照大元帅的意思办。后天我要敬治薄席,回敬大元帅。今天来赴宴的文武朋友,全都请去。大元帅,肯赏光么?"

自成说:"只要你大将军治席请客,大家自然是都要去的。"

"好,一言为定,务请大家届时光临。到我那里,就不像这里喝哑巴酒了。有弹有唱,说不定还有更热闹的事儿。"

闯王问道:"什么事儿?"

"我是个快活人,我们还可以找两个戏班子,边喝酒,边看戏,大大地快活一番。"

闯王点头说:"你确实会快活。"

"我就是这么个人。打仗我也不怯,可是我也不像你,日夜辛辛苦苦地想得天下。我这个人哪,照别人的说法,是个酒色之徒,唉,也就是吧。"

大家听了哄堂大笑起来。

说笑间,八样吃酒菜已经端了上来,多是冷菜和馃碟。刘玉尺等人的一席上文人较多,喝得高兴,又开始谈古论今起来。只听刘宗敏哈哈大笑,说:

"刘军师,我是打铁匠出身的大老粗,根本不相信你的这个故事,别拿书本上的话唬我们这号少读诗书的武将!"

因为刘宗敏的声音特别洪亮,又似乎带有酒意,引起了整个大厅的注意。闯王是陪着罗汝才、李岩兄弟、袁时中、牛金星、田见秀一席,而刘宗敏是陪着吉珪、宋献策、刘玉尺、朱成矩、刘静逸和曹操的亲信将领孙绳祖坐在邻席。李自成知道刘宗敏讨厌刘玉尺,破商丘后对小袁营的军纪很不满,想借机压一压刘玉尺的骄傲之气,心中认为宗敏未免过于性急,但是也很感兴趣。他转过头去,向刘宗敏和刘玉尺笑着问：

"你们谈的什么有趣的题目？叫我们大家都听听如何？"

曹操惟恐小袁营不生事端，立刻说："捷轩，刚才刘军师说的什么？他可是一个满腹学问的人，谈起前朝古代的陈事儿是内行，咱们可得多听他的！"

刘宗敏勉强笑着说："大将军，刘军师刚才说的故事你听到了么？"

曹操说："我正在同大元帅饮酒，一句也不曾听见。"他又用眼色鼓励刘玉尺，说："玉尺，我这个大老粗很尊重有学问的人，爱听人们谈古论今。你刚才说的是什么故事？"

人们为着酒宴前助兴，纷纷催促刘玉尺将他谈过的故事再说一遍。袁时中在稠人广众中不敢向刘玉尺使眼色，只频频地望朱成矩。朱成矩也怕同刘宗敏闹别扭，正在无计可施，看见袁时中望他，就赶快用右脚对刘玉尺的脚尖碰了一下。刘玉尺一则自恃所谈的故事并非杜撰，二则感到刘宗敏太不尊重他，三则受到大家的怂恿，正要重述他刚才讲的故事，忽然被朱成矩踢了一下，不免迟疑。但是他看见刘宗敏正在用嘲笑的眼神看他，而吉珪对他说道：

"刘军师，大元帅和大将军都在等着听哩！"

刘玉尺望望周围的面孔，想着不能使闯营文武误认为小袁营无人，可以随便欺侮。于是他先站起来向闯王敬酒，向曹帅敬酒，又向刘宗敏和全体文武敬酒，然后心有所恃地笑着说：

"玉尺不学无知，如有妄言，务请恕罪。我刚才说到汉朝名将李广，也只是想借此说明古时名将确有非凡地方。比如李广吧，有一天他出去打猎，忽然看见路旁蹲着一只猛虎，吓了一跳，赶紧射出一箭，把猛虎射死了。后来一看，才知道射中的原来不是猛虎，而是一块石头。因为李广是有名的神箭手，力气又大，那箭一直射进石头里面去,不但箭头,连箭杆、箭尾巴上的雕翎也都射进去了。这名之曰'射石没羽'。你们说,这样的神力惊人不惊人?"

旁边有几个读书人都附和着说:"是啊,这射石没羽的故事确是千古传诵。李广要生在今日,一定也是闯王麾下的一员大将。"

牛金星和宋献策都熟知这个两千年来脍炙人口的故事,李自成也是熟知的。他们的心中都有些糊涂:捷轩为什么在这个故事上挑毛病?吉珪用鼓励的眼色望刘宗敏,看他这个读书很少的大将如何同刘玉尺抬杠。许多眼睛也都望着刘宗敏,等他说话。大家虽然知道他不是那种喜欢在别人的鸡蛋壳中挑骨头的人,可是他为什么嘲笑刘玉尺说的这个故事呢?忽然,刘宗敏哈哈一笑,满饮一杯,说道:

"玉尺,你认为这个故事是真有其事么?你别看我是个粗人,有些事情我也爱用脑子想一想。哪有射箭把箭杆也射到石头中去的呢?这事决不可信。"

刘玉尺平时善于察言观色,在一般情况下他不会去同刘宗敏争论,但这时喝了几杯酒,正处在兴奋状态,便立即说道:

"这可是《史记》上写得明明白白的呀!"

旁边一个秀才也带着三分酒意附和说:"这《史记》我是读过的,文章写得真好,太史公……"

刘玉尺不等他将话说完,把杯子往旁边一推,很自信地接着说:"这太史公司马迁,可是没有人怀疑过的呀。《史记》是千古不朽之作,上同《左传》、《国策》,下同《汉书》,都是光辉万丈的。那射石没羽的故事在《史记·李将军列传》中写得明明白白,《汉书》中也记了此事,岂玉尺所敢杜撰?"

刘宗敏笑了一笑(这笑中含有许多轻蔑),说道:"你们读书人满肚子喝的都是墨汁,说话都是凭着书上来的。我这个大老粗,斗大的字儿识不了几车,可是我啥事都喜欢看一看,想一想。就拿射箭来说吧，我们从十来岁就学起，到现在三十几岁，自己不知道射过多少箭，也看将士们射过无数箭，哪有箭射在石头上，会把箭杆也射进去的呢？就是一块泥也不行，你射进去不到一半，泥就把箭杆吸住了。除非射块豆腐，才可以射得进去。"说到这里，他自己哈哈大笑了一通，又继续说道："说射石可以把羽毛也射进去，我看这是瞎扯。要不，大家试一试，看谁能射进去。不一定射石头，就射砖头、土坯也行，试一试看。"

这番话说得刘玉尺和一些秀才们面面相觑，不知如何回答。李自成、牛金星和宋献策都觉得刘宗敏的见解十分新鲜，出乎他们的意外，心中不能不为之点头。连曹操也不能不改变态度，向闯王点头说："捷轩真是个极有见识的聪明人！"有些人是从曹营和小袁营来的，不像老府的人们对刘宗敏那样了解，但是他们慑于宗敏的威名，又看见他眼睛里流露的嘲笑神气，纵然心中想着这射箭的事可能还有例外，也不敢在他的面前抬杠。牛金星看见高一功在看他，分明是要他说句话，免得刘玉尺下不了台，于是他笑着说道：

"刘爷说的有道理。射石没羽的故事，本来值得怀疑，我也留意过此事，记得班固的《汉书》写到这件事时，就把没羽两字改成没镞，这镞就是箭头。《汉书》上只是说把箭头射到石头里去了。"

刘宗敏笑道："这也不行，箭头也射不进石头的。从来我还没有见过谁能把箭头射到石头里去。你们有谁见过么？我们大元帅射箭是有名的，能够挽强弓，百步之外，能穿透双重绵甲。可是，我看，他也射不进石头。闯王，你能不能啊？"

自成笑着说："那当然不能。"

袁宗第也在座上笑起来，说："在商洛山中，我去捉周山那一次，我的箭射完了，被困在一个土丘上。闯王去接应我，一箭射到一座悬崖上，箭头被弹了回来，那石头被射掉了一点皮，这是我亲眼看见的。闯王，你忘了没有？"

闯王说:"是的,那一次拉了满弓,箭射到石头上又弹回来了,石头被碰掉一点,还迸出了火星。捷轩有经验,说得对:箭是穿不进石头的。"

刘宗敏说:"你们瞧,我们大元帅,那么有膂力,也不过把石头碰掉点皮,迸出火星来。你们这些有学问的人,怎么就相信书上说的句句都是对的呢?我看书上说的话有对的,也有不对的,不要读了书反而被书愚了。"

当他们谈话的时候,李岩一直注意地听着。他从前年冬天到了闯王军中以后,很快就对刘宗敏有了认识,佩服他虽然没有读过多的书,但为人聪明机智,遇事颇有见解。而且他也看出来刘宗敏今天是要拿这个题目将刘玉尺等人一军,使他们不要夸夸其谈。但是他又觉得不应使刘玉尺等人太难堪,便望一眼宋献策,希望宋献策出来圆圆场。谁知宋献策也是个喜欢杂学的人,看过许多杂书,这时听他们谈得热闹,便也插话说:

"这射石没羽的事情,古书上倒是几个地方都提到,不专是对李广说的。司马迁写在李广的身上,别人就写在另外一人身上,其实都不足凭信。"

"军师,不知还有哪些书上提到过射石没羽,敢望赐教。"刘玉尺不相信宋献策会读过多少书,一面问,一面嘴角露出一丝讽刺的笑意。

宋献策想了一想,说:"噢,想起来了,好像我读《吕氏春秋》的时候,在《精通》这一篇上,有那么一句话:'养由基射兕中石,石乃饮羽。'这兕就是现在的犀牛、野牛,养由基要射兕,结果射到石头上,连箭杆后面的雕翎都射进石头里了。我当时看了也没有留意,只想着可见并非光是李广有这本领。"

李侔年轻气盛,听到这里,忍不住插言说:"还有,还有。我看过刘向在《新序》中也说到楚熊渠子夜行,见到一块石头,以为是一个老虎卧着呢,弯弓射了一箭,把箭完全射进去了,连羽毛也射进去了。"

大家惊奇地望着李侔,没想到李岩这个兄弟也是如此博学。同时对射石没羽的事情也就更加恍然明白了。刘宗敏笑道:

"你看看,我随便一提,他们几位都是读书多的人,就引出别的例子来了,可见此事完全是瞎扯。"

李岩不愿意李侔在闯王军中显露锋芒,赶快给他使个眼色,要他不要多嘴。但李侔讨厌刘玉尺,已经憋了很久,不管哥哥的眼色,又说道:

"其实,我从前读《史记·李将军列传》时候,曾对照《汉书》,都不是说的'射石没羽'。《史记》上说的是'没镞',《汉书》上说的'没矢'。刚才刘军师说《史记》和《汉书》上写李广'射石没羽',恐怕也是一时记错了。当然,《汉书》上说的'没矢',那'矢'字是包括箭杆而言,箭羽也在其中,可是毕竟未曾使用'没羽'二字。如今说的'没羽'不是书上原话,大概是从'饮羽'来的。这'饮羽'二字倒是最早见于《吕氏春秋》。"

刘玉尺不禁脸孔通红,只觉热辣辣的,不知说什么话好。袁时中觉得自己的脸上很没光彩,虽然依然挂着笑容,但那笑已经僵了。

闯王和曹操交换了一个微笑,都觉得十分有意思。闯王怕刘玉尺面上下不来,赶忙举起酒杯,向全体说:

"好,好。大家都说得好。请赶快喝酒,酒已经凉了。请,请!"

刘玉尺看见吉珪并没帮他说话,感到孤立和难堪。他怀着暗气,不得不端起杯子,对刘宗敏勉强笑着说:

"刘将军果然高见,高见。"

刘宗敏说:"其实你们各位学问比我高得多,对于射箭也是内行,只是你们太相信书本,喝的墨汁多了,把古人的话句句都当成是真的,不敢怀疑。我这个大老粗就是讲究点实际,古人说得对的,当然我们要信,说得不合情理,我就不信。就是孔夫子说话恐怕也有说不到板眼上的时候,哪有一个人说话句句都是对的呢?"

李岩笑道:"是的,连孟夫子也说:'尽信书,不如无书。'书上不可靠的东西很多,有时颠倒黑白,有时隐善扬恶,有的地方是传闻之误,也有的地方是有意栽赃,种种情况,不胜枚举。"

大家听了这话,纷纷点头。正当酒宴开得十分热闹、愉快的时候,忽然吴汝义进来,在闯王耳边小声说了几句。闯王问道:

"真有此事?"

"真有此事,马上就来了。"

闯王的心中非常不快,低声说:"好吧,来到以后就把他带进来。"同席的人们看见大元帅如此神色严重,都不知出了什么事情,登时停止了说笑,连已经端起来的酒杯也暗暗放下。曹操忍不住问道:

"李哥,出了什么事儿?"

李自成没有做声,眼睛望着二门外边,等待着吴汝义带那班人们进来。

李古璧虽然正月间在开封北城外为自己画像事挨了刘宗敏责打,但是伤好以后,那种令人讨厌的华而不实的老毛病依然如故。因为他找高一功、田见秀等将领说情,李自成仍然使用他,派他做一个四百人的首领,以观后效。他总想别出心计,做一些替自己沽名钓誉的事儿,获得闯王欢心。他仍然经常对不明白他的底细的人们吹嘘他跟随闯王年久,曾经屡立战功,只是因为崇祯十年在进川途中迷了道路,他率领一支人马被官军冲散,不得不回延安府去了三四年,所以如今没被闯王重用。他还说,刘爷对他重责,正是打算日后要重用他,这道理他清楚。

现在,李古璧仿佛立功归来,洋洋得意地带着一群百姓来到大厅前面。他自己走上台阶,向闯王禀报:

"禀报大元帅,末将因为昨天无事,就带了手下少数弟兄去到夏邑,县官已经逃走。夏邑百姓听说是闯王派人来,个个欢喜,焚香迎接,现在我把父老带来几个,向闯王表示投顺。"

闯王问道:"可骚扰百姓了没有?"

"没有。秋毫无犯。"

闯王又问:"你奉谁的将令,前去夏邑?"

"末、末将未曾奉谁的将令。因为大军攻破了商丘,我看没有别的事情,就想:既是闯王要到处解民倒悬,宣示吊民伐罪的宗旨,我就带着手下人马到夏邑去了。"

闯王说:"你可知道,我有令在先:以后行军打仗,不管什么事情,没有我的将令,不准擅自行事。如今人马众多,如果大家都像你这个样儿,自己想怎么办就怎么办,我们如何能够使全军上下如同一个人一样?如何能够有令则行,有禁则止?那不是乱蜂无王了么?"

李古璧一听,觉得闯王是要决心办他,吓得面色如土,赶快跪下说:"是,是。我只想到为大元帅尽力报效,没有多想其他,实在有罪。"

闯王脸色严峻,略作沉吟,向邻席望去,用平静的声音问道:"捷轩,你说应该如何处分?"

宗敏冷冷一笑,说:"擅自带兵离营,大元帅军法如山,当然不可轻饶。"

闯王把头一摆,说:"违反军纪者斩,推出去!"

李古璧以头碰地,哀求说:"求大元帅饶我这一次,以后永不敢了。"

闯王没有做声。刘宗敏把大手一挥,喝道:

"推出去!"

酒宴上文武众多,虽然有许多人心中认为处罚太重,但无人敢站起来替李古璧讲情,默默地看着吴汝义命两个亲兵将李古璧推出去了。这事情刚刚发生在大家快活高谈之后,所以许多人都感到诧异。特别是袁时中和他的亲信,十分震惊,没有想到闯王军法如此森严,同时也害怕今后跟着闯王不知何时会出了差错。

闯王又命吴汝义把从夏邑来的父老们都叫到帐前。父老们胆战心惊地来到大厅前,跪下向闯王磕头。闯王离席起立,走出来向众人抚慰说:

"你们都请起来。我手下的将领没有听我的吩咐,擅自到了你们夏邑城。我今天斩他,不是因为他犯了别的罪,只是因为我的军令必须遵行。换了别的人,如私自去破城,也要问斩。至于你们各位父老,心中有我李自成,眼中有我李自成,我很感激。你们就在我这里喝酒吧。"随即吩咐亲兵们,就在大门里边摆了两桌,让父老们坐下喝酒。

快散席的时候,闯王又对父老们说道:"你们既然来了,也好。我命人给你们一点银子,一点种子。银子拿回去散给贫苦百姓,种子拿回去种庄稼。现在种秋庄稼,虽然迟了一点,总比不种好。不种庄稼,秋后怎么办呢?另外,我想你们那里耕牛一定不多,兵荒马乱,耕牛都宰杀了。我送给你们二十头耕牛,你们带回去。"

父老们一听这话,一起跪下磕头,感谢闯王大恩。有的流下了眼泪,说从来没有遇见过有谁像闯王这么仁义,这么心怜百姓,真是百姓的救星来了。闯王请大家起来,随即吩咐吴汝义去告诉总管:立刻拿出一千两银子,多拿一些秋粮种子,再选二十头好的耕牛,让父老们带回夏邑。

吩咐完毕,闯王回头对罗汝才说:"咱们回去吧,还有许多事要一起商量。"

"走吧。后天我请大家喝酒,请大元帅务必光临。"

闯王点点头,微微一笑,然后转向袁时中,要他同刘玉尺稍留一步。袁时中望望他的军师,心中不免狐疑,但不能不听从,等待闯王送走罗汝才以后,有何话要同他谈。他明白破城后自己的队伍军纪较差,滥杀平民和奸淫的事情比曹营更甚,他在心中暗猜:莫非闯王要同他谈这事么?刘玉尺本来怀着一肚子抑压情绪,此刻反而坦然。自从在商丘会师以来,他更加明白闯、曹两营确实貌合神离,李自成深怕曹操离开,所以他认为小袁营在闯、曹争斗中有举足轻重之势,对闯王用不着处处依附,更不用过于害怕。因为左右有人,他不便说出心里的话,只向袁时中露出来满不在乎的一丝冷笑。

李自成送走了罗汝才以后,邀请袁时中和刘玉尺到二堂后边的知府签押房中谈话。除留下宋献策以外,他没有叫别人相陪。亲兵们也只留下两个,在签押房外边伺候。他并没有同袁时中们商量什么机密要事,只是较详细地询问了将士们在平时的操练情况,将士们有些什么困难,另外对袁时中和刘玉尺说了些勉励的话。他的态度十分亲切,既像是对多年相随的部将谈话,也像是对亲戚晚辈谈话,在酒宴上下令杀李古璧时那种风霜严厉的神色,一丝儿也看不见了。他还说:

"时中,你要告诉你手下的将士们,从今往后,你们的心中千万再别存在小袁营和闯营的畛域之见。要是仍存那样见识,就辜负我重看你的一片心了。我倘若不重看你,便不会将我的养女许配给你。养女虽不是我的亲生女儿,可是我们夫妻看待她比亲生女儿还重。不管是论公论私,等到大功告成之后,我绝不会亏待于你,也不会亏待了你手下的有功之人。你是我的亲信爱将,也是我的娇婿,所以你的小袁营跟曹营不同。日后不应该还有什么小袁营和闯营之别,应该化为一体。我要一视同仁,手心手背都是肉。你们也要明白,小袁营就是闯营,就是老府人马。我这是肺腑之言,你们要记在心中,还要传谕你们手下的众人知道!"

袁时中赶快站起来说:"蒙大元帅如此厚爱,末将粉身难报。大元帅的这番钧谕,末将一定牢记心中,也要晓谕手下的文武们一体知悉。"

刘玉尺随袁时中肃然起立,听时中说毕,紧跟着躬身说道:"今日回到驻地之后,即刻将大元帅钧谕,晓谕众头领知悉。大家天天盼望的也正是化除畛域,不讲陕豫,不分内外,不论新旧,化为一体,同心协力为大元帅打下个一统天下。玉尺碌碌书生,遭逢乱世,苟全性命于蓬荜,本不敢望有出头之日。两年前得遇袁将军义旗南指,趋谒辕门,倾谈之下,勉留效劳。玉尺与袁将军常言,方今天下扰攘,群雄并起,到头来不过是为新圣人①清道耳。嗣后得闻大元帅上应图谶,下符民望,方知天命攸归,必得天下无疑。小袁营全营将士,追随袁将军矢忠相投,愿效驰驱,实望使天下百姓早见天日,重获太平之乐。今后小袁营中倘有谁敢怀二心,人神不容。按我们袁将军之意,既然投了闯王麾下,且又得成为姻亲,今后这小袁营的称呼也就不应再要了。袁将军原说俟到开封城外,即刻传下令去,不再使用旧的称呼。至于新的称呼,当依大元帅明示遵行。只有如此,方算得小袁营与老府诸营一例看待,化为一体。"

闯王欣然点头说:"请坐下,坐下,不必拘礼。玉尺居一营军师之位,这番话说得很好,说得很好。此事不必太急。你们暂时只心中明白我的好意就行,不必急于向将士们宣谕。全军建制,正在由宋军师和牛先生拟就,破了开封后将宣布施行。小袁营这称呼就用到那时候吧。"

————

① 新圣人——新天子。

袁时中和刘玉尺唯唯称是。

宋献策一直在对他们察言观色,但是也不能断定他们的话中有多少不是真心。闯王也是如此。献策总是对他们坦然微笑,频频点头,使他们感到他十分相信他们二人的句句话都是出于至诚。等闯王说完上边的几句话以后,宋献策对袁时中和刘玉尺说:

"倘若大元帅把你们当外人看待,也不会今天就对你说出来肺腑之言。这完全是为着你们好,为着时中将军既是爱将,又是娇婿。如今曹营和小袁营都归属于大元帅麾下,论往日关系,曹帅与大元帅同乡里,又是拜把兄弟,可是像刚才那样的肺腑之言,大元帅对曹帅是不肯说的。"

袁时中欠身说:"大元帅和宋军师不把我当外人看待,我完全明白,所以一辈子要对大元帅感恩图报,不会有第二个想法。"

刘玉尺补充说:"小袁营的全体将士也都有这个想法,为闯王矢忠不贰。"

闯王又说:"今日我进城来时已经吩咐老营总管,给你送去三千两银子和二百匹绸缎犒赏将士,恐怕早已送到你的老营,交到刘静逸手中了。"

袁时中又说一些感激的话。

宋献策说:"大元帅对小袁营如同对李补之、袁汉举、刘明远诸营一样看待,有功即赏,有过则罚。今日因小袁营将士归老府不久,所以特颁犒赏,以示优遇。"他转望着刘玉尺,亲切地笑着说:"玉尺兄,刚才在酒宴上捷轩将军同你抬了几句杠,请你不要放在心上。他每次在背后谈论,极其佩服你有才学,有智谋。今日他吃酒稍多,加上有一些重大的事儿使他烦心。他这个人,你们大概都清楚,待朋友和部下一片赤诚,肝胆照人,语言爽快,所以全军上下都爱戴他,连大将们都呼他总哨刘爷。有的人受过他的重责,事后还是喜欢他,打心眼里尊敬他。玉尺兄,你可不要将今天的小事儿放在心上！"

刘玉尺赶快说："军师，我怎么能那样糊涂？今日小弟酒宴妄谈，不过为大家助兴耳。"说毕大笑，笑得十分坦然。

袁时中说："玉尺也是个爽快人，他绝不会放在心上。"

李自成点头说："这样才好。咱们是起义大军，大家真诚相待，不习惯讲究小节，更无虚饰。捷轩对我忠心耿耿，可是他有时也会抢白我几句。我喜欢他这种秉性脾气。你们同他相处日久，必定也会喜欢他的。"

又稍谈片刻，袁时中见闯王没有别的吩咐，便同刘玉尺起身告辞。李自成和宋献策送出签押房，仍旧回来坐下。一个亲兵进来伺候，李自成使眼色命他出去，随即向献策问道：

"你看他们两个怎样？"

宋献策沉吟说："我看，刘玉尺这个人很不可靠。袁时中事事靠他谋划，使我最不放心，必先除掉此人才好。"

闯王说："时中说的话跟刘玉尺说的话差不多，看来多半出自真心。"

宋献策将眼珠转动转动，说道："我怕这些好听的话是他俩事前商量好的。"

闯王说："不至于吧。我是今天同他们说出来的，他们事先如何知道？"

献策说："时中左右的人，刘玉尺的心计诡诈，虑事周密，在小袁营有小诸葛之称，只是有时骄气外露，是其所短。还有朱成矩、刘静逸二人，都是城府甚深的人。安知他们平时不与袁时中作许多计议，把临时应答的话都准备好了？"

闯王默然片刻，说："那两个人倘若确实不好，也得陆续除去，但是暂以不动他们为好，免得时中不安。我既将慧梅作为养女许配给他，务要使他安心才是。"

献策说:"他昨天以女婿身份偕慧梅姑娘拜谒夫人,执礼甚恭。他还对夫人说他拥戴大元帅打天下,甘愿粉身碎骨。"

闯王笑着说:"邵时信和吕二婶都对夫人说,他同慧梅小两口如今很能和睦相处,这倒使我放心。"

"我也放心了。要不然,我如何对得起夫人和慧梅姑娘?"

他们相对一笑,随即骑马巡视城中的几个地方去了。

当闯王同宋献策还逗留在商丘城内时候,袁时中和刘玉尺已经到小袁营老营所驻的村子了。

果然,大元帅赏赐的三千两银子和二百匹绸缎早已送到,由刘静逸收下。如今朱成矩、刘静逸,还有两三位最亲信的、可以参与密议的头目,都在袁时中的屋中等候。

朱成矩和一部分亲信头目是去城内赴宴回来的,亲眼看见刘宗敏当众嘲笑他们的军师刘玉尺,都怀着压抑情绪。他们急于想知道李自成将袁时中和刘玉尺留下谈的什么话,所以都在时中的住处等候,并在小声议论。在当时讨论投闯利弊的时候,刘静逸和有的头目持怀疑态度,甚至说出了反对意见。由于赞成投闯一派占了上风,袁时中才决定投顺,并且去漯河附近谒见闯王。闯王决定将养女嫁给时中,喜讯传回军中,全营欢跃,是投闯派的黄金日子。但是从袁时中偕新夫人回到军中以后,尤其是到了睢州,怀疑派很快地占了上风,连袁时中和刘玉尺也有了后悔心情。到商丘三天来,小袁营三万人马被夹在闯、曹两营数十万人马中间,处处不能自由,而陕西将士们的乡土观念很重,不仅把小袁营的头目和士兵当做外乡人看待,还瞧不起新投顺的人。袁时中和刘玉尺更加后悔。

袁时中屏退闲人,和刘玉尺秘密地将刚才闯王和宋献策的话向大家复述一遍。大家感到吃惊,有人不觉说出:"这不是准备吃掉咱们小袁营么？"正待商量对策，邵时信奉慧梅命来见时中，说高夫人和牛、宋、刘宗敏等几位大将的夫人都到了慧梅帐中，请他赶快去拜见她们。邵时信的话刚说完，有人飞步进来禀报：曹帅军师吉老爷已经进了村子，请袁时中赶快出迎。袁时中对邵时信说：

"邵哥，请你回太太话，我接了吉军师稍谈片刻，便去拜见高夫人和各位婶娘、大嫂。今晚敬备水酒，请太太恳留高夫人和各位婶娘、大嫂吃饭。"说毕，他对时信一拱手，便带刘玉尺、朱成矩二人往大门外迎接吉珪。刘玉尺在二门内拉他停了一步，凑近他的耳朵说：

"吉子玉此来，虽是闲访，说不定会有测探之意，请不要对他露出一句口风，招惹是非。将军快去拜见高夫人和几位婶娘辈夫人要紧，对各位夫人务必恭敬，说话小心。今晚请将军送走各位夫人之后，就留宿太太帐中。对太太要特别殷勤，也要多说些对闯王感恩图报的话。"

袁时中低声说："我今晚还要跟你们商议大事哩。"

"不。我要留吉子玉在此饮酒，晚上同他单独密谈一阵，十分重要。将军只管留在太太帐中，不必再回来。事后倘子玉出卖，玉尺甘受屠戮，将军不受牵连。"他看见袁时中有犹豫神色，又补充说："至于金姨太太，务请将军暂时忘下，不再亲近。务必，务必！"

袁时中完全明白了玉尺的精细用心，微笑点头，继续向外走去。

第十六章

　　当天夜里,高夫人已经睡了,李自成还在大帐中看书,随后站起来,在灯影里走来走去。目前,有一些大事萦绕在他的心中:第一件大事是马上就要开始第三次进攻开封,能不能十分顺利?北京现在有什么动静?崇祯自然要催促丁启睿、杨文岳、左良玉等人来救开封,他还能调动什么人马?一旦攻破开封,是否就按照近来同牛、宋二人秘密商定的主意,在开封建号称王?看来罗汝才决不肯真心拥戴,对他如何办好?……

　　想了一阵关于将来如何处分罗汝才的问题,感到特别棘手。倘若他不肯拥戴,留下他将是很大祸患。近来,关于曹操的问题日趋严重,虽然常不免横在心中,却使他加倍谨慎,连对几个最亲信的人也不肯流露半句口风。有一次,宋献策曾在无人时提到日后要除掉曹操的事,他的心中一动,但没有做声,等了许久,才口气严肃地小声说:"目前力求和衷共济,不要想得太多!"宋献策最能明白他的心思,但不好再说什么话。后来因为曹营诸将得到曹操默许,破商丘后暗中加紧增兵买马,还自己派人马往砀山一带打粮,刘宗敏和高一功要闯王同曹操谈谈,制止曹营擅自作为。自成的心中增加了疑忌,想了片刻,对他们责备说:

　　"如今开封还没有攻下,你们的心胸何必这样窄!"

　　刘宗敏说:"曹操来投,本来是同床异梦,没料到他……"

　　自成听见帐外有脚步声,用手势阻止他说下去。等知道无人进来禀事,他才微微一笑,说:

"你们不要上眼皮只望见下眼皮,不要在枝节小事上计较太多。俗话说:水过清不好养鱼。在小事上可以睁只眼,合只眼,不必丁是丁,卯是卯的。"

高一功兼掌全军总管,对曹营的擅自作为深感不妥,沉吟片刻,说道:

"小事虽不必过多计较,可是一则会集小成大,二则要防患未然。"

自成说:"一功,你也糊涂啦。目前,只要曹操肯跟着我的大旗走,对我们就有莫大好处,其余的都是末节!"

尽管李自成认为时候不到,不肯对宋献策多谈曹操的问题,也不许刘宗敏和高一功计较小节,但是他常常在心中暗自思忖,并且细心观察,担心曹操会过早地离开他,由朋友变为劲敌。此刻他又想了一阵,深感到攻破开封后他同曹操或分或合,怕不好再拖延不决了。他忽然想到攻破襄城后找不到张永祺的事,近来风闻张永祺被曹营暗藏两日,私下放走。他没有将此事告诉刘宗敏等知道,只命吴汝义秘密查明真情,再作适当处置,但此事使他的心中久久地不能平静……

一直到鸡叫头遍时候,他才躺下睡觉。可是刚刚矇眬入睡,乌鸦已经啼叫,天色麻麻亮了。他被帐外的脚步声惊醒,但未睁开眼睛,似乎听见是有人向守卫的亲兵们低声询问他是否醒来。此时高夫人已经起来,正在梳头,忙向帐外问道:

"子宜,有什么紧要事儿?大元帅刚才睡下。他昨晚又熬了一个通宵。"

吴汝义平日最担心闯王休息不足,听了这话,有点儿犹豫起来,喃喃地说:"我待一忽儿再来。"可是他正要退走,李自成已经睁开眼睛,抬起头来问道:

"我已经醒了。子宜,快进来。有紧急事,赶快说吧。"边说边披衣跳下床来。

这时,随在吴汝义背后,有两个亲兵走了进来,打算照料闯王梳洗。闯王一挥手,他们赶紧退了出去。

吴汝义走到闯王面前,悄悄地说:"有一件事情我查清楚了,现在我特来向你禀报。"

"什么事情查清楚了?"

"放走张永祺的事,我查清楚了。"

闯王一听,登时眼睛瞪大起来。这是一件大事,连高夫人也立刻停止梳头,向吴汝义注目凝视。他悄声问道:

"他是怎么逃走的?可是有人私放?"

"有人私放。"

"谁?"闯王的声音里充满了怒意。

"请闯王不要震怒,果然传闻不假,是曹营的人把他暗中放走。"

"曹营?谁干的事?曹操知道么?"

"大元帅可记得,曹营有一个叫黄龙的头目?他是曹帅的邻村人,还沾点亲戚,就是他把张永祺放走了。"

闯王咬着牙,沉默片刻,又问道:"这话可真?"

"我查了好久,起初有曹营的人偷偷告诉我,我也不信,后来黄龙自己手下的人也对我说了,我才不得不信。"

"黄龙为什么要放走张永祺?"

"哎,曹帅本来与我们同床异梦,他手下人也不是真心拥戴大元帅坐江山,心里没有忘下那个投降朝廷的念头。这黄龙看见张永祺是个有身份的绅士,所以捉到后就把他暗中窝藏起来,等我们大军离开襄城时,又把他偷偷放了,还向他泄露了我们的作战机密。"

"什么作战机密?"

"据黄龙手下人告诉我说……"

闯王截断他:"他手下人说的话可信么?"

"他手下这个人过去是他的亲信,可是有一次赌博输了钱,又喝醉了酒,骂了他几句,他要杀这个人,后经众弟兄讲情,没有杀,痛打了一顿。所以这人现在与他已经离心离德。我找到这个人后,又告诉他闯王将来如何必得天下,他也想留个出路,所以把他知道的内情都跟我说了。只是让我千万别露出一点风声,不然他就没命了。"

"你说吧,哪些机密被他泄露了。"

"原是大元帅跟曹帅商定了的,下一次攻开封时,围而不攻,断绝开封的粮草,使他久困自降。黄龙就把这计划告诉了张永祺,还让张永祺赶紧报告给省城里的大官们,使开封早做准备。"

闯王骂道:"真是可恶之极!"

"听说黄龙还对张永祺说:'我们曹营怕什么?不怕。咱们的事情老府管不着,老府算个屁!'这样,连我们老府也骂了。"

"这些事情曹帅都知道么?"

"开始大概不知道,后来他也知道了。叫人生气的是,曹帅不但不严办,还要遮掩。他对那些知情人说:'这事可不能走漏消息。谁若走漏消息,我立刻砍掉谁的脑袋!'"

闯王听罢,半晌没有说话。他越想越气,忽然站起来,把桌子猛一捶,说:"备马,我找曹操去!"

高夫人和吴汝义都一惊。高夫人马上说:

"你还是再想想吧,现在不是算账的时候。"

闯王又开始在大帐内走来走去,心上有一个很大的难题:怎么办?对此事必须要处置,但是又要处置得当。刹那间许多许多跟曹操之间的不如意事情都翻上了心头,使他怒火中烧。走了一回,他终于使自己平静下来。长叹了一声,说:

"是的,现在还不是算账的时候!"

自从进入豫东以来,李自成的义军每攻下一个城池,停留一二日或数日即便放弃,临走时将城墙拆毁。如今即将离开商丘,昨夜闯王已下令今日做好准备,明日一早开始扒城,由大将谷英总负指挥之责。但商丘城较一般州、县城大得多,城墙也较高厚,没有数万人一齐动手,不可能在三天以内扒完。

闯王已决定要征发城内和近郊居民三万人,不管男女老幼,都去扒城。义军抽调一万人参加,兼负监督百姓,维持秩序之责。

今天早饭以后,李自成率领刘宗敏、牛金星、宋献策和李岩等骑马巡视了扒城情形。有很多大户和小康之家的妇女,自幼将脚缠得很小,平时走路像柳枝在风中摇摆,从不下地劳动,更没有从事过爬高就低的重活,十指纤细,蓄着长指甲,如今被强迫前来扒城,不得不忍着心痛,剪去了长指甲。在众人前抛头露面,挖土抬砖,拥拥挤挤,踉踉跄跄,脚疼难忍,动不动跌倒地上,发出"哎哟"之声。李自成看了一阵,命谷英将一部分实在脚小体弱、不能做这种劳动的妇女放回家去,另外从老府、曹营和小袁营各调来一万将士扒城。原来老府有五千人,曹营有三千人,小袁营有两千人在监督百姓扒城,如今一律动手,不得站在一旁观看,有不卖力者即予重责。这样下令之后,李自成便带着刘宗敏和牛、宋等返回老营。在半路上,他们在路边野庙旁驻马,看了一阵老府的新兵操练,谈论起将去围攻开封的事。李自成望望李岩的神情,含笑问道:

"林泉,你今天有什么心事?身上不舒服么?"

李岩赶快在马上欠身回答:"末将贱体甚佳,并无不适,也没心事。"

闯王又笑着说:"我看你心有所思,看操时心不在焉,分明是在想别的事儿。我们之间,推心置腹,无话不谈。目前即将围攻开封,关系重大,林泉倘有高见妙策,何不赶快说出,大家一起商量?"

牛金星也说:"是呀,何不说出来大家商量,供大元帅斟酌裁定?"

李岩本来不想说出,但又怕闯王和牛金星会向别处猜测,反而不好,随即说道:

"我是想商丘扒城之事,怕自己所见不深,说出来未必有当,所以未敢大胆出口……"

刘宗敏打断李岩的话头说:"啊,你用不着这样说话谨慎!你有话只管说,不要藏在心里才好!"

闯王笑着说:"你不赞成扒城,是么?"

李岩说:"是的。实不敢隐瞒,以末将愚见,像商丘这样地方,弃城不守,不如留兵据守。如今我们兵力日益强大,与往日形势不同。然而仍如往日一样,每得一城,弃而不守,既不能广土众民,建立稳固根基,也不能抚辑流亡,恢复农桑,使百姓有复苏之乐。得城而不守,岂不大失百姓乱久思治之望?目前中原官军空虚,纵然能勉强凑成一支救开封的十万人马,内部人心不齐,士无斗志,实不足畏。官军倘若救汴,则无力进攻商丘;如攻商丘,则无力同时救汴。况商丘距开封不过三百余里,一马平川,正是我骑兵用武之地。倘敌兵来攻商丘,我数万骑兵疾如飙风,不过两日可至。敌兵屯于商丘坚城之下,被我军内外夹攻,必败无疑。我军一旦攻破开封,即可分兵一路,由商丘进兵江淮,略地徐、砀,则漕运截断,北京坐困,南京震动。……"

李自成的心中一动,说道:"林泉,你停一停,咱们索性下马,坐下去扯一扯。"随即他自己先跳下战马,在庙门外的柏树根上坐下,向大家说:"咱们就坐在这柏树荫下,听林泉谈完他的高见。我已经有好多天日夜忙碌,不曾听林泉如此谈话了。"

大家都在他的面前坐下,有的坐在一块半截砖上,有的坐在草

上。众多亲兵亲将也都下马,到附近的树下休息。李自成望着李岩微笑点头,催促说:

"林泉,请接着说下去!"

李岩见闯王很重视他的建议,就从地上拾起一根小干树枝,一边谈他的意见,一边在地上画着地图,重要城市的地方摆个小瓦片或小砖块。他怀着无限忠心,巴不得李闯王能采纳他的建议,而宋献策和牛金星能够赞助。他用小树枝指着一个稍大的瓦片说:

"这是洛阳。另一路人马西上陕州、洛阳,封函谷关,断秦军东援之路。再有一支人马南下许昌、叶县,重占南阳、邓州。到这时,中原形胜,尽入手中。自尉氏、扶沟往南,汝宁、陈州一带,颍河、汝河南岸,数百里尽皆膏腴之地,不甚残破,容易恢复农桑,为足食养兵之地。在此四海糜烂之秋,有此中原一片土,足可以虎视八方,经营天下。"说到这里,李岩停一停,望望闯王和牛、宋等人,见闯王笑而不言,牛金星也无表情,他将小树枝扔到地上不再往下说了。

宋献策深知闯营将士的乡土之情极重,有意提醒李岩,笑着问道:"下一步如何?如何进兵关中?"

李岩赶快说:"当然要进兵关中,囊括秦、晋,再捣幽燕。"他重新捡起来小树枝,画着地说:"俟河南大局粗定,即分兵两路,西入关中:一路由灵宝入潼关,一路由邓州取道商州入关中。汉高祖也就是由商州进取咸阳。末将智虑短浅,窃自反复默思,大胆陈言,请大元帅留兵据守商丘,分略附近州县以为羽翼,占领砀山以为屏蔽,然后大军西攻开封,方为上策。何必拆毁城墙,弃而不守?"

李自成没有做声,觉着李岩的这番话也有道理,但又认为分兵防守则力弱,不如合兵一处则力强,能够时时制敌而不受制于敌。两年多来依此方略用兵,步步获胜。目前去攻开封,朝廷必然倾全力来救,不可大意。俟数月内攻克开封之后,朝廷救援开封已经溃灭,中原形势完全改观,官军更无反攻余力,到那时曹营这疙瘩也将动手割治,然后建号改元,分兵略地,选派府、州、县地方官,一切得心应手,不能算迟。何必过于心急?……但是他此刻没有将自己的早已决定的主意说出口来,只是面带微笑,转望牛金星和宋献策,用眼色向他们征询意见。

牛金星和宋献策自从破洛阳以后,每天常在李自成左右,密议大事,地位日见重要。李岩一则常常不同老营住在一起,而是随着豫东将士一起,操练他那一营人马,暇时坐在帐中读书,写字;二则他抱定"功成身退"宗旨,不像牛、宋二人热衷荣利和醉心事功,所以除非奉闯王召唤或有事禀报,很少追随闯王身边。如今他虽然是闯王的重要谋士,受到尊重,但牛、宋的重要性远过于他。牛金星和宋献策在一年半前对李岩写给闯王的书信中提出的远大谋略十分欣赏,也可以说十分佩服。但是自从罗汝才来到以后,他们明白闯、曹勾心斗角,势难久合,认为闯王想集中力量赶快打几个大胜仗的决策也很有道理,所以就不再热心支持李岩的主张了。尤其是牛金星,他比宋献策多了一点私心,不愿使李岩在功业上有过大的建树,这一点私心也影响他不肯在闯王面前多为李岩的主张帮腔。现在见闯王用眼色催他说话,他望着李岩说:

"林泉,你的话自然出自一片忠心,也是从大局着眼,在平日不失为上策。只是大元帅纵览时局,不欲受制于敌,自有深虑宏谋,年兄为何忘了?"

李岩明白金星所说的"深虑宏谋"是指先占开封,战败朝廷援军,然后剪除异己,建立名号,再以开封为根基,分兵略地,选任府、州、县官。听牛金星这么一说,他不敢再陈述自己意见,只好连连点头。

牛金星又笑着说:"何况大元帅已经下令扒城,岂可半途终止?那样朝令夕改,岂不自损威信?"

李岩赶快说:"是,是。岩思虑粗疏,见不及此,请大元帅不要见罪。"

李自成哈哈一笑,拍一拍李岩的肩膀,说:"林泉,你的用意很好,我有什么可怪罪你啊!你要小心,我将来会怪罪你的,不是为你说错了什么话,是怪罪你不肯大胆说话,说话太少。我很羡慕唐太宗的身边有一个魏征。可是,林泉,我的身边就缺少像魏征那样的人物。你常劝我效法唐太宗,我实在望尘莫及。你以后效法魏征好么?"

李岩十分感动,说道:"大元帅如此以国士待我,我倘有所见,岂敢缄默不言。"

刘宗敏忽然说道:"林泉,你不管有什么话,只要你是为着军国大计,尽快说出!日后闯王坐了江山,你不惟同闯王有君臣之义,你的夫人还是闯王夫妇的义女哩!"

宗敏的话引得闯王和牛、宋都大笑起来。牵着马立在一旁的吴汝义和李双喜等几位亲将,都不觉跟着笑了。

路过豫东将士驻扎的村庄,李岩向闯王和宗敏等告辞回营。李自成回到老营驻地,让宗敏和牛、宋等各人自便,他向高夫人的住处走去。心中想着刚才的一段谈话,深深赞赏牛金星虑事周详。一跳下乌龙驹,高夫人的一个男亲兵就走到他的面前禀报:

"夫人命我去看看大元帅回老营没有,大驾果然回来啦!"

"有什么事儿?"李闯王随便问了一句,没等回答,大踏步走进高夫人的帐中。

慧梅带着慧剑、吕二婶,还有几个常常随在左右侍候的女亲兵,都在高夫人的大帐中,有说有笑,十分亲热。一见闯王进来,大家的笑语忽止,肃然起立。慧梅和慧剑赶快对他福了一福。高夫人对他说:

"自从小袁营来到商丘城外会师以后,慧梅回来过几次,你总是忙,她没有见到你,心中很是难过。今日她又回来了,所以我不断差人去瞧你从城中回来没有。这姑娘有一番孝心,她说今天见不到你就决不走。你正好回老营了!"

李自成望见慧梅双目含泪,不禁心中微微一动。他刚在上位坐下,慧梅就在他的面前跪下磕头。他说:

"你回来让我看看你就有了,不用磕头啦。"

吕二婶站在一旁笑着说:"不管是日后论君臣之义还是今日论父女之情,慧梅姑娘回到老营来见到闯王,这三个头是非磕不行的。"

慧梅磕过三个头,站起身又拜了一拜,垂头立在高夫人(她已经落座)身边,两行热泪再也忍耐不住,扑簌簌滚落下来。慧英、慧剑、左右姐妹们见慧梅落泪,也都不由地眼珠儿红润。高夫人轻轻地叹口气,对自己未能阻止将慧梅嫁到小袁营感到内疚。闯王命慧梅和吕二婶都坐下,然后说:

"我亲自问过邵时信,知道时中待你不错,小袁营上下将士也很尊敬你,我已经放下心啦。以后有什么困难,你只管差邵时信或你吕二婶回来说一声,马上替你办妥。你在闯营时候立过不少功,还立过大功。嫁到小袁营,只要同时中和和睦睦,帮助他建立功业,也算是你立了新的大功。听说你在小袁营也很满意,是么?"

慧梅低头不语,刚刚揩去的热泪忽然又奔涌出来。李自成想着慧梅虽非亲生女儿,但将她养育成人,同患难,共生死,比亲骨肉差不多,做女儿的一旦出嫁,回家来见到父亲,流几把眼泪也是常情,随即微微一笑,转向吕二婶问道:

"二嫂,你的年纪大,在洛阳经多见广。你看,袁姑爷对结这门亲事是不是十分满意?他能够亏待慧梅么?"

吕二婶和邵时信早已商量过,关于袁时中和小袁营的事,只说闯王高兴听的,免得惹闯王听后心烦,也害怕自己惹祸,他们都明白袁时中的左右有刘玉尺等不正派的人物摇鹅毛扇子,总不忘使小袁营独树一帜,还风闻小袁营的将士们有不少人暗有怨言,后悔不该投闯王旗下,受到挟制,不如从前自由,还说袁时中从婆婆变为媳妇,……但是他们相约不将袁时中和小袁营实情告诉闯王和高夫人,甚至也不完全告诉慧梅。他们在来商丘会师的路上,还暗中嘱咐慧梅:在高夫人面前要多说袁姑爷的好话,使高夫人免得挂心。所以听到闯王询问,她立刻恭敬起立,笑着回答:

"回大元帅,要说到夫妻和好,相敬如宾,袁姑爷同慧梅姑娘可说是美满姻缘,实在难得。袁姑爷虽说原来已经有了两个姨太太,风闻金姨太一向受宠,可是自从咱们姑娘来到之后,他很少到金姨太帐中。他巴不得把咱们姑娘用双手捧着,生怕姑娘有一点儿不顺心,思念闯营。请闯王和夫人放心,像他这样百依百顺的好姑爷,打灯笼也难找到!慧剑,你是亲眼看见的,我说的话句句不假,是不是?"

慧剑也被叮嘱过不得说出来惹闯王和高夫人心中不愉快的话。平时她同慧梅最亲密,分明有时看见慧梅偷偷流泪,偷偷纳闷,偷偷叹气,有时还看见慧梅因不满意袁时中的行事而不忿儿,可是这些实情她怎么敢说出口呢?她也不愿说假话,腼腆地咬着下嘴唇,似笑不笑,偷偷打量慧梅用袖头去揩眼泪,又看看高夫人的喜悦面容。高夫人看见慧剑的腼腆不语的神情,越发高兴,心中赞叹说:"这个黑妞,淳厚中带有聪明!"她转向慧梅,带着慈母般的感情说道:

"慧梅,自从打发你出嫁以后,我常常同闯王提到你,有时我常在梦中看见你,仍然骑着马跟在我的身边。如今知道你们夫妻俩很和睦,我同闯王就放心啦。慧梅,你吕二婶说的话可全是真的?"

慧梅为使养父母对她宽心,勉强轻轻地点一下头,但心中禁不住一阵酸痛,硬将眼泪往肚子里咽。她完全明白闯王将她许配袁时中的一番苦心,她也早已承认她同时中的姻缘是命中注定的,自己同小张爷命中无缘,几年来互相间空有情意终是无用。最近几天,她感到身上已有了怀孕的征兆。但因为她一则对这样事毫无知识,心中捉摸不定,二则害羞,不曾暗向吕二婶透露消息。她不敢抬起泪眼看养父,但是她在心中对他说:

"你女儿不管有多大委屈,也要使他拿出一片忠心保驾,为你出力打江山!"

闯王也因听了吕二婶的话心中高兴,对慧梅说:"你要处处尊重时中,不要觉得你是我的养女,在大军中经多见广,嫁到小袁营受了委屈。俗话说嫁鸡随鸡。做妻子的顺从丈夫才算贤惠,也才算知礼。你心里要明白:在我的眼中,时中的小袁营决不能如曹营那样。对曹营,我只能马虎一点,只要大致不差就行了。像这样一营,在我的'闯'字旗下只能有一,不能有二。对时中,我的期望很切,不把他当客人看待,也不把他的小袁营当客营看待。目前半是客营,半是闯营;日后不久,应该化客为主,就像你补之大哥、刘明远、袁汉举等率领的各营人马一样,我既将小袁营作为自己的人马看待,从今往后,在军纪上必将从严,操练上也将从严。今日特意对你讲说明白,让你心中有数,处身行事都不要违背我的心意。你明白么?"

慧梅站起身来,恭敬地低声回答说:"女儿明白,这也是女儿的心愿。"

李自成还想对慧梅再嘱咐几句,适逢双喜进来,禀报说曹帅来到,他便起身回到自己的大帐去了。

曹操今日设盛大午宴,请各营主要文武吃酒看戏。他昨日已发了请帖,刚才又派人骑马赴各营催请。他为着对李自成特别表示尊敬,亲自前来敦请。自成留他在大帐中谈了一阵闲话,看看日已正午,便带着牛、宋、李岩和住在行辕附近的一大群将领,由曹操陪同,骑马往曹营赴宴。住得稍远的将领们、袁时中和小袁营的重要将领们,由各自的驻地分路前去。

曹营的酒席果然丰盛,山珍海味齐全。原来在攻破商丘后,他的老营总管就赶快派出几个得力头目,不管别事,专门到乡宦大户邸宅,搜罗歌妓美女、戏子姣童、山珍海味、各种名酒,还替他找到了几名乡宦家的红案厨师。李自成和刘宗敏等佯装不知,看见时也一笑置之。今日曹营除酒席丰盛外,还有辕门外的空地上连夜搭了高台,有一班昆曲和一班梆子轮番演出。另外还有一群歌妓在主要席前侍候,执壶劝酒。只是因为辕门外正在唱戏,所以今日不用歌妓们清唱,而平日所用一班吹鼓手也不用了。

酒席闹腾了一个多时辰,戏也演了两出,大家十分快活,尤其对梆子戏《拷红》不断叫好。这时,有人告诉曹操说,商丘原来各家的戏班子非常讲究,当时那种最繁盛的情景,一般人都不记得了,只有一个老头子,现在也在他们的班子里打杂。大家对这个老头子很尊重,因为他什么事情都知道。

曹操问道:"现在也在这里么?"

"也在这里,刚刚还在叹气,喝了酒,还流起了眼泪。"

曹操感到有趣,说:"把他叫来,我问问他。"

随即有一个叫做吴清的老戏子被叫了来。他已经六十多岁了,年轻时也是唱旦的,所以直到现在,走路的腰身动作都还带着女人的姿态。他跪下去对曹操磕了个头,站起来躬身等着问话。曹操笑道:

"你说商丘的事情,年轻人已经不知道了,以前的戏班子十分兴盛。你倒说说看,以前的戏班子怎么个兴盛模样?"

"回大将军,这些年轻人啥都没见过。他们已经生在末梢年,那好时光,他们既没福享受,也没眼福看到。我年轻时在孙相国家里,那气派跟现在可不一样。太平盛世,真了不得。我们这些伶人一天到晚穿着绫罗绸缎,只要有几出戏唱得老爷们高兴,什么首饰,什么银钱都赏赐下来。唉,现在连想都不敢想了。"说着,他眼泪成串儿滚落下来。

郝摇旗听着,忍不住骂道:"去你妈的,那个时候你们享福,老百姓可苦了。你还想那个时候再回来,老子可不答应。以后就不准你那什么龟孙子相国再骑在老百姓头上作威作福。"

袁宗第也说:"这老头到现在只想着往日那种日子,可咱们就是要把那些富家大户、老门老户重新翻个个儿。"

曹操觉得大煞风景,便也笑一笑说:"好,你下去吧,让他们赏你点酒喝,可不要喝得太多。"

大帐内外,许多桌子上猜枚划拳,谈笑风生,十分热闹,只有闯王席上和周围的几处席上比较文静,有猜枚划拳也不大声嚷叫。当上过一道海参烧鱼肚和一道银耳汤之后,李自成一则有事,二则怕许多将领同他在一起感到拘束,便告辞先走。曹操明白他的意思,并不强留,又敬他一杯酒,说:

"李哥,你很忙,我不敢留你。说句良心话,你只会图谋大事,就是不会享福!这下一出戏就是商丘周士朴家的苏州班子扮演《琵琶记·吃糠》,你竟然不看,多可惜!"

李自成笑着说:"还是我早走的好。我一走,许多将领们都自由了。可是,你不要放纵他们赌博,也不许有人灌醉!"

罗汝才将李自成送出辕门。自成不急于上马,小声说:

"汝才,你多送我几步。我有几句体己话要跟你说一说。这里人太多,到村边说吧。"

汝才听了,心中发疑:"有什么重大的机密话啊?"他风闻近日小袁营的将士们有些怨言,后悔不该投闯,想着自成可能是要同他谈一谈关于小袁营的事。他们走到村外停下,李自成用眼色挥退

左右亲兵,对汝才小声说道:

"汝才,你可知道,我们破襄城时要捉拿的那个张永祺是怎么逃走的?"

罗汝才心中大吃一惊,但故意装得毫不知情,说:"不知道啊,我也是一直命令手下人用心访查。"

李自成拉着他的手说:"这事情你当然不知道。我也是才知道不久。我说出来,你不要动怒,反正事情已经过去了。但不说的话,你不知道,以后恐怕还会有这样的事情生出来。"

"你说吧,李哥,到底是怎么回事情,我也很想知道知道。"

"原是你这儿的人放走的,他们把你瞒得死死的。"

"啊?怎有这种事情?这太岂有此理!是谁放走的,李哥你可知道?"

自成点点头说:"我已经知道了,我本来前几天就要告诉你这件事情,又怕你听了以后生气,所以一直拖着。汝才,这事情你千万别让别人知道,我们心中有数就算了。"

汝才恨恨地说:"那不行,倘若是我手下将领把他放走,那非按大元帅当日的将令严加惩处不可,决不轻易饶过!"

自成故意说:"你说这话,我就不必提了。"

"李哥,你一定得说。"

"那你得答应不处分他。"

汝才装作勉强点头,说:"好吧,你说出来,我看情况处理。"

"是黄龙放走的。他捉到了张永祺,可是不向你禀报,私自把张永祺藏了起来。等到我们离开襄城时候,他偷偷把张永祺放走,还告诉张永祺:我们在麦熟以前要围开封,围而不攻,等开封困得没有粮食时,自己投降。他还嘱咐张永祺,去开封把这些话禀报给开封的周王和封疆大吏,让他们预先做好准备。"

罗汝才听着,心中确实十分吃惊,但表面却装作十分愤怒的样子："啊？竟有这事？可恶！可恶！我非问清楚，宰了这小子不行！"

闯王说："也不必多问，你只要自己心里有数，知道这个人不可靠，以后不要重用他就是了。好，我得走了。"

李自成招手叫亲兵们前来，接住丝缰，纵身上马，正要扬鞭欲行，他忽又不放心地俯下头去，对汝才悄悄地嘱咐一句：

"此事千万不可声张，不可让别人知道。你知我知，也就够了。"

闯王走后，刘宗敏、田见秀、高一功、牛金星、宋献策、李岩等又稍坐一阵，因为各自事情很忙，勉强等到席散，也都赶快起身告辞。袁时中偕同小袁营的一群文武，也跟着走了。剩下袁宗第和郝摇旗等，硬被曹操留下，掷了一阵色子，又听歌妓们清唱几段曲文，才放他们走掉。

袁时中回到自己营中不久，就有一个弟兄喝得醉醺醺地骂进帐来，说："什么闯王人马，硬是欺负人。打开了商丘，金银财宝堆积如山，他们都弄到老府里去，对咱们是按人数发放军粮。咱们小袁营啥时候受过这种气？为啥要受这种气？他们说啥就是啥，你能够受这股气，弟兄们受不了这股气。还不如趁他们现在没有防备，我们杀进老府，宰了李闯王这些家伙！"

袁时中听了，吓得赶快摆手。他既不敢回答他，也不敢处分他，因为这是他手下的一个老人，而且他知道最近几天他部下的许多人都在嘀嘀咕咕，说些不满的话。于是他挥手让他退出去，说：

"你喝醉了，少说闲话，不要惹祸。"

可是这个老弟兄仗着酒势，一面骂，一面退出帐外；到了帐外，还继续骂，似乎故意要让别人听见，煽起别人对他的主张的同情。

正在这时,郝摇旗和袁宗第从曹营出来,骑马路过这里,听了几句,十分震怒。郝摇旗吩咐亲兵说:

"去!把他的头头袁时中叫出来!"

立刻就有人进帐向袁时中禀报了。袁时中一听,是袁宗第和郝摇旗叫他,赶快出来,赔着笑脸说:

"袁将爷,郝将爷,不晓得你们二位驾临,没有远迎,请多多恕罪。"

袁宗第还想给袁时中一点面子,可是郝摇旗哪能容人,气冲冲地说:

"时中,这是你手下的人,骂闯王,还要杀进老府。这不是要造反么?你难道就不知道?你耳朵里塞了驴毛?哼哼,什么话!"

袁时中赶快拱手说:"我完全不知道。竟然如此,我一定严办。"

郝摇旗又说:"你自己瞧瞧看,闯王对你不薄,把养女也嫁给你。你现在既是闯王的部将,又是闯王的女婿,你纵容手下人这样辱骂闯王,煽动军心。你自己瞧着办!"

"我一定严办,一定严办。"

郝摇旗仍然满脸怒容,没有再说二话,策马而去。

袁宗第对袁时中嘱咐道:"时中,下边的人竟敢这么放肆,你要好好管一管,不然闹出大的事情可不好啊,也辜负了闯王对你的倚重。"

"我一定严办,决不允许下边如此放肆。"袁时中说着,头上已经冒出汗来。

袁宗第冷淡地一拱手,策马离去。

这时,闯王在行辕已将一些公事处理完毕,因为很疲倦,便来到高夫人的帐中休息。高夫人没有在帐中,据亲兵们说,她去看左小姐的病去了。过了一会儿,高夫人就回来了。闯王问道:

"左小姐有什么病痛?"

"偶感风寒,已经服了药。刚才我去,已经退烧了。"

"她虽是左良玉的养女,但左良玉对她很亲,像亲女儿一般。左良玉的夫人又已经死了,所以我们现在要好生照料她,不可使她受了委屈。"

"这我还不明白?用不着你多嘱咐。"

"可是也有许多人不明白这个道理。这次我们破了商丘,立刻派人去保护侯公馆,不许闲杂人员进内,家中的什物全没损失,为了什么?还不是为了侯恂是左良玉的恩人。我们的棋盘上有左小姐这个闲棋子,将来说不定什么时候会很有用处。"

高夫人问道:"听说你前天在酒宴上杀了李古璧,这事情可做得过火了点。"

"唉,如今有曹营,又有小袁营,如果我自己手下人犯了军令,都不执行,日后谁还肯听我的命令,那军令岂不成了一纸空文?所以我必须将李古璧当场斩首,杀一儆百。"

正说着,忽然一个亲兵进来禀报:"曹营将黄龙捆绑送来,请大元帅发落。"

闯王笑一笑,心里说:"到底是曹操转世!"他明白罗汝才不忍心杀黄龙,有意送到他这里来,给他出个难题。于是他马上回到自己的帐中坐下。弟兄们将黄龙押了进来。黄龙跪在他面前,低头不语。闯王心中恼恨,问道:

"黄龙,张永祺可是你放走的?"

黄龙心中并不服气,神色倔强,但又不得不装出畏罪的样子,答道:"是我放的。我有罪。我该死。"

"你为什么要放走他?用了他多少银子?"

"我一两银子也没有用他的。我看他是个读书人,是个有用之才,所以不肯杀他。"

"狗屁！他对什么人有用？他在地方上无恶不作,民愤极大。他处处反对我们义军,把汪乔年勾引到襄城来,妄图让汪乔年和左良玉两面夹攻我们。这种人难道对我们有用？"

闯王虽然非常愤怒,但是能够冷静地控制自己的感情。他将应该杀张永祺的道理讲给黄龙听,实际上也是讲给押送黄龙的一群曹营将士听。大家都觉得张永祺确实该杀,而黄龙私自放走确实犯了大罪。黄龙到这时才感到害怕,脸色蜡黄,等待斩首。周围的人们,不管是老府的或曹营的,都以为闯王会立刻下令,将黄龙推出辕门斩首。因为黄龙罪大,没有人敢为他讲情。但是闯王忽然微微冷笑,又说道:

"黄龙,在我们闯营里边,从来没有任何人敢背着我放走一个敌人。你今天放走的并不是一般的敌人,是我悬赏捉拿的要犯。在破襄城之前,我已经下了严令,必须将张永祺捉拿归案,有敢擅自释放者杀无赦。你这个混账黄龙,竟敢如此胡作非为,违抗本帅的将令。按你犯下的罪,不要说我会杀你,我简直就该将你五马分尸。你自己说,该不该五马分尸？"

黄龙害怕,浑身瘫软,勉强答道:"我确实有罪。任闯王随意发落,我决不抱怨。"

闯王又注视了他一会儿,说道:"我本该将你五马分尸,毫不宽容。可是,常言道:'打狗还要看主人的面子'。你是曹帅手下的人,我同曹帅是生死之交,结拜兄弟。我处死你容易,可是我不能让我的兄弟曹帅面子下不来。我今天看在曹帅的面子上放了你,下不为例。你不用感激我,你只感激曹帅就行了。来人！把黄龙的绳子解了,放他回营。"

旁边有个将领说:"就这么便宜了黄龙这小子？"

闯王说:"你们懂得什么？黄龙是曹帅的人,我是看在曹帅的面上放了他。快解绳子！"

人们赶快把黄龙的绳子解了。黄龙这时才真正动了心,噙着眼泪,跪在地上连磕响头,说道:

"大元帅,我今天才知道,你确实不是一般的英雄。我今生今世,不会忘记你对我的大恩。"

闯王说:"这话你不要对我说。你今生今世不要忘记曹帅就有了。你对他忠心耿耿,也就算对我有了忠心。走吧。"

那一群押送黄龙来的曹营将士,始而都认为黄龙必死无疑,继而感到意外,随后十分感动,一齐跪下叩头。其中一个头目说道:"感谢大元帅宽大,法外开恩,饶了黄龙一命,也给我们曹帅保全了面子!"

黄龙和曹营的将士一走,吴汝义就走到闯王跟前,将刚才小袁营发生的事情向他禀报,并说那个姓王的已经由袁时中亲自送到,现在辕门等候。他对这样事竟出在袁时中营中,十分生气,但是他暂时不露声色,沉默片刻,轻声说:

"吩咐时中带姓王的进来吧。"

袁时中进来后,一见闯王,马上跪下,说:"大元帅,我有罪,请你严厉处分。"

闯王笑着,拉他起来,说:"时中,你怎么这样说话?下边人乱说,并不是你自己说的,你又堵不住他的嘴,你有什么罪呀?"

"我管教不严,平时对这家伙太放纵了。我实是有罪,请大元帅严加处分。"

"你虽然有错,也只是管教不严之错。你自己对我的忠心,我完全知道。何况你今天既是我的爱将,也是我的半子,亲戚加爱将,本是一体。你不会对我有二心,我更不会对你有猜疑。下边的事情是下边的事情,归不到你的身上。你不要把这事放在心上。快坐下,坐下。"

袁时中遵命落座,态度十分恭谨。刚才在辕门外等候时,因知道曹营的黄龙犯了大罪,被闯王看在曹操情面上宽容不咎,便想着闯王也可能对他手下的老王放宽度量,略作责罚拉倒。现在见闯王待他如旧,语言温和,使他暗怀的希望倍增。他根本不明白在进来请罪时候,李自成已经将这件事反复考虑过了。他想:虽然只是这姓王的头目一个人酒醉露了真言,但显然不是一个人的事。袁营中别的人为什么不阻止他,容他乱说?而且袁时中本人为什么不当场处分他,容他乱说?可见这事情有点复杂。现在李自成仍不动怒,向立在帐外的那个被五花大绑的头目望了一眼,继续用平静的声调对袁时中说:

"至于姓王的这个家伙,确实有罪,如果任他这样下去,会扰乱军心,引起老府将士和你小袁营的将士发生隔阂。"他冷静地淡淡一笑,接着说:"时中,我把小袁营看成真正自己的人马,对这事不能不处分。你说对吧?"

袁时中欠身说:"当然要严加治罪,重重地打他一顿,穿箭游营。"

闯王向左右一望,吩咐说:"将这家伙推出辕门,立即斩首。还要告诉小袁营全体将士,如果有谁挑动众人,煽惑军心,或心存背叛之意,都要看一看他的下场。"

立即上来几个人,当着袁时中的面,把姓王的头目推出辕门斩首。袁时中心惊胆战,站起身向闯王说:

"请闯王也处分我。我是实实有罪。"

闯王又笑道:"你有什么罪?你不要多心,坐下叙话吧。"

袁时中又请求处分,责备他自己对手下人管教不严。正说话间,闯王的一个亲兵进来,禀报姓王的已经斩讫。闯王若无其事,不作理会,面带温和的微笑,对袁时中谆谆嘱咐,务要治军严明,对违法乱纪的事不可宽纵,还说他如何看重时中,期望殷切。袁时中起立恭听,唯唯称是。然后,李自成将老营总管叫来,命他派人将王某好生埋葬,并送二十两银子交小袁营的总管,抚恤王某的家人。袁时中躬身叉手,对大元帅表示感激。在驰回驻地的路上,袁时中对跟随人一言不发,但心中十分害怕,决定今夜要同刘玉尺等亲信仔细密商。他不断地向自己问道:

"以后的路怎么走呀?"

第 十 七 章

袁时中的心中十分沉重和愤懑,不自禁地流露于外。他一路上信马而行,浓眉不展,默无一语。快到小袁营老营驻扎的村子时,刘玉尺站在路旁迎候,离老远看见他气色不佳,暗暗吃惊。时中的乡亲老王被闯王斩首,小袁营的老营上下都已传遍,人心不服,都在窃窃议论。刘玉尺深怕时中在将士前流露出对李闯王的不满心情,所以他独自带几个亲兵出村等候。等时中来到面前时,他满面堆笑,赶快拱手说:

"恭喜将军!"

袁时中感到愕然,奇怪他的军师对刚才在闯王面前发生的事儿竟然不知。他正要说话,却看见军师赶快向他使眼色,随即又说:

"刚才的事情我全都知道,所以要向将军贺喜。我平日所担心的是闯王仍把将军作客将看待,今日之事使我的担心全消了。大元帅对曹营的黄龙那样处分,对咱营的人员如此处分,正显出大元帅对曹营客客气气,看待咱营如同老府的诸营一样。他巴不得咱营处处替他争气,恨铁不成钢啊!"

袁时中是一个十分乖觉的人,恍然明白了刘玉尺的深刻用心,慌忙点头说:

"你说得完全对,完全对。"

刘玉尺又说:"闯王素日对谁愈亲,在心中愈是青眼相看,必定责之最严,不稍假借①。今日受闯王严责,实为难得。今后惟有我

---

① 假借——对坏人坏事宽容。

们全营更加奋勉,整饬军律,一心为大元帅尽忠效命,报答他的深恩厚爱。"

袁时中身边的亲兵们有的向刘玉尺投以愤愤不平的眼色,有的感到惶惑,有的疑心刘玉尺已经被李闯王暗中收买。大家又望望袁时中,却奇怪时中完全听信玉尺,微笑点头,连说:"我明白。我明白。"有一个亲兵原是袁时中的表兄弟,最不甘心小袁营目前所处的地位。他向身旁的一个亲兵看一眼,在心中抱怨说:

"起初听信刘军师的主意,去投闯王上了大当,又听军师的话向闯王求亲,中了闯王的美人计。咱们将爷一味听信军师的话,到今日还执迷不悟!"

另一个亲兵明白了他的眼色,也在心里说:"看吧,咱们小袁营的偌大家底儿都要断送在军师手中!"

袁时中看出来亲兵们的不忿儿神色,愈明白刘玉尺提醒他的话有多么要紧,多么及时。当他来到老营门外时,有许多将士都在等候着他。他带着坦然的微笑下马,向大家扫了一眼,同军师走进大帐。

朱成矩、刘静逸和三四位最亲信的将领都在时中的帐中等候。立在帐外的头目们也有跟进来的。大家看见时中进帐时面带笑容,右手悠闲地摆动着马鞭子,感到莫名其妙,也不好急着问,等他坐下说话。时中坐下以后,刘玉尺先挥手使亲兵们和不关紧要的人们全部退出,他并且走到帐门口又挥一下手,使人们退远一点,然后在时中的旁边坐下。时中登时收起了脸上的笑容,望着大家,用严峻的口气小声说:

"事情的经过你们都知道啦,目前务必要小心谨慎,万不能使别人抓住把柄。不许将士们对闯王、对老府说出一句闲话!你们要传谕各人手下将士:有谁敢私下里对闯王发一句怨言,我知道后立即斩首!"

有一个将领说:"可是众心不服……"

袁时中一摇头将他的话头阻止,说道:"此时但求不再替我惹祸,讲说不着众心不服。宁可枉杀几个好弟兄,也不能让别人找到借口,突然吃掉我的小袁营。"

另一个将领说:"像这样住在别人的矮檐下①,终不是长久之计。还不如……"

袁时中赶快用手势将他阻止,说:"莫慌②。我自有计较。你们稍不忍耐,咱们小袁营就一起完事。"他又望着大家提高声音说:"你们要恪遵大元帅钧谕,整饬营规,加紧操练,严禁将士们饮酒赌博,打架斗殴,骚扰百姓。有敢违反的,不论何人,一律治罪,轻则吊打,重则砍头。我是言出法随,你们要好生传谕将士,不要以身试法!"

众将领明白他的意思,齐声回答:"是!遵令传谕!"

众将退出以后,大帐中只剩下袁时中、刘玉尺、朱成矩和刘静逸四人。每逢他遇到重大问题,他总是先向刘玉尺等三人问计,然后再跟几个亲信将领密商。在三位谋士中,他对刘玉尺最为倚重,人们说刘玉尺好像是他的魂灵,遇大事总得刘玉尺帮他拿定主意。现在他轻轻地嘘一口气,先看刘玉尺一眼,然后向三位谋士问道:

"目前咱们小袁营的情况很不好,你们各位有什么高明主意?"

刘玉尺知道近几天来,许多人在暗中埋怨他当日不该力主投闯,弄得受制于人,所以他不肯首先说话。朱成矩原来也附和投闯,也不想说话。他两个都望着刘静逸,等他发言。刘静逸本来有满腹牢骚,但眼前一则小袁营处境甚危,他想着应该同刘玉尺和衷共济,以对付老府吞并为急务,二则他怕得罪了刘玉尺,将来遭到陷害,所以他苦笑一下,胸有成竹地说:

---

① 矮檐下——俗话:人在矮檐下,怎敢不低头。
② 莫慌——莫急,要沉着。

"如能化客为主①,自是上策,但恐甚难。既不能化客为主,应以速走为妙。"

刘玉尺因没有受到刘静逸的责难,顿感轻松,向朱成矩问:

"朱兄有何妙策?"

朱成矩忧虑地说:"我也想三十六计,走为上策。但恐欲走不能,反成大祸。"

袁时中问:"为什么欲走不能?"

朱成矩说:"闯王一面将养女许配将军,一面对将军心存疑忌,近日指示我小袁营驻扎于闯、曹两营之间,两边挟持,岂不是防我逃走?何况我军只有三万将士,闯、曹两营数十万,骑兵又多,欲求安然逃走,岂是容易的事?"

袁时中略露不愉之色,说:"照你说,难道我们只能坐着等死?"

朱成矩摇头说:"不然,不然。我的意思是,必须先使闯王信我们决不走,不再对我们防范,然后抓住时机,突然而去,动如脱兔,使他追之不及。"

刘静逸说:"闯王思虑周密,又有宋献策等人为之羽翼,恐怕不会给我逃走机会。如无机会逃走,看来不出三月,小袁营已经不复存在矣。"

袁时中的心头上格外沉重,背上冒出汗珠,将焦急的眼光转向刘玉尺的脸上。

刘玉尺态度镇静,一如平日,分明刘静逸和朱成矩想到的种种困难,他早已"筹之熟矣"。他故意沉默片刻,使大家冷静下来,然后淡淡一笑,轻捻短须,用极其平静的声音说道:

"当时我们决计投闯,求亲,今日决计离开,都有道理。盖此一时,彼一时也。从目前看来,纵然闯王无意吃掉小袁营,我们也应

---

① 化客为主——原来居于从属地位,通过阴谋诡计和各种努力,改变了形势,夺得了主动权、领导权,居于支配地位。

离开,不必久居'闯'字旗下。何况闯王已经将小袁营化为老府一队,以部曲看待我们。未来吉凶,明若观火,不走何待?"

朱成矩问:"如何走法?"

刘玉尺回答:"山人自有良策,暂时还不能奉告。"

袁时中急切地问:"何时可走?"

刘玉尺含笑回答:"山人昨夜卜一文王神课①,知道半月内即可全师远走高飞。但究竟如何走法,到时再定。"

袁时中又问:"往哪儿逃走?"

"东南为宜。"

"你算准了可以全营逃走?"

"此是何等大事,山人岂敢妄言。"

刘玉尺在参加袁时中起义以前,乡试三考不中,只好隐居故乡,教蒙馆②与读书为生,郁郁无聊。虽然豫东是一马平川地方,他却自称山人,一则表明他无意功名利禄,标榜清高;二则显示风雅,抬高身价。自从他做了袁时中的军师以后,已经算是"出山",所以不再以山人自居,但遇着想出奇谋妙计,心中得意,谈起话来,仍然不由地自称山人。这是因为,他在起义前常看民间唱戏,诸葛亮身为蜀汉丞相,仍然自称山人,给他的印象很深,被他模仿。现在袁时中等听他的口气,看他的神气,又听他自称山人,果然都信他必有妙计,心情为之稍宽。袁时中笑着说:

"但愿军师有神机妙算,使小袁营得能平安走脱!"

刘玉尺站起来说:"老府耳目众多,我们不宜聚谈过久。"他又专对时中说:"将军,山人先走一步,晚饭请不必相候。晚饭之后,请将军在大帐稍候,山人再来与将军细谈。"

---

① 文王神课——即文王课,旧日流行的卜卦方法的一种。按照《易经》卜卦方法,用三个铜钱代替蓍草。
② 蒙馆——教初学儿童的私塾或家塾。

他带着十分自信的神气,先向袁时中躬身一揖,又向朱、刘二人略一拱手,匆匆地走出帐去。他给袁时中等留下了一团希望和宽慰,但随即在希望中产生了疑问。朱、刘二人互相望一眼,又望望时中。时中挥手让他们出去,同时赞叹说:

"军师常有出人意料的鲜着!"

从袁时中的大帐回到自己的军帐以后,刘玉尺即刻找出他的一份未完成的文稿,进行补充和修改。这是他到商丘以后,猜想到李自成可能有吞并小袁营之心,私自利用夜间赶写的一篇稿子。他是一个用心很深的人,不到拿出来的时候,不肯对任何人提起,甚至对袁时中也瞒得很死。

将稿子补充修改完毕,他吩咐一个职司抄写的新入伙贫苦童生,一班将士戏称之为"录事官",就坐在他的帐中誊抄一份。这个童生看完文稿,感到惶惑,悄声问道:

"军师,目前全营将士对闯王和老府多有怨言,你命我抄写这份稿子给谁看呀?"

刘玉尺严厉地看他一眼,说:"你快抄吧,休得多问!"

那位"录事官"凭着是军师的乡亲,固执地说:"这文稿倘若传布,对军师十分不利,务请军师三思!"

刘玉尺嘲笑地问:"你说对我有何不利?"

"不惟军师将不免遭将士们背后议论,恐怕也不能见谅于袁将军。"

刘玉尺淡淡一笑,说:"你快抄写吧,不要耽误!"

晚饭以后,刘玉尺带着誊清的稿子,来到袁时中的大帐。时中正在焦急地等候,并且嘱咐了中军,今晚同军师有事相商,任何人一概不见。看见刘玉尺进来,他示意叫他赶快坐下,然后低声问道:"玉尺,有何善策?"

刘玉尺从怀中掏出文稿,请时中过目。袁时中就着烛光,将稿子看了一遍,心中大觉奇怪。他对文稿上的字儿大体上都能认识,只是对个别句子略觉费解,但整个意思是明白了。他怕自己文理浅,误解了稿子的真正意思,谦逊地说道:

"军师,请你替我念一遍,有些句子你得讲解一下。"

刘玉尺笑一笑,就替他一边小声念一边小声讲解。这是模仿《千字文》和《百家姓》的通俗四言押韵体,歌颂李自成的不平凡的出身:降生时如何有红光照屋,瑞鸟翔鸣;母亲梦一穿黄缎龙袍的人扑入怀中,蓦然惊醒,遂生自成。接着写李自成幼年颖悟多力,异于常儿,常在牧羊时独坐高处,命村中牧羊儿童向他朝拜,山呼万岁。跟着写他如何起义,如何屡败官军,威震中原。下边有一段是刘玉尺的得意之笔,他不觉稍微提高声音,拉开腔调①,朗朗念道:

> 诞膺天命,
> 乃武乃文。
> 身应星宿,
> 名著图谶。
> 吊民伐罪,
> 四海归心。
> 泽及枯骨,
> 万姓逢春。
> 德迈汤、武,
> 古今绝伦。

袁时中叫刘玉尺停住,问他"诞膺天命"一句是什么意思。刘玉尺解释说就是"承受天命"的意思,是借《尚书》②上的一句称颂

---

① 腔调——从前读诗、词、古文,都是按照抑扬顿挫的腔调朗诵,有音乐节奏。
② 《尚书》——"诞膺天命"是《武成》(《尚书》中的一篇)篇中语。

周文王的话。时中点点头,又问:

"有人说李闯王是天上的破军星下凡,原是骂他的话。你这一句说他'身应星宿',怕不妥吧?"

刘玉尺笑着回答:"有人说他是破军星降世,自然是人们因见他到处破军杀将,随便猜想之词。然而像他这样人,必应天上星宿无疑。倘有人问起闯王究系何种星宿降世,你就说是紫微星降世。闯王和老府的人们听到必甚高兴。"

"说闯王是紫微星降世,有没有依据?"

"没有依据。紫微星是帝星,是人君之像,所以这么说闯王必甚高兴。"

"难道像这样大事也可以信口开河?"

"自古信口开河的荒唐事儿多着哩。汉朝人编造刘邦斩白蛇的故事,又说他在芒砀山中躲藏的地方上有五色云,谁看见了?像这类生编的故事哪一个朝代没有?请将军尽管大胆地说,其结果呀,哼哼,只有好处,决无坏处。"

袁时中仍不放心,又问:"倘若闯王和牛、宋等人问我何以知道是紫微星降世,我用什么话儿回答?"

"将军只推到我的身上,说是听我说的。"

"他们会当面问你!"

"我但愿他们问我。"

"你如何回答?"

"我同宋献策一样,奇门、遁甲、风角、六壬、天文、地理,样样涉猎。我还精通望气,老宋未必胜我。我会说:多年来紫微垣帝星不明,正是因为紫微星已降人间,如今那紫微垣最北一星不过是空起来的帝座而已。"

"他们会问你,你怎么知道帝星就应在闯王身上?"

"我当然知道!到商丘以来,我每夜更深人静,遥望闯王驻地,有一道红光直射紫微垣最北一星,故知闯王身应帝星,来日必登九五①。"

"别人为什么都未看见?"

"将军,别人不懂望气,如何能够看见?"

"听说宋军师也精通望气。他若不信,说你胡诌,岂不糟了?"

刘玉尺狡猾地一笑,说:"将军也太老实了!李闯王自从宋军师献《谶记》之后,自以为必得天下,而老府将士莫不祝愿他早登大位。我的话一旦出口,谁敢不信?谁不拍手附和?宋军师纵然心中不信,他在表面上也不敢独持异议。他既不敢上失闯王欢心,也不敢下违将士心意。况且,他会明白,倘若他敢说他不曾看见有红光上通紫微,闯王和将士们定会说他不精于望气,枉为军师。我谅他非跟着我说话不可!"

时中仍不放心,说:"牛启东十分博学,你如何骗得住他?"

"牛启东虽有真才实学,但因他一心想做开国元勋,爬上宰相高位,对闯王只能锦上添花。"

"李伯言不会信你的鬼话,你莫大意!"

"我料到他兄弟不会信我,可是不足为忧。他们受牛启东嫉妒,兢兢业业,平时惟恐说话太多,岂敢在闯王的兴头上独浇冷水?"

袁时中想了想,觉得刘玉尺的话都有道理,但仍不能十分放心。他沉吟片刻,说道:

"闯王平日不喜听奉承话,你也是知道的。听说前年冬天在得胜寨时候,有一位王教师见他箭法如神,称赞几句,就被他当面抢白。我知你想要我将这篇稿子送呈闯王,以表我对他拥戴之诚。可是,玉尺,说不定我会反受责备。"

刘玉尺说:"将军之见差矣。前年在得胜寨跟此时在商丘大不

---

① 九五——指帝王之位。

相同。此一时也,彼一时也。像我写的这些奉承话都没有超过宋献策的《谶记》。他可能对你说几句谦逊的话,但心里一定很高兴。"

袁时中到这时才放了心,笑着说:"什么闯王是紫微星下凡,你真会胡诌!"

刘玉尺说:"古人胡诌在前,我不过稍加更改耳。《后汉书》上说:刘秀做了皇帝以后,把他的少年同伴严子陵接进宫中,谈了一天,晚上留严子陵同榻而眠。严子陵睡熟以后,无意中将一只脚伸到刘秀的肚子上。第二天,掌管天文的太史官上奏,说昨夜客星犯御座甚急。光武帝笑着说:'我同故人严子陵同睡在一张床上罢了。'御座也就是紫微星。兴古人胡诌,不兴今人生编么?"

袁时中哈哈大笑,说道:"嗨,你们读书多的人,引古证今,横竖都有道理,死蛤蟆能说成活的!"停一停,他又问:"这下边几句是写咱小袁营的?"

刘玉尺赶快说:"非有下边几句才能收尾,敲了一阵家什才落到鼓点上。"随即他小声念道:

勉我将士,
务识天命。
矢勤矢勇,
尽心尽忠。
拥戴闯王,
早成大功。
子子孙孙,
共享恩荣。
倘有二心,
天地不容!

袁时中本来已经同刘玉尺等人决计率领小袁营脱离老府,现

在见刘玉尺编出这篇文稿,明白了他的诡计,但是摇了摇头,小声问道:

"军师,你以为单凭这个文稿,就能够使他对我们小袁营不起疑心?肯放我走掉?"

刘玉尺说:"我已经将棋路想好,请将军依计而行,定可顺利逃走。"

时中问:"下步棋如何走?"

玉尺说:"将军今夜一定得到太太帐中去住,将文稿读给太太听,问她可有什么地方应该修改。"

"我断定她只有满意,不会有什么挑剔。"

"要紧的就是使太太满意,知道此事,明日上午就可以传进高夫人的耳朵。"

"下一步棋如何走法?"

"请将军明日亲自见牛、宋二人,请他们将稿子审阅修改,并说你要命刻字匠连夜刻出,印成小本儿,分发小袁营将士背熟。"

"你真要命人刻版?"

"当然,当然。"

"牛、宋二人必会将此事禀报闯王,闯王不会阻止么?"

"替他宣扬,他当然不会阻止。"

"这两步棋都走了,闯王能信任我么?"

"还得将军杀几个人。"

"杀什么人?"

"杀几个兄弟,也要杀头目。为要取得闯王在短期间真正化除猜疑,视将军如心腹,非杀几个人头不可。当然除此之外,还要责打一批人,直至打死。"

袁时中的脸色忽然沉重,含着几分恼怒,默思不语,心里说:"我没发疯!"刘玉尺打量了他的神色,猜透了他的心思,微微一笑,

正要说话,一个亲兵进来,对袁时中说:

"太太差人来说,她预备了几样荤素小菜,几杯好酒,等待将爷回去。"

刘玉尺不等袁时中说话,代他吩咐:"你告诉太太帐下来人,说咱们将爷正在同军师谈话,马上就回太太帐中。"

袁时中的亲兵说一声"是!"转身退出。

袁时中抱怨说:"玉尺,你怎么这样性急?"

刘玉尺说:"自从太太同将军成亲以来,很少对将军如此殷勤体贴,差人催将军早回她的帐中,而且准备了酒肴等待,断不可拂了她的美意。我怕将军犹豫,所以就赶快代将军回答。"

袁时中苦笑说:"唉,你不明白,因为我近来少去金姨太太帐中,她已经哭了几次,所以我原想今夜宿在她的帐中。"

刘玉尺说:"我何尝不明白将军的心思,可是将军几乎误了大事!"

时中问:"如何说我几乎误了大事?"

刘玉尺神色严重地说:"目前小袁营能否存在,能否伺机逃走,决于将军能否获得闯王欢心。今晚所议之事,全是为此。在此紧迫时候,只能百方使太太在高夫人前替将军多进美言,岂可惹她生气?况太太今晚如此举动,在别人家本是恩爱夫妻之常,在她却非寻常,其中必有缘故。"

"什么缘故?"

"我也猜测不透。总之必有缘故,请将军务必快去太太帐中。刚才的话,请听我简单扼要说完,不敢多耽搁时间。"

"你快说吧。"

"今日老王因酒后失言,被闯王斩了,在小袁营将士中颇多不平。从明日起,抓几个说出怨言的头目和士兵斩首,过三天再杀几个。另外还要重责一批人。借他们的人头和血肉之身,表将军忠于闯王之心。"

袁时中犹豫地说:"这样事我不忍做。"

刘玉尺说:"情势紧迫,请将军不要存妇人之仁,误了大事。俗话说:一将功成万骨枯。我从前只想着是在战场上死人如麻,近来才明白战场外也不免常常死人。为着事业成功,不但要杀死敌人,有时还得狠着心杀自己人,杀自己身边的人,杀身边有功的人。老子说:'圣人不仁,以百姓为刍狗①。'圣人把百姓当做刍狗,他还是圣人。该杀自己人时就得狠心,不能讲妇人之仁!"

袁时中无可奈何地点点头,叹口气说:"你替我斟酌办吧。说实话,今日老王冤枉被斩,我现在心中还十分难过。"

刘玉尺说:"你在太太面前,倘若她提到此事,你不但要谈笑自若,还得说杀得很是。"

"这个……很难。"

"不,你至少不能在太太面前露出来你的不平。汉光武的亲哥哥被更始②杀了,光武赶快驰回宛城,深自引过,不自称昆阳战功,不敢替哥哥服丧,饮食言笑如平常。更始没有杀他,反而拜他为破虏大将军,封为武信侯。何况老王只是你的部下,并不是你的兄弟,何必为他的被斩难过?"他将那份文稿塞进时中手里,说道:"我的话说完了,请将军快去太太帐中。"

袁时中默默起身,在亲兵们的护卫中往慧梅的住处走去。

自从见过闯王以后,慧梅对闯王听信宋军师和牛先生的主意将她许配袁时中的事,增添了谅解。另外,她觉察出自己已经怀了孕,往往在暗中思念张鼐时候,忽然想到腹中胎儿,那不可告人的

---

① 刍狗——用草扎的狗,祭鬼神时作牺牲。
② 更始——东汉南阳人刘玄,在王莽末年被绿林、新市、平林诸起义军拥戴称帝,年号更始,世称更始帝,后被赤眉军杀死。

感情就在一声轻叹中风消云散。她甚至责备自己不应再回想往日同张鼐之间的若明若暗的两好情意。她认为再这样在感情上藕断丝连,不惟对不起自己的丈夫,也对不起腹中的胎儿。她开始为着闯王的大业,为着腹中的胎儿,也为着忘却毫无用处的缱绻往事,半勉强、半自然地爱起自己的丈夫来了。她愿意在沙场上能同他一起杀敌,在家中多给他温柔体贴。

今天下午,她从邵时信的口中听说了老王被斩的事,起初她认为闯王斩得好,假若她遇到小袁营中有谁敢酒后骂闯王和老府,她也是非斩不可。她暗中抱怨袁时中对手下人管教不严,纵容了邪气上升。但是过了一阵,她的想法变了。她认为,既然时中真心拥戴闯王,率部投闯,又同她结为夫妻,就不会对闯王怀有二心。她仔细思忖:他在她的面前从没有流露过对老府不满的话,更没有一个字流露出不忠于闯王的意思,就拿他同她结成夫妻的日子来说,他对她也算得上十分满意,每次来到她的帐中,不管她自己有时冷淡,他总是恩恩爱爱,甚至为得到她的欢心,几乎是低三下四。(想到这里,她的脸颊不由地暗暗发红,眼睛里饱含着被新婚幸福所陶醉的神色,低下头去。)她想着,尽管他在同她成亲之前已经有了两个妾,可是近来他为了同她夫妻情笃,如胶似漆,他压根儿不去孙氏帐中,也很少宿在金氏的帐中。根据以上想法,她断定老王的不满意闯王和老府,他原不知情,他只是一时管教不严罢了。在心中作出这样判断之后,她同吕二婶商量,准备几样使他可口的荤素菜肴,几盏美酒,为他解闷,也趁机规劝他往后应如何管教部下。

本来,新嫁娘不但注意晨妆,也往往注意晚妆。慧梅出嫁以来,由于对婚姻怀着隐痛,念念不忘张鼐,所以从来不在晚上注意打扮,照例一身戎衣,腰间挂着三尺宝剑,至少是挂一把短剑。可是今晚,她摘下宝剑,脱去箭袖戎装,换上一身桃红绣花短袄,下穿葱绿百褶裙,脚穿大红绣鞋,薄施脂粉,淡描蛾眉,玉簪云鬟①,香散雾鬓②。这在当时中上层社会的年轻妇女原是日常淡妆,但是慧梅生长在闯王军中,除非逢年过节,又无战事,才同高夫人身边的姐妹们稍事打扮。来到小袁营后,像这样为丈夫从事晚妆,实是初次。在吕二婶的帮助下梳洗打扮完毕,慧梅对着一把新磨铜镜,向正面和左右照看一阵,心情十分愉快。吕二婶站在她的背后从镜中看她,忍不住低声称赞:

"姑娘,你今晚真美,姑爷看见了一定喜欢!"

慧梅回头看了一眼,佯装嗔怪:"二婶,你也对我取笑!"当她将铜镜交给吕二婶时,又忍不住举起铜镜看了一眼。

袁时中在走往慧梅的"小闯营"(他也是这么称呼!)时候,一路上心思十分混乱。他忽而想着今晚刘玉尺同他商量的一些密谋,能否在不久之后顺利逃走,他心中没十分把握,万一被号称英明无比的李闯王识破机关,反而会促使祸事更快临头。他忽而想着因为娶了慧梅,军中近来议论纷纷:有人从好的方面看,说他是半个驸马;有人从坏的方面想,说他是中了宋献策定的美人计;还有说得更坏,竟说他已经受制于新夫人,以后休想有什么大的作为。这后边的讥讽话不完全是从小袁营将士中冒出来的,仿佛最初是从曹营传出的闲言讽语,传到小袁营就马上扎了根,发了芽。这些话常常使他痛苦,甚至使他暗恨慧梅和她的"小闯营"。他忽而想到金姨太太,觉得近来很对不起她,而今晚本来答应宿在她的帐中,又不去了。他在心中拿慧梅同金氏比较,想着金氏有一些可爱的地方而慧梅没有。金氏处处体贴他,当他有苦恼时百法儿逗他喜欢,平时打扮得花枝招展,而晚上总是重新打扮一番等候着他。她不会武艺,但女人何必精通武艺,天天弯弓舞剑?她不识字,但是

---

① 云鬟——鬟就是髻。妇女发多,梳成高髻,状如云堆,美称云鬟。
② 雾鬓——鬓发下垂,梳得较松,美称雾鬓。

常言道"女子无才便是德"，只要她心儿灵慧就好啦。他想着金氏与他同床共枕时是那样有情，热得似火，这一点长处慧梅偏偏没有！他不喜欢慧梅常常是箭袖戎装，剑不离身；不喜欢她不施脂粉，纯凭天然生得俊俏；特别是不喜欢她对他总是以礼相待，缺少像金氏所有的热火劲儿。不管他有时被她的美貌打动心魂，如何对她爱得如癫似狂，而她总是默默地接受他单方面的狂热。起初，他认为她是害羞和生性庄重，尽量体谅她；可是如今日子长了，显然她不全是害羞和生性庄重，而必是有些不满意这门亲事，自以为是李闯王的养女而轻看了他。他想，倘若日后逃走，她愿意随他逃走便罢，倘若她不肯同走或胆敢阻挠，他就不惜一狠心将她杀掉，消灭了"小闯营"。他暗怀着一股怒火，走到了慧梅的驻地。

慧梅的驻地，外圈的前后左右是男兵帐篷，路口有男兵警戒，里圈是女兵帐篷，环绕着她的较大的帐篷，旁边是一个马棚。今晚袁时中来慧梅这里住宿，他的亲兵们像往日一样，只能走进兵营的外圈，到女兵帐篷前就被挡住，赶快退回。在往日，袁时中对这样的情况并不生气，有时反觉有趣。可是今晚，他已决计叛闯，对慧梅的感情随着发生变化，几乎不能忍受这样待遇。他怀着一肚子怒火，勉强装出平常神色。

吕二婶听见他的沉重的脚步声，赶快从慧梅的大帐中出来迎接，笑着说："姑娘在帐中等候多时了！"随即她一边替时中掀开帘子，一边向帐中禀报："姑爷大驾来到！"袁时中因为心中暗怀恼怒，对吕二婶不打招呼，昂然进帐。可是他突然被眼前的景象一惊，不禁心旌摇晃，片刻之前对慧梅的恼怒心情登时化为乌有，不停地打量着站起来用温柔的笑脸迎接他的妻子。妻子向他说一句什么话，他没有听清，只是痴痴地看她，忘记坐下，在心中惊叹说：

"十个金氏也抵不上一个她！"

慧梅被时中看得不好意思，尤其是吕二婶就站在他的背后伺候,多难为情! 她向一侧转过脸孔,心里打趣说:"他好像不认识我!"吕二婶已经风闻袁时中是一个好色之徒,平时当着亲兵的眼睛就同金姨太太拉拉扯扯,但她死死地瞒住慧梅。她担心时中忍不住拉扯慧梅,被慧梅嗔怒推开,倒反不美,所以她赶快笑着问道:

"姑娘,酒菜快凉了,就端上来吧?"

慧梅说:"快端吧。"

吕二婶退出以后,袁时中又像馋猫似的望着慧梅。慧梅对自己的丈夫如此爱她,既觉得甜蜜,又觉得不好意思,低头回避他的眼睛。尽管他们是夫妻,但毕竟是封建时代的新婚夫妻,而且她实际是刚开始爱他、开始尝到爱情的幸福,所以丈夫的那样望她,使她禁不住在幸福中脸红心跳。她深怕丈夫会猛然忍耐不住,跳起来将她搂住,被帐外的女兵们从门帘缝儿或小窗孔儿看见,于是她在心情极不平静中温柔地看丈夫一眼,轻声说:"我帮吕二婶端菜去。"赶快走了出去。

一会儿,慧梅同吕二婶将四个冷盘和四个热盘,两把盛着热黄酒的喇叭口锡壶①,两双红漆筷,两只像茶杯大小的青花鸳鸯戏莲瓷酒盅,摆在从村中富户家找来的半旧小方桌上。吕二婶笑眯眯地退出。这是她随嫁以来第一次出自内心的宽慰的笑。

慧梅替丈夫斟了满杯酒,双手递给他,然后为自己斟了半杯。时中一直看着她的温柔轻盈的动作,她的每一举手,每一个有意无意的眼波,以及嘴角静静儿绽出的甜的浅笑,鬓发拂动,云髻上的简单首饰的银铃摇响,加上红烛高照,红袄和旁边的绣被都似乎有微香散出,这一切都使他心神飘荡,未饮酒先有醉意。他举起杯子,笑视慧梅,说:"请!"慧梅嫣然一笑,轻举杯,浅入唇,只算是尝了一下,却用明亮而多情的眼睛望着丈夫将满盅酒一口喝尽。看

---

① 黄酒……锡壶——用秫子经过炒、煮,加入酒曲,发酵,榨出酒来,其色黄,俗称黄酒,以区别于蒸馏酒类。喝时用锡壶放炉上烧滚,送到桌上。

见丈夫快活,她感到十分幸福,赶快又替他斟满一盅。时中笑着问道:

"太太,你今晚怎么想起来陪我饮酒?这可是咱俩成亲以来的第一遭呀!"

慧梅说:"我听说你今日下午心中不快,所以命吕二婶帮我亲自准备几样小菜,两壶黄酒,替官人解闷。"

袁时中心中说:"啊,你是为着这个!"尽管在转瞬之前他狂热地爱慧梅,此时却不能把她当做心腹人儿和共命运、同生死的好夫妻。他故意问:

"我有什么心中不快?"

慧梅笑道:"你还瞒我?我听说闯王杀了你的一个乡亲老王,他是你老营中的一个头目,你也受了责备,弄得你心中不快,不是么?"

袁时中又饮了一满杯,自己斟上,神情十分坦然,又笑着说:"嗨,我没有想到,咱俩是恩爱夫妻,心连着心,每夜同枕共被,在枕上无话不谈,你竟然到如今还不明白我这个人!"吃了一口炒肉片,喝下去一口酒,他接着说:"我是忠心耿耿拥戴闯王,随闯王建功立业。可恨的是,我的部下竟然有人跟我不是一样想法,还想过草寇生活,酒后有怨言,对闯王大大不敬。闯王斩了老王是应该的,不斩几个人不能够压住邪气。闯王今日一动怒,我的事儿就好办了。从明日起,我要通令全营:凡敢对大元帅和老府口出怨言的,轻则责打,重则砍头,决不姑息!哼,我不信有谁的野性子我驯不熟!"

慧梅看见丈夫对闯王一片忠心,十分感动,涌出泪花,在心里说:"唉,不枉我嫁给了他!"她用筷子夹了一段焦炸八块的鸡大腿沾了点椒麻盐,送到丈夫面前的醋水碟里,微带哽咽说:

"你倘若肯这样,闯王一定会高兴的。"

夫妻俩边谈边吃,感情十分融洽。慧梅频频替丈夫敬酒,暗中抱歉过去自己不该对丈夫冷冷淡淡。袁时中吃了一阵酒后,看出来慧梅确实十分爱他,随即从怀中掏出来刘玉尺拟的文稿,递到慧梅面前说:

"你在闯王老营读过书,识文断字。请你看看这篇稿子行不行。"

慧梅不知是什么稿子,不免感到奇怪。接在手中,从头到尾念了一遍,不禁叫道:

"我的天,这唱词儿编得真好!是你编的?"

"是我命刘军师起的稿子,我又帮他推敲推敲。你看行么?"

慧梅心中十分赞赏,但是她没有说话,只是脸上挂着快活而激动的微笑,用光彩照人的眼睛看着他,轻轻地点了点头,首饰上的小银铃随着点头发出十分悦耳微响。这笑容,这眼神,这热烈而含蓄的点头不语,只有做一个年轻妻子独对着心爱的丈夫时才有。当她不自持地注视着丈夫的眼睛时,她想着明天上午,她一定要去看高夫人,将时中的这一片忠心说给她听。

袁时中将凳子移到妻子身边,问道:"你看,有什么地方写得不够?那些写闯王的出身和行事的地方有没有写得不对的?"

慧梅重新细看稿子,同时用肩膀抗他一下,暗中推开从背后搂在她的腰中的一只手,悄声说:"帐外有人!"当那只强壮的胳膊和大手从她的腰间缩走后,她又说:"你快吃酒吧,再不吃就冷了。"

袁时中问道:"有没有要修改的地方?"

慧梅笑望着丈夫,轻轻摇头,将稿子还给他。虽然她知道稿子中提到的有些事并不实在,但是她没有说话。例如:稿子里写闯王生下时有红光照屋,她从来没有听说。关于闯王的母亲梦见穿黄衣人进屋,惊醒后生下闯王,她知道原来军中只说闯王的父亲到米脂县一座也叫做华山的小山上庙中求子,生下闯王,所以闯王的乳名叫华来儿,讹成黄来儿,又附会成黄衣人进屋生闯王。近一年多来,军中只说黄衣人入屋生闯王的故事,祷小华山求子的事儿少人提了。关于荥阳大会的事儿,也是捕风捉影的话。她从前只听说众多义军首领在荥阳会商过军事,但是并不是义军被官军包围,当时官军分散数省,调集不起来,所传闯王在会议中说的话全是虚的,到高闯王死后,李闯王兴起,闯营中才渐渐传开了荥阳大会的故事,说得有鼻子有眼睛的。慧梅正像老府的众多将士一样,十分爱戴闯王,忠于闯王,巴不得闯王早坐江山,所以凡是颂扬闯王的传说都不辟谣,反而热心传播,久而久之,连他们自己也相信了。她现在对袁时中拿给她看的稿子,只关心颂扬得是否到家①,其他全不在意。她多情地望着丈夫,赞叹说:

"这稿子写得真好!"

袁时中说:"只要你说不错,我明日一早就去找牛先生和宋军师,请他们二位过目。倘若他们二位也认可,我就下令咱们小袁营中的刻字匠火速刻版。"

慧梅问:"要印出来张贴么?"

时中回答:"何止张贴!我要下令小袁营三万将士每日念三遍,都能背得滚瓜烂熟,牢记不忘,不许忘记一个字儿。我要小袁营全体将士从今往后,心中只有一个人,就是闯王;心中只有一件事,就是保闯王打天下。"

慧梅呆呆地凝视丈夫,眼睛里又一次涌出来激动的泪花,在心里叹息说:"我的天,他是多么好啊!"她很想站起来扑进丈夫的怀里,同他搂抱一起,亲他的脸,亲他的浓眉,亲他的手,也让丈夫尽情地搂她,亲她。然而自幼到大所受的礼教熏陶,使她只能静静儿坐着,一动不动。随即她更加后悔过去的那些日子不该对丈夫那样冷淡,不禁滚下了两珠热泪。

袁时中看见刘玉尺的妙计已经在慧梅的身上成功,心中十分

---

① 到家——达到相当饱满的程度。

高兴,又加慧梅的美貌、温柔、善良,处处使他醉心和动情。近两三年他同刘玉尺等读书人天天谈话,也懂得了"妩媚"一词的意思。他开始发现他的妻子过去在他的面前只有庄重和矜持,而今晚是庄重里带着妩媚,这后者简直有不可抗拒的魅力,使他不能自持。他在心里说:"我临脱离闯营时,非把她活着带走不可!"

帐帘外轻咳一声,吕二婶及时地笑眯眯地进来,问道:"酒还用么?时光不早,姑爷忙了一整天,该安歇了。"

袁时中巴不得赶快就寝,说道:"快把酒菜拿走吧,我明日一早还有事哩。"

慧梅帮助吕二婶收拾杯盘,忽然想起来张鼐,心中微觉惘然。但是她随即想着她往日同张鼐之间仅仅是心中互相有意,见面时并没有吐过一句越礼的话,那情意原是冰清玉洁,已经过去的事儿就让它过去吧。

收拾完小方桌,慧梅俯身去打开绣被,一股薰香散出。袁时中忽然不能忍耐,吹灭蜡烛,将慧梅搂到怀里。在往日,慧梅会推他一下,接着是低下头去,没有别的反应。而今晚她一反常态,紧紧地偎依着他,将半边脸颊贴在他的胸前。时中狂热地吻她几下,小声问道:

"倘若我日后离开老府,到处打仗,你肯跟随我么?"

慧梅说:"夫妻本应该双栖双飞,你这话何必问我?"

"我把你当成了心尖肉,害怕你有时会不肯跟随我去。"

"瞎说!为闯王打江山,你纵然走到天涯海角,出生入死,我永远同你一道!"

袁时中不由地叹息一声,又吻了一下妻子。慧梅悄声说:"让我取掉首饰。这小银铃一动就响!"她取掉首饰,放在枕边,破天荒地替丈夫解外衣钮扣。袁时中抚摸着她的肩膀,悄声说:

"我今晚才知道你真爱我!"他又搂住了她。

慧梅忽然停住,默然片刻,情绪紧张地说:"官人,你莫搂我。我有一句体己话,体己话……"

袁时中疑是老府中有人说他的坏话,或是有人陷害他,情绪也紧张起来,催她快点说出。她忽然紧搂住丈夫的脖子,嘴唇凑近他的耳朵,用轻微颤抖的悄声说:

"我,我,我有……有喜啦。"

袁时中猛地将她抱起来,快活地小声问道:"真的?真的?可是真的?"

"你莫嚷,近处有女兵巡逻!"

商丘扒毁城墙的工作,继续了三天。扒城之后,闯、曹大军又有五天停在商丘未动,继续派人向商丘附近各州县火急地催征粮草,以备大军长围开封之需。

在这几天之内,袁时中和小袁营突然被数十万大军所注目,变成了拥戴闯王的榜样,尤其获得李自成的欢心和倚信。当然,曹操和吉珪对袁时中的忠诚并不相信,李岩兄弟也有怀疑,甚至刘宗敏和李过也感觉袁时中不是个正派人,但是没有人肯对闯王明言。曹操和吉珪既不愿劝谏自成,也不愿得罪时中,抱着冷眼旁观的态度,等待看笑话。老府这边的将领如刘宗敏等因为袁时中大做拥戴闯王的文章,纵然有些看法,也不好在闯王面前说出没有把柄的二话①。

刘玉尺写的那篇颂扬李自成的稿子,以袁时中亲自编写的名义,请宋献策和牛金星看过,略有修改,无非增加些歌功颂德和"天命攸归"的话,又由宋献策呈请闯王审阅,然后迅速地仿照民间流行式样刻成几套木版,印成小书。好在商丘城中的杂货铺虽经抢劫,仍可以搜罗很多细麻纸和白绵纸,而颂扬闯王的小本儿只有数

---

① 二话——别的话,即不赞成、不同意的话。

页,足可以大量印刷。袁时中传下口谕,集中许多随军眷属,边印刷边叠成小本,用针线缝好,切了毛边,散发各哨头目,由文书教给士兵背诵。绝大多数士兵是文盲,都得死背口歌①,不能背错一字,背好的有奖励,不用心的受斥责。还没离开商丘城外,在小袁营中已经出现了背诵《将士必读》的热潮。老府将士是闯王的嫡系人马,又多系陕西人,纷纷向小袁营索讨此书,争相传诵。曹操不肯叫自己的将士诵读,但是为着敷衍一下,他当着闯王面嘱咐袁时中:"小袁啊,你印的那个小本儿编得很好,可得赶快给我曹营几千本。你给老府将士不给我曹营将士,这样偏心我可不答应!"

时中欠身笑着说:"眼下赶印不及,所以没有恭送宝帐。日内定当送上,不敢有误。"

曹操又说:"你只要记在心上就好。你的夫人是大元帅的养女,就跟我的侄女儿一般。我曹营人马众多,你不送给我几千本,我不但要责备你,见了我侄女儿的时候,也少不得要数说几句。"

包括闯王在内,这后一句话引得大家都笑了起来。但后来直到袁时中叛变逃走,他没有再提起这件事儿。

袁时中一边下令全营将士背熟《将士必读》,一边陆续处分了十几个头目和士兵,因为他们在人前说出了对闯王不敬的话。其中有的被枭首示众,有的割去耳朵,有的挨了鞭子。还有一个小头目,平日喜欢说俏皮话,在河南叫做松话,人们替他起一个绰号叫松话篓子。一次,一些人在说闲话,他也在场。当有人说李闯王有帝王之分,几年后要称万岁,他忍不住眨眨眼睛,说道:"人只能活几十岁,上百岁的极少,千岁万岁都是空话。"随即有人将他的松话禀报了袁时中,打了他五十鞭皮鞭,又将他插箭游营。一时小袁营人人小心,深怕无意中说了错话,横祸飞身。但是人们的心中并不恨袁时中,倒是同情他在闯王和老府大将们的威势之下不得

---

① 背口歌——在蒙学中学童不能认识字,但能背诵,叫做背口歌。

不然。

在离开商丘之前,袁时中在闯营的地位大为改观,他不但真正成了李自成的心腹爱将,也真正受到了"乘龙快婿"的看待。为着他的骑兵不多,李自成赐给他五百匹战马,另外给他几百副盔甲,二百张好弓,五十件火器。在临向开封进兵前夕召开的重要军事会议上,李自成叫他和刘玉尺参与密议,散会后又单独留下他深谈很久。看见他如此忠于闯王,如此得闯王欢心,慧梅的心中开始感到幸福和骄傲。正像天下无数的贤良妻子一样,她对他尽力做到了温柔体贴,甚至在行军的路上,黄昏扎营以后,还劝说丈夫去金姨太太或孙姨太太的帐中歇宿。袁时中坚决不肯,笑着说道:

"如今我的心中只有你,你拿棍子也别想把我赶到别人帐中。"

从商丘出发以后,为着沿途收集粮草,大军每天只走四五十里。白天行军,慧梅戎装骏马,背负雕弓,腰系宝剑,俨然英俊女将,一如平日。然而每到宿营之后,便有一股神秘力量促使她赶快脱去戎装,洗去征尘,重梳云鬓,在吕二婶的帮助下用心打扮,虽然避免艳丽,却是淡雅中掩着红妆。往往,袁时中或去老府议事,或在本营中同刘军师和众将议事,她就坐在红烛下默默等候,时中不回来她不就寝;有一晚,她一直等到三更以后。

尽管袁时中已经得到了李自成的十分宠信,享受了慧梅的出众美貌和纯真爱情,但是丝毫没有改变他脱离闯王的决心。大军一天天向开封走近,而他要实现率部逃走的日子也一天天地临近。

闯、曹大军的主力由宁陵、睢州,经杞县到陈留停下,偏师略向西北,经内黄①,到兰阳西南停下,与到达陈留的主力会合。小袁营随主力西行,经过睢州时,奉闯王命留下三千步兵纠合百姓扒城。刘玉尺为部署扒城事,在睢州城内停留一天。睢州绅民因上次义军破城后秋毫无犯,所以此次义军经过,全未逃走,城关和四郊安

----

① 内黄——指内黄镇(河南另有内黄县),在今兰考县东南。

居如常。

因知道杞县城和通许城都要拆毁,袁时中同刘玉尺商议之后,向闯王请求将拆毁两城的任务交给小袁营,好使大军休息。李自成欣然同意。闯、曹大军在陈留和兰阳一带休息,收割麦子,停了四天。而杞县和通许两城,在第四天也全部拆毁了。这天中午,袁时中应召去陈留县境谒见闯王,向闯王禀报扒城和征集粮草情况。闯王听了,十分满意,特别赏了一千两银子慰劳小袁营将士,并命他将全营开赴朱仙镇西北,离开封城十五里处驻扎。袁时中当即请求:小袁营将士一则连日扒城疲劳,二则尚有上千石粮食散在乡间,不曾归拢,需要在杞县多留一天或两天。李自成点头说:

"既然这样,你的小袁营就在杞县停留两天好啦,限定大后天黄昏前,开到开封城外安营扎寨,不可耽搁。"

袁时中起立躬身回答:"谨遵不误!"

他留在闯王的老营吃晚饭,又见了高夫人。高夫人说:

"听说你们小夫妻十分和睦恩爱,我同闯王都很高兴。慧梅不像她慧英姐,在我的身边从来不管事,没操过心,除练兵和打仗外,没有多的心眼儿。我有时说她:'梅呀,你这样一任天真,不学着操心世事,日后别人将你卖啦、吃啦,你还在鼓里坐着!'她笑着说:'我永远跟着你和慧英姐,学操什么心呀!'我说:'傻丫头,你终究要嫁人的!'瞧瞧,果然如今已经出嫁了。幸好你待她好,夫妻相敬如宾,同心保闯王打天下,我不必再为她挂心了。"高夫人边说边笑,眼睛里似有泪光。

袁时中对高夫人说了些慧梅的好话,并说他决不会亏待慧梅,使高夫人更加宽慰。

闯王的大军先走,老营二更开拔。袁时中送走闯王和高夫人以后,才动身驰马奔回杞县。刘玉尺和朱成矩等都在他的老营,心中七上八下地等候着他。他先同他们见面,匆匆地说明情况,皆大欢喜。如今他们得到消息,督师丁启睿和总督杨文岳已经在潢川附近会师,等候平贼将军左良玉,然后联兵北来,救援开封。另外,据刘玉尺估计,开封为朝廷所必救,山东、山西、陕西都将有援兵前来。倘若半月后各路援兵齐到,闯、曹屯兵开封坚城之下,同床异梦,腹背受敌,颇难支持。所以他们认为小袁营目前应赶快脱离闯王,方不为迟。刘静逸因一直对玉尺不满,向时中问道:

"军师妙算如神,我不敢有何话说。只是,我军脱离闯王之后,有何稳着可走?"

袁时中说:"我想第一步先到豫皖交界处静观大势,再作道理。"

刘静逸尖刻地说:"当日有人要将军向闯王求亲,以为绝妙上策。今日我军背叛而去,对太太如何安置?"

袁时中说:"决计将她带走。"

刘静逸又问:"她原是闯王与高夫人养女,情逾骨肉。她如若不肯背叛闯王,将军如何是好?"

时中说:"她近日对我十分体贴,夫妻一心,必会随我同走。"

"不然,不然。太太之所以爱将军,是因为将军誓保闯王。一旦将军背叛闯王,难保不夫妻反目,势如仇敌。"

"这个……"

朱成矩插言:"静逸兄不必担忧。临走时可以骗她一同上路;上路之后,就不由她不一起背叛闯王。"

"不然,不然。据我看,闯王必派大军来追,不免大杀大砍。一旦闯兵追到,发生混战,太太内应,如何是好?"

时中说:"她同我情重如山,料想她不会背叛自己丈夫。"

刘静逸冷笑说:"我看不然……"他风闻慧梅原来心中另外有人,实不想嫁给时中,但是他不能说出,只好接着说:"纵然太太不肯背叛将军,她身边的四五百男女亲军都愿为闯王效死,不由太做主,到那时如何对付?"

袁时中:"这个……"

刘玉尺冷冷地说:"到万不得已时,只有采取壮士断腕一着,有何难哉!"

刘静逸也冷冷地说:"未必有那么干脆!"

袁时中不愿他两个争吵起来,赶快摆手说:"快有四更天气,各自快去就寝,明日再议好啦。"

他正怀着不愉快的心情往慧梅的住处走去,刘玉尺从背后追来。当刘玉尺来到他的面前时,他一摆手,使他的和玉尺的亲兵们退避,然后问道:

"玉尺,静逸的顾虑也有道理,你还有什么妙计?"

玉尺小声说:"请将军在太太面前一如平日,千万不要露出一点形迹。"

时中点点头,说道:"万一她……我可是不忍心啊!"

"到时再说。从今夜到明天,将军要百般待她好,使她不会有半点儿疑心。我军不必在杞县停留两天,明晚就走,方能出闯王不意。"

"我明白。我明白。"

"还有,那个邵时信是个乖觉人,明晚我军临走前要设法瞒着太太将他除掉。"

"好,剪去太太的身边羽翼!"

"请将军对日后诸事放心。睢州唐老爷同丁督师有乡谊,原是世交,他愿意尽力见督师为将军说项。"

"你去睢州部署扒城时同他谈过此事?"

"谈过。"

"何不对我早说?"

"早说无益。"

"啊,你真周密!"

刘玉尺不再说话,躬身一揖,回头便走。袁时中怔了一下,继续向慧梅的住处走去。

慧梅住的地方是杞县城内一家乡绅的宅子,两百女兵分住在前后院,而两百名男兵住在左右邻院。四天来休兵杞县,慧梅因初次怀孕,身体常觉不适,也不出门。她常在心中暗想:马上要进攻开封,破开封后闯王将有一番大的作为,大概要建号称王,而袁时中必会在这一战中立了大功,受到重赏。她自己虽然也弓马娴熟,武艺出众,但毕竟是女流之辈。自古妇女们总是盼望丈夫建立功勋,扬名后世,荫福子孙,而不是希望自己争立功名。慧梅也抱着同样思想。她每想着时中拥戴闯王,将成为开国名将,便感到无限幸福。

今天黄昏以后,她在吕二婶的帮助下打扮一番,并且把出嫁时的一双比较素气的绣花弓鞋①也找出来穿上。在闯王军中,虽然姑娘们为着常年过戎马生涯,不提倡缠小脚,但是也爱穿绣花鞋,只是除非新嫁娘在平静无事的日子,很少穿弓鞋。今晚慧梅因心中特别高兴,故意将自己打扮得较平日用心一点,一则自我欣赏,二则让丈夫格外高兴。一群同她最要好的女兵头目和她的贴身女兵,都围在她的面前,看得她不好意思。她们认为新嫁娘理所当然地要打扮得花枝招展,所以对慧梅的着意晚妆丝毫不觉奇怪,倒是奇怪她经过打扮后竟是如此美貌,令大家不能不看,又看不够,从心眼里对她暗暗地称赞和羡慕。慧梅终于将她们都赶走了,只剩下慧剑仍不肯离开她,望着她傻笑。慧梅问道:

"黑妞,你看什么,难道不认识你慧梅姐了?"

慧剑说:"梅姐,我头一次才知道你这么美,比一朵鲜花还美。"

---

① 弓鞋——缠足妇女所穿的高跟鞋。

"傻话！你这丫头想招我的打了！"

"梅姐，你今晚一定心中很高兴。我看见你很爱姑爷，很幸福……"

慧梅的脸一红，伸手拧住慧剑的一只耳朵，说："我看你还敢瞎说！"

吕二婶在一旁笑着说："慧剑姑娘，你也该走啦，姑爷马上就回来了。"

赶走了慧剑以后，慧梅由吕二婶陪着，等候时中。由一更等到二更，不见消息。慧梅知道时中是去陈留老府，猜想到必是被闯王留下，说不定今夜回不来了。她表面上装做不在乎，同吕二婶谈着闲话，但心中焦急万分，刻刻地盼望他来。二更过后，她无情无绪，继续说闲话的兴致全消。有时她疑心时中已经回营，悄悄地背着她往金氏住的宅子去了。深通人情世故的吕二婶仿佛猜透了慧梅的心思，不愿她枉自苦恼，提醒她姑爷确实未回杞县。但是吕二婶知道袁时中近来虽不到金姨太太那里住宿，却仍是两情缱绻，暗中送给金氏许多贵重首饰，以表示恩情仍旧。为不愿慧梅生气，吕二婶一直将这事瞒住慧梅。

二更过后，慧梅催吕二婶回厢房休息，她独自继续等候。她望着第三次换的蜡烛又已经剩下很短，流着蜡泪。她听见街上打着三更。她听见三更过了，过了很久。四月夜短，也许快黎明了。她听见远处有马蹄声向近处走来，她正用心谛听，那马蹄声竟忽然转往别处，渐渐远了，听不见了。她忽然听见城中有第一声鸡叫……她想哭，但没有哭，深深地叹了口气，胡乱想道：在不爱丈夫时她没有尝过等候他的苦恼滋味，如今真心爱他，反而这般地尝受苦恼，夫妻间的事儿就这么没有道理！

这一支蜡烛着尽，她又换了一支。实在困倦，支持不住，但不肯单独上床，只好靠在椅背上闭目栽盹。她做了一个梦，看见她同袁时中并马而行,人马前护后拥,说是奉命出征。她正在马上观望风景,忽被吕二婶叫醒。她刚睁开睡眼,便听见袁时中已经走进二门,正向上房走来。吕二婶迅速退出,替他掀开门帘。慧梅喜不自胜,赶快到门口迎接。也许由于她太爱时中,竟然像初恋人久别重逢,心头怦怦地跳了起来。

袁时中一进上房,看见慧梅的如花美貌,光彩照人的一双眼睛,忍不住就去抱她。慧梅怕被吕二婶从帘外看见,一回身躲开了丈夫的手,还报他的是含着笑意的、深情而幸福的眼波。时中狂热地向她扑去,她又躲开,走向红烛。她的脚步,她的体态,是那么矫健而轻盈。当丈夫又追上她时,她忽然吹灭红烛,低头不动,一任丈夫搂抱,百般温存。时中将她抱进里间,边走边悄声问道:

"你今晚打扮得真美,简直要我的命。你近来为什么喜欢打扮?"

慧梅悄声回答:"你快放下我。放下我我对你说。"当时中将她放下以后,她偎依在丈夫胸前,接着悄声说道:"官人,有两句古话,我记得下一句,上一句忘记了。"

"什么古话?"

"女为悦己者容。"

"啊,上一句是'士为知己者死'。"袁时中明白慧梅的用意,接着说:"拿我来说,闯王对我有知遇之恩,我就应该不惜粉身碎骨为他尽忠。"

慧梅举手抚摸着丈夫的脸颊,说道:"啊,官人,你的记性真好!"

时中趁机试探:"你会不会一辈子像这样爱我?"

"你为什么这样问我?真奇怪!"

时中遮掩说:"我没有别的意思,只是想着女人的心常常是靠不住的。"

慧梅生气地说:"瞎说!只有男人善变,岂是女人善变!我既嫁给你,就是你的人,死了也是你袁家的鬼。俗话说嫁鸡随鸡,嫁狗随狗,何况你是闯王的爱将,誓死拥戴闯王!"

第二天清晨,慧梅尚在熟睡,袁时中为着部署军事,以便率部叛逃,没有惊动她,悄悄地起床了。他走了几步,转回来站在床前,重新看看慧梅的脸孔和蓬松的头发,俯身向她的脸上吻了一下,心里说:

"只要你跟我一心,随我逃走,我就不会狠心对你!"

这天,袁时中继续派人向移驻开封附近的老府运送征集来的粮食和草料,暗中将他的三万人马调集到杞县附近,将一切应变方略都同几个最亲信的谋士和将领周密准备。到了下午,邵时信觉察出小袁营的人马不像是准备往朱仙镇开拔,但是没料到会有叛变。黄昏时候,他觉得情况更可怀疑,小袁营似将有背叛行事,赶快去见慧梅。一进慧梅的住宅二门,看见袁时中笑嘻嘻地出来,慧梅也是满面喜气,送他到帘子外边。他趁时中没有看见他,将身子一闪,躲进女兵房中。他不去向慧梅报告他的疑心了。

晚饭以后,袁时中派他的一亲信中军来告诉慧梅,从速准备,二更起程,全营离开杞县。慧梅心中兴奋,问道:

"不是原定后天方去开封城外么?"

中军恭敬地回答:"回太太,大元帅传下紧急口谕,说是有意外军情,命我们小袁营暂不前往开封,火速整装待命。"

慧梅心中狐疑,但是绝未想到小袁营将要叛逃。她一边下令火速准备,一边派人将邵时信找来。时信因军师刘玉尺派人叫他,正待前去,忽闻慧梅呼唤,便先来询问何事。慧梅说:

"邵哥,忽然军情紧急,不知何事。你就留在我的身边,以便随时商量。"

"可是刘军师唤我前去,不知有何吩咐。"

"啊,你去吧。"等邵时信走出二门,慧梅又将他唤回,说:"你哪儿也不要去,管他军师不军师!"

当"小闯营"男女将士一切准备停当时,袁时中匆匆进来,将慧梅叫进卧室,从怀中取出闯王的火急手谕,递给慧梅。慧梅看是闯王字迹,上写道:

大元帅手谕:顷得确报,丁启睿纠集杨文岳、左良玉共约十余万人马,奔救开封。令仰袁时中接到此手谕后,即刻率领全营三万将士,火速驰赴陈州附近堵御。如不能拦阻敌军,可退至豫皖交界,然后从侧背牵制。本大元帅将另派大军,迎头痛击,予以全歼。切切凛遵勿误!

慧梅兴奋地问道:"何时出发?"

"即刻出发。"

慧梅向窗外吩咐:"传我将令,男女将士整队,随大军迎剿官军!"

袁时中说:"倘若你觉着身子不好,可率领你的男女将士暂回老府,不必随我作战。"

慧梅一愣,说道:"什么话,遇打仗时我怎好同你分开!"

时中说:"你同我一起也好。我已派两千名精兵,步骑都有,随你'小闯营'前后护卫,纵然发生混战,可保你万无一失。"

"哼,我在战场上不是个纸糊的女将!"

一更以后,小袁营三万大军将慧梅的"小闯营"裹在中间,匆匆地向东南出发了。

邵时信终觉不能放心,留下一个亲兵藏在杞县城内,乔装难民,在他的衣服里缝了一个字条,对他说:

"大军走后,你赶快奔往朱仙镇一带,找到老府,将衣中的字条儿呈给闯王!"